河津市诗词学会 编

河津市诗词志

山西人民出版社
山西出版传媒集团

图书在版编目（CIP）数据

河津市诗词志 / 河津市诗词学会编 .—太原：山西人民出版社，2022.09
ISBN 978-7-203-12385-9

Ⅰ.①河… Ⅱ.①河… Ⅲ.①诗词—作品集—中国 Ⅳ.①I22

中国版本图书馆CIP数据核字（2022）第140015号

河津市诗词志

编　　者：	河津市诗词学会
责任编辑：	王新斐
复　　审：	吕绘元
终　　审：	李　颖
装帧设计：	张镤尹

出 版 者：	山西出版传媒集团·山西人民出版社
地　　址：	太原市建设南路21号
邮　　编：	030012
发行营销：	0351-4922220　4955996　4956039　4922127（传真）
天猫官网：	http//：sxrmcbs.tmall.com　电　话：0351-4922159
E-mail：	sxskcb@163.com　发行部
	sxskcb@126.com　总编室
网　　址：	www.sxskcb.com

经 销 者：	山西出版传媒集团·山西人民出版社
承 印 者：	山西精睿印务股份有限公司

开　　本：	889mm x 1194mm　1/16
印　　张：	17.75
字　　数：	400千字
版　　次：	2022年9月　第1版
印　　次：	2022年9月　第1次印刷
书　　号：	ISBN 978-7-203-12385-9
定　　价：	198.00元

如有印装质量问题请与本社联系调换

《河津市诗词志》编纂委员会

总顾问：李晓武　王　云
总策划：董亚强
策　划：闫军学　吴俊章　杨永杰　任罗乐　王景生
主编审：杨永杰
编　审：刘晓英
主　编：任罗乐　王景生　薛毅斌
副主编：马黄河　薛德虎　吕俊安　魏向民　赵林生　李可正
　　　　　吴会杰
编　委：王小伟　杜民昌　杨建国　柴红梅　张银科　侯博辉
　　　　　李麦香　薛世平　薛一平　薛元太　杨中山　史佐君
　　　　　付强智　赵丽丽　魏振彪　柴建生　薛香茹
历史文化顾问：
　　　　　晨　崧　武建军　柴昌明　侯振发　原艺文　李再廷
　　　　　毛建民　周有斌　李金龙　韩民科　任瑾瑶　卫金报
摄　影：薛一平　柴虎文　米金胜

▲ 运城市委常委、宣传部长、统战部长王志峰宣布全国名家诗词书画展览开幕

▲ 中华诗词学会会长周文彰在"缤纷古耿 诗画河津"庆祝中国共产党成立100周年系列活动讲话

▲ 运城市委常委、河津市委书记李晓武在"缤纷古耿　诗画河津"庆祝中国共产党成立100周年系列活动致辞

▲ 河津市委副书记、市长王云（右一）调研诗词主题公园建设

▲ 河津市创建"中华诗词之市"启动仪式

▲ 中华诗词学会授予河津市"中华诗词创作研究基地"牌匾

▲ 山西诗词学会授予河津市"山西诗词之市"称号（左起：张梅琴、安奇、何伟、郑福太、董亚强）

▲ 河津市诗词大讲堂

▲ 诗词进校园

▲ 九龙公园诗词文化专栏

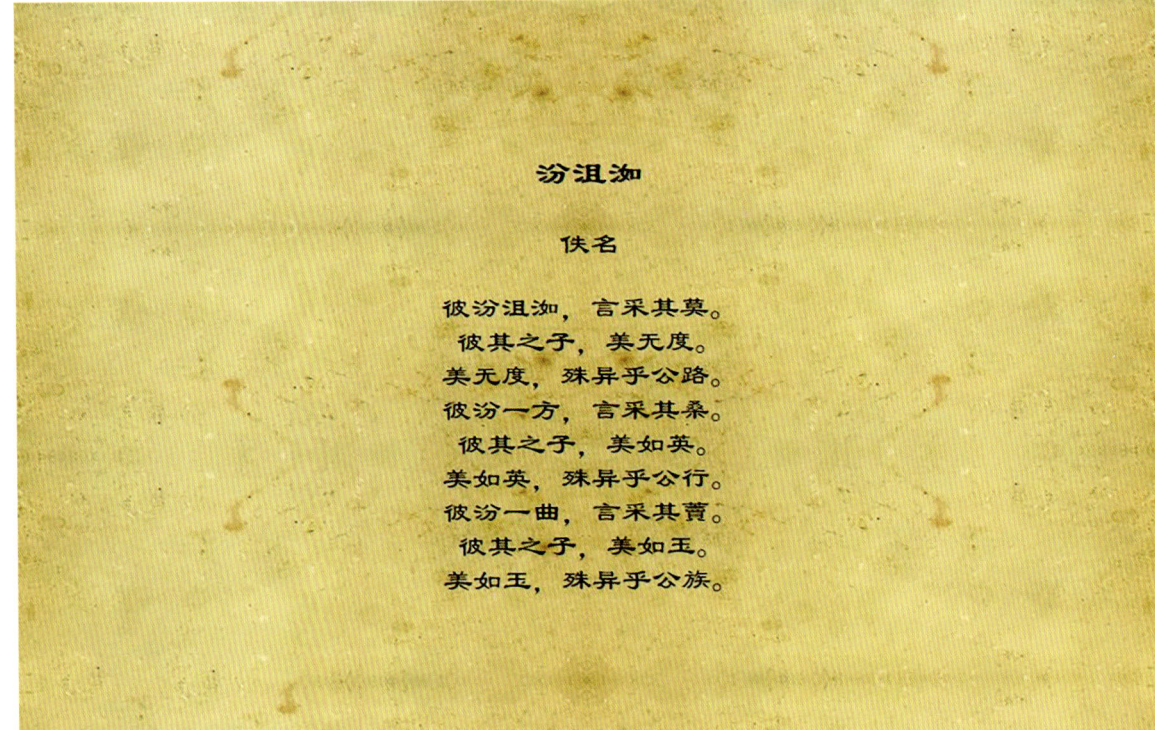

▲《魏风·汾沮洳》

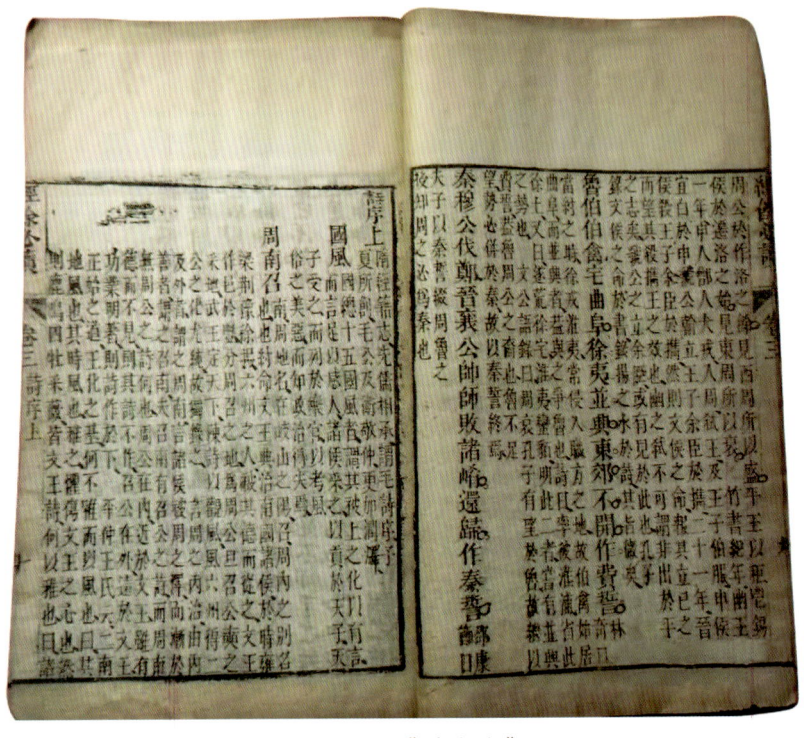

▲ 卜子夏《诗大序》

▲ 司马迁《悲士不遇赋》

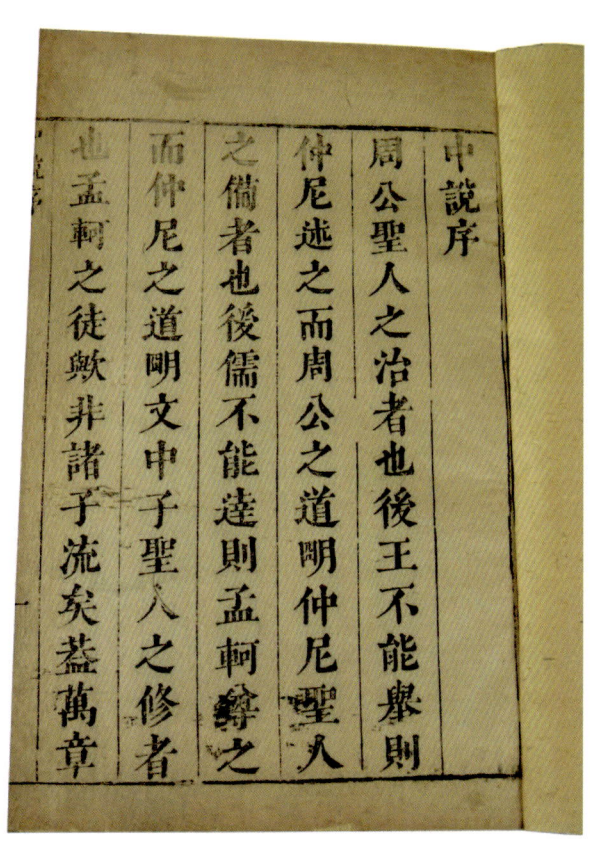

▲ 王通《中说》

野望

東皋薄暮望，徙倚欲何依。
樹樹皆秋色，山山唯落暉。
牧人驅犢返，獵馬帶禽歸。
相顧無相識，長歌懷采薇。

這是王績最被人傳誦的一首詩作於隋末社會紛亂的時代此時作者雖並已佳過著隱居生活但表現在詩中的卻是一種彷徨苦悶的苦悶見出亂世的影響。
東皋在今山西河津縣作者隱居於此因自號東皋子皋水邊地

王績功集

▲ 王績《野望》

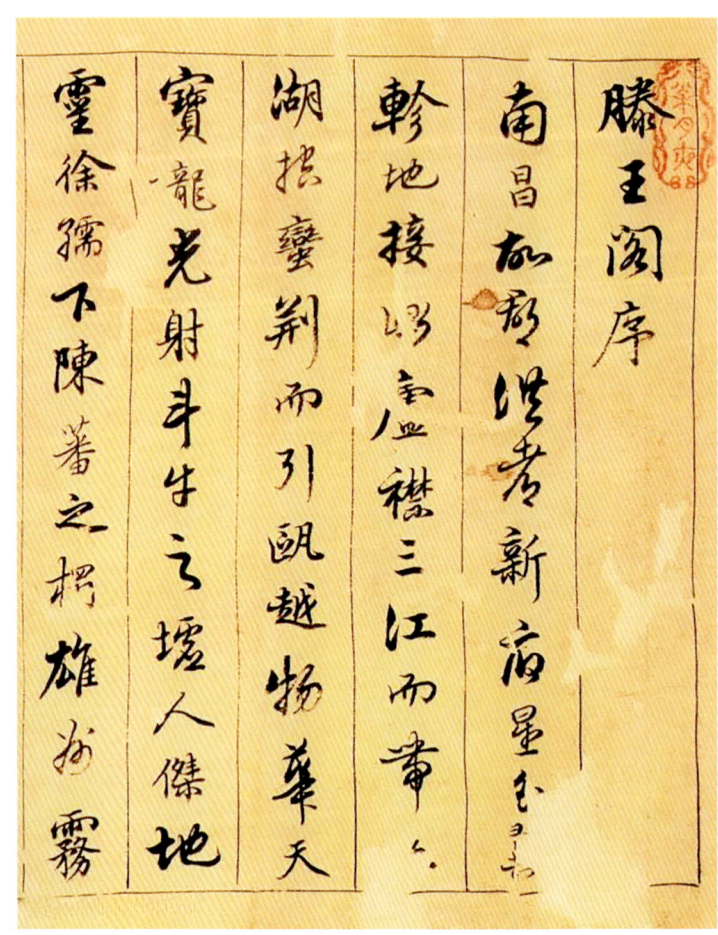

▲ 王勃《滕王閣序》

▲ 薛瑄

▲ 薛瑄《黄河赋》

▲ 1908年古龙门全图

▲ 大桥下即龙门，最窄处仅 95 米

▲ 薛仁贵故里

▲ 麟岛

▲ 樊村玄帝庙

▲ 高禖庙献殿

▲ 司马迁故里碑

▲ 台头庙

▲ 汾水澄波（孟庆杰 摄）

▲ 镇风塔

▲ 河津城市风貌(师振华 摄)

▲ 龙门村新貌(原建发 摄)

▲ 河津市诗词学会第一届会员代表大会合影（1995年5月3日）

▲《河津市诗词志》编辑人员合影（2021年12月3日）

▲《河津市诗词志》研讨会合影

序

在全市上下全面贯彻党的十九大和十九届历次全会精神，以史为鉴、开创未来，埋头苦干、勇毅前行，以优异成绩迎接党的二十大胜利召开之际，由河津市诗词学会编纂的《河津市诗词志》脱颖而出，昂然面世，这是给党的二十大的至臻献礼，也是创建"中华诗词之市"的丰硕成果。

俨然一角灵犀影，焕出诗家万丈虹。河津历史悠久、人杰地灵，诗词文化，源远流长，自古诗人辈出、文脉昌盛，历代文人墨客留下了大量诗词墨宝，写下了广为流传的不朽诗篇。这里流传着"大禹治水""鱼跃龙门"的美好传说，吟咏着先秦《诗经·魏风》的清音雅韵，传颂着"西河设教""相敬如宾"的动人故事。西汉史学家司马迁著"史家之绝唱，无韵之离骚"光照汗青，"初唐四杰"之首王勃以"落霞与孤鹜齐飞，秋水共长天一色"闻名天下，诗仙李白以"黄河西来决昆仑，咆哮万里触龙门"展现了古耿龙门的恢宏气势，理圣薛瑄的《河汾五贤咏》和《龙门八景诗》，更把河津的人文历史和壮丽山河，描写得淋漓尽致、栩栩如生。五千年文明的悠远古韵，烽火岁月的革命史诗，山川名胜的雄奇壮美，现代文明的大气磅礴，激情奔放的精品力作，编辑人员的辛勤耕耘，荟萃于《河津市诗词志》一书，洋洋四十万言，资料翔实、体例清晰、特色浓郁、图文并茂，其精神可嘉、可赞，其蕴含可圈、可点，其要义可读、可鉴。

近年来，我们河津坚持守稳基本盘、延伸价值链、拓展生态圈，主动求发展，强化科技赋能、金融助力，推动科技成果转化，建设教育产业园，争创黄河流域生态保护和高质量发展河津试点示范区，在勇蹚县域经济高质量转型发展征途中阔步前进。经济社会的全面转型，需要产业与文化共振，科技与人文齐飞。我们接续传统文脉，充分发挥文艺启迪思想、温润心灵、凝聚力量的积极作用，打造"书香河津"，加快文旅融合，高标准建设龙门景区，深入挖掘灰陶琉璃等本地文化，广泛宣传河津诗词、楹联等特色文化，先后荣获"中国楹联文化城市""中国灰陶琉璃文化之乡"和"山西诗词之市"的殊誉，不断提升地域文化品牌的知名度和美誉度，形成了"弘扬文化、崇尚艺术、尊重人才"的浓厚氛围。特别是成功举办"缤纷古耿 诗画河津"庆祝中国共产党成立100周年全国名家诗词书画创作交流系列活动，成立"中华诗词创作研究基地",为创建"中华诗词之市"奠定了坚实基础。

习近平总书记明确指出,学史可以看成败、鉴得失、知兴替;学诗可以情飞扬、志高昂、人灵秀。诗词作为文化,是文化建设的重要方面;诗词作为素质,是文化品位的重要构成;诗词作为氛围,是人文环境的重要标志。建设美丽的城市家园,需要崇文向善的书香诗情,需要启迪智慧的文化熏陶,也需要承继传统的文化润泽。河津诗词界要以《河津市诗词志》出版为契机,继续积极传承诗词文化,为提升全民文明素质,增强河津文化软实力,努力建设与河津深厚文化底蕴相匹配、与打造"中国文化传承弘扬发展示范区"使命相适应的文化强市增添正能量。《河津市诗词志》的出版,是全市党史学习教育的一个重要成果,同时也为全市文艺工作者和广大民众送上了一份文化盛宴和艺术大餐。广大文艺工作者要深入挖掘河津文化的时代内涵,把"争强好胜、勇为人先"的河津精神,作为文艺创作的思想资源、价值支撑和表达内容,勠力创作出一批有思想、有温度、有品质的精品力作,把龙门儿女的砥砺奋斗充分呈现出来,把古耿大地的山河巨变充分展示出来,为河津的山水增添秀美,为河津的人文历史增添光彩,为河津的诗词文化增添魅力,让"华夏龙门,大河要津,鱼跃有声,壁立如宾"的美好诗意,成为河津新时代文艺创作的壮丽现实。

风劲帆满图新志,高歌奋进正当时。当前,河津已经站在新的历史起点上,四十万人民正在意气风发、凝心聚力,奏响转型发展新乐章,描绘绿水青山新画卷,书写文旅融合新诗篇,擘画民生改善新愿景。希望全市上下坚守初心,砥砺前行,谱写出更多时代的心灵史、人民的新史诗,用更加丰盛的诗词盛宴,共庆党的二十大胜利召开。

是为序。

中共运城市委常委、河津市委书记

二〇二二年六月

凡 例

1.本志以毛泽东思想、邓小平理论、"三个代表"重要思想、科学发展观和习近平新时代中国特色社会主义思想为指导,坚持辩证唯物主义和历史唯物主义观点,实事求是地记述河津诗词发展史略,收录古今河津诗词组织、刊物、诗人、著述,以及吟咏河津人文的诗词,力求突出时代特色和地方特色。

2.本志上溯不限,下限为2022年6月底。

3.本志以叙事为主,横分门类,纵述始末,以章、节、目为层次,以志为主,述、记、志、传、图、表、照片、录并用。

4.本志纪年,中华人民共和国成立后,采用公元纪年;民国纪年使用汉字并括注公元纪年;民国之前使用历史纪年并括注公元纪年。

5.本志文字除引文和特殊情况必须用繁体字外,一律以中国文字改革委员会公布的《简化汉字表》为依据,使用标准的简化字。

6.辑录古文,尊重原作,一律按照原版本照录,包括断句等概不作变动。

7.本志行文中使用的数字,均按国家颁布的《出版物上数字用法》中的要求执行。

8.本志行文一律用第三人称,各种组织、机构、单位和会议名称一般用全称,个别地方在第一次使用全称加注后,使用简称。

9.本志人物生不立传。立传人物和古代、近代人物简介以生年为序。现代人物简介以姓氏笔画为序。

10.本志资料来源,除国家正式出版物注明出处外,一般不再一一注明出处。

目 录

序	001
凡例	003
概　述	001
大事记	005
第一章　诗词文化发展史略	017
第一节　中华人民共和国成立前河津诗词文化发展史	017
第二节　中华人民共和国成立后河津诗词文化发展史	024
第三节　创建"中华诗词之市"	025
第二章　诗词组织及诗词刊物	029
第一节　诗会与诗社	029
第二节　诗词组织	032
第三节　诗词刊物	039
第三章　组织活动纪略	040
第四章　人物	044
第一节　人物传记	044
第二节　人物简介	055
第五章　诗词著作	065
第六章　诗词选	069
第一节　古代诗词选	069

第二节	近代诗人作品选	158
第三节	现代诗人作品选	166
第四节	"缤纷古耿 诗画河津"全国名家诗词选	193
第五节	"鱼跃龙门 华耀河津"第二届桃花节获奖诗词选	198
第六节	庆祝改革开放四十周年诗词选	200
第七节	"礼赞新中国 讴歌新时代"庆祝新中国成立70周年诗词选	202
第八节	运城市诗词学会抗疫诗词河津市方阵诗词选	205
第九节	庆祝中国共产党成立100周年"颂党恩、兴水利、惠民生、开新局"诗词选	207
第十节	"河津市庆祝中国共产党成立100周年赛诗赛文活动"诗词选	210
第十一节	河津市"庆丰收、感党恩、农之源、韵河东"2021年中国农民丰收节诗词作品征集	213
第十二节	抗洪救灾诗词选	215

第七章　名著序 …… 217

第八章　诗词普及教育 …… 231
　　第一节　诗社组织机构 …… 231
　　第二节　诗教典型 …… 236

第九章　美文荟萃 …… 245

第十章　趣闻轶事 …… 250

附录 …… 260

参考文献 …… 273

跋 …… 275

概 述

  河津古称龙门，位于山西省西南部，运城市西北隅，地处吕梁山南，汾河、黄河两条母亲河交汇的金三角，表里山河、地理优越、历史悠久、人文深厚，是中华民族的重要发祥地之一。河津诗词文化博大精深、源远流长，名贤辈出、后先相映，在中华诗词文化发展史上，占有重要地位。

  古典诗歌历史悠久，文脉绵长。 河津在尧、舜、禹时期皆为甸服，先秦时为魏国辖区。《击壤歌》大约流传于距今4000多年前，传说在尧帝的时代，这首歌谣用极口语化的表述方式，吟唱出了生动的田园风景。自此，诗与中国人的生活息息相关，可以说中国是诗的国度，山西是诗的源头。

  河津是块天造地设的风水宝地，背依吕梁山，前矗疏属山，中贯汾水，西揽黄河。有龙门之险关，有虎岗之雄阜，有麟岛之层台，有凤岭之陡崖，胜迹游处随心可去，文脉诗风随史可寻。有学者认为《诗·大雅·韩奕》中"奕奕梁山，维禹甸之"的梁山，即指河津北面的吕梁山。《诗·魏风·汾沮洳》的汾沮洳指汾河岸边的湿地。两首诗都是以河津一带的地名为背景，叙述河津先民的故事。

  秦汉以降诗杰辈出，佳作传世。公元前113年，汉武帝刘彻率领群臣到河东郡汾阴县祭祀后土，时值秋风萧瑟，鸿雁南归，汉武帝乘坐楼船泛舟汾河，饮宴中流，触景生情，感慨万千，写下骚体诗《秋风辞》。

  西汉时，赋是主要的文学形式，相当于今天的散文诗。《悲士不遇赋》是司马迁唯一流传下来的一首赋。《汉书·艺文志》著录，司马迁有赋八篇，但大都失传，只有这篇《悲士不遇赋》保存在唐欧阳询等编纂的《艺文类聚》之中，文约二百字。

  隋末思想家王通，西游长安献《太平十二策》，文帝不用，遂作《东征歌》归。乃在疏属山汾亭鼓曲，被评为"有廊庙之志"。于是，王通痛感时世不济而作《汾亭操》，现存琴曲《古交行》相传为其作品。

由隋入唐的诗人王绩，诗风朴素自然，洗去齐梁华靡浮艳旧习，在唐初诗坛上独树一帜。他的诗近而不浅，直追魏晋风骨，真率自然，不假雕饰之长，又融情入景，曾作《登龙门忆禹赋》（亡佚），薛道衡誉王绩为"当世庾信"。他的《野望》为成熟近体诗，是现存唐诗中最早的一首格律完整的五言律诗。

少年英才王勃引诗入赋，作《夏日登龙门楼寓望》。他的《滕王阁序》既是六朝骈文之新变，也是唐朝骈文通俗化、格律化之先声。《滕王阁诗》备受后人推崇，明代著名诗论家胡应麟评："只一结语，开后来多少法门。"明代文艺理论家陆时雍评："文虽四韵，气足长篇。"

金代段克己、段成己兄弟，隐居北午芹一带，广交文友，成立诗社，互相唱酬，怡情山水，过着散淡生活。

明代理学大师薛瑄，官居大理寺卿，为一代廉吏，也是个有素养的诗人。他的诗歌存世1570首，成就颇大。诗中不乏名篇、警句，如"天邻巫峡常多雨，江过浔阳始有潮。"（《沅州杂诗》）、"庶官务割剥，不念远人穷。"（《有感》）、"夜深风雪响侵门，绣被熏来睡正温。忽念中林有樵者，独惭余燠未能分。"

清代诗人虽然有拟古主义和形式主义之嫌，但仍不乏反映社会矛盾、暴露现实黑暗的好作品，现实主义传统在一些具有进步思想和民族意识的诗人中仍有继承和发展。许二酉的《游禹门》雄浑开阔，表现了诗人对黄河的赞叹之情。柴芗林的《过射雁滩》通过对深秋时节汾河湾的自然景色的描绘，来抒发对薛仁贵的怀念之情。柴惟达的《登卧麟岗》着意描写了卧麟岗的雄伟气势，意境开阔。清诗善于借鉴前代，扬长补短，对于古典诗歌有所发展，从人数之多、阶层之广及作品数量来说，其成就超过元明两代。

近代战乱频仍，诗词文化在硝烟中薪火相传。1840年鸦片战争以后，中国逐步沦为半殖民地半封建社会。河津爱国诗人严中律、姚名魁、薛律清等在战火中吟诗讲学，自发传承古典诗词文化，支持辛亥革命。辛亥革命推翻了清朝政府，建立了中华民国，近代以来中国发生的深刻社会变革由此拉开了序幕。这是一个过渡特征很强的时段，新旧杂糅，传统与现代之间复杂交织。处在这样纷纭的时代里，古体诗词这一古典文化中最有代表性的文学形式，依然是文人间大量唱和的内容。其中很多政治家、革命家也曾留下了不少经典名作。民国的樊廷檀以诗人的嗅觉，写出了帝国主义者的丑恶嘴脸及诗人的忧虑。他在《太平洋会议》一诗中写道："西欧战事几春秋，东亚又将空气收。原议戎机格外息，反来军备暗中修。美俄协调终成画，英日同盟难罢休。寄语当枢莫醉梦，乌云满布使人愁。"岳竹坪、乔鹤仙、姚以价、墨遗萍、李尤白等先贤都为传承中华诗词文化做出了贡献。

中华人民共和国建立后，诗词文化传播高潮迭起。中华人民共和国建立初期，毛泽东诗词的广泛传播，不仅彰显了旧体诗词的魅力和生命力，对于旧体诗词的保护、传播也起到了无可替代的作用。河津诗词爱好者一方面认真学习毛泽东诗词，从中汲取精神力量，一方面也仿照创作旧体诗词。

改革开放后，河津的诗家讴歌新时代，吟咏新生活，诗词界一股劲风蓬勃发展，为河津文坛注入清风正气。1995年1月，在潞安矿务局面向海内外举办石圪节煤矿解放五十周年对联、格律诗词有奖征稿活动中，河津市7人获11项奖，在全省乃至全国都名列前茅。1995年5月3日，河津市诗词学会第一届会员代表大会在县城举行，河津市诗词学会正式成立，自此河津诗词文化发展挺进新阶段。

诗社及著作蓬勃兴起，生机盎然。河津是诗卷，河津是画廊。一页页诗涛，奔流着诗人的情与志，成为河津诗歌史上一道靓丽的风景线。据史料载，截至民国，河津籍的诗人结社，可考者有三，一是金元段克己、段成己兄弟隐居河津，与河津诗人结河汾诗社。二是清咸丰年间王照离等十二人结崇文社。三是民国年间樊廷檀等七人结冬青诗社。中华人民共和国成立后，1995年成立的河津市诗词学会，2006年成立的桐阳诗社，都为传承和发展河津诗词文化做出了突出成绩。

河津先贤著作很丰富，多有载入《四库全书》者，如卜商《诗序》、司马迁《史记》、王通《中说》、王绩《王无功集》、王勃《王子安集》、薛瑄《河汾诗集》等，是华夏文学史上熠熠生辉的明珠。

2008年《历代名人咏河津》出版，是反映河津人文历史的第一部诗词集。2018年《历代诗人咏河津》出版，是河津诗词学会成立二十多年来，对当代河津诗人吟咏河津的一次大盘点、大汇总。据统计，仅录入本志的河津古今诗家诗词著作即达50多部，收录古今河津诗人撰写的经典诗词曲赋800余首（篇）。

江山代有才人出，一代新人谱华章。正是河津深厚的文化基因，孕育了众多的河津诗词精英。河津市诗词学会成立至今近二十七个春秋，它见证了河津日新月异的变化，承载了河津厚重的文化基因。学会创办了《龙门诗报》，由最初的八开小报到后来的四版大报，后成为诗刊并更名为《龙门诗潮》。网络的兴起，助推学会的传播范围日渐扩大。学会建立了微信群，加强了与运城市诗词学会及兄弟县市的联系，大大方便了交流与学习，相应提高了创作水平，诗、词、曲三种文学体裁都有佳作。

随着全民文化水平的提高，受央视《中国诗词大会》的影响，河津诗词创作队伍不断壮大，诗歌创作热情渐渐雄起。加之相关部门对诗词文化的普及与传播，以及检索格律方便，有力推动了全市诗歌的创作与普及教育。诗人在潜心打造精品力作中，自身人格修养不断完善。学生们在诵读古诗的过程中，受到民族人文精神的熏陶与感召。民众钟情"诗言志，歌永言"，文化品位逐步提升。

创建"中华诗词之市"硕果斐然，前景灿烂。 近年来，河津市委、市政府高度重视文化产业发展，以文兴产、以产促文，产业与文化共振，科技与人文齐飞，助推全市文化产业高质量繁荣发展。广大诗词文化工作者积极传承诗词文化，深入挖掘河津诗词文化的时代内涵，把"争强好胜、勇为人先"的河津精神，作为诗词创作的思想资源，树立正确价值观、人生观、世界观，创作了诸多讴歌河津风物的瑰丽诗篇，为提升全民文明素质，增强河津文化软实力，努力建设与河津深厚文化底蕴相匹配、与打造"中国文化传承弘扬发展示范区"使命相适应的文化强市，增添了正能量。

2021年4月，河津市诗词学会制定了《关于创建"中华诗词之市"的实施方案》，河津市创建"中华诗词之市"工作拉开序幕。6月，全市成功举办了"缤纷古耿 诗画河津"庆祝中国共产党成立100周年全国名家诗词书画创作交流系列活动，成立了"中华诗词创作研究基地"，全国名家举行"缤纷古耿 诗画河津"诗词书画创作交流会，名家创作的40首赞颂河津风物的诗词，在2021年第8期《中华诗词》"诗画河津"栏目中大展风采。7月18日，河津市创建"山西诗词之市"领导小组成立，出台了《河津市创建"山西诗词之市"的实施方案》，确定河津市创建"山西诗词之市"相关部门的职责和目标任务。全市诗词普及教育蓬勃开展，诗词文化达到了"七进"：进乡村、学校、企业、机关、社区、景区、家庭，吟诵经典诗词、打造精品力作蔚然成风。有很多群众过红白喜事，都邀请诗词、楹联学会的会员根据家庭情况进行创作，布置诗联文化墙，营造浓厚的文化氛围，还编印诗联书画册，使诗词文化接地气、润民心，广为传播。

2021年11月18日，山西诗词学会授予河津市"山西诗词之市"称号，授予河津市诗词学会"山西诗教先进单位"称号，河津市诗词文化事业翻开新的一页。

当前，全市上下诗潮腾涌、文风蔚起，创建"中华诗词之市"的工作整体推进，扎实有序。广大文艺工作者赓续历史文脉，坚定文化自信，正在奋力书写更加绚丽的时代华章，为助推经济社会高质量发展增添正能量。

大事记

西周

周宣王时期，韩侯入朝受封、觐见并迎亲、归国，无名氏作《诗经·大雅·韩奕》。（注：《左传》"僖公十五年"关于韩原之战的"涉河，侯车败"之语，是谓秦穆公渡过黄河在韩原击败晋惠公。）

西周时期，魏国无名氏作《诗经·魏风·汾沮洳》。

春秋

晋定公年间，河津吏之女女娟（赵简子夫人）作《河激歌》。

公元前479年后，《国语》载："卜子夏，孔子卒后，设教于西河之上。"清陈廷敬诗云："昔者卜子夏，论诗河之滨。"卜子夏作《诗经》大序。

汉

汉武帝元鼎四年（前113）十月，汉武帝刘彻率领群臣到河东郡，汉武帝乘坐楼船泛舟汾河，作《秋风辞》。

汉武帝天汉三年（前98），司马迁作《悲士不遇赋》。

隋

隋文帝仁寿三年（603），王通西游长安，献《太平十二策》，隋文帝不用，作《东征歌》而归。隋末，王通在疏属山汾亭作《汾亭操》（失传）。

隋仁寿四年（604），王绩年十五，谒杨素，占对英辨，一座尽倾，以为神仙童子。薛道衡见其《登龙门忆禹赋》（失传），叹曰："今之庾信也。"

唐

唐太宗贞观初期，王绩作五律《野望》。唐太宗贞观十八年（644），王绩病重，乃自撰墓志铭，著有《王无功集》。

唐高宗龙朔元年（661），《新唐书·薛仁贵传》载："诏副郑仁泰为铁勒道行军总管……时九姓众十余万，令骁骑数十来挑战，仁贵发三矢，辄杀三人，于是虏气慑，皆降……军中歌曰：'将军三箭定天山，壮士长歌入汉关。'"

唐上元二年（675）重阳节，王勃作《滕王阁序》。

唐德宗年间（779—805），诗人王含，初唐诗人王绩之后，命运多蹇，怀才不遇。

唐德宗贞元二十年（804）前后，韩愈作《送王含秀才序》（别名《送进士王含序》）。

金、元

金天兴三年（1234）金亡后，稷山段克己、段成己隐居河津龙门山北午芹一带，与当地诗人结"河汾诗社"，著有《二妙集》。

蒙古宪宗五年（1255），段成己徙居晋宁，河汾诗社解散。

明

明宣德元年（1426）夏五月二十五日，薛瑄游龙门，作《游龙门记》，著有《薛瑄全集》。

薛甚，薛瑄之孙，明天顺八年（1464）进士，著《薛刑部诗集》一卷。

明嘉靖十五年（1536），《龙门志》（嘉靖版）出版。

薛昌胤，薛瑄玄孙，明崇祯十六年（1643）进士，著《蓼虫吟》一卷。

明赵用光著《苍雪轩全集》。

清

任绍爔,清康熙三年(1664)进士,著《犹存诗草》一卷。
清咸丰十一年(1861),崇文社成立。
清光绪六年(1880)《河津县志》(光绪版)出版。
薛应麟著《临溪山房诗草》。

中华民国

民国时期,周自道著《诚斋诗文集》。
民国10年(1921)前后,南阳"冬青诗社"成立。
民国26年(1937),韩晋贤作《河津县歌》。
民国36年(1947)4月8日,人民解放军攻克河津县城,河津宣告解放。

中华人民共和国

1949年

10月1日,中华人民共和国成立,河津县城举行隆重庆祝集会。

1988年

《李尤白诗文选》出版。

1990年

《冬青诗社文稿》出版,李尤白作序。

1991年

12月,董涛君著作《董涛君诗草》出版。

1994年

暮冬,柴昌明等筹备成立河津市诗词学会。潞安矿务局面向海内外举办石圪节煤矿解放五十周年对联、格律诗词有奖征稿活动,河津市诗联界积极应征。

1995 年

1月，在潞安矿务局面向海内外举办石圪节煤矿解放五十周年对联、格律诗词有奖征稿活动中，河津市7人获11项奖，其中一等奖2项、三等奖8项、组织奖1项，在全省乃至全国都名列前茅。

5月3日，河津市诗词学会第一届会员代表大会在县城举行，市委常委、市宣传部部长兼市文联主席王发堂，市文联副主席原艺文参加会议，河津市诗词学会正式成立，柴昌明为第一届理事会会长，聘任吉光三、原艺文、任罗乐为顾问，会址在紫金街82号鸣春阁。

5月15日，河津诗报《龙门诗苑》诞生，11月15日更名为《龙门诗报》。

1996 年

5月，举办"为干涧、龙门、城北、高家湾、北午芹五村荣获运城地区乡企十佳明星村赠诗"活动。

5月25—27日，"山西诗词学会年会暨九六河津诗会"在河津市召开。

5月27日，山西诗词学会会长温祥专程前往河津市柴家乡庄头村看望杨时彦同志，山西诗词学会专门为杨时彦同志送去1000元生活、学习费用。

8月26日，中华诗词学会批准河津市诗词学会为团体会员。

9月，河津市诗词学会、河津市楹联学会、《龙门》杂志编辑部联合举办"国税专号对联及旧体诗词征稿"活动。

1997 年

6月24日，河津市文联授予河津市诗词学会《回归颂》文学艺术大赛组织奖。

7月，任罗乐、毛建民主编的《杨时彦诗联》出版。

1999 年

原艺文、段惠民赴北京参加"中华诗词世纪颂诗词笔会"。

2000 年

5月，河津市诗词学会换届，柴昌明连任第二届会长。

5月，杨时彦著作《诗缘斋诗联选》出版。

6月，任罗乐著作《乐乐诗联》出版。

2002 年

5月,《龙门诗报》入选《中华诗词十五年年鉴》(1987—2002)。

8月,《李尤白诗文选集》出版,贺敬之题写书名。

11月,原艺文赴桂林参加"全国山水诗词楹联创作"交流会,原艺文的《七律·观电视剧〈日出东方〉》在展厅展出。

12月,侯振发著作《心海豪唱》出版。

2003 年

4月12日,山西诗词学会在太原召开第四次代表大会,任罗乐当选为山西诗词学会第四届理事会理事。

2004 年

2月22日,桐阳诗社《涧水清波》诗报诞生。

3月,毛建民著作《茅屋诗联选》出版。

6月,诗人李西英、黄亚洲及《诗刊》主编李小雨一行来河津体验生活。

8月,任罗乐著作《陋室文集》出版。

2005 年

3月,侯振发著作《涧水情长》出版。

5月,河津市诗词学会换届,柴昌明连任第三届会长,聘任中华诗词学会副会长晨崧为顾问。

12月,张耀清著作《诗联文日记选录》出版。

12月,侯振发著作《情志直抒》出版。

2006 年

9月,原艺文著作《原艺文文集》出版。

9月,吕俊安著作《东潮诗联集》出版。

10月12日,桐阳诗社正式挂牌成立,社址在河津市紫金街059号。

2007 年

1月,《龙门诗报》改版为《龙门诗潮》诗刊。

5月，柴万锁著作《红蓼吟稿》出版。

2008年

8月，任罗乐、毛建民主编的《历代名人咏河津》出版。

9月，运城市诗词学会、山西省鹳雀楼旅游有限公司授河津市诗词学会"2008年登楼赏月诗词征稿活动组织奖"。

2009年

8月，侯振发著作《喜怒哀乐都是歌》出版。

9月，张耀清著作《诗联文日记选录之二》出版。

2011年

5月，河津市诗词学会换届，柴昌明连任第四届会长。

河津市诗词学会获市文联2010年度"组织建设先进集体"奖。

2012年

2月，河津市文联授予河津市诗词学会2011年度"组织建设先进集体"奖。

3月，任罗乐编著的《河津经典人文》出版发行。

赵丙寅著作《耕心苑诗联集》出版。

2013年

河津市诗词学会获市文联"公益活动先进集体"奖。

6月，任罗乐的《河津赋》刊载于2013年第6期《中华辞赋》。

2014年

河津市诗词学会协同安邑诗词学会面向运城十三县市举办"纪念关龙逢为国殉职3780周年诗词大赛"。

3月，河津市文联授河津市诗词学会2013年度"公益活动先进集体"奖。

河津市诗词学会获河津市文联2013年度"文艺创作先进学会"奖。

5月，任罗乐著作《诗韵情深》出版。

5月，侯振发著作《激发霜钟叠浪声》出版。

7月，任罗乐、陈美敏主编的《革命功臣颂·诗词楹联颂功臣作品集》出版。

2015 年

5月，河津市诗词学会换届，薛德虎任第五届会长，聘任柴昌明、吕俊安、赵丙寅、任罗乐为名誉会长。

6月，吕俊安著作《词曲牌名归韵与实用对仗句》出版。

9月，张耀清著作《诗联文日记选录之三》出版。

河津市诗词学会获河津市文联2014年度"文艺创作先进学会"奖。

2016 年

6月，吕俊安著作《诗联异葩选录》出版。

河津市诗词学会获河津市文联2015年度"文艺创作先进学会"奖和"先进集体"奖。

2017 年

2月，河津市文联授予河津市诗词学会2016年度"文艺创作先进学会"奖。

5月，运城市诗词学会聘任侯振发为副会长。

6月16日，运城市首届关亭滩艺术节开幕，晨崧等中华诗词学会领导参加，河津市诗词学会薛德虎、王景生等16位诗友参会并撰写贺诗装裱展览。

7月，薛毅斌著作《朝露集》出版。

7月22日，王景生参加洛阳诗词学会成立20周年纪念座谈会和洛阳诗词文化高峰论坛。

9月，魏文生著作《风塔诗韵》出版。

10月5日，山西李毓秀书画院河津分院正式揭牌成立，王景生任分院院长。

10月5日，运城市诗词学会为"运城市诗词学会河津创作基地"挂牌，王景生被运城市诗词学会聘任为"运城市诗词学会河津创作基地"主任。

12月，运城市诗词学会授予河津市诗词学会"先进集体"奖，聘任薛德虎为运城市诗词学会副会长，授予柴昌明、吕俊安终身成就奖，授予王景生先进个人奖。

2018 年

3月，河津市文联授予河津市诗词学会2017年度"文艺创作先进学会"奖。

3月26日，以"鱼跃龙门，华耀河津"为主题的河津市第二届桃花节在莲池公园隆重启动，市诗词学会会员积极参加第二届桃花节诗词赛，获得一等奖1名、二等奖2名、三等奖3名、优秀奖10名。

10月，在隆重庆祝改革开放40年系列活动中，河津市诗词学会会员挥笔撰写颂扬改革开放巨大成就的格律诗词，刊载于《龙门》杂志和《河津风采》。

10月，任罗乐、薛德虎、吕俊安主编的《历代诗人咏河津》出版。

10月26日，山西诗词学会栗文政副会长，王跃平、王德珍、韩江红等领导，以及运城市诗词学会秦晓舟会长、冯雪芹副会长、高恒山副会长、李晓娟秘书长与张岩、王晓丽等到河津市诗词学会视察诗教工作，河津市文联孙铭英部长陪同，薛德虎、王景生汇报了河津市诗词学会工作。

12月，运城市诗词学会授予河津市诗词学会"先进单位"奖，授予薛德虎、王景生、侯振发"先进工作者"称号，聘任王景生为运城市诗词学会副会长。

2019年

4月，河津市文联授予河津市诗词学会2018年度"优秀学会"奖，授予桐阳诗社2018年度"先进集体"奖。

7月14日，中华诗词碑林盛会在运城召开，王景生、薛德虎等12人参加。

9月，河津市诗词学会组织会员以"礼赞新中国，讴歌新时代"为题，为中华人民共和国成立70周年华诞敬献颂诗，其中23位会员撰写的42首诗词刊登于2019年9月27日的《河津风采》。

10月17日至18日，王景生参加山西省诗教工作寿阳现场会。

11月8日，河津市诗词学会第六届整合换届大会在市区召开，一是将"桐阳诗社"并入"河津市诗词学会"，二是选举产生第六届理事会，王景生为会长，聘任晨崧、杨永杰、柴昌明、任罗乐、吕俊安、薛德虎、侯振发、苏春云、赵晋、柴效荣、卫永涛、任争平、赵丙寅、李金龙、毛建民、武培仁、侯关海、孙世忠、卫金报、赵志高、原艺文、李再廷为河津市诗词学会顾问。

2020年

1月，全民抗疫斗争开始，河津市诗词学会组织会员撰写诗词，并积极参与运城市诗词学会抗疫诗词河津方阵活动，有24首诗词作品入选《运城市诗词学会抗疫诗词河津市方阵诗词选辑》。

1月，侯振发著作《璀璨夕阳》出版。

4月，《河津市诗歌志》编纂工作启动。

5月，河津市诗词学会下设城区及乡镇十个诗词分会。

9月，河津市诗词学会会址从华福苑公寓迁到麟岛社区。

9月10日，2020年教师节，河津市第三小学举办尊师爱教诵读大赛。河津市文联、河津市教育局、河津市诗词学会领导及专业老师参评，6支小分队获奖，18位学生获优胜奖，3个班组获组织奖。

11月，原艺文著作《原艺文诗词歌赋楹联选》出版。

12月，薛毅斌著作《朝露联珠》出版。

12月，张耀清著作《诗联文日记选录之四》出版。

2021年

4月，河津市诗词学会制定《创建"中华诗词之市"的实施方案》。

5月，河津市水利局、市文联主办，市诗词学会等单位协办庆祝中国共产党成立100周年"颂党恩、兴水利、惠民生、开新局"诗联书画摄影展，河津市诗词学会会员踊跃参与，获1名一等奖、2名二等奖、3名三等奖。

5月，全市举行"河津市庆祝中国共产党成立100周年赛诗赛文活动"，市诗词学会会员积极参与，获2名二等奖、3名三等奖、5名优秀奖。

6月，侯振发著作《党在我心中》出版。

6月10日，河津市委、市政府制定的河津市庆祝中国共产党成立100周年"缤纷古耿　诗画河津"全国名家诗词书画创作交流系列活动策划方案出台。

6月11日，河津市"缤纷古耿　诗画河津"庆祝中国共产党成立100周年全国名家诗词书画创作交流系列活动启动，河津市与晋唐（北京）书画院在市体育馆联合举办"缤纷古耿　诗画河津"庆祝中国共产党成立100周年全国名家诗词书画展。

6月24日下午，参加全国名家诗词书画展的名家从全国各地集聚河津。当晚，他们在红光集团观看了河津原创红色现代蒲剧《凤城英烈》。

6月25日上午，由中华诗词学会主办，书画频道、晋唐（北京）书画院协办的"缤纷古耿　诗画河津"庆祝中国共产党成立100周年全国名家诗词书画展开幕式在市体育馆隆重举行。中华诗词学会会长、原国家行政学院副院长周文彰，山西省与运城市文化宣传部门负责人，运城市委常委、河津市委书记李晓武和市四大班子领导，同全国各地的80余名诗词书画名家参加开幕式。运城市委常委、河津市委书记李晓武，中华诗词学会会长周文彰，山西省书协主席石跃峰，广西书协主席郑军健先后致辞。运城市委常委、宣传部长、副市长王志峰宣布展览开幕。

6月25日下午，来自全国各地的知名诗词书画艺术家，前往九龙公园固镇宋金瓷窑专题展厅、黄河龙门风景区、黄河一号旅游公路等地参观采风。

6月25日晚，由河津市委、河津市人民政府主办的"党在我心中"大型文艺晚会在市龙门广场精彩启幕。中华诗词学会会长周文彰，顾问李栋恒、岳宣义，光大集团原董事长唐双宁，中华诗词学会常务副会长范诗银，副会长林峰、沈华维，秘书长张存寿和40余位来自全国的诗词书画名家代表，与运城市委常委、河津市委书记李晓武，市委副书记、市长何伟等河津市四大班子领导及党员干部群众万余人现场观看了晚会。

在晚会过程中，隆重举行了中华诗词学会书画界诗词工作委员会成立仪式，中华诗词学会常务副会长范诗银宣读了委员会组成人员名单，中华诗词学会会长周文彰为书画专业委员会与会领导颁发了聘书。中华诗词学会会长周文彰与运城市委常委、河津市委书记李晓武共同为"中华诗词创作研究基地"揭牌。中华诗词学会会长周文彰，运城市委常委、河津市委书记李晓武等领导嘉宾共同按下河津市创建"中华诗词之市"启动仪式的按钮。

6月26日上午，"缤纷古耿　诗画河津"庆祝中国共产党成立100周年全国名家诗词书画创作交流会在市宾馆三楼大会议室举行，全国名家创作的40首赞颂河津风物的诗词，刊于2021年第8期《中华诗词》"诗画河津"栏目。

7月18日，河津市创建"山西诗词之市"领导小组成立，出台河津市创建"山西诗词之市"的实施方案，确定河津市创建"山西诗词之市"相关部门的职责和目标任务。

9月13日至14日，山西诗词学会常务副会长兼秘书长郑福太、副会长张梅琴带领考察组来河津，对创建"山西诗词之市"工作进行考察。考察组一行对市墨缘书画、第三小学、小梁峨眉诗社、新华书店、水润诗社、九龙公园、莲池公园、花苑诗社等处进行了实地考察，在召开的相关座谈会上，市委常委、市宣传部长董亚强作了创建"山西诗词之市"的工作汇报发言。

10月9日，河津遭受67年以来最大洪水袭击，市委、市政府及时组织全市干群抗汛救灾，河津市诗词学会积极组织会员参加抗洪抢险，并挥笔撰写诗词鼓舞士气。

10月上旬，全市乡、镇、街道、社区、单位成立19个诗社。

11月17日，山西诗词学会常务副会长郑福太、副会长张梅琴带领验收组来河津，对"山西诗词之市"创建工作进行验收。市委常委、宣传部长董亚强等陪同。考察组一行先后到市水利局水润诗社、小梁乡峨眉诗社、清涧街道花苑诗社、铝基地朝霞诗社等单位进行了现场查看，全面了解河津全市诗词爱好者队伍、诗词创作、诗词教育、学生诗词诵读等方面情况，对"山西诗词之市"创建工作予以充分肯定。

11月18日，在市宾馆会议室举行"山西诗词之市"授牌仪式，山西诗词学会常务副会长郑福太为河津市颁发"山西诗词之市"牌匾，河津市委副书记、市长何伟接受牌匾。山西诗词学会副会长张梅琴,运城市诗词学会会长秦晓舟、常务副会长冯雪琴、副会长高恒山,河津市委副书记安奇,河津市委常委、宣传部长董亚强等出席。授牌仪式上,展示了山西诗词学会会长李雁红的特别题词——"韵漫古耿,诗醉龙门",宣读了山西诗词学会《关于授予河津市"山西诗词之市"称号的通知》,颁发了"山西诗教先进集体"奖牌、"山西诗教先进工作者"荣誉证书。

11月29日,河津市诗词学会在《河津风采》发出《关于编纂〈河津市诗歌志〉资料征集启事》。

11月30日,河津市诗词学会召开《河津市诗歌志》(草稿)讨论会。

12月3日,河津市诗词学会召开会议,根据实际情况将《河津市诗歌志》更名为《河津市诗词志》。

2022年

2月26日,河津市文联、市诗词学会、水润诗社举办《诗词大讲堂》,运城市诗词学会会长秦晓舟、常务副会长冯雪芹、副会长高恒山、副秘书长张国平亲临指导,冯雪芹同志为诗友授课。

3月4日,河津市诗词学会召开《河津市诗词志》研讨会。

第一章　诗词文化发展史略

第一节　中华人民共和国成立前河津诗词文化发展史

　　诗词曲赋是一种用高度凝练的语言形象表达作者丰富情感的艺术，是集中反映社会生活并具有一定节奏和韵律，进行抒情言志的文学体裁，是中国传统文化的精髓和中华文明的瑰宝，是中华文化独特魅力之所在。

　　《帝王世纪》载："帝尧之世，天下大和，百姓无事。有八九十老人，击壤而歌。"其歌词是："日出而作，日入而息。凿井而饮，耕田而食。帝力于我何有哉？"这首《击壤歌》应是中国歌曲之祖。清人沈德潜在《古诗源》注释说："故以《击壤歌》为始。"这首最早的诗歌用极口语化的写实方式，吟唱出了劳动者自食其力、无忧无虑的生活。

　　在河津这块古老的大地上，很早便有大禹治水凿龙门的传说。汉辛氏《三秦记》载："河津一名龙门，禹凿山开门，阔一里余，黄河自中流下，两岸不通车马。每暮春之际，有黄鲤鱼逆流而上，得过者便化为龙。"鲤鱼跃龙门，是积极向上的河津人文精髓，是河津的名片。龙门，这一人类战胜自然的见证，引来古今多少文人墨客，为她记，为她诗。

　　中国是诗的国度，山西是诗的故乡，河津也是诗的源头之一。《诗经·大雅·韩奕》叙述了周宣王时期年轻的韩侯入朝受封、觐见、迎亲、归国和归国后的活动。《诗经·魏风·汾沮洳》用对比、烘托等手法以侧面描写来塑造人物形象，反映了汾河两岸人民的生活。闻一多在《风诗类钞》中首先提出"这是女子思慕男子的诗"。不论这位痴情女子干什么活儿，也不论是什么时间和什么地点，她总是思念着自己的意中人，足见其痴情的程度了。诗中"美如英""美如玉"赞美了劳动人民自食其力的高尚情操，"殊异乎公族"讽刺了品质低劣、游手好闲的精英权贵的寄生虫嘴脸。

《诗经》是中国古代第一部诗歌总集，它所表现的"饥者歌其食，劳者歌其事"的现实主义精神，为后世的进步作家树立了楷模，启发和推动诗人、作家去关心国家的命运和人民的疾苦，是我国古代诗歌辉煌的开端，它对我国后世诗歌，以至整个古代文学的发展都有着极为巨大的影响。

孔子是伟大的思想家、教育家。对于《诗经》的思想内容，他说"诗三百，一言以蔽之，思无邪"。对于它的特点，则"温柠敦厚，诗教也。"意思是，《诗经》使人读来有澄清心灵的功效。还说"不学诗，无以言"，显示出《诗经》对中国古代文学的深刻影响。孔子认为，研究《诗经》可以培养联想力，提高观察力，学习讽刺方法，可以运用其中的道理侍奉父母，服侍君主，从而达至齐家、治国、平天下。他的高足子夏与毛公给《诗经》写了小序，大序则是子夏一人所为。大序是指《关雎》小序之后，从"风，风也"开始的文字。子夏，名商，孔子弟子，长于文学，史载他讲学西河（一说为今河津市一带）数十年，序《诗》传《易》，是魏文侯的老师。

大序阐述了诗歌的特征、内容、分类、表现手法和社会作用，堪称先秦儒家诗论的系统总结。它进一步阐明了诗歌言志抒情的特征和诗与音乐、舞蹈的关系，明确揭示了诗歌音乐和时代政治的密切关系，它把《诗经》的分类和表现手法概括为"六义"说，特别强调诗歌的社会作用。对于诗与志、志与情的关系以及诗歌的艺术特征提出了精深的见解，并涉及诗歌和时代以及政治的关系，肯定了诗歌的教化作用，丰富了所谓"诗教"的内容。

大序对诗歌的性质、作用、体制和表现方法等问题做了比较全面的阐述，形成了较为完整的诗歌理论，是中国诗学的第一篇专论。可以说，卜子夏的大序是诗歌艺术的引航灯。

西汉时，赋是主要的文学形式，相当于今天的散文诗。《悲士不遇赋》是司马迁唯一流传下来的一篇赋。《汉书·艺文志》著录司马迁有赋八篇，但大都失传，只有这篇《悲士不遇赋》保存在唐欧阳询等编纂的《艺文类聚》之中，其文约二百字。

司马迁，字子长，司马谈之子，西汉史学家，任太史令。其编撰的《史记》被称为"史家之绝唱，无韵之离骚"，是二十四史之首。

司马迁在《史记》诸多传记中引用了《诗经》。其说："《国风》好色而不淫，《小雅》怨诽而不乱。若《离骚》者，可谓兼之矣。上称帝喾，下道齐桓，中述汤、武，以刺世事。明道德之广崇，治乱之条贯，靡不毕见。其文约，其辞微，其志洁，其行廉，其称文小而其指极大，举类迩而见义远。其志洁，故其称物芳；其行廉，故死而不容。自疏濯淖污泥之中，蝉蜕于浊秽，以浮游尘埃之外，不获世之滋垢，皭然泥而不滓者也。推此志也,虽与日月争光可也。"可见先贤司马迁也受到《诗经》的影响。

汉元鼎四年(前113年)秋,汉武帝在河东郡汾阴县汾河段的船上赋《秋风辞》。唐《元和郡县图志·龙门县》第十二卷载:"汾水,北去县五里,汉武帝行幸河东,作《秋风辞》,即此水也。"汉武帝刘彻在文学上曾提倡辞赋,重视收集各地的民歌、民谣,对我国文学的发展起了促进作用,他那带有民歌格调的《秋风辞》就像一株秀丽芬芳的奇葩,永远开放在中国文学发展史的苑囿里。《秋风辞》的开篇两句就写出了汾河两岸秋天的景色,其艺术性倍受历代文人赞赏。清代沈德潜说它是《离骚》遗响,是悲秋诗中的上佳之作。

隋代学者王通,龙门人。他学问渊博,终身不仕,致力于聚徒讲学而闻名天下。他力主汉儒的诗教说,认为诗当"上明三纲,下达五常","征存亡,辨得失"(《中说·天地篇》)。他的主张对儒家诗教传统的恢复产生了较大影响。《中说》载王通之言:"诗者,民之情性也。情性能亡乎?"可见王通之重视诗歌,以及其对诗歌的基本看法。《东征歌》发抒以天下为己任之怀抱,道之不行之悲慨,选择骚体,外而符内,故相得益彰。豪情悲慨,皆从肺腑流出,不假雕饰,至为真实,故感染力极强。贾晋华受罗宗强先生《隋唐五代文学思想史》一书中关于"论隋代文学发展而以作家群分"研究方法的启发,在《河汾作家群与隋唐之际的文学》一文中,对"一个从未为研究者所注意的重要作家群——河汾作家群"及其作品进行稽考与评述,并探索其对隋唐之际文学发展的影响。文章首先断定王通讲学,在河汾一带聚集了一批作家,可考者有王度、王绩、薛收、杜淹、凌敬、薛德音、陈叔达、仲长子光等。作品现存有王通一首诗,王度一篇传奇,王绩十三首(篇)诗文,薛收二篇文献,薛德音一首诗,陈叔达一首诗,凌敬一首诗,以及《中说》文论数则。其认为:"河汾作家群不同于隋代其他作家群的突出特征,在于他们表现出一种对于隐士风范和田园诗自然率真的新兴趣",进而认为:"河汾作家群以其特有的创作风格和业绩,不但在隋代文学中独树一帜,占有不容忽视的地位,而且对初唐文学发展产生了重要的影响"。

生活在隋唐之际的王绩,在宫廷应制诗千篇一律,绮艳柔靡、雕琢藻饰诗风弥漫初唐诗坛之时,以描绘山水田园隐居生活,直抒个人性情的诗篇,独树一帜,卓然独立。他的《野望》与《古意六首》,上承陶渊明、阮籍,下开王维、孟浩然山水田园诗与陈子昂、张九龄感遇诗之先河,为五言诗的形成、成熟与完善,更为唐诗的健康发展,做出了自己的贡献。

《野望》一诗是那个时代的标杆,它的朴素让人看到了干净与宁静,却也看到了归隐之后,又无法从山水田园之中获取真实的快乐。由此,我们又看到了一种坦率天真的"失据"与"孤独"。但是,就是王绩这首诗,描述了他隐居东皋的暮秋景色,是一幅家乡的山，家乡的树，不事雕琢的自然风景画。王绩就是凭着这首《野望》被后世公认为是五言律诗的奠基人，扭转了齐梁风气，在中国诗歌史上具有非常重要的地位。《王无功集》卷一收王绩赋九首，《河渚赋》《独居赋》《孤松赋》《登龙门忆禹赋》《酒赋》五首有题无文。现存的四首赋，熔叙文、写景、抒情于一炉，舒畅明快，清新可诵，内容充实质朴。《登龙门忆禹赋》（散佚）被当时的文坛领袖薛道衡誉为"今之庾信"（晁公武《郡斋读书志》）。

王勃，唐朝初年的文学家，绛州龙门人。《旧唐书·杨炯传》载："炯与王勃、卢照邻、骆宾王以文诗齐名，海内称为王杨卢骆，亦号为四杰。"四杰活动于唐高宗、武后时期。他们在内容风格方面勇于改革齐梁的浮艳诗风，对宫体诗有较大突破，并将五言律诗发展成熟。杜甫诗赞四人："王杨卢骆当时体，轻薄为文哂未休。尔曹身与名俱灭，不废江河万古流。"

初唐四杰的领军人是王勃，他第一个提出诗歌革新的主张，指明了诗歌的方向，并在创作实践中充分体现了现实主义精神，用他的实践端正了唐诗的方向。他的名篇《滕王阁序》与他的诗双峰并峙，光耀千古。但是，王勃对中国文学的贡献，主要的不是这篇《滕王阁序》，而是他的诗歌。

王勃的集子没有一首描写河津胜境的诗（或散佚），但有一篇《夏日登龙门楼寓望序》，甚有诗情画意。王勃才华横溢，他继承和发展了梁人创造的"引诗入赋"的形式，在这篇小序中大量运用四六言对偶句，这种写法讲究音律和对仗，读起来朗朗上口，具有韵律美与节奏感，剪裁出别样景象。此序文当写于上元二年（675），王勃因杀官奴事发，遇赦除名后，自虢州归龙门，与朋友同登龙门楼观赏风景时创作。文中表达了作者对友情的赞美和与朋友在一起时喜悦、舒畅的心情。

《送杜少府之任蜀州》是王勃最著名的一首诗。这首诗不同于宫廷体的地方起码有二：1. 这是表达自己感情的，而宫廷诗只有脱离社会现实的赞美；2. 它的表达直接、朴素，而后者语言矫饰是共性。这首诗语言的清新之处还在于，一洗送别诗的穷愁伤感之态，代之以昂扬奋发的风貌，这与初唐的气象是一致的。

王勃流传下来的诗篇并不多，不过一句"海内存知己，天涯若比邻"确实是荡气回肠，文采四溢，在今天依然被广泛运用。另外还有一首七言古诗，作名文《滕王阁序》的结尾，是唐诗七律的雏形，在唐诗七律的最终定型中功不可没。这首七言古诗就是著名的《滕王阁诗》。王勃所生活的时代是唐代初期，诗歌虽然风气渐盛，但是绝句和律诗并没有真正发展成熟。尤其是律诗，要求对仗，还对音律提出了很高的要求。《滕王阁序》以"落霞与孤鹜齐飞，秋水共长天一色"闻名于世，而这首七言古诗，更是以描摹滕王阁周围的亭台楼榭、如画风景，突出滕王阁众星拱月的地位。对于《滕王阁诗》，后世甚是推崇。明代著名诗论家胡应麟评："只一结语，开后来多少法门。"明代文艺理论家陆时雍评："文虽四韵，气足长篇。"清初学者唐汝询评："富丽中见冷落，妙！妙！"清初文学家周容评："五十六字中，有千万言之势。"

  王勃的诗句追求含蓄蕴藉的美。他的五言绝句《山中》"长江悲已滞，万里念将归。况属高风晚，山山黄叶飞。"最能体现这一特征。他的"鱼床侵岸水，鸟路入山烟。"（《春日还郊》）"复此凉飙至，空山飞夜萤。"（《易阳早发》）"江皋木叶下，应想故城秋。"（《临江二首》）能看出从诗的取材上，王勃走向了外部更广阔的世界，他对大自然有自己独特的观察和感受。但是很可惜的是，这样一个才华横溢的诗人，最终却天妒英才，只活了27岁。如果他能长寿一些，或许会亲眼见证纯熟七律的模样，那个时候也必将给我们留下更多更精彩的诗篇。

  宋朝的诗，从整体上与唐诗比显得逊色些。但宋人另辟蹊径，在始于梁代，形成于唐代的曲子词上下功夫，形成宋词。它是一种相对于古体诗的新体诗歌，是宋代文学的最高成就。宋词句子有长有短，便于歌唱。因是合乐的歌词，故又称曲子词、乐府、乐章、长短句、诗余、琴趣等。唐诗与宋诗相比，唐诗多用实词，宋诗多用虚词；唐诗雄浑，宋诗精致。宋代以词冠绝，但河津在这个阶段流传下来的词作很少，应是一个遗憾。

  宋代王曙，唐代王绩后裔，寇准女婿，其存诗六首，《回峰院留题》《答子》《偶口》《诗一首》《诗二首》《残句》，颇有宋诗精致的特点。

  金代文学是北宋文学的余波遗响。金人深得北方名山大川雄浑之气，故宋词深致能入骨，金词清劲能树骨。金代诗歌，以多种形式比较成功地反映了女真族统治下的中国北方的社会现实。其中金诗在前期接受了北宋诗歌的一些影响，但由于社会生活的不同，诗作一般显得质朴遒劲。中期以后，特别是贞祐南渡以后，北宋诗人，特别是苏轼的影响仍然继续，但也有一些诗人提倡性情，"以唐人为指归"，对于纠正宋诗的某些流弊起了一定作用。

  段克己，金代文学家，字复之，号遁庵，别号菊庄，绛州稷山人。段成己，字诚之，号菊轩，绛州稷山人，段克己弟。哀宗时弟兄二人先后中进士，金正大七年（1230）两人又同为词赋进士，是河汾流派的重要诗人，与同时期的麻革、张宇、房皞、陈赓、陈庾、曹之谦合称金元河汾诸老。礼部尚书赵秉文赏其才，称他俩为"二妙"，并大书"双飞"二字于其居。金亡，避乱龙门山二十余年，与当地布衣诗人结诗社，相互酬吟，过着宁静的隐居生活，日以诗文讲学于河汾乡间。他们创作了大量文学作品，如段克己《丁未新正，与诗社诸公园亭宴集》，在他们的笔下，方平、午芹、西硙、光得（德）、龙门、禹门等一个个熟悉的地名，一幅幅宛如画境的山水，都表现了对故国家园的深沉忧思，对天下太平的殷切渴望，对山野林泉的酣畅吟咏，对归隐龙门的忘我抒怀。

清纪昀《四库全书总目·二妙集》评曰："诗六卷，乐府二卷。大抵骨力苍劲，意致苍凉，值故都倾覆之余，怅怀今昔，流露于不自知。"孙段辅（元吏部尚书）将其两人诗词合刻为《二妙集》，吴澄作序曰："河东二段先生，心广而识超，气盛而才雄，其诗……盖陶之达，杜之忧，兼而有之者也。"段成己另著《菊轩集》，人称"其文在班、马之间，得圣贤正学"。

元代是中国另一种诗歌——元曲的时代，其包括散曲与杂剧，形式通俗易懂，很平民化。元曲与唐诗、宋词为中国诗歌史上的三枝奇葩。河津人薛仁贵，唐代大将，《新唐书》《旧唐书》皆有传。史载薛仁贵"领兵击九姓突厥于天山"，"发三矢，辄杀三人，于是虏气慑，皆降"，于是军中歌曰："将军三箭定天山，壮士长歌入汉关。"薛仁贵事迹经过文人和民间艺人的创作推动，逐渐成为样式多样、数量丰富的文学作品。元代，有关薛仁贵的杂剧作品有张国宾的《薛仁贵荣归故里》、无名氏的《薛仁贵跨海征东》（《摩利支飞刀对箭》），以及元末明初无名氏的《贤达妇龙门隐秀》。元杂剧由四折一楔子组成，若干剧套组联，每个剧套有多支甚至十多支曲牌，加上科白，就是一部完整的剧本，由演员在舞台演绎。

明代诗歌在反映现实生活的广度和深度方面，既不如唐诗，又逊于宋诗。当时，诗歌创作流派多，这与明代人喜结诗社的风气有关。盛行的台阁体，如宋代的西昆体，多歌功颂德，与当时政治风气有很大关系。但薛瑄的诗却独树一帜，别开生面。

薛瑄，字德温，号敬轩，山西河津县人，明朝著名的理学大师，河东学派的创始人。由于他曾在朱熹的白鹿洞书院讲学，深受欢迎，所以人们尊称他为"薛夫子"。薛瑄很爱写诗，凡行旅、登临、居住、怀古、读书、会友、赠别等，多有诗歌问世，其诗歌在明代诗歌中有着极大的独特性，显示出从台阁体向茶陵派诗歌过渡的特点。对薛瑄的诗，清人纪昀在《四库全书总目提要》中给予了很高评价，曾称："大致冲淡高秀，吐言天授，往往有陶（陶渊明）韦（韦应物）之风。盖有德有言，瑄足当之。"薛瑄诗中不乏名篇、警句，如"天邻巫峡常多雨，江过浔阳始有潮。"（《沅州杂诗》）"庶官务割剥，不念远人穷。"（《有感》）"夜深风雪响侵门，绣被熏来睡正温。忽念中林有樵者，独惭余燰未能分。"（《卢溪冬夜》）"彤闱紫阁如天上，依旧清汾数顷田。"（《舟中赋》）薛瑄的诗意境优美，形象生动，爱民之心、辞官之愿，跃然纸上，备受赞赏。薛瑄诗文有一定影响力，其门生张鼎在《薛文清公文集》序文中说道："其诗文平易、冲淡、浑成，不假雕刻，诚所谓布帛菽粟，切于民生日用而不可缺者也。读者自当得之"。王世贞在《艺苑卮言》中谈到"七言最不易工"时，试举了薛瑄的诗句，评价道："何尝不极其致？"其诗作"不堕宋理趣"者居多，相对于台阁体的词气安闲，诗中颇有不平之气和劲健之风。在薛瑄抒发个人情志诗中，有许多都显露出"不平之气"，如《古诗二首》《偶题》等。

薛瑄论诗:"凡诗文出于真情则工,昔人所谓'出于肺腑'者是也。如《三百篇》《楚辞》、武侯《出师表》、李令伯《陈情表》、陶靖节诗、韩文公《祭兄子老成文》、欧阳公《泷冈阡表》,皆所谓出于肺腑者也,故皆不求工而自工。故凡作诗文,皆以真情为主。"薛瑄认为无论是针对个人生活抒发情感,还是关乎政治情感的抒发,都要出自肺腑,也只有出自肺腑,才堪称真情。他虽然崇尚复古,并不主张以艰涩古奥的词汇进行创作,他认为作品的语言应该简净。他曾将《法言》与《中说》比较,认为《中说》胜《法言》,理由是《法言》涩而晦,《中说》畅而浅。薛瑄的诗词观点在当今也有借鉴意义。

清朝是我国最后一个封建王朝,我国古代诗歌走完了它的最后一段历程。清代诗人虽然有拟古主义和形式主义之嫌,但仍不乏反映社会矛盾、暴露现实黑暗的好作品,现实主义传统在一些具有进步思想和民族意识的作家中仍有继承和发展。清诗善于借鉴前代,扬长补短,对于古典诗歌有所发展,其成就超过元明两代。

清光绪版《河津县志》收录清代河津三十多位诗人,先贤们以其饱满的热情,画意的诗情,或讴歌或吊古,描述家山的锦绣山川。

薛濂的《疏属晴岚》即景生情,情景交融,明快洒脱;许二酉的《游禹门》雄浑开阔,表现了诗人对黄河的赞叹之情;柴芎栋的《过射雁滩》描绘了深秋时节汾河湾的自然景色并借景抒情,表达对薛仁贵的怀念之情;柴惟达的《登卧麟岗》着意描绘了卧麟岗的雄伟气势,意境开阔。

民国是一个过渡特征很强的时段,新旧杂糅,传统与现代之间复杂交织。处在这样纷纭的时代里,古体诗词这一古典文化中最有代表性的文学形式,依然是文人间大量唱和的内容。很多政治家、革命家也留下了不少经典名作。民国诗人受到唐诗宋词和西方文学的双重冲击,所以,作品大都兼中西文化之长,拥有很明显的民国特色。

樊廷檀,河津(今属万荣)人,颇有才情,与乡里文人结冬青诗社,相互吟咏酬唱,诗书自娱,民国10年(1921)9月作《七律·太平洋会议》,岳竹坪唱和樊廷檀韵亦赋《太平洋会议》,都极大讽刺了美俄英日等列强的虚伪和跋扈。

李尤白,河津(今属万荣)人,现代诗人,格律诗词、新诗皆能,旧体诗《蜀道易》极具特色。胡苹秋的词《碧牡丹·题尤白兄的〈吕梁山的野牡丹〉》也为人激赏。

第二节　中华人民共和国成立后河津诗词文化发展史

中华人民共和国建立后，毛泽东诗词的广泛传播，不仅彰显了旧体诗词的魅力和生命力，对旧体诗词的保护、传播也起到了无可替代的作用。

河津诗词爱好者一方面认真学习毛泽东诗词，从中汲取精神力量，一方面也仿照创作旧体诗词。

改革开放后，河津的诗家讴歌新时代，吟咏新生活，掀起诗词界一股劲风，蓬勃发展，为河津文坛注入清风正气。

1995年1月，在潞安矿务局石圪节煤矿解放五周年对联、格律诗词有奖征稿活动中，河津市7人获10项奖，其中一等奖2项、三等奖8项，在省乃至全国都有一定的影响。

1995年5月3日，河津市诗词学会成立，当时有会员33人。

1996年5月，举办"为干涧、龙门、城北、高家湾、北午芹五村荣获运城地区乡企十佳明星村赠诗"活动，38人参与，共撰写赠诗90余首。

1996年5月25日至27日，山西诗词学会年会暨九六河津诗会在河津市召开。5月27日，山西诗词学会会长温祥专程前往河津市柴家乡庄头村看望病中的河津市诗词学会副会长杨时彦同志。会后，山西诗词学会专门为杨时彦同志解决1000元生活、学习费用。

1996年9月，河津市诗词学会、河津市楹联学会、《龙门》杂志编辑部联合举办"国税专号对联及旧体诗词征稿"活动。

2018年3月26日，以"鱼跃龙门，华耀河津"为主题的河津市第二届桃花节在莲池公园隆重启动，市诗词学会会员积极参加第二届桃花节诗词赛，获得一等奖1名、二等奖2名、三等奖4名。

2018年10月，在隆重庆祝改革开放40周年系列活动中，河津市诗词学会会员挥笔撰写颂扬改革开放巨大成就的格律诗词，有50首刊载于《龙门》杂志和《河津风采》。

2019年9月，河津市诗词学会组织会员以"礼赞新中国，讴歌新时代"为题，为中华人民共和国成立70周年华诞敬献颂诗，其中23位会员撰写的42首诗词刊登于2019年9月27日的《河津风采》。

2020年1月全民抗役斗争开始后，河津市诗词学会会员主动撰写诗词鼓舞士气，市诗词学会积极组织运城市诗词学会抗疫诗词河津市方阵，有24首诗词作品入选《运城市诗词学会抗疫诗词河津市方阵诗词选辑》。

2020年教师节，河津市第三小学举办尊师爱教诵读大赛活动。河津市文联、河津市教育局、河津市诗词学会领导，以及专业老师参评，6支小分队获奖，18位学生获优胜奖，3个班组获组织奖。

第三节 创建"中华诗词之市"

2021年4月，河津市诗词学会制定《关于创建"中华诗词之市"的实施方案》，河津市创建中华诗词之市工作拉开序幕。

5月，市水利局、市文联联合举办庆祝中国共产党成立100周年"颂党恩、兴水利、惠民生、开新局"诗词大赛，河津市诗词学会会员积极参赛，获一等奖1名、二等奖2名、三等奖3名。

5月，河津市举办"河津市庆祝中国共产党成立100周年赛诗赛文活动"，市诗词学会会员踊跃参赛，获二等奖2名、三等奖3名、优秀奖5名。

6月初，中华诗词学会，河津市委、市政府，文昌市委、市政府，书画频道，晋唐（北京）书画院等联合制定《河津市庆祝中国共产党成立100周年"缤纷古耿 诗画河津"全国名家诗词书画创作交流系列活动策划方案》。

6月11日起，河津市"缤纷古耿 诗画河津"庆祝中国共产党成立100周年全国名家诗词书画创作交流系列活动启动，河津市与晋唐（北京）书画院在市体育馆联合举办"缤纷古耿 诗画河津"庆祝中国共产党成立100周年全国名家诗词书画展。

6月25日上午，由中华诗词学会主办，书画频道、晋唐（北京）书画院协办的"缤纷古耿 诗画河津"庆祝中国共产党成立100周年全国名家诗词书画展开幕式在市体育馆隆重举行。中华诗词学会会长、原国家行政学院副院长周文彰，山西省与运城市文化宣传部门负责人，运城市委常委、河津市委书记李晓武暨市四大班子领导，同全国各地的80余名诗词书画名家参加开幕式。运城市委常委、河津市委书记李晓武，中华诗词学会会长周文彰，山西省书协主席石跃峰，广西书协主席郑军健先后致辞。运城市委常委、宣传部部长、副市长王志峰宣布展览开幕。

6月25日下午，来自全国各地的知名诗词书画艺术家们，前往九龙公园固镇宋金瓷窑专题展厅、黄河龙门风景区、黄河一号旅游公路等地参观采风。

6月25日晚，由河津市委、河津市人民政府主办的"党在我心中"大型文艺晚会在市龙门广场精彩启幕。中华诗词学会会长周文彰、顾问李栋恒和岳宣义，光大集团原董事长唐双宁，中华诗词学会常务副会长范诗银、副会长林峰和沈华维、秘书长张存寿和 40 余位来自全国的诗词、书画名家代表，与运城市委常委、河津市委书记李晓武，市委副书记、市长何伟等河津市四大班子领导，以及广大党员干部、群众万余人现场观看了晚会。

在晚会过程中，隆重举行了中华诗词学会书画界诗词工作委员会成立仪式，中华诗词学会常务副会长范诗银宣读了委员会组成人员名单，中华诗词学会会长周文彰为书画专业委员会与会领导颁发了聘书。中华诗词学会会长周文彰与运城市委常委、河津市委书记李晓武共同为"中华诗词创作研究基地"揭牌。中华诗词学会会长周文彰，运城市委常委、河津市委书记李晓武等领导嘉宾共同按下河津市创建"中华诗词之市"启动仪式的按钮。

6 月 26 日上午，"缤纷古耿　诗画河津"庆祝中国共产党成立 100 周年全国名家诗词书画创作交流会在市宾馆三楼大会议室举行，全国名家创作的 40 首赞颂河津风物的诗词，刊于 2021 年第 8 期《中华诗词》"诗画河津"栏目。

7 月 18 日，河津市创建"山西诗词之市"领导小组成立，出台《河津市创建"山西诗词之市"的实施方案》，确定河津市创建"山西诗词之市"相关部门的职责和目标任务。全市诗词普及教育蓬勃开展，诗词文化达到了"七进"：进乡村、学校、企业、机关、社区、景区、家庭。吟诵经典诗词、打造精品力作在全社会蔚然成风，有很多群众过红白喜事，都邀请诗词、楹联学会的会员根据家庭情况进行创作，布置诗联文化墙，营造浓厚的文化氛围，还编印诗联书画册，使诗词文化接地气、润民心，广为传播。

9 月 13 日至 14 日，山西诗词学会常务副会长兼秘书长郑福太、副会长张梅琴带领考察组来河津，对创建"山西诗词之市"工作进行考察。考察组一行对市墨缘书画、第三小学、小梁诗词分会、新华书店、市水利局、九龙公园、莲池公园、花苑诗社等处进行了实地考察。在召开的相关座谈会上，市委常委、宣传部长董亚强作了全市创建"山西诗词之市"的工作汇报。

10 月 9 日，河津遭受 67 年以来最大洪水袭击，市委、市政府及时组织全市干群抗汛救灾，河津市诗词学会积极组织会员参加抗洪抢险，并挥笔撰写诗词鼓舞士气。

10 月上旬，全市乡、镇、街道、社区、单位成立 19 个诗社。

11 月 17 日，山西诗词学会常务副会长郑福太、副会长张梅琴带领验收组来河津，对"山西诗词之市"创建工作进行验收，市委常委、宣传部长董亚强等陪同。考察组一行先后到市水利局水润诗社、小梁乡峨眉诗社、清涧街道花苑诗社、铝基地朝霞诗社等处进行了现场查看，全面了解河津全市诗词爱好者队伍、诗词创作、诗词教育、学生诗词诵读等方面情况，对"山西诗词之市"创建工作予以充分肯定。

11月18日，在市宾馆会议室举行"山西诗词之市"授牌仪式，山西诗词学会常务副会长郑福太为河津市颁发"山西诗词之市"牌匾，河津市委副书记、市长何伟接受牌匾。山西诗词学会副会长张梅琴，运城市诗词学会会长秦明轩、常务副会长冯雪琴、副会长高恒山，河津市委副书记安奇，市委常委、宣传部长董亚强等出席。授牌仪式上，展示了山西诗词学会首席顾问李雁红特别题词——"韵漫古耿，诗醉龙门"，宣读了山西诗词学会《关于授予河津市"山西诗词之市"称号的通知》，颁发了"山西诗教先进集体"奖牌、"山西诗教先进工作者"荣誉证书。

11月29日，河津市诗词学会在《河津风采》发出《关于编纂〈河津市诗歌志〉资料征集启事》。

11月30日，河津市诗词学会召开《河津市诗歌志》（草稿）讨论会。

12月3日，河津市诗词学会召开会议，根据实际情况将《河津市诗歌志》改名为《河津市诗词志》。

2022年2月26日，河津市文联、市诗词学会水润诗社举办《诗词大讲堂》，运城市诗词学会会长秦晓舟、常务副会长冯雪芹、副会长高恒山、副秘书长张国平亲临指导，冯雪芹同志为诗友授课。

3月4日，河津市诗词学会召开《河津市诗词志》研讨会。

当前，全市上下诗潮腾涌，文风蔚起，创建"中华诗词之市"工作整体推进，扎实有序。广大文艺工作者赓续历史文脉，坚定文化自信，正在奋力书写更加绚丽的时代华章，为助推经济社会高质量发展增添正能量。

在创建"中华诗词之市"工作中，全市上下凝心聚力，创建工作有声有色：

一是领导到位。成立了以市委常委、宣传部长为组长的领导小组。

二是组织健全。全市成立了涉及乡村、学校、企业、机关、社区、景区的19个诗社，各诗社均做到了办公场所、牌子、机构、制度、活动记录、会员作品六完善。诗词文化做到了进乡村、进学校、进企业、进机关、进社区、进景区、进家庭等七进。

三是经费保障。每个诗社均由市财政出资订购了《中华诗词》杂志，并保证了会员活动的经费。

四是诗教定期。已吸纳青年诗词爱好者近百人，定期进行课堂教学。老会员也采取集中和分散相结合的方法进行学习。重视学校诗词教育，如第三小学、朝霞小学，以诗词诵读为重点，从小培养孩子们对诗词的兴趣。

五是活动定向。围绕市委、市政府中心工作，确定主题，诸如庆祝建党100周年、防疫、抗洪、乡村振兴、脱贫攻坚、河津非遗琉璃等,形成了"我爱河津"采风活动品牌;建立了诗词进校园示范点、诗词创作基地、诗词教育基地,树立典型,以点带面,将九龙公园、北城公园、莲池公园、万和广场打造成诗词主题公园和广场;编辑出版了《九龙吟声》《北城诗梦》《莲池雅韵》等专辑,对诗词的宣传和普及都起到了良好的作用。

第二章　诗词组织及诗词刊物

第一节　诗会与诗社

河津自古文风昌盛，文脉相延，诗会、诗社成了河津文人们的雅所。

诗人定期聚会作诗吟咏而结成的社团，叫作诗会。中国古代文人们聚会赏景吟咏，是文人们的雅趣，著名的兰亭赏春吟诗，就是文人聚会。东晋穆帝永和九年（353）的三月初三，当时任会稽内史、右军将军的王羲之邀请谢安、孙绰、孙统等四十一位文人雅士聚于会稽山阴（今浙江绍兴）兰亭修禊，曲水流觞，饮酒作诗。众人沉醉于酒香诗美的回味之时，有人提议不如将当日所作的三十七首诗，汇编成集，这便是《兰亭集》。这时众人又推王羲之写一篇序。王羲之酒意正浓，提笔在蚕纸上畅意挥毫，一气呵成。一部诗集就有了一篇冠绝千古的《兰亭集序》，载写了一段文人酬吟佳话。

"诗会"一词最早出现在唐代人的诗句中，孟郊《送陆畅归湖州，因凭题故人皎然塔、陆羽坟》载："昔游诗会满，今游诗会空。"明代李开先《李崆峒传》载："簿书有暇，即招集名流为诗会。"

"诗社"一词正史记载于宋朝马令《南唐书·儒者传上·孙鲂》："及吴武王据有江淮，文雅之士骈集，遂与沈彬、李建勋为诗社。"关于诗社的功能，明李东阳《麓堂诗话》叙述的更详细："元季国初，东南人士重诗社，每一有力者为主，聘诗人为考官，隔岁封题于诸郡之能诗者，期以明春集卷，私试开榜次名，仍刻其优者，略如科举之法。"

诗社是兴趣相投的诗人们为吟诗作赋而结聚的社团。这种组织起源于唐代，到了宋代，文人结社已非常盛行。两宋几乎所有的文学大家都参与或组织了诗社活动。从北宋中期开始，文人结社似乎已经成为一种生活常态，有的"交游尽诗社"，有的"诗社从今日月长"，有的"诗社毕此生"，等等。宋代诗社共有三百多个，这种结社状况是文人结社史上比较突出的现象。宋代诗社兴起于北宋仁宗时期，繁荣于南宋孝宗时期，衰落于南宋度宗时期。

宋代诗社基本上为官僚所组织，绝大多数成员都有进士身份。这其中宋代怡老社成员的身份相对来说较高，而宋代遗民诗社成员身份相对来说较低一点。宋代诗社的活动很少有政治目的。一般文学性诗社及怡老社之所以成立，大多都是为了饮酒赋诗，游玩作乐。稍有政治目的的，只有不多的几个遗民诗社。宋代诗社对诗人的生活及创作都有影响。诗人们在诗社期间往往都过得非常快乐，创作数量及技巧都有很大的提高，其创作风格亦逐渐走向成熟。另外，宋代诗社与文学流派也有很密切的联系，例如临川诗社、豫章诗社、庐山诗社等对江西诗派的生成就有很大的推动作用，而叶适永嘉诗社、许及之永嘉诗社、薛师石瓜庐诗社等对四灵诗派的生成及杨缵、周密吟社对清雅词派的形成也是如此。

进入元代，诗社有了极大发展。比之宋代诗社，元代诗社具有以下四个显著特点。

其一，在极短的时间里，诗社集中大量地出现。宋代杭州一地，有文字记载的诗社仅西湖诗社一家，而元代杭州有名可考的诗社就有杭清吟社、白云社、孤山社、武林社、武林九友会等五家。其他地区较著名的还有浙东的越中诗社、山阴诗社、汐社，浙西浦江的月泉吟社，江西的明远诗社、香林诗社，以及熊刚申、陈尧峰等在龙泽山创办的诗社。这些诗社成立的时间全部集中在元朝的最初一二十年里，真可谓遍地开花，一时蔚为大观。

其二，规模明显扩大。像江西熊刚申、陈尧峰在龙泽山创办的诗社，"一会至二百人"，月泉吟社的参加者则在二千人以上，其规模远非宋代一二十人的诗社可比。

规模扩大的另一标志是诗社活动的地域不再局限于一隅。宋代诗社多以地命名，像豫章诗社、许昌诗社、昆山诗社等，参加诗社的人也多局限于一地，形成一个类似现今文学沙龙的小圈子。元代诗社则突破了这一局限，呈现出更开放的格局。像月泉吟社，参加者分布于浙江、江苏、江西、福建等数省，汐社则起码在会稽、金华和桐庐等三处地方都有过活动。

其三，组织形式更为正规严密。宋代诗社组织上较为松散，与一般分韵赋诗的文人雅集并无明显区别。元代诗社则要正规得多。以月泉吟社为例，元代诗社活动大致有这样几道程序：发出征诗启事，定出诗题和写作要求，以及交卷时间；聘请有名望的鸿儒硕士担任考官，主持评裁；选出优胜，确定名次，写出评语，给予奖赏。这就俨然似一个组织有序的正规文学社团了。

其四，诗社活动不再是文士们消闲生活的点缀，而成了他们重要的生活内容。从文士们频繁地参加诗社活动可以看出这一点。像获月泉吟社第一名的连文凤，同时又参加过杭清吟社、越中诗社的活动；获越中诗社第一名的黄庚，同时也参加过山阴诗社与武林社的活动。可见其时知识分子对参加诗社活动是何其热衷。

从以上特点不难看出，元代诗社已从宋代诗社那种文人雅集似的聚会发展成为更具组织性、自觉性、代表性的知识分子群体了。

明朝一代，文人结社现象蔚然成风，尤为炽盛，自元末至正至明末崇祯，三百余年间社团可考案例近七百宗。明代文人结社不仅在当时对政治、文化、思想均产生了不可估量的影响，在日后亦逐渐演变为明代历史之印记、文化之名片。明代文人结社类型繁多，而诗社无疑是其中最为常见的一类，从诗社占据的数量来看，明代诗社占据了文人结社总数的半壁江山；从诗社所涵盖的成员来看，诗社涵盖了上至内阁重臣下至乡野平民的几乎所有阶层；从诗社所涉及的地域来看，南至广州，北至京师，东至江浙，西至滇蜀，在明代所辖疆域各地均有文人结诗社的现象存在；从诗社具体的规模来看，从三五小聚到千人大会都有，诗社类型无所不有；从诗社存在的时间段来看，自洪武开国至清军入关，诗社始终活跃于历史舞台之上。可以说，明代诗社如同一张巨大而密集的网络，其脉络深深嵌入明朝历史的各个层面，而探寻诗社背后文人的心态，则正是对支撑这张巨网或隐或显，或伸或缩的力量进行剖析。这对于加深对诗社现象的认识和对文人生存的关注、衡量诗社对文坛乃至整个时代所带来的影响和冲击，无疑是具有重要意义的。诗歌活动中现场竞技的诗歌创作文献以排律创作为主。诗人结社赋诗，促进了诗歌创作及体式的发展。

清代是诗社的重要发展时期，结社现象在清代诗人中十分普遍、频繁。清代诗社的历史地位，主要表现在对诗人群体、诗歌流派研究的参考价值和对清诗史的贡献。清代初叶、中叶、末叶三个时期，诗社呈现出不同的阶段特征，在类型上先后涌现众多遗民诗社、女性诗社、八旗诗社等。结社主体的变化是清代诗社区别于前代的重要特征。而江苏、浙江、广东、北京是清代结社的几大中心，从数量和集会上反映诗社的地域分布，更展现出诗社群的初步倾向。

《清代诗社综论》一文主要阐述清代诗社的若干概念、阶段特征、地域分布、集会活动、唱和方式、历史地位等六个方面，从背景环境和诗社本身等角度进行探讨，勾勒清代诗社的发展线索，提炼清代诗社的整体特征，探索清代诗社的存在价值。《清代诗社丛考》主要以六个诗社为中心，即"城南诗社""友声诗社""古欢吟会""泊鸥吟社""西园吟社""宝廷""消夏""消寒"诗社，考察具体诗社的基本情况，对结社的主体、集会、创作等方面都有不同程度的研究。此外，在各个篇章中又涉及"北郭诗社""乐与诗社""味外诗社""瓣香吟会""南园诗社""菊花吟社""西堂吟社"等几十个诗社。晚清民国文人社团多达二百余个，社团成员身份复杂，结社方式和结社目的不尽相同，很难以某一标准将二百余个文人社团分类。只是以社员结构分类，如家族吟咏型文人社团，必然是地缘纽带型社团，因为古代家族吟咏受时空条件限制。但是，考虑到地缘纽带型社团中成员更加松散且不存在亲情关系，而家族吟咏型文社中成员之间存在某种亲密关系而更易形成规模小而团结的文人社团。又如地缘纽带型文人社团与师友唱和型文人社团之间亦有交叉，有些地缘纽带型文社成员之间也存在师友关系，师友唱和型文社成员之间也存在地缘关系，之所以如此区分仅就突出其成员之间的某一关系而已。又如师友唱和型文人社团与官员同僚酬唱型文人社团之间有重叠之处，有些师友唱和型文人社团成员身份亦是官员同僚，有些官员同僚酬唱型文社成员之间亦师亦友。即便是与前四种区别差异较大的报刊纽结型文人社团，其成员之间也存在地缘、家族、师友、官僚等关系。

今天的诗词学会是以促进古体诗词曲赋和现代诗歌创作繁荣为己任的诗歌学术团体，是诗人自愿结合的群众团体，是非营利性的社会组织。河津市诗词学会由柴昌明等人发起，成立于1995年。桐阳诗社由侯振发等人发起，成立于2006年，是河津市第二个大的诗词交流团体。2019年10月，根据市文联整合社团组织的决定，桐阳诗社与河津市诗词学会合并为河津市诗词学会。学会积极组织会员深入探索诗词走向群众的新途径，为扩大诗词的社会影响起到了积极作用。随着网络载体的普及，诗人的交往更为便捷了。因相同的爱好，在微信上、QQ上建诗词群，诗人们之间的交流不再局限于本市，而延展到全国各地。河津市诗人的私人微信诗群不下数十个。

第二节　诗词组织

河汾诗社

金末段克己、段成已兄弟隐居河津，以二段为首创立了河汾诗社，成员有封仲坚、张汉臣、卫行之、卫袭之、张信夫、李湛然、杨彦衡、李济夫、兰文仲、周景纯、杨茂之、刘润之、张器之、英粹中、范子和、史伯友、史仲恭、寻正道、杨国瑞、仲宣生、陈良臣等。

崇文社

清咸丰十一年（1861），河津人王照离（太学生）等在真武庙西创建崇文阁（俗称望河楼），并成立崇文会，吟诗撰文。成员有：郝大中（忻州训导）、王行庆（布政司经历）、周右序（太学生）、郝耀南（钦赐翰林院检讨）、许经魁（岁进士）、王厘符（恩进士）、李怀岩（优学生员）、柴惟荣（中议大夫、候补训导）、杨俊德（恩进士）、庞廷献（岁进士）、周登庸（儒学生员）、武应龙（增广生员）、韩国士（太学生）。

冬青诗社

南阳冬青诗社大约成立于20世纪20年代初，据史料考证，其倡导人及社主为南阳村樊廷檀，字醉醒，曾任大宁知县。其会诗文，擅书法，太原、大宁寺观中多留有其墨迹，《河津文史资料》第五期刊有其传。诗社成员多为乡里邻村告老返乡的官场、学界志同道合的社会名流，其中有南阳村高保彦、宁遇泰，平原村薛律清、薛缄三，西张村岳竹坪，上井村王汉三、王植生，南阳村赵栋等。

河津市诗词学会

河津市诗词学会第一届理事会

河津市诗词学会第一届会员代表大会于1995年5月3日在县城举行，河津市诗词学会正式成立。第一届理事会组织机构：

顾　　问：吉光三　原艺文　任罗乐
会　　长：柴昌明
副 会 长：段惠民　杨时彦　严志仁　任瑾瑶
秘 书 长：段惠民（兼）
理　　事：10人（略）
首届会员：

吉光三	任罗乐	原艺文	柴昌明	师柏锁	杨盈逯	史觉民
杨时彦	李再廷	任瑾瑶	严志仁	李飞泉	赵印祥	孙文渊
周国英	柴建民	董涛君	毛振祥	卢登全	史汉杰	师校亭
柴殿杰	杨青林	王庆林	王佐廷	王民杰	段惠民	侯　慧
庞相禹	宋仲山	吕俊安	贺建荣	董　明		

河津市诗词学会第二届理事会

2000年5月15日换届,第二届组织机构:

首席顾问:温 祥

顾 问:吉光三 原艺文 任罗乐

会 长:柴昌明

副会长:杨时彦 严志仁 任瑾瑶

秘书长:任瑾瑶(兼)

理 事:26人(略)

2001年9月,领导班子充实调整为:

首席顾问:温 祥

顾 问:吉光三 原艺文 任罗乐

会 长:柴昌明

副会长:严志仁 任瑾瑶

秘书长:侯振发

副秘书长:侯关海

常务理事:2人(略)

河津市诗词学会第三届理事会

2005年5月15日换届,第三届组织机构:

顾 问:晨 崧(中华诗词学会副会长)

会 长:柴昌明

副会长:赵丙寅 任瑾瑶 薛英才 吕俊安

秘书长:赵丙寅(兼)

副秘书长:侯关海 柴健理

常务理事:4人(略)

2008年1月,因工作而调整班子为:

顾 问:晨 崧

会 长:柴昌明

副会长:赵丙寅 任瑾瑶 吕俊安 柴万锁 薛英才 侯关海

秘书长:赵丙寅(兼)

副秘书长:柴健理

常务理事：9 人（略）

2008 年 7 月，因中华诗词学会会员增加等原因，又调整班子为：

顾　　问：晨　崧

会　　长：柴昌明

副 会 长：赵丙寅　任瑾瑶　吕俊安　李可正　薛英才　侯关海　薛德虎　畅建功

秘 书 长：赵丙寅（兼）

副秘书长：柴健理

常务理事：8 人（略）

河津市诗词学会第四届理事会

2010 年 5 月 5 日换届，第四届领导班子为：

顾　　问：晨　崧

会　　长：柴昌明

常务副会长：赵丙寅　吕俊安

副 会 长：任瑾瑶　李可正　侯关海　薛德虎　王水龙　邵孝龙

秘 书 长：赵丙寅（兼）

副秘书长：李麦香

理　　事：10 人（略）

河津市诗词学会第五届理事会

2015 年 7 月 15 日换届，第五届领导班子为：

名誉会长：柴昌明　吕俊安　赵丙寅　任罗乐

会　　长：薛德虎

副 会 长：王景生　王水龙　李麦香　李金龙　赵志高　吴会杰　侯关海
　　　　　　李可正　武培仁　卫金报　邵孝龙

秘 书 长：王景生（兼）

副秘书长：李麦香

理　　事：15 人（略）

河津市诗词学会第六届理事会

2019 年 10 月，根据市文联整合社团组织的决定，河津市诗词学会与桐阳诗社合并为河津市诗词学会，河津市诗词学会第六届会员代表大会于 2019 年 11 月 8 日在市区召开，选举理事会理事35人。现任领导机构：

会　　　长：王景生

常务副会长：薛毅斌

副 会 长：魏向民　吴会杰　赵林生　王小伟　李可正　杜民昌　杨建国
　　　　　　柴红梅　张银科　侯博辉　李麦香　薛世平　薛一平

秘 书 长：魏向民（兼）

副秘书长：薛元太　杨中山　史佐君　付强智　赵丽丽　魏振彪

顾　　问：

晨　崧　杨永杰　柴昌明　任罗乐　马黄河　吕俊安　薛德虎　侯振发
苏春云　赵　晋　柴效荣　卫永涛　任争平　赵丙寅　李金龙　毛建民
武培仁　侯关海　孙世忠　卫金报　赵志高　原艺文　李再廷

河津市诗词学会现有会员420人：

丁振选	卜晓东	卫　国	卫天民	卫永岗	卫红顺	卫佩佩
卫金报	卫降泽	卫胜立	卫雪生	卫辉泽	卫勤定	马　铭
马　强	马冬冬	马改玲	马国盛	马俊泽	马海涛	马黄河
马翠平	尹德轩	王　云	王　红	王　彤	王　晋	王　鹏
王一洁	王小伟	王广泽	王五福	王中振	王水生	王文胜
王兰芝	王亚峰	王成志	王冰洁	王庆林	王红英	王红霞
王苏芳	王佐廷	王应龙	王武民	王明媚	王怡珍	王泽东
王保才	王俊民	王炳婵	王振华	王振强	王晓玲	王益田
王海生	王彩花	王敬良	王景生	王瑞珍	王瑞娟	王锡义
毛中元	毛江民	毛秀琴	毛建民	毛雪霞	母创吉	母珍芳
母宝明	母俊生	卢创成	卢启龙	卢星朝	卢顺成	史汉杰
史争夏	史红军	史佐君	史林官	史朋庆	史海龙	史新龙
付强智	兰　玫	兰克建	宁斗发	宁军兵	宁彦珍	冯永华
冯丽娟	台长生	台军义	师　红	师天钟	师龙江	师学礼
师荣草	师选创	师淑巧	师惠民	吕　静	吕仲生	吕克勤
吕希民	吕佳丰	吕春生	吕俊安	吕彦堂	吕振康	吕桂峰
乔建学	任世英	任红珍	任罗乐	任婷珍	任瑾瑶	刘　宏
刘占良	刘有福	刘军政	刘英杰	刘晓佳	刘增秀	闫小芳
闫会珍	闫茂胜	闫虎山	闫建伟	闫浩辰	米金胜	米姣枝

米积善	许　滨	许连升	许建国	许稳珠	阴武清	孙文元
孙世忠	孙永生	苏春仙	严志仁	严忠存	杜永贞	杜民昌
杜旭堂	杜红刚	杜宏斌	杜青云	杜贵堂	杜振堂	杜效国
李　英	李　凌	李　豪	李飞泉	李玉怀	李正阳	李世荣
李可正	李再廷	李庆发	李麦香	李秀梅	李伯廷	李怀俊
李启恩	李英法	李金龙	李建泽	李美珍	李洪平	李艳侠
李富荣	杨　辉	杨小玲	杨五安	杨中山	杨电森	杨会泽
杨红科	杨宏磊	杨青林	杨松槐	杨金收	杨庙祥	杨宝东
杨建国	杨俊学	杨通情	杨银广	杨瑞婵	吴会杰	吴丽娜
吴和平	吴星雷	吴海彬	吴喜军	吴慎清	吴殿贞	何金荣
宋仲山	宋琳鸽	张　艳	张凤琴	张正芳	张平定	张永康
张刚民	张壮廷	张兴堂	张志军	张克元	张克民	张丽华
张秀清	张启家	张灵燕	张茂森	张忠立	张金龙	张重阳
张津蓉	张桂梅	张晓民	张晓丽	张海全	张海辉	张萍霞
张银科	张清菊	张朝安	张雪琦	张惠民	张耀清	陈一瑞
陈犬法	陈进刚	陈良选	陈晓倩	陈淑芳	邵泳珉	邵荣朱
武东升	武西歧	武建伟	武建军	武俊梅	武艳芳	武培仁
武新生	周万家	周双全	周可昊	周朱稳	周创星	周宗城
周耀祥	郑文立	郑金文	赵天民	赵文英	赵丙寅	赵吉民
赵伟民	赵会生	赵江民	赵红平	赵志高	赵丽丽	赵秀杰
赵林生	赵俊宏	赵亮红	赵炳元	赵首民	赵振杰	赵振宗
赵越有	赵瑞霞	赵新昌	郝　伟	郝万学	郝会文	胡芳梅
胡培珍	段万民	段伟珍	段珠峰	侯　波	侯　慧	侯广安
侯关海	侯安安	侯卓立	侯改美	侯青华	侯振发	侯继红
侯博辉	姚　妮	贺仁雷	贺玉红	贺正平	贺安琪	贺红芳
贺朋珍	贺星昌	贺建海	贺建堂	贺振龙	袁　方	袁民志
袁国芳	原于惠	原万义	原小妮	原云康	原艺文	原水珍
原存祥	原克礼	原国宝	原金丁	原建敏	原继红	原彩莲
原喜珍	柴三伟	柴艺心	柴艺源	柴文珍	柴延智	柴会廷
柴创明	柴红彬	柴红梅	柴孝科	柴虎文	柴昌明	柴建丰
柴建生	柴建伟	柴健理	柴晓丽	柴徐立	高三有	高凤珍
高永贵	高百芳	高志东	高建雄	高降泽	高喜堂	郭　婷

郭 筱	郭仙莲	郭佳妮	郭丽丽	郭丽梅	郭顺琐	郭彦福
郭艳霞	郭效伟	郭萍菊	郭喜召	黄 津	黄映贞	曹建军
崔红阳	梁彦京	彭淑华	董 明	董扎金	董永鹏	董江涛
董印霞	董建中	董相元	董涛君	韩民科	韩向荣	韩红军
韩建栋	韩振红	韩新太	谢天德	谢振刚	裴改红	裴国霞
裴忠信	薛 华	薛 娟	薛 颖	薛一平	薛文义	薛世平
薛有娃	薛汝堂	薛肖梅	薛昌兴	薛昌奇	薛俊敏	薛选云
薛亮萍	薛海荣	薛培元	薛清珍	薛登民	薛榜印	薛德虎
薛德庭	薛毅斌	魏文生	魏华民	魏向民	魏克明	魏振彪

现有中华诗词学会会员 21 人：

卫金报	卫勤定	马黄河	王景生	毛建民	孙文元	吕俊安
任罗乐	任瑾瑶	杜民昌	李可正	李伯廷	李金龙	吴会杰
武培仁	赵丙寅	侯振发	原艺文	柴昌明	薛德虎	薛毅斌

现有山西诗词学会会员 42 人：

马黄河	王小伟	王景生	王瑞珍	王锡义	毛降民	毋俊生
卢启龙	史佐君	史海龙	付强智	任罗乐	任婷珍	刘英杰
许稳珠	孙世忠	李 英	李可正	李麦香	李金龙	杨 辉
杨五安	杨建国	吴会杰	何金荣	张银科	张惠民	邵荣朱
武建军	周可昊	赵林生	赵俊宏	贺振龙	柴红梅	柴昌明
韩民科	韩新太	薛 华	薛元太	薛文义	薛毅斌	魏向民

现有运城市诗词学会会员 50 人：

卫金报	马黄河	王怡珍	王景生	王瑞珍	王锡义	毋俊生
史佐君	师选创	吕俊安	吕桂峰	刘英杰	许建国	许稳珠
孙世忠	杜红刚	李可正	李麦香	李金龙	杨 辉	杨五安
杨中山	杨红科	吴会杰	何金荣	张吉良	张兴堂	张银科
张清菊	张淑珍	张惠民	武建伟	武培仁	周可昊	赵文英
赵志高	胡肖军	侯关海	侯振发	柴昌明	柴建丰	柴徐立
郭效伟	董建中	薛元太	薛文义	薛德虎	薛毅斌	魏文生
魏向民						

桐阳诗社

2006年桐阳诗社成立，首届社长：侯振发，副社长：刘武生、侯博辉、师天钟，秘书长：孟霞，时有社员102人，如下所示。

任可珍	张桂蓉	张印生	郝万学	王苏丽	张俊峰	师红芳
刘春祥	吕仲杰	张世康	卜汝斌	侯惠民	杜琴钰	杨 飞
杨万增	尹元贞	贺淑巧	张同武	王景生	彭丽华	赵民芳
张兴方	李麦香	王振宽	杜贵堂	吕建国	王冰丽	张刚民
高学枝	薛文义	杜昆生	张耀清	柴建生	张 鸿	李晋宏
高春杏	杨钟柱	厚立祥	刘天福	张贵锁	许敬锁	张正先
高敬玉	张克元	丁建平	范 卉	段富裕	贺万官	宋 铙
原景彦	蔡瑞红	孙文元	袁三家	原全丁	付永兴	杨晓斌
柴文建	卫文国	高安稳	张国红	贺孝刚	杜喜珍	柴永强
刘笑玲	赵 霞	赵亮亮	尹俊珍	卫怀芳	赵玉梅	黄映贞
原红生	柴建明	原彦芳	闫灵秀	米宏彦	柴小芳	原会明
房允学	张玉成	高虎锁	吴敏杰	毛志民	胡安顺	侯关荣
杨桂兰	贺胜禹	武义晨	王 欣	买荣民	任玲玲	任斌斌
高玉生	高晓云	张娟敏	田 翌	史瑞霞	李晓春	张永志
董天福	杨五安	李 雷	宁 葆			

2019年10月，根据市文联整合社团组织的决定，桐阳诗社与河津市诗词学会合并为河津市诗词学会，侯振发被聘为顾问。

第三节　诗词刊物

《龙门诗苑》，柴昌明主编，创刊于1995年，共刊25期，后改版为杂志《龙门诗潮》，柴昌明、薛德虎为主编，共刊5期。从《龙门诗苑》至《龙门诗潮》，25年来，诗报到杂志，收录河津诗人及全国各地诗词方家作品，共3800余首。

《涧水清波》，侯振发主编，创刊于2006年，共刊印50期，共收全国及河津诗家3500余首诗作。

第三章　组织活动纪略

河津市诗词学会第一届理事会

活动纪略：

1. 会报《龙门诗苑》创刊号于 1995 年 5 月 15 日出版，版面为四开版。其主要内容除发刊词《重振诗风》外，还载有"石圪节煤矿面向海内外征稿"，借此良机组织全市诗联同仁积极应征。

会报第二期更名《龙门诗报》，同年 11 月 15 日出版，版面为四开版。本期学会机构增聘首席顾问：温祥（时任山西诗词学会会长），还刊登学会筹备期间参加的石圪节海内外征诗联获奖情况，共获六个项目十个单项奖：

（1）征稿第一项（征下联）：杨时彦获一等奖，宋仲山获三等奖，柴昌明获三等奖；

（2）征稿第二项（征回文联）：任瑾瑶获一等奖；

（3）征稿第三项（征下联）：段惠民获三等奖；

（4）征稿第四项（征自撰联）：严志仁获三等奖，段惠民获三等奖；

（5）征稿第五项（征格律诗）：段惠民获三等奖，任罗乐获三等奖；

（6）征稿第六项（征格律词）：任罗乐获三等奖，柴昌明获大赛组织奖。

会报第三期开始改为对开版。

2. 主要活动有 1996 年 5 月 25 日，山西诗词学会九六诗会在河津胜利召开，会址在河津市宾馆三楼会议厅。参加人员有山西诗词学会会长温祥，副会长马斗全、时新，理事牛贵琥、杨山虎、董方，以及运城、永济、新绛、晋城、忻州、介休、长治等学会代表，会期三天。

1996年8月26日,中华诗词学会批准河津市诗词学会为团体会员。诗词学会获"回归颂"文学艺术大赛组织奖。

本届会报共刊10期。

河津市诗词学会第二届理事会

活动纪略：

2002年5月8日,学会会报《龙门诗报》入选《中华诗词十五年年鉴》。

本届会报办到2003年8月23日,共刊15期,总期为25期。

河津市诗词学会第三届理事会

活动纪略：

会报于2007年1月改报为刊,并更名为《龙门诗潮》,创刊号暂定总第26期。

第27期以百首以上诗词颂"中国十佳小康村"龙门为主题宣传河津,并增加"河津水文化溯源""春秋名宰郤缺""人与环境"等散文专栏。

同年,中华诗词学会成立二十周年,会员作品集锦《吟苑英华》收录柴昌明、吕俊安作品各二首。

2008年元月,因工作调整班子。

活动纪略：

第28期以太阳革命老区为主题宣传河津。又因汶川地震而增设专栏,并发动会员捐款支援汶川。《河津风采》及市电视台先后报道。另有副会长吕俊安的诗书作品经国家组织被主办方拍卖,拍卖款捐献支援汶川。

会刊《龙门诗潮》比原会报容量大,易保存。每期有一个侧重点,且以彩装塑封,集诗词、书法、散文、篆刻为一体。

2008年7月,因中华诗词学会会员增加等,又调整了班子。

活动纪略：

第29期会刊以"山西津津化工"为主题报道河津,获"鹳雀楼2008赏月诗词征稿组织奖"。

河津市诗词学会第四届理事会

活动纪略：

2011年,获市文联"组织建设先进集体"称号。

2012年,安邑采风会上同安邑文化学会成为"兄弟学会"。

2013年，获市文联"公益活动先进集体"奖。

2014年，河津诗词学会协同安邑，面向运城十三县市开展"纪念关龙逢为国殉职3780周年诗词大赛"，李可正获一等奖，薛德虎获二等奖，吕俊安、韩向荣、尹元贞获三等奖。

河津市诗词学会第五届理事会

活动纪略：

2016年，获运城市诗词学会"先进集体"奖。

2017年，获河津市文联"文艺创作先进协会"奖。

2018年，获运城市诗词学会"先进单位"奖。

2018年，获河津市文联"优秀协会"奖。

五年间参加全国征诗活动15次以上，参加人数300余人次，每次都有入选作品。特别是纪念林则徐诞辰二百三十周年、盘古杯、纪念王昌龄诞辰一千三百周年、运城扶贫征诗等活动中，除入选作品外，李可正获一等奖，吴会杰、魏文生获二等奖，薛德虎、王景生获三等奖。

《龙门诗潮》第三十期，以米家关为侧重点报道河津。

2016年6月，发出历代诗人咏河津征稿启事。

2018年3月26日，以"鱼跃龙门，华耀河津"为主题的河津市第二届桃花节在莲池公园隆重启动，市诗词学会会员积极参加第二届桃花节诗词赛，获得一等奖1名、二等奖2名、三等奖3名、优秀奖10名。

2018年5月，《历代诗人咏河津》一书出版。

台头庙设橱窗举办诗词专栏三期。

2018年10月，在隆重庆祝改革开放40年系列活动中，河津市诗词学会会员挥笔撰写颂扬改革开放巨大成就的格律诗词，有50首刊载于《龙门》杂志和《河津风采》。

2019年9月，河津市诗词学会组织会员以"礼赞新中国，讴歌新时代"为题，为中华人民共和国成立70周年华诞敬献颂诗，其中23位会员撰写的42首诗词刊登于2019年9月27日的《河津风采》。

河津市诗词学会第六届理事会

活动纪略：

1.2020年1月,全民抗疫斗争开始后,河津市诗词学会会员主动撰写诗词鼓舞士气,市诗词学会积极组织运城市诗词学会抗疫诗词河津市方阵,有24首诗词作品入选《运城市诗词学会抗疫诗词河津市方阵诗词选辑》。

2.2021年4月，河津市诗词学会制定《关于创建"中华诗词之市"的实施方案》。

3.2021年5月，河津市水利局、市文联主办，市诗词学会等单位协办，联合举行庆祝中国共产党成立100周年"颂党恩、兴水利、惠民生、开新局"诗词大赛，河津市诗词学会会员踊跃参与，获一等奖1名、二等奖2名、三等奖3名。

4.2021年5月，全市举行"河津市庆祝中国共产党成立100周年赛诗赛文活动"，河津市诗词学会会员积极参与，获二等奖2名、三等奖3名、优秀奖5名。

5.2021年10月9日，河津遭受67年以来最大洪水袭击，市委、市政府及时组织全市干群抗汛救灾，河津市诗词学会积极组织会员参加抗洪抢险，并挥笔撰写诗词鼓舞士气。

6.将全体会员划分到所创建的19个诗社分片管理，将19个诗社覆盖至全市9个乡镇街道，4个单位：水利局、老干部局、新华书店、图书馆，2个社区：麟岛社区、花苑社区，3个公园：九龙公园、北城公园、莲池公园，2个广场：龙门广场、万和广场。并编辑出版了《九龙吟声》《北城诗梦》《莲池雅韵》三个专辑。沿黄旅游路沿路设置了诗词碑刻。

7.积极搭建创作平台，主办"一刊一报一网"。主办一刊：《龙门诗潮》，由市文联主管，市水利局协办，市诗词学会主办；联办一报：《河津风采》麟岛副刊，由市作家协会、市诗词学会、市楹联学会联合主办，定期刊出会员作品；主编一网：《龙门诗潮》公众号，由市诗词学会主编，已出22期。

8.开展系列活动。坚持定期组织主题采风活动，开展基础知识讲座，诗词创作体会交流，先后举办了"黄河流域生态保护及高质量发展""我爱河津""乡村振兴""梯子崖"等主题采风活动；参与"缤纷古耿　诗画河津"庆祝中国共产党成立100周年全国名家诗词书画创作交流系列活动，参与组织"河津市庆祝中国共产党成立100周年赛诗赛文活动"；参加了由市水利局、市文联主办的诗联书画摄影展。

9.编印《格律诗基础知识讲义》2000余册，启动《河津市诗词志》编纂工作。诗社诗友在全国、全省诗词大赛中屡有斩获，作品在《中华诗词》《难老泉声》和《河东诗词》杂志屡被刊载。

10.2022年2月26日，河津市文联、市诗词学会在水润诗社举办"诗词大讲堂"，运城市诗词学会会长秦晓舟、常务副会长冯雪芹、副会长高恒山、副秘书长张国平亲临指导，冯雪芹同志为诗友授课。

第四章 人物

第一节 人物传记

卜子夏（前507—前420），姒姓，卜氏，名商，字子夏，公元前507年生于春秋末晋国温邑（今河南温县），是我国古代卓越的思想家、政治家、教育家、文学家，堪称一代宗师。

子夏早年投师孔门，跟随孔子周游列国，是孔子学生中的文学科高才生，曾任鲁国莒父宰。孔子逝世后，子夏在孔墓虔诚地守孝三年，于公元前476年，受晋国魏地卿大夫魏驹（桓子）及其孙魏斯的邀请，在龙门西河（一说为今山西河津一带）设教讲学，长达55年。在坎坷的教学生涯中，子夏竭尽全力，精心治学，培养了一大批治国安邦的文臣武将、栋梁之材，对文化教育事业乃至中国社会的文明进步，都做出了一定的贡献，为后世留下了光辉的业绩和宝贵的文化财富。子夏发明章句，创立学堂，首开西河地区私人办学先河。在西河教学实践中，他倡导"有教无类"，提出"仕而优则学，学而优则仕"，鼓励学生"博学而笃志"，学以致用。他首启儒法通融的先河，为战国后期荀子发展古代唯物主义奠定了基础。子夏培养了一大批治世人才，诸如魏文侯（魏斯），改革家李悝，军事家吴起，政治家田子方、段干木，史学家公羊高、谷梁赤、禽滑厘等，都是子夏高足。特别是魏国国君魏斯，尊子夏为师，请教朝政，敬贤礼士，励精图治，锐意进取，成为战国时期一代明君。

卜子夏被誉为世界第二位人民教师（第一位是孔子）。他的名言"四海之内皆兄弟"，被联合国选为主题语布于其总部，成为世界和平团结的象征语，也是2008年北京奥运会的迎宾词。上海复旦大学的校训,就是卜子夏的名言:"博学而笃志,切问而近思。"

卜子夏去世后,安葬于他的准故里(今河津市东辛村南),后人为纪念他,又在村里兴建了子夏祠堂。子夏墓前的石刻联,对他西河设教的光辉业绩做了高度概括,上联曰:二千年教泽长流,莽莽神州,道统固应在东鲁;下联曰:七十子门墙并列,彬彬文学,师承今尚说西河。

司马迁(前145或前135—?),字子长,司马谈之子,西汉史学家、文学家和思想家。他出身史志世家,幼年在家乡龙门参与耕牧,早年受学于孔安国、董仲舒,漫游各地,了解风俗,采集传闻。后任郎中官,随武帝巡行各地,曾奉命出使今四川、贵州、云南等地区。元封元年(前110),汉武帝举行自刘汉王朝建国以来的第一次封禅典礼,司马迁的父亲司马谈作为太史令却因病滞留周南(今属河南),不能参与,而深感失望,病情加重。此时,司马迁出使归来看望父亲,司马谈在弥留之际,握着司马迁的手,哭泣着嘱咐他一定要继承父志,光大祖业,写出一部完整的史书。司马迁也流着眼泪表示,一定完成父亲未竟的事业。

元封三年(前108),司马迁继父职,任太史令。太初元年(前104),他与唐都、落下闳等共订《太初历》,对历法进行改革。之后,便开始编写《史记》。武帝天汉三年(前98),司马迁因给李陵辩解获罪下狱,翌年被处宫刑。武帝太始元年(前96)被赦出狱,任中书令,负责掌管文书,起草诏书。遭受宫刑,对司马迁是一种奇耻大辱,不但是对他肉体的摧残,也是对他的精神和人格的致命打击,为此他曾痛不欲生。但他能退而深思,认为《周易》《春秋》《离骚》《国语》等皆为圣贤发愤之作,况且"人固有一死,或重于泰山,或轻于鸿毛,用之所趋异也"。为了死得重于泰山,他摒弃了轻生念头,把编著《史记》当成终生奋斗的历史使命。从此他发愤著书,以毕生精力完成了历史巨著《史记》。

《史记》原名《太史公书》,是我国历史学上一个划时代的标志,是一部"究天人之际,通古今之变,成一家之言"的伟大著作,是中国第一部纪传体通史,被公认为是中国史书的典范。该书记载了从上古传说中的黄帝时期,到汉武帝时期,长达3000多年的历史,是"二十四史"之首,被鲁迅先生誉为"史家之绝唱,无韵之离骚"。司马迁秉笔直书,贡献巨大,被誉为"史迁""太史公""中华史圣""世界历史之父",他的伟大人格、浩然正气、勤奋精神和高风亮节,享誉古今中外,成为举世公认的世界文化名人。

王通(584—617),字仲淹,又号文中子,隋朝河东郡龙门县通化(今属山西省万荣)人,著名教育家、思想家、文学家、道家。王通从小受家学熏陶,精习"五经",著名的启蒙读物《三字经》把他列为诸子百家的五子之一,"五子者,有荀、扬,文中子,及老、庄"。王通的六部著作：《续书》《续诗》《元经》《礼经》《乐论》《赞易》，在唐代就全部失传了，只留下他的弟子姚义、薛收编辑的《文中子说》。《文中子说》系王通和门人的问答笔记；体仿《论语》敷衍成书，由王氏家人定为王道、天地、事君、周公、问易、礼乐、述史、魏相、立命、关朗10篇行世。此书提出了"三教合一"的思想，为后世所重视。在哲学上此书提出以气、形、识分别作为天、地、人的特点，含有一定的唯物主义思想因素。王通"河汾门下"的弟子先后有数百人，其中薛收、姚义、杜淹、魏征、房玄龄、陈叔达、杜如晦等为佼佼者。他们师承王通，蓄势待发，不久之后大都成为大唐盛世的名臣名相。王通古诗词作品有：《赋得高柳鸣蝉诗》《东征歌》《赋得马援诗》《骢马·善马金羁饰》《赋得岩穴无结构诗》。

王绩（约585—644），字无功，号东皋子，绛州龙门县通化（今属山西省万荣）人，隋朝教育家王通之弟，初唐诗人。隋末举孝廉，除秘书正字。不乐在朝，辞疾，复授扬州六合丞。时天下大乱，弃官还乡。唐武德初年，诏以前朝官待诏门下省。贞观初，以疾罢归河渚间，躬耕东皋山（今山西省河津市），自号"东皋子"。其性简傲，嗜酒，能饮五斗，自作《五斗先生传》，撰《酒经》《酒谱》。其诗近而不浅，质而不俗，真率疏放，旷怀高致，直追魏晋高风。律体滥觞于六朝，而成型于隋唐之际，无功实为先声。最大成就在于诗歌，被后世公认为是五言律诗的奠基人，后人辑有《东皋子集》。

王勃（650—676），字子安，绛州龙门县通化（今属山西省万荣）人，王通之孙，唐代著名诗人，与杨炯、卢照邻、骆宾王共称"初唐四杰"。其父亲王福畤曾任太常博士、雍州司功参军、交趾县令、六合县令、齐州长史等职。

王勃少年即才华出众，6岁能文辞，9岁时阅读颜师古注释的《汉书》，发现其中错谬，写出《汉书注指瑕》十卷。唐高宗麟德初，太常伯刘祥道巡行关内，王勃作《上刘右相书》，提出了自己对治理国家的一些看法，得到刘的赏识，称他为"神童"，并向皇帝推荐，经过对策取得高第，授朝散郎。在职期间，他写了不少歌功颂德的文章，如《宸游东岳颂》《乾元殿颂》等。同时开始了大量的诗歌创作，最著名的有《送杜少府之任蜀州》，其中"海内存知己，天涯若比邻"，广为后人传颂。

乾封元年（666），沛王李贤钦王勃才名，招请他为王府修撰，他写了《平召秘略》，颇受沛王爱重。当时诸王子斗鸡赌博，王勃曾给沛王写了一篇游戏文字《檄英王鸡文》。风传开去，高宗大怒，认为这是挑拨诸王不和，立即将他逐出王府。他离开长安，客居四川成都一带，创作了大量的诗歌。

咸亨初，王勃出任虢州（今河南灵宝）参军。他认为这个微小的职务对他来说是"才高而位下"。他恃才傲物，清高自负，因而遭同僚嫉恨。当时有一官奴曹达犯罪被他藏了起来，他怕事情泄露又把曹杀了。事发后，本应定王勃死罪，正好遇上大赦（674

年改元），他被革职免死。父亲王福畤也被贬为交趾令。

上元二年（675），王勃赴交趾看望父亲。路过洪州（今江西南昌市），适逢都督阎伯屿于九月九日在滕王阁上宴客。王勃也被邀请。席间，阎亲执纸笔遍请宾客为滕王阁作序。众宾客已知其意，皆推托不受。原来阎让自己的女婿事先已将序写好，想当众卖弄。当让到王勃时，王勃竟不加推辞，欣然应承。阎不悦，起更衣，派人看着他下笔并随时报告。第一次报说"豫章故郡，洪都新府"，阎不以为然，认为"老生常谈"；又报"星分翼轸，地接衡庐"，阎听了沉吟不语；当再报王勃写出了"落霞与孤鹜齐飞，秋水共长天一色"时，阎伯屿再也坐不住了，他兴奋地站起来说："这真是天才啊，一定会名垂青史的。"立即赶往宴所，与王勃及众宾客开怀畅饮，尽欢而散。

以王勃为首的初唐四杰，突破了宫体诗狭小的内容，反对绮靡文风，提倡表现浓郁的情感与壮大的气势，赋予诗歌以新的生命，对盛唐的诗歌文学影响很大。

王勃省父归途，渡海溺水惊悸而亡，时年27岁。王勃文以《滕王阁序》最为著名，诗歌擅长五律和五绝，杨炯把他的诗文编辑为《王子安集》二十卷，并为之作序。

王勔，绛州龙门县通化（今属山西省万荣）人，王勃之兄。官至泾州刺史。其弟王勮素与刘思礼善。武后万岁通天二年（697），思礼与綦连耀谋反。事泄，勔兄弟二人险遭诛。中宗神龙初诏复官位。勔兄弟才藻相类，均以文才著名于时，杜易简称为"王氏三珠树"。《全唐诗》存诗一首《晦日宴高氏林亭（同用华字）》："上序披林馆，中京视物华。竹窗低露叶，梅径起风花。景落春台雾，池侵旧渚沙。绮筵歌吹晚，暮雨泛香车。"《全唐诗补遗》一首《山名》："丽景斜中峤，晴华泛晚春。琴声抽楚雪，歌曲下梁尘。倾盖雕炎远，班荆密契新。方承绮筵暮，烟上洛桥津。"

王质（约769—836），字华卿，王潜第五子，文中子之后。元和六年（811）登第。太和年间，历河南尹、宣歙观察使。《全唐诗》收其诗一首《金谷园花发怀古》："寂寥金谷涧，花发旧时园。人事空怀古，烟霞此独存。管弦非上客，歌舞少王孙。繁蕊风惊散，轻红鸟乍翻。山川终不改，桃李自无言。今日经尘路，凄凉讵可论。"

王曙（963—1034），字晦叔，唐王绩后裔，世居河汾，后迁河南。太宗淳化三年（992）成为进士，为巩县主簿，调定国军节度推官。真宗咸平年间又举贤良方正科，授著作佐郎，预修《册府元龟》。大中祥符八年（1015）以枢密直学士知益州，后入朝任给事中兼太子宾客。天禧四年（1020）因岳父寇准罢相，出知汝州。乾兴元年（1022）再贬郢州团练副使。仁宗天圣六年（1028）知河南府、永兴军。天圣七年（1029），为御史中丞兼理检使、参知政事。明道元年（1032）知陕州。明道二年（1033），召为枢密使。景祐元年（1034）加同平章事，卒，年七十二，谥文康。其有文集四十卷，已佚。王曙的诗词作品有《答子》《回峰院留题》《诗一首》《诗一首》《偶口》，另有一残句。

段克己（1196—1254）金代文学家。字复之，号遁庵，别号菊庄。绛州稷山（今山西稷山）人。早年与弟成己并负才名，赵秉文目之为"二妙"，大书"双飞"二字名其居里。哀宗时与其弟段成己先后中进士，但入仕无门，在山村过着闲居生活。金亡，避乱龙门山中（今山西河津），时人赞为"儒林标榜"。蒙古汗国时期，与友人遨游山水，结社赋诗，自得其乐。蒙古宪宗四年（1254）卒，年五十九。其工于词曲，有《遁斋乐府》。

段成己（1199—1279）字诚之，号菊轩，绛州稷山（今山西稷山）人。段克己弟，两人同为金正大七年（1230）词赋进士。礼部尚书赵秉文赏其才，称他俩为"二妙"，并大书"双飞"二字于其居。克己中举，无意仕途，终日纵酒自娱。成己及第，授宜阳主簿。金亡，成己与兄避居龙门山（今山西河津）。克己殁后，自龙门山徙居晋宁北郭，闭门读书，近四十年。元世祖忽必烈降诏征为平阳府儒学提举，坚拒不赴。至元十六年（1279）卒，年八十一。与其兄诗词合称《二妙集》。

薛瑄（1389—1464），字德温，号敬轩，明代河津县平原村（1971年划归万荣）人，著名政治家、思想家、理学家、教育家、文学家、诗人。薛瑄于明洪武二十二年（1389）农历八月初十出生于教育世家，七岁时熟读"四书"，过目不忘，日记千百言，人称"小神童"。明永乐十八年（1420），薛瑄中乡试解元，次年登甲榜进士及第，历任监察御史、提学佥事、大理寺少卿、大理寺丞、大理寺卿、礼部右侍郎、礼部左侍郎兼翰林院学士、入阁预机务（宰相之职）等职。

薛瑄陆续居官24年，清正廉洁、勤政爱民、刚直不阿、执法如山，被誉为光明俊伟的"清官廉吏"。他博学多才、德高望重，享誉"薛夫子、薛青天、铁汉公、南京好官、实践之儒、理圣、一代文豪、一代廉吏"等殊荣。

明天顺八年（1464）农历六月十五日，薛瑄在平原村故居正襟端坐，提笔写下"土炕羊褥纸屏风，睡觉东窗日影红。七十六年无一事，此心惟觉性天通"的诗句，"通"字最后一笔未写完，寿终正寝，享年76岁。薛瑄逝世后，朝廷追赠资善大夫、礼部尚书，谥号"文清"，赐"文清正学祠"，从祀孔庙。

薛瑄在河津老城创立"文清书院"，缔造河东学派，两度在家乡设教讲学15个春秋，为发展河津文化教育事业做出卓越贡献。薛瑄继曹端之后，在北方开创了"河东之学"，门徒遍及山西、河南与关陇一带。其学传至明中期，又形成以吕大钧兄弟为主的"关中之学"，其势"几与阳明中分其感"。清人视薛学为朱学传宗，称之为"明初理学之冠"，"开明代道学之基"。

薛瑄一生创作诗歌1570首，各类文章260余篇，脍炙人口的《游龙门记》，被誉为明代散文之冠。薛瑄对家乡河津情有独钟，留下了诸多讴颂家乡山水人文的宝贵诗文。由后人编辑的《薛瑄全集》，收录了薛瑄一生所写的诗歌和文章，字里行间表达了他的忠君爱民之心和刚毅严肃的性格。

《薛瑄全集》包括《薛文清公文集》24卷、《读书录》《读书续录》23卷，以及《薛文清公年谱》《薛文清公行实录》《薛文清公理学粹言》《薛文清公从政名言》等。其中《读书录》列为当时国家最高学府——国子监的诵习教材。《明史·儒林传序》评其"清修笃学，海内宗焉"。清人纪晓岚在《四库全书总目》中给予其很高评价："明代醇儒，瑄为第一。""大致冲淡高秀，吐言天授，往往有陶（渊明）韦（应物）之风。盖有德有言，瑄足当之。"

赵用光（1565—1615），字哲臣，明河津城东里高家湾人。明万历十六年（1588）乡试举人，明万历二十三年（1595）乙未科殿试金榜第三甲第46名同进士，官至詹事府少詹，掌翰林院事，兼侍读学士。其居官孤介清严，居乡孝亲友弟，博学能文，著有《苍雪轩全集》。祀乡贤，省、府、县诸志皆有传。其著作于清代乾隆时列为禁书。

任绍燨（？—1686），河津市樊村任氏西户十三世，明朝末年出生于祖孙三代多为儒士官宦的书香门第。任绍燨天资聪颖，过目不忘，受家庭文化氛围熏陶，自幼喜好读书，谙熟四书五经，在廪生中出类拔萃。

绍燨孝敬父母，尊兄爱弟，在乡里传为佳话。明崇祯十七年（1644）正月，一支军队攻占河津，任绍燨兄弟俱被虏获带走。途经韩原，绍燨以身保护兄长绍煜逃走，背部受到数处创伤。不料兄长遇害，绍燨也昏厥休克，军队遂扔下他们扬长而去。绍燨苏醒后，强忍疼痛，背负兄长尸体，埋葬于家乡。随后，又千方百计到西安打听到弟弟绍炘下落，并以重金赎身回家。

清顺治十四年（1657），绍燨被乡里推荐参加乡试，中顺治丁酉科乡试第四名。清康熙三年（1664），绍燨赴京应试，中康熙甲辰科殿试第八十一名进士，授湖南长沙县令。

清康熙十三年（1674），吴三桂叛变，绍燨随王师南征，辅佐巡抚安世鼎赴武昌平叛。绍燨积极筹办军需，勤勉敬业，政绩卓著，遂以军功任长沙府事。吴三桂攻陷醴陵后，绍燨决策进攻，并主动请缨率领五千精兵，独当一队，率先登城，大军随之攻克醴陵。绍燨随即奉命赴浏阳主政。到任后，他精心聚集审查难民，共验核释放男女难民二百余口。清康熙十七年（1678）遇上荒年，军队粮饷告急，绍燨精心谋划安排，设法筹集军饷，果断采取赈济饥荒的政令和措施，使军粮宽绰富裕，清康熙十八年（1679），被提升为长沙知府。绍燨担任长沙知府后，对下属官吏严肃告诫，严加整治，特别注重对百姓的安抚体恤，使百姓逐渐恢复了正常生产生活。当时长沙府刚刚收复，城市和乡村一片萧条荒凉，官兵十余万驻扎城内，绍燨经营筹划生活供应和稳定秩序，焦苦思虑，妥善调剂，把事情办成功并且不干扰民众。

清康熙十三年（1674），吴三桂占领长沙，长沙市开福区名胜古迹铁佛寺被毁。康熙二十年（1681），巡抚韩世琦委任知府任绍燨倡复，三年后告竣。清康熙二十一年（1682）春天，数月阴雨笼罩长沙，正逢汛期，城外湘江水与日俱增，洪水的压力使城墙倒垮，水退后，时任知府任绍燨四处筹钱，修复城垣。

任绍燨在长沙主政六年，宽平静镇，待士有礼，未尝以营谋私利而责罚下属官吏。可惜以非罪左迁四川绵竹县令，长沙士民非常怀念他。任绍燨前后从军多日，在长沙任职期间，招亡募垦、蠲荒弭盗、兴学劝士、赎取蒙难妻子及入官诸善政，俱详细载于《仕楚纪略》一书。

清康熙二十四年（1685）冬，绍燨以非罪左迁四川成都汉州绵竹县知县。当时，绵竹城墙集市已成废墟，绍燨到任后立即招集商民修理，勤政不到一年时间，因病卒于任上。

任绍燨生前热衷于弘扬和传播传统文化，为家乡文化教育事业的长足发展，做出卓越贡献。清顺治十七年（1660），绍燨主持创修《樊村任氏西户族谱》，开创了任氏家族续谱传宗的先河。

清康熙十一年（1672），绍燨自长沙回到故里，与同族任宏蜒等，导引瓜峪水，修筑堤坝和长濠桥，开渠灌田，村人永享其利。

任绍燨才华横溢，满腹经纶，著有《仕楚纪略》《犹存诗草》等书。他创作的格律诗《石谷》《筛崖飞泉歌》《二泉亭杂咏二首》载于清代《河津县志》。他亲笔草书的七律扇面（款识："过国士桥近作，书呈讲翁赵老父母教正。"）作为传世之作，在2019年秋季拍卖会中国书画古代作品专场面世，专家评价："其草而不滞，自有一段洒落。"他为樊村任氏西祠堂创作并题书的三副楹联板对，至今长传不衰。他作为长沙知府，与樊村任氏东户十世祖庐凤道台任之琦，被誉为樊村任氏望族的佼佼者和代表，河津清代著名学者乔鹤仙赞誉樊村任氏为河津"七大家"之一，颂扬任氏人才辈出，后先相映，尤其对任氏知府、道台两位杰出大儒的赞诗"西宅知府东宅道，任氏科名文炫耀"，被传为佳话，西宅知府即任绍燨。

严中律（1821—1892），河津上井村（今属万荣）人。少时入泮食廪。五十岁以后，乡人爱其德才，荐为孝廉。因反盐霸而备受河津人敬重。有《醉经堂诗稿》（未刊）。

姚名魁（1855—1931），字经五，姚以价叔父。清末光绪年间廪生秀才。曾任《晋阳日报》副总编辑。姚名魁是维新派。由于他思想进步，竭力倡导变法维新，对废科举、立学堂的革新主张大加宣扬，所以后来"戊戌变法"失败后，他被削职归田为民。姚名魁蜗居乡里，在村中创办"挹芹香"书院，教村里及附近学子读书。姚名魁的诗文造诣精湛，联语尤其通俗典雅，顺理成趣，耐人寻味。

薛律清（1875—1926），字中六，山西龙门里望平原村（今属万荣）人。其为清末秀才，也是明代理学大师、大理司卿、礼部尚书（追封）薛瑄的后人，曾任陕西巡检。薛律清自幼酷爱文学，造诣很深，富有文学才能。受戊戌变法及进步思想影响，参加同盟会，运城光复后曾担任运城报馆总编辑，积极宣传革命思想，辛勤笔耕，几年中写出了几十万字的民主革命理论文章及宣传革命形势和革命成就的通讯报道材料。这期间，先生在平原村第一个带头剪掉头上的辫子，后来长期在山西大学等高校任教，由于他对文学深钻细研，博览群书，讲课通俗易懂，博引广征，深得学生爱戴。在教学中，对学生要求极严，很讲究师德，始终将身教与言教合为一体，为革命培养了一批人才。薛律清呕心施教，积劳成疾，英年早逝，殁后当时河津县县长蔡光辉题挽联：家计困高才长吉呕心憔悴死，儒林留恨事文清绝学少传人。并参加葬礼，亲自"点主"。山西省文史资料委员会编撰的《山西辛亥革命人物传》中收录其参加辛亥革命简要事迹。

乔鹤仙（1879—1952），名埙，字笙渔，号鹤仙，晚年别号吁园老人。河津老城南街人。18岁考中秀才，23岁全省统考名列魁首。民国初年就读于山西优等师范，毕业后留校任教。曾先后在山西大学预科、山西省教育学院等校教授历史、国文、中国文学史、西洋通史等课，名重一时，誉满三晋。

乔鹤仙幼时家贫，凭老师及亲友资助得以上学。18岁考中秀才。1902年，山西成立了山西大学、山西优等师范、政法学院等学堂。乔鹤仙选择了山西优等师范，献身于教育事业，留校任教，兼任国民师范、女子师范、商专、法专、工专等专科学校的教师，还在山西教育学院、并州大学授课。卢沟桥事变以后，乔鹤仙携眷南归，寄居汾南上阳村。1943年，并州中学在陕西西安城南太乙宫成立，乔鹤仙便去应聘，重新执教。西安解放后，乔鹤仙返回家乡河津。中华人民共和国成立后，乔鹤仙被聘为山西省人民政府参议，在太原住了一段时间，曾多次出席会议，后因病回到河津。乔鹤仙一生生活俭朴，为人师表。其大量收集了河津史料，广征博采，计划续修民国《河津县志》。可惜都被日军掠去。他将自己的书稿《河津金石考索》《河津文存》悉数赠给河津图书馆。

1952年在河津病故，享年74岁。乔鹤仙去世后，山西省政府派人前来河津吊唁，致祭，并给予了极高的评价。李愚庵献给恩师的诗中写道："吾师龙门乔，晋阳宏教泽。绛帐三十年，桃李逾千百。"

姚以价（1881—1947），字维藩，河津县西毋庄（今属万荣）人。7岁时父母双亡，受四叔名魁抚养，入其私塾读书。他天资聪颖，能文善诗，又喜骑马射箭。一年夏，学堂中苍蝇骚扰，先生以"讨蝇檄文"为题，命学生各作一首五言诗。以价口占一绝："拔来三尺剑，逐出几群蝇。为民除大害，不负七尺驱。"光绪二十八年（1902），他考入山西武备学堂。光绪三十年（1904），山西首次派50名学生赴日本留学，姚以价和温寿泉、阎锡山、黄国梁等一同入选到东京。先入振武学校，三年后在联队实习。光绪三十三年（1907）正式进入陆军士官学校。毕业后回国，任山西新军督练公所教练员。因他精通军事学科，时常到各营授课，备受赞扬。遂升第86标第5营管带（营长），后转85标2营管带。山西新军共6个营，他训练和领导过的就有4个营，所以他在新军中声望甚高。

宣统三年（1911）10月10日，武昌起义，山西同盟会亦谋回应。巡抚陆钟琦惊惶之余，欲以釜底抽薪之计，命85标标统（团长）黄国梁先带第1、第2两营开往晋南，防止陕西起义军渡河入晋，必须于28日开拔。同盟会决定乘机领到子弹，佯装出发，暗中准备起义。

张树帜受同盟会同人之命，于当日晚到狄村第85标第1、第2营驻地，秘密和同盟会的下级军官联系。第1营联络好后又到第2营，队官（连长）王嗣昌、张煌、应芝、王体元一致表示同意，即向管带姚以价报告："我们同盟会决定今晚起义！"姚见此情况，慨然表示："我虽未加入同盟会，但同人不瞒我，吾当从众。"遂被推为起义军司令。

29日凌晨3时，两营官兵在大操场集合，姚以价发表了慷慨激昂的誓师讲话，随即发布命令，率起义军千余人出发。起义军到达新南门时，天将拂晓，城门紧闭，姚以价命令一律伏在城下凹地隐蔽，等待城里内应。清道队队长杨沛霖开门后，起义军一拥而入，各自执行任务。苗文华率第1营登上城墙，杨彭龄率第2营的先锋队冲锋在前，炮兵正目于凤山率炮兵以炮轰击，张煌的奋勇队直奔巡抚衙门，姚以价率一部分人在东夹巷天主教医院居中指挥。

当杨彭龄、张煌攻入巡抚衙门后，陆钟琦及其子光熙仓皇由卧室出来，先后被击毙。此时阎锡山见起义将成，亦从后门攻入，太原起义，遂告成功。当日中午，山西同盟会会员和起义将领，汇集省谘议局，选举都督，由于谘议局议长梁善济左右会场，阎锡山被推为都督，任姚为东路军总司令，到娘子关设防，抵御清军。清政府派曹锟领万余精锐来攻，双方大战雪花山、乏驴岭，起义军弹尽粮绝，寡不敌众，娘子关失守。后因与阎不和，离并赴京。民国政府成立后，被袁世凯授以"晋威将军"衔。他看清了袁的窃国面目，转入江西李烈钧处，被任为总参谋长。

孙中山发动二次革命，他又入北京有所策动，被袁世凯侦知，急亡命云南。

民国十九年（1930），中原大战起，他以国民政府参议院中将身份到河南新乡劝说石友三和韩复榘联合反阎、冯，被石扣押，专车送往北京，车行至高县境，他奋力跳车，跌伤昏厥，经农民救护，得至济南，被韩复榘任为高级参谋。

七七事变后，姚以价不满韩复榘的抗日不力，尽捐家资愤然离开山东。后旅居陕西邠县，从事著述，借以遣怀，著有《抗战实录》《时风校正》等书。书法亦有特长，临有沙门怀仁和尚集的王右军圣教序，末署"晋右将军王羲之书，晋威将军姚以价临"，传为艺林佳话。民国三十六年（1947）3月10日，姚以价病逝，终年66岁。

樊廷檀（1884—1930），字子杏，号醉醒，南阳村人。幼入私塾，聪明好学。稍长，游于北京、太原等地，与学者名流交往，书法、诗词为人称道。曾任大宁县长，辞职还乡后，以诗书自娱。民国九年（1920）至十二年（1923）间，他聘请西张人岳竹坪为塾师，教其子弟读书。并与薛缄三、薛中六、王汉三、王虚中、严静波、宁开三、高植生等频繁交往，组成"冬青诗社"，他为社主，相与酬和，共得《冬青诗社诗稿》四卷，约三百首。樊廷檀工于书法，长于行草，尤擅大草。太原、大宁等地的寺观中多有他的书法。南阳村文昌阁和药王庙壁上有他的王羲之《兰亭集序》和孙思邈《养生铭》，识者皆云其大草有张旭、怀素神韵。

高子仁（1900—1966），名寿山，以字行，河津小门巷人，后迁居城北村。高子仁天资聪敏，少小入学过目成诵，深得老师的器重，有"龙门才子"之称。高子仁曾就读于山西省商业专门学校。他对古典诗歌、对联、小品文等均有研究，在学生时期，以博学多闻、能诗善文而闻名。其作品生活气息浓郁，在国民党统治时期和日军侵华期间，作品反映人民疾苦，针砭时弊。高子仁一生从事教育事业。1925至1957年，他先后在洪洞、河津、韩城、朝邑、蒲城、渭南等中小学任教师、教导主任、代理副校长等职。1957年以后，他在陕西省教育厅、陕西省师范学校工作，后为陕西省进修学院负责人，曾多次被评为先进工作者。1966年9月逝世。

韩晋贤（1900—1975），又名韩复仁、韩起吾，河津市高家湾村人。自幼聪颖，1915年初小毕业，早年自学成才。16岁在樊村广益堂药铺当学徒。1955年任公私合营药店经理。1960年在河津药材公司退休。1975年去世，享年75岁。韩晋贤酷爱文史，独钟诗联，生前对传承河津历史文化，发展医药、商会、碑志、戏剧、诗联等事业，做出突出贡献。脍炙人口的薛仁贵故里白袍洞楹联、通化王通故里楹联、诗作《河津县歌》《龙门记述》，都是他的佳作。

赵栋（1903—1938），字梁臣，山西河津南阳村人，抗日英烈。大学毕业后在南阳村教学。22岁效法班超，投笔从戎。赴陕投军，戎马倥偬，在杨虎城军队冯钦部任连长、参谋长等职。卢沟桥事变后，开赴娘子关御敌，浴血奋战，英勇杀敌。后来部队撤退，赵栋返回家乡，组建武装，保家卫国，护村安乡，自任队长。日军来袭，英勇抵抗，身先士卒，毙敌数人，弹尽被俘，拒绝投降，壮烈牺牲，时年35岁。

高知行（1904—1987），河津米家湾人。高知行毕业于陕西中山学院。在学生时代，他就接触了马克思主义，思想进步，追求真理。20世纪20年代末，高知行曾经跟随陕北刘志丹领导的队伍闹过革命。1937年，卢沟桥事变后，进入延安抗日军政大学学习，毕业后，曾担任山西抗日决死纵队连指导员。1943年至全国解放前，在陕西高陵中学、陕西医务专科学校、西安力行中学等校任教。1949年，返回家乡河津。1950年，被选为河津县各界人民会议副主席，担负起为家乡兴学育人的重任，准备创办河津中学。1951年4月10日，河津工读中学举行开学典礼，高知行出任工读中学第一任校长。1952年9月，经山西省教育厅批准，河津工读中学改名为"山西省立河津中学"，高知行担任校长。原来的城隍庙校园已经无法容纳众多师生。高知行上报，经县政府批准，在县城城隍庙西边（今河津中学校址）征用土地120余亩，扩建了教室、宿舍及体育场地。1959年开始，高知行担任县文史馆馆员，其积极搜集和整理河津文史资料，并参与旧县志的点校工作。1982年，高知行当选为河津县政协第五届常务委员。1987年，高知行因病去世，享年84岁。

墨遗萍（1909—1982），河津市原村人，原名李毓泉，后改名墨遗萍。1931年加入中国共产党，为延安中央党校第一期学员。1937年，为陕甘宁边区秘书科科长、《函友周刊》主编。中华人民共和国成立后在山西大学当过教授，终因喜爱蒲剧，1958年回晋南蒲剧院当副院长。墨先生著作等身，一生写了近百部剧本，在山西、陕西的戏剧界、文化界享有很高的声誉。解放战争开始后，墨遗萍奉命调回山西太岳区，任剧协主任兼《太岳文化》编辑、《新天地》主编。1949年，他赴北京参加了全国文学艺术工作者第一次代表大会，同年12月参加了山西省文学艺术工作者第一次代表大会，留在太原担任了省剧协副主席，且创办了山西省蒲剧学社，任社长。次年任山西省文教厅创作组组长，兼省文艺丛书社主任，同时筹办省蒲剧学社直属剧团，实为省蒲剧实验剧团，即后来的省大众蒲剧团。1956年，他得到民间文学泰斗赵树理的举荐帮扶，调到北京，任《剧本》月刊编辑。1958年初，他又返回山西，任晋南蒲剧院副院长。1979年，墨遗萍调陕西省戏曲研究院，担任顾问。

墨遗萍对蒲剧的贡献，在于他第一个写出了蒲剧的历史，更厉害的是，他对蒲剧历史的梳理和记述，至今无人能超越。他对蒲剧的影响，让蒲剧改变了历史轨迹。墨遗萍撰写了《蒲剧史魂》，这部蒲剧研究史是奠基之作也是权威之作，八万字，全部用文言文写成，文言文写蒲剧史，用意也在复兴传统文化。

李尤白（1924—2002），原名应甲，晚号梨园老人，自署其居曰"不已庐"，河津里望乡南阳村人，现划归万荣县。他是一位诗人兼剧作家，后期从事唐代梨园研究，1982年发表《梨园考论》解开了千年来的历史悬案。国外学者皆视李氏为梨园研究专家与"梨园学"的创始人。其曾为中华梨园学研究会会长、中华梨园诗社名誉社长、陕西省地方志编纂委员会研究员、陕西省诗词学会常务理事、雁塔诗社顾问等。李尤白还曾把多年来发表的新旧体短诗数百首，分别编为《癸藿集》《不已庐诗稿》。李尤白被收入《中国当代诗人传略（三）》。

第二节 人物简介

1. 古代、近代人物简介

薛慎惑，生卒不详，唐代名将薛仁贵次子，官至司礼主簿。世传慎惑善投壶，背后投之，龙跃隼飞，百发百中，推为绝艺。事迹见《朝野佥载》卷6，《全唐诗》存诗1首。

薛谌，明代山西河津人，薛瑄孙，任刑部员外郎。

薛华，明代山西河津人，薛瑄来孙，进士，知县。

薛昌胤，字尔及，号思敬，别号十洲山人，薛瑄九世孙。登崇祯癸未（1643）联捷进士，授山东安丘、陕西镇安知县，归里后教授生徒。守官清介，长于诗赋，著有《蓼虫吟》行于世。

高汝砺，明代河津人，曾为山东沾化县主簿。

刘有纶，明代河津刘家堡人，万历年间举人。

杜永年，明代河津人，监生。

庞松年，清河津永绥坊庞家巷人，康熙八年（1669）举人，诗作《登龙门步赵二惟韵》载清光绪版《河津县志》。

任天祜，清代河津县樊村人，任氏西户14世，生员。诗作《重题兴化寺壁》载清光绪版《河津县志》。

任乘龙，清代河津县樊村人，任氏西户15世，监生。诗作《午芹道中》《禹门道上》《秋日同友人重游瓜峪》《登龙门临思阁》载清光绪版《河津县志》。

任可傅，清代河津县樊村人，任氏西户15世，由廪生中乾隆庚寅（1770）恩科第五名经元，任太原府平定州学正、教授修职郎。诗作《津城眺望》《春日邀汤宾王年丈韩城文兴周游龙门》《瓜峪筛崖》载清光绪版《河津县志》。

任从龙，清代河津县樊村人，任氏西户15世，生员。诗作《谒王文中子祠》载清光绪版《河津县志》。

柴芗林，字桂凤，清河津太阳村人，诗作《过射雁滩》载清光绪版《河津县志》。清乾隆年间附贡生，事亲甚孝，慷慨好施。清嘉庆十年（1805）岁歉，出粟济贫，又亲自煮粥舍饭，救活多人。嘉庆十七年（1812）全社建庙，按户捐钱，当时很多人无钱可捐，他暗中代捐，及庙成竖碑，众人方知钱是他捐的，群众自发给他挂匾表彰。少时读书，考试常列榜首，但一直未展大志，遂闭门延师教子，子孙相继登科。他被地方选为乡饮大宾，朝廷诰赠中议大夫衔（从三品）。县令何荣给他赠诗曰："勤课儿孙诚乐事，知君不负读书人。"子二：长鸣鹤，次鸣鹭。

柴鸣鹤，字於九，芗林长子，清河津太阳村人，附贡生。诗作《古耿城》载清光绪版《河津县志》。其孝亲睦邻，乐善好施，学问渊博，为人正直，深得群众敬重。县令汪桂葆匾其门曰："敦伦孝友。"县学训导尹公匾其门曰："达士风流。"朝廷诰赠他中议大夫衔，从三品。子三：惟发、惟滋、惟长。

柴鸣鹭，字晴川，号莲舫，优贡生候补训导，清河津太阳村人。其续修嘉庆版《河津县志》，诗作《龙门八景诗》载清光绪版《河津县志》。其事亲孝，有正义，诗文俱佳。其遇饥寒者，慷慨济助，乡中有狼害，自己出钱雇人打狼。县令崔允昭计划推举他为"孝廉方正"，因辞不受。后任县令汪桂葆匾其门曰"翰苑扬芬。"县学训导尹公称赞他："正人君子不与流俗为伍。"朝廷诰赠他中议大夫衔。子：廪贡生惟荣。

柴鸣鸾，字凤青，清河津太阳村人，附贡生，诗作《过文清公故里》《云中古城》载清光绪版《河津县志》。其孝友持身，急公好义，嘉庆十年（1805）岁歉，捐粟赈济，村西修庙地隘，即施地扩充之。道光九年（1829）举为乡饮大宾，县令以"孝慈两全"匾其门。朝廷诰赠奉政大夫衔（正五品）。子二：惟条、惟达。

柴星耀，清河津吴家关村人，柴凤三父，灵珠祖父，赠文林郎。诗作《过文中子故居》载清光绪版《河津县志》。

柴凤三，字梧冈，增贡生，清河津吴家关村人。道光年间出任夏县县学训导，教诸生以务本为先，归里后闭门赋诗，著有《茶余小草》诗集。诗作《途经射雁滩》《登看河楼》载清光绪版《河津县志》。子灵珠，咸丰五年（1855）乙卯科举人，双月选用知县，宁武府训导。

柴惟发，字其祥，鸣鹤长子，清河津太阳村人。诗作《龙门八景诗》载清光绪版《河津县志》。咸丰年间附贡生，盐运司同知衔，加二级请封。长子柴天培，三子柴天植。

柴惟长，字增峰，号静斋，鸣鹤三子，清河津太阳村人。诗作《游龙门》载清光绪版《河津县志》。清咸丰年间附贡生，中书科中书衔，任汾阳县学训导，朝廷诰赠奉政大夫衔（正五品）。

柴惟荣，字华亭，号希莲，清河津太阳村人。咸丰年间廪贡生，试用训导，朝廷诰赠中议大夫衔。咸丰六年（1856）岁饥，捐粟赈济，乐善好施，里中有贫不能娶者助以金，死不能殓者给以棺。又出资补修文庙，独修崇圣宫斋房。施村北数亩田，作为义冢。教子有方，好学不倦，著有《耕余堂小草》诗文集。诗作《谒先贤子夏祠》《游龙门》载清光绪版《河津县志》。县令匾其门曰："扶持风化"，县丞王公匾其门曰："光前裕后"，朝廷诰赠中议大夫衔（从三品）。

清同治五年（1866），柴惟荣又慷慨出资，修建文庙崇圣宫斋房，凡是邑中义举之事，他知道后都竭尽全力捐资襄助。他的义举深受梓里好评，卒后乡民为他赠送门匾，并为他修建了功德碑楼。长子柴廷枢。

柴惟条，鸣鸾长子，清河津太阳村人。诗作《谒子夏祠》载清光绪版《河津县志》。道光年间增贡生，候选训导，朝廷诰赠文林郎（正七品）。其子柴临瑞同治三年（1864）甲子科举人。

柴惟达，鸣鸾次子，清河津太阳村人。诗作《登卧麟岗》载清光绪版《河津县志》。咸丰年间议叙同知衔，清封五品。

柴廷枢，惟荣之长子，清河津太阳村人。克继父志，主要诗作《射雁滩》载清光绪版《河津县志》。曾任陕西大荔县县丞。同治二年（1863）夏，陕西同州属汉回两族互斗，河津办理防堵。廷枢自备粮仓，带领勇士防河，不辞劳苦，很有功绩。

柴天培，惟发长子，清河津太阳村人。甘肃巩昌县经历，奏奖州同衔。诗作《邑中八景·红蓼春妍》载清光绪版《河津县志》。

柴天植，惟发三子，清河津太阳村人。廪贡生，黎城县教谕。诗作《邑中八景·云中烟寺》载清光绪版《河津县志》。

张维镛，清康熙时举人。

张汾宿，清代河津人，字昆澜，岁贡生，长于诗、辞、古文，有古风。

卫时应（1855—1923），河津清涧村卫家巷人，获六品衔优增生。

吴端彝，清乾隆时河津书院山长，诗作《游禹门》载清光绪版《河津县志》。

王聘，清河津孝原村人，乾隆三十五年（1770）举人，诗作《谒薛文清公祠》载清光绪版《河津县志》。

李庚昌，清河津人，岁贡生。诗作《邑中八景·禹门叠浪》载清光绪版《河津县志》。

薛濂，清河津人，贡生。诗作《邑中八景·疏属晴岚》载清光绪版《河津县志》。

王照离，清代河津老城西街人，咸丰年间组织"崇文社"，为奉祀吕洞宾而募建"仿蓬莱"神龛一孔、崇文阁（看河楼）、纯阳香亭，并将九龙头定名麟岛。诗作《游瓜峪》载清光绪版《河津县志》。

刘而介，清代诗人。

赵天载，清代诗人。

杨应昂，字轩甫，清代河津人，乾隆二十四年（1759）武科举人，广西旭纛营都事，署思恩营游击。诗作《游龙门》载清光绪版《河津县志》。

许二酉，清代河津人，庠生，参与嘉庆版《河津县志》编纂，任分修。诗作《游龙门》载清光绪版《河津县志》。

贺国栋（1900—1975），字松云，僧楼镇贺家庄人，1930年毕业于山西省立教学院国文系。

2. 现代人物简介

卫虎家（1939.9—），字汝渡，河津市清涧一村人，从事中学语文教学35年，曾任教研组长、教导主任等职。著有《校园诗歌楹联各一百》《虎步荆榛路》《迂远独行》等。

卫金报（1953.8—），清涧街道办清涧一村人，中共党员，大专文化。曾任河津市公安局办公室主任、派出所所长。2016年4月入河津诗词学会，现为中华诗词学会会员。作品散见有关报纸杂志。

马黄河（1954.2—），河津市马家堡人，中共党员，本科文化。原为河津市审计局局长，2017年7月入河津市诗词学会，现为中华诗词学会会员。作品散见于《中华诗词》《诗词世界》《诗词月刊》《诗词》《难老泉声》及地方报纸杂志。

王景生（1966.6—），中共党员，河津市城北村人，笔名晓彤，河北省农业大学海洋学院毕业，工程师。曾任河津县水产站副站长、河津县鱼种场场长、河津市人民武装部党委秘书和机要秘书、国防教育办公室副主任、运城市禹门口提水工程河津市指挥部党支部书记兼副总指挥。现为中华诗词学会会员、山西诗词学会会员、运城市诗词学会副会长、运城市诗词创作基地河津市主任、河津市诗词学会会长、《龙门诗潮》主编、三晋文化研究会绛州弟子规书画院副院长兼河津分院院长、河津市老年书画家协会副主席。作品见于《中华诗词学会通讯》《中华好诗词》《中华诗词百家》《河东诗词》等，2021年8月出版《晓彤诗集》。

毛建民（1955.11—），河津市东庄村人，中专文化，曾任河津市残联办公室主任，现任河津市楹联学会会长，中国楹联学会、中华诗词学会、山西诗词学会会员，运城市楹联学会副会长，河津市诗词学会顾问。其著有《茅屋诗联选》《怎样作谐讽联》等书。诗联作品刊载于《中华翰墨名家作品博览》《盛世盛典诗词联大观》《中华当代婚寿庆典诗词联集萃》《对联》《难老泉声》《长白山诗词》等国家级刊物和地方杂志报纸。词条载入《中国当代楹联艺术家大辞典》《中国当代诗词艺术家大辞典》等书。

史文堂（1965.6—），河津市西磑村人，字鸿雁，号龙门宵月、飞瀑流泉，大专学历。

现为东皋子诗社社员、河津市楹联学会副会长、河东楹联网版主、中国楹联学会会员。

史佐君（1963.8—），女，万荣县高村乡人，中专文化。1982年在运城市口腔医院工作。1984年调山西铝厂职工医院工作，现已退休。其系运城市诗词学会会员、河津市诗词学会副秘书长，作品散见于本地报纸杂志。

付永兴（1969—），又名付强智，夏县水头镇岳村人。1990年7月至1992年8月在运城会计学校学习会计专业。1992年8月至2019年12月在河津市财政局工作。2012年12月至今在阳村乡政府工作。现为河津市诗词学会副秘书长。

冯德科（1947.5—），笔名风华，河津市城北村人，曾任盐湖区民政局书记，现任运城市诗词学会顾问、盐湖区诗联学会副会长。

师惠民（1949.10—），河津市米家关村人，原供职于河津生产资料公司，曾为河津市诗词学会理事。

吕俊安（1944—），乳名江河，笔名东潮，号六耕斋主、搜源叟，河津市东窑头村人。现为河津市诗词学会顾问，运城市诗词学会顾问，中华吕氏文化中心总会山西分会副会长，中华诗词学会、中国国学协会、运城市楹联学会、运城市老年书画研究会、河津市作家协会会员，河津市史志文化研究会、河津市老年书画研究会理事，东坡书画艺术研究院名誉院长，北京市尔康书画院院士，国家一级书画师等。其诗词、楹联、篆书、篆刻作品曾多次参加全国大赛，荣获各种奖项和荣誉称号。其著有《东潮诗联集》《小村诸庙》《词曲牌名归韵巧谈与实用对仗句》《诗联异葩选录》，并参与主编《历代诗人咏河津》。

任罗乐（1945.1—），笔名任道远，河津市樊村人，中国人民大学毕业，中共党员，经济师。1969年参加工作，历任河津县委秘书科副科长、僧楼公社书记、僧楼乡党委书记、市委组织部副部长、市人大常委会副主任等职。1995年参与发起成立河津市诗词学会，被聘为顾问。1996年加入山西诗词学会，任山西诗词学会第四届理事会理事。1998年加入中华诗词学会。2015年加入中华辞赋社，现为中华诗词学会、中华辞赋社、中国楹联学会、山西省作家协会会员，河津市史志文化研究会会长，河津市诗词学会顾问。其编著《乐乐诗联》《陋室文集》《诗韵情深》《河津经典人文》《禹凿龙门》，主编《历代名人咏河津》《历代诗人咏河津》《杨时彦诗联》等书。诗作曾在《中华诗词》《中华辞赋》《中国楹联报》《人民代表报》《中国老年》《山西农民报》《难老泉声》等报刊发表。1995年获石圪节煤矿解放五十周年格律诗词征文大赛两个三等奖，2015年获中宣部宣教局、光明日报社、中国网络电视台联合举办的"全国新春诗词歌赋征集活动"二等奖，词条和作品入编中华诗词学会编辑的《中国当代诗词艺术家大辞典》等书。

任瑾瑶（1955.5—），河津市樊村人，高中文化，中共党员，政工师，笔名阿抚，网名河东痴叟。1977年参加工作，历任山西铝厂四分厂党办主任、车间党支部书记等职。1995年至2015年，任河津市诗词学会副会长，2007年任山西铝厂楹联学会首任会长，2008年6月任山西省楹联艺术家协会首届理事，2009年被吸收为中华诗词学会会员、中国楹联学会会员。1995年在潞安矿务局石圪节煤矿解放五十周年格律诗词征文大赛（面向海内外征集）中获楹联一等奖。2019年创作的曲艺干板腔微电影《菜驴诞生记》荣获全国第二届青年运动会微电影小视频大赛最佳编剧奖。

刘增秀（1949.2—），河津市赵家庄村人，中专学历，曾任河津市诗词学会理事。

许建国（1947.2—），河津市西永安村人，高中肄业，1965年在河津邮电局工作，1984年调入山西铝厂厂办，2007年退休后参加河津市诗词学会。

许稳珠（1949.9—），中共党员，经营师，在河津市五交化公司退休，为运城市诗词学会会员、河津市诗词学会会员。

孙文元（1948.4—），河津市樊村镇常好堡人，现为山西省诗词学会会员、中国楹联学会会员、中华诗词学会会员、山西省民间文艺学会会员，曾为河津市诗词学会理事。

孙世忠（1940.4—）万荣人，中专毕业，军转干部，在山西铝厂退休，为山西省诗词学会会员，运城市诗词学会会员，河津市诗词学会会员、顾问。其作品散见于当地报纸杂志。

杜民昌（1967.7—），河津人，现就职于中铝山西铝业公司，汉语言文学大专学历，为运城市诗词学会会员、河津市诗词学会副会长、河津楹联学会会员。

杜银功（1949.9—2016.10），河津市南里村人。

李正阳（1940.6—），河津市僧楼镇李家堡村人，山西铝厂一中高级教师，为河津市诗词学会会员，著有《心灵感应录》。

李可正（1971.4—），新绛县人，大专学历，高级技师，中共党员。现供职于中国铝业山西新材料有限公司第一氧化铝厂。系中华诗词学会会员、中国楹联学会会员、河津市诗词学会副会长，有作品在《中华诗词》《诗刊》等报纸杂志发表。

李麦香（1953.4—），女，山西省稷山县太阳乡丁庄村人，中共党员，高中学历，会计师技术职称。1975年至1998年在赵家庄供销社工作。1998年至2005年在山西省龙虎路煤焦管理站工作。2010年退休后参加河津市诗词学会，现为河津市诗词学会副会长。

李伯廷（1959.11—），为《诗词月刊》太原工作站会员、《冰雪诗苑》会员、《中诗导刊》会员、运城市诗词学会会员、河津市诗词学会理事。

李建录（1954.3—），河津市西窑头村人。1970年参加工作，1984年入党，先后在河津县委宣传部、赵家庄乡政府、河津市卫生局、河津市政协任职。现任河津市史志文化研究会特邀研究员、河津市三晋文化研究会副会长、《龙门文化研究》主编。曾主编《民国河津》《西窑头村志》，撰写的文章、诗歌曾在《山西日报》《山西农民报》《运城日报》等报刊登载。

李金龙（1943.5—），稷山县太杜村人，初中毕业，中共党员，军转干部，为山西铝厂退休职工，系中华诗词学会会员、山西诗词学会会员、河津市诗词学会顾问。作品散见于《中华诗词》《中国老年》《诗词世界》《难老泉声》《河东诗词》等报纸杂志，著有《桑榆情》。

杨五安（1953.7—），笔名柏杨，河津城区柏底村人。参军四年复员后，任中小学语文教师，函授大专学历。现为河津市诗词学会理事、河津楹联学会会员、运城市诗词学会会员。

杨红科（1970—），河津市庄头村人，高中学历，曾任村民委员会副主任，多年来从事农村婚庆文化活动，现为运城市诗词学会会员、河津市诗词学会理事。

杨时彦（1963.3—2000.12），河津市庄头村人。其曾为河津市残联代表、中国楹联学会会员、中华诗词学会会员、运城楹联学会理事，曾任河津市诗词学会副会长、河津市楹联学会副会长。作品有《杨时彦诗联》《诗缘斋诗联》。

吴会杰（1964.8—），河津市公安局民警，为中华诗词学会会员、运城市诗词学会理事、浔阳江诗社会员、河津市诗词学会副会长、《龙门诗潮》副主编。作品散见于当地媒体、诗刊，以及《中华诗词导刊（词选粹）》。其曾获首届"盘古杯"全国诗词楹联大赛二等奖、首届"神农杯"全球华人诗词大赛优秀奖。

何金荣（1952.9—），女，河津市移动公司退休职工。现为河津市诗词学会理事。作品散见于《河津报》《山西农民报》《难老泉声》等。

宋仲山（1945.2—），河津市城区办杨家巷村人，为中国楹联学会会员、运城市联坛一百单八将之一、东皋子诗社社员、河津市楹联学会副会长。

张克民（1969.5—），网名江山骄子，1969年5月生，河津市樊村镇张家岭人，中共党员，为山西省楹联艺术家协会会员、运城市楹联学会理事、河津市楹联学会副会长、河津市诗词学会理事、东皋子诗社社员。多年来其积极为学会多项活动服务，荣获2018年度"优秀文艺工作者"，2019年被对联杂志社聘请为特邀通讯员，作品散见于书刊、报刊、网络等，有数副联作镌刻、悬挂多个名胜景点，连年参加楹联大赛，多次获奖，并荣获"中国第一代农民楹联家"称号。其创建了微信公众号"韵律轩"。

武培仁（1950.6—），河津市小梁乡武家堡人，大专学历，退休教师，为中华诗词学会、运城市诗词学会会员，曾任河津市诗词学会副会长。

范青山（1963.12—），河津市西硙村人，号龙门野鹤、小草堂轩主，为中国楹联学会会员、山西省楹联艺术家协会副秘书长、河津市楹联学会副会长，著有《小草堂联集》《小草堂诗集》《山底小曲欣赏》。

赵丙寅（1937.1—），河津市赵家庄村人，现为河津市楹联学会名誉会长、河津市诗词学会顾问、中华诗词学会会员，著有《耕心苑诗联集》。

赵吉民（1963.2—），赵家庄乡官庄村人，为中国楹联学会会员、河津市诗词学会会员。

赵志高（1945.9—），河津市南辛兴村人，太原工学院毕业，高级工程师，曾任河津市水厂厂长、河津市建筑设计室主任，为运城市诗词学会会员，曾任河津市诗词学会副会长，现为河津市诗词学会顾问。

侯关海（1949.7—），河津市樊家庄村人，退休教师，中国楹联学会会员，曾为河津市诗词学会副会长，现为河津市楹联学会副会长、河津市诗词学会顾问。

侯振发（1951.12—），字霜钟，号桐阳台主，河津市何家庄村人，高级经济师。1966年5月参加工作。1971年8月3日加入中国共产党。2013年1月于人力资源和社会保障部门退休。其曾为桐阳诗社首任社长，现为中国楹联学会会员、中华诗词学会会员、中华诗词文化研究所研究员、山西省作家协会会员、河津市诗词学会顾问。其已出版《求索集》《心海豪唱》《涧水情长》《小年耕吟》《丰年硕果》《情志直抒》《乐在其中》《情系于斯》《乐此不倦》《引吭高歌》《抑扬顿挫》《一张一弛》《韵飞大洋洲》《喜怒哀乐都是歌》《激发霜钟叠浪声》《璀璨夕阳》等十多部著作。

侯博辉（1978.10—），大专文化，中级统计师职称。1997年于河津龙虎公路管理站参加工作，1998年调到市劳动部门至今。2006年在桐阳诗社任秘书长、副社长，2019年4月被河津市文联表彰为优秀会员，现任河津市诗词学会副会长。

原艺文（1943.11—），河津市北方平村人，山西大学中文系毕业，曾任河津市文联副主席，为中华诗词学会会员、中国楹联学会会员、山西省作家协会会员，著作有《原艺文文集》《河津市民间口头文学点评》《河津市民俗文化》《河津方言》《原艺文诗词歌赋楹联选》。个别旧体诗作曾在《中华诗词》《难老泉声》发表。

原德彦（1949.6—），河津市龙门村人，大专学历，先后出版《龙门村志》《我是大山的儿子》等，为中国楹联学会会员，曾任河津市楹联学会会长。

柴昌明（1941.10—），河津市太阳村人，大学文化，曾任河津县农机公司办公室主任，为中华诗词学会会员，是河津市诗词学会创始人之一，连任河津市诗词学会四届会长，创刊《龙门诗报》，继而创刊《龙门诗潮》兼任主编，现为河津市诗词学会顾问。

柴建丰（1953—），河津市南方平村人，初中文化程度，中共党员，现为山西楹联艺术家协会、运城市诗词学会会员,河津市诗词学会理事,近年参加全国诗、联大赛,时有获奖。

柴建生(1970.1—),笔名龙门柴子,河津市吴家关人。1990年毕业于永济虞乡职业中学写作专业,同时完成吉林省作家进修学院文学创作函授课程。其现为河津市三晋文化研究会理事、副秘书长,河津市史志文化研究会副会长,运城市作家协会会员,河津市诗词学会会员,中国柴氏文化联谊会副秘书长,河津市作家协会会员。

柴建民(1956.4—2006.2),河津市高家湾村人,曾在河津县机械厂工作,曾任河津书法协会理事。

雪馨(1972.6—),女,本名冯雪芹,河津市城北村人,为运城市诗词学会副会长,《河东诗词》编辑部主任,著有《雪花飞落的歌声·雪之韵》等。

高降泽(1953.3—),河津市樊家庄村人,为河津市诗词学会理事。

董涛君(1940—2022.5.31),山西万荣里望北阳人,钓雪斋堂主,曾任河津进修校教师、河津市诗词学会会员、河津市书协副主席、《华康史志》总编审、《聚秀苑》主编、《中华梨园诗社》理事,著有《董涛君诗草》,全卷收录诗稿800余首。

韩向荣(1941.5—),河津市高家湾村人,为小学高级教师,小学校长,河津市楹联学会副秘书长,高家湾楹联学会副会长、秘书长,曾任河津市诗词学会副会长。

薛元太(1955—),山西省万荣县裴庄镇集贤村人,大专学历,中共党员,经济师,退休干部,为河津市诗词学会副秘书长、河津市老年书画家协会副秘书长、山西省三晋文化研究会绛州弟子规书画院河津分院副院长、运城市书法家协会会员、山西诗词学会会员、中国老年书画家协会会员。

薛英才(1943—2015),河津市南里村人,中专学历,1963年参加教育工作,中小学一级教师,任校长多年,曾任河津诗词学会副会长。

薛振堂(1956—),大专学历,河津市忠信村人,曾任河津教育电视台编辑部主任、僧楼中心校副校长,为中国现代作家协会会员、中国作家记者协会《你我她》文学杂志签约作家、中国散文诗作家学会会员、山西省散文学会会员、中国微型诗协会会员,著有《河汾吟韵》《龙门情韵》。

薛德虎(1949.3—),河津市南里村人,中专学历,中小学一级教师,为中华诗词学会会员、河津市诗词学会第五届会长、运城市诗词学会副会长、《龙门诗潮》杂志主编。

薛毅斌(1970.11—),笔名虚竹,山西河津市僧楼镇北方平村人,曾为中华诗词论坛诗词书画协会常务管理,现为中华诗词学会会员、山西诗词学会会员、山西省楹联家协会会员、河津市诗词学会常务副会长、河津市楹联学会会员、浔阳江诗社会员、听韵斋诗社会员、《浔阳江诗刊》副主编。作品散见于《龙门春韵》《龙门》《浔阳江诗刊》等，出版个人专集《朝露集》《朝露联珠》及家族史料《望族记忆》《千年龙虎灯》。

魏文生（1945.5—），号风塔布衣，河津市康家庄村人，大专文化，曾任代理教师、民办教师、乡镇文秘。参加工作后，曾任山西铝厂职工医院办公室副主任。其现任河津市楹联学会理事、河津市诗词学会理事、中国楹联学会会员、运城市诗词学会会员、清涧镇楹联学会副会长、河津市老年书法学会会员。其书法多次参展，多次参加全国楹联有奖大赛，获全国征联三等奖和多次优秀奖，著有《风塔拾韵——魏文生诗联文墨集》。

魏向民（1963.4—），河津市魏家院村人，中共党员，大专学历，曾任三峪灌溉管理局党支部书记兼局长，后任小梁扬水程管理处党支部书记兼主任，为山西诗词学会会员，2021年9月至今任河津市诗词学会副会长兼秘书长。

第五章　诗词著作

《**东皋子集**》，又名《王无功集》《王绩文集》，唐王绩撰。绩字无功，自号东皋子，故以名集。宋陈振孙《直斋书录解题》卷十六载："其友吕才鸠访遗文，编成五卷，为之序。"原集已佚。今有《四部丛刊续编》，影印明抄本，三卷，赋、诗、文各一卷，吕才编。1987年上海古籍出版社出版《王无功文集五卷本会校》。

《**王子安集**》，是唐代诗人王勃创作的诗集。《唐书·文苑传》称其文集三十卷。而《杨炯集序》则谓分为二十卷，具诸篇目。洪迈《容斋随笔》亦称今存者二十卷，盖犹旧本。明以来其集已佚，原目遂不可考。世所传《初唐十二家集》，仅载勃诗赋二卷，阙略殊甚。故皇甫汸作《杨炯集序》，称王诗赋之余，未睹他制。此本乃明崇祯中闽人张燮搜辑《文苑英华》诸书，编为一十六卷。虽非唐、宋之旧，而以视别本，则较为完善矣。

《**二妙集**》，金段克己、段成己兄弟著，八卷。克己字复之，号遁庵，金末进士，入元不仕。成己字诚之，号菊轩，正大进士，授宜阳主簿，元初起为平阳府儒学提举，不就。二人早年俱以文章擅名当世，赵秉文以"二妙"称之，故合编诗集，即以命名。凡诗六卷、乐府二卷。通行者为《九金人集》本。近人孙德谦作《二妙年谱》，于段氏兄弟行迹，考订甚悉。

《**河汾诗集**》，由薛褆整理，阎禹锡校勘，谢庭桂锓梓。谢庭桂氏《河汾诗集后题》云："右《河汾诗》一帙，乡先生薛文清公所作，其孙刑部主事褆之所汇粹，门人国子监丞阎君禹锡雠校之以授予者也。诗凡八卷，一千一百三十首。其篇什既多，缮写者间不能无脱误，予暇日复订正之。方谋锓梓，郡人好义者致仕通政知事朱维吉适过予，请效资费，曾不逾时而板刻一成矣。"此乃《河汾诗集》刊刻雠校之大概也。

《**龙门志**》，共三卷，樊得仁等修，明嘉靖十五年（1536）刻本，半叶九行，行二十字，白口，双黑鱼尾，版心上刻"龙门志"，四周单边，无界栏。版框高十八厘米，宽十三点七厘米。樊得仁（生卒不详），河津知县。戚大英（生卒不详），任平阳府庠教授。志前有嘉靖十五年（1536）樊得仁《刻龙门志序》，志后有嘉靖十四年（1535）冬戚大英《龙门志后序》，卷前有"龙门禹庙之图"一幅。志凡三卷，每卷一册，首载《龙门图》、龙门源及事迹，次纪文类，次纪诗类。收入诗歌九十三首、赋四篇，是一部"龙门"景区专著。一九九八年九月再版，由河津市委书记薛吉祥、河津市市长霍拴孩作序，运城古籍印刷厂印刷。

《薛刑部诗集》，薛瑄著。

《蓼虫吟》，薛昌胤著。薛瑄九世孙薛继岩、薛昌胤摹印，并收入《薛瑄全集》。1984年，北京中国书店刊印《薛文清全书》收入《薛刑部诗集》《蓼虫吟》。

《苍雪轩全集》，明赵用光著，二十卷，吉水李日宣作序，豫章傅冠序。其有诗273首，序29，文（疏、表、序、解、议、策、记、赞、书后、启、祝文、墓志铭、墓表、行状、传、祭文）124篇。清乾隆时被列为禁书，2000年收入《四库禁毁书丛刊》，由北京出版社出版。

《河津县志》，光绪六年（1880）刻本，全书十四卷，分为：卷一星野、沿革、疆域、形胜，卷二山川、古迹、风俗、物产，卷三城池、坛庙、公署，卷四学校、田赋、兵防，卷五职官、封爵，卷六选举，卷七人物，卷八孝义、寓贤、隐逸，卷九列女，卷十贤媛、祥异，卷十一至卷十三艺文，卷十四著述、杂志，各类下附有诸小目。卷首有序、凡例、图。光绪版《河津县志》校注本，河津市市志办校注，由山西古籍出版社于2010年9月出版，杨勤荣作序，阎新民作跋。艺文卷共收诗二百〇一篇、赋五篇。

《临溪山房诗草》，清代薛应麟著。

《诚斋诗文集》，民国周自道著。

《李尤白诗文选》，著名诗人贺敬之题写书名，陈孝英、袁银波作序，刘占先作后记，1988年由中华梨园研究会编辑出版。全书共五揖：文学作品选、梨园学论、杂谈观感、序文与跋、梨园信笺，最后附有《李尤白年谱》。文学作品收录李尤白诗作12首。虽然收诗作不多，李尤白诗词精华全在此，包含《蜀道易》《污吏行》，以及1947年所作新诗《吕梁山的野牡丹》等。其《吕梁山的野牡丹》被誉为五四运动以来，最成功、最典型的叙事长诗，被多家杂志转发。

《冬青诗社文稿》，共有诗集四卷，收录诗作三百余篇。从参与者之众，名人之多，诗作之丰，可想当年南阳冬青诗社在当地之盛况。诗稿为社主樊廷檀亲笔手书，四卷原稿为樊廷檀于1923年转交西安知名作家、南阳村人李尤白先生之父李海龙收藏，后随李尤白先生经历战火、流离，尽管李尤白视其为珍宝，形影不离，但终究遗失一、四卷，尤为可惜。《冬青诗社文稿》二、三卷历经磨难六十七年，1990 年李先生在他古稀之年特将此劫余两卷捐赠河津文史资料研究委员会，用贻后学，贡献桑梓，李尤白先生并为其写序。作为德艺双馨、誉满陕晋的知名学者，作为一名热爱家乡、眷恋故土的南阳人，李尤白先生及其家严李老先生为传承和保护南阳文化遗产功不可没（《赵栋诗稿》亦得益于其保存）。

《董涛君诗草》，董涛君著，1991 年 12 月出版，收录诗稿 800 余首。

《杨时彦诗联》，任罗乐编辑，1997 年 7 月，由河津市阳光胶印厂印制，共收录杨时彦格律诗作 60 首、词作 25 首、新诗 15 首。

《诗缘斋诗联选》，杨时彦著，任罗乐、毛建民编辑，2000 年 5 月，由天马图书有限公司出版发行，共收录杨时彦格律诗作 82 首、词作 36 首、曲作 1 首、新诗 18 首。

《乐乐诗联》，任罗乐著，2000 年 6 月，由天马图书有限公司出版发行，共收录格律诗作 30 首、词作 1 首。

《李尤白诗文选集》，2002 年 8 月出版，贺敬之题写书名。

《心海豪唱》，侯振发著，2002 年 12 月，由远方出版社出版，内容为格律诗。

《茅屋诗联选》，毛建民著，2004 年 3 月出版，内录 94 首格律诗。

《陋室文集》，任罗乐著，2004 年 8 月出版，共收录格律诗作 53 首。

《涧水情长》，侯振发著，2005 年 3 月，由中国文联出版社出版，内容以格律词为主，附录格律诗和元曲。

《情志直抒》，侯振发著，2005 年 12 月，由中国广播电视出版社出版，内容以格律诗词为主，有少数元曲、汉赋。

《诗联文日记选录》，张耀清著，2005 年 12 月出版，内录 130 首旧体诗词。

《原艺文文集》，原艺文著，2006 年 9 月出版，内有诗词。

《东潮诗联集》，吕俊安著，2006 年 9 月出版。

《红蓼吟稿》，柴万锁著，2007 年 5 月出版。

《历代名人咏河津》，任罗乐、毛建民主编，2008 年 6 月由中国楹联出版社出版，共收录格律诗 352 首、词 7 首、赋 5 篇。

《喜怒哀乐都是歌》，侯振发著，2009 年 8 月由作家出版社出版，内容为格律诗词及汉俳。

《诗联文日记选录之二》，张耀清著，2009 年 9 月由香港天马图书有限公司出版，内录 150 首旧体诗词。

《耕心苑诗联集》，赵丙寅著，2011 年出版，内有诗词。

《河津经典人文》，任罗乐编著，2012 年 3 月由中国电影出版社出版发行，共收录格律诗 100 首。

《诗韵情深》，任罗乐著，2014 年 5 月由中国文史出版社出版发行，共收录格律诗 279 首、词 3 首、古风 11 首、赋 2 篇、铭文 6 篇、祭文 19 篇、新诗 15 首。

《激发霜钟叠浪声》，侯振发著，2014 年 5 月由中华诗词出版社出版，内容为格律诗词、小汉俳。

《革命功臣颂·诗词楹联颂功臣作品集》，任罗乐、陈美敏主编，2014 年 7 月由中共河津市委党史研究室编印，共收录格律诗作 39 首、词作 11 首。

《词曲牌名归韵与实用对仗句》，吕俊安著，2015 年 6 月出版。

《诗联文日记选录之三》，张耀清著，2015 年 9 月出版，内录 41 首旧体诗词。

《诗联异葩选录》，吕俊安著，2016 年 6 月出版。

《朝露集》，薛毅斌著，2017 年 7 月由读书文化出版社出版，为《浔阳江诗词集锦》第十部，内录诗 95 首、词 15 首、曲 84 首。

《风塔诗韵》，魏文生著，2017 年 9 月出版，内录 45 首旧体诗词。

《历代诗人咏河津》，任罗乐、薛德虎、吕俊安主编，2018 年 5 月，由黑龙江美术出版社出版发行，共收录旧体诗 1202 首（古人 372 首、今人 830 首）、词 95 首（古人 7 首、今人 88 首）、赋 7 篇（古人 5 篇、今人 2 篇）、今人曲作 3 首，共计 1307 首（篇）。

《璀璨夕阳》，侯振发著，2020 年 1 月由中华诗词出版社出版，内容为格律诗词、元曲、汉俳。

《禹凿龙门》，任罗乐编著，2020 年 10 月由中国诗词楹联出版社出版，共收录格律诗 367 首、词 7 首、赋 5 篇。

《原艺文诗词歌赋楹联选》，原艺文著，2020 年 11 月由中国文化出版社出版，内录 27 首格律诗词、29 首古风类诗和赋体及其他 4 篇。

《朝露联珠》，薛毅斌著，2020 年 12 月由吉林文化出版社出版，内录诗 42 首、词 13 首、曲 92 首。

《诗联文日记选录之四》，张耀清著，2020 年 12 月出版，内录 10 首格律诗。

《关海放潮》，侯关海著，2021 年 5 月出版，收录格律诗词 41 首。

《党在我心中》，侯振发著，2021 年 6 月由中华诗词出版社出版，内容大多为格律诗和词、散曲等。

《桑榆情》，李金龙著，2021 年 12 月出版，内录 930 余首格律诗词。

《晓彤诗集》，王景生著，2022 年 1 月出版，内录 76 首格律诗。

第六章 诗词选

第一节 古代诗词选

一、古典风体歌辞选

诗——远古歌辞的分支

诗歌起源于上古的社会生活，因劳动生产、两性相恋、原始宗教等而产生的一种有韵律、富有感情色彩的语言形式。中国古代不合乐的称为诗，合乐的称为歌，现代一般统称为诗歌。它按照一定的音节、韵律的要求，表现社会生活和人的精神世界。《诗经》是我国第一部诗歌总集。中国古代诗歌历经先秦汉魏六朝乐府、唐诗、宋词、元曲之发展。《汉书·礼乐志》载："和亲之说难形，则发之于诗歌咏言，钟石筦弦。"汉荀悦《汉纪·惠帝纪》作"诗歌"。

古代信息技术不发达，所以人们从一个地区到另一个地区传递信息非常不方便，于是他们将写好的诗编成歌，而诗歌就从人们的口中传递。《尚书·虞书》载："诗言志，歌永言，声依永，律和声。"《礼记·乐记》载："诗，言其志也；歌，咏其声也；舞，动其容也；三者本于心，然后乐器从之。"早期，诗、歌与乐、舞是合为一体的。诗即歌词，在实际表演中总是配合音乐、舞蹈而歌唱，后来诗、歌、乐、舞各自发展，独立成体。以入乐与否，区分歌与诗，入乐为歌，不入乐为诗。诗从歌中分化而来，为语言艺术，而歌则是一种历史久远的音乐文学。《诗经》是入乐歌唱的，严格地说，它是歌,正因为如此,《诗经》被学者称之为我国音乐文学成熟的标志。

诗歌包括汉乐府诗、魏晋南北朝民歌、唐诗、宋词、元曲、明清诗歌、现代诗、新诗等。格律诗是一个广义的概念,宋词、元曲都算格律诗,狭义的格律诗是唐代才形成的,多数是不能演唱的,只有个别的配上了曲子才能演唱,并不能代表主流,但宋词和元曲最初是可以演唱的,曲谱失传以后,也不能演唱了。

《乐府诗集》卷八十三云:

言者,心之声也;歌者,声之文也。情动于中而形于言,言之不足故嗟叹之,嗟叹之不足故永歌之。歌之为言也,长言之也。夫欲上如抗,下如坠,曲如折,止如槁木,倨中矩,句中钩,累累乎端如贯珠,此歌之善也。《宋书·乐志》曰:"黄帝、帝尧之世,王化下洽,民乐无事,故因击壤之欢,庆云之瑞,民因以作歌。其后风衰雅缺,而妖淫靡曼之声起……《尔雅》曰:'徒歌谓之谣。'"《广雅》曰:"声比于琴瑟曰歌。"《韩诗章句》曰:"有章曲曰歌,无章曲曰谣。"梁元帝《纂要》曰:"齐歌曰讴,吴歌曰歈,楚歌曰艳,浮歌曰哇,振旅而歌曰凯歌,堂上奏乐而歌曰登歌,亦曰升歌……汉世有相和歌,本出于街陌讴谣。而吴歌杂曲,始亦徒歌,复有但歌四曲,亦出自汉世,无弦节作伎,最先一人唱,三人和,魏武帝尤好之。时有宋容华者,清彻好声,善唱此曲,当时特妙。自晋已后不复传,遂绝。凡歌有因地而作者,《京兆》《邯郸歌》之类是也;有因人而作者,《孺子》《才人歌》之类是也;有伤时而作者,微子《麦秀歌》之类是也;有寓意而作者,张衡《同声歌》之类是也。宁戚以困而歌,项籍以穷而歌,屈原以愁而歌,卞和以怨而歌,虽所遇不同,至于发乎其情则一也。历世已来,歌讴杂出。今并采录,且以谣谶系其末云。"

击壤歌

《帝王世纪》曰:"帝尧之世,天下大和,百姓无事。有八九十老人击壤而歌。"《击壤歌》是中国歌曲之祖,是一首远古先民咏赞美好生活的歌谣。清人沈德潜《古诗源》注释说:"帝尧以前,近于荒渺。虽有《皇娥》《白帝》二歌,系王嘉伪撰,其事近诬。故以《击壤歌》为始。"

日出而作,日入而息。
凿井而饮,耕田而食。
帝力于我何有哉。

韩奕

《诗经》是汉族文学史上第一部诗歌总集,《大雅·韩奕》是其中的一首诗。此诗主要叙述周宣王时期年轻的韩侯入朝受封、觐见、迎亲、归国和归国后的活动。全诗六章，每章十二句，各章重点突出，按人物的活动依次叙述，脉络连贯，层次清楚，铺陈描述庄重大方，语言风格变化多姿。

奕奕梁山，维禹甸之，有倬其道。韩侯受命，王亲命之：缵戎祖考，无废朕命。夙夜匪解，虔共尔位，朕命不易。榦不庭方，以佐戎辟。

四牡奕奕，孔脩且张。韩侯入觐，以其介圭，入觐于王。王锡韩侯，淑旂绥章，簟茀错衡，玄衮赤舄，钩膺镂锡，鞹鞃浅幭，鞗革金厄。

韩侯出祖，出宿于屠。显父饯之，清酒百壶。其肴维何？炰鳖鲜鱼。其蔌维何？维笋及蒲。其赠维何？乘马路车。笾豆有且。侯氏燕胥。

韩侯取妻，汾王之甥，蹶父之子。韩侯迎止，于蹶之里。百两彭彭，八鸾锵锵，不显其光。诸娣从之，祁祁如云。韩侯顾之，烂其盈门。

蹶父孔武，靡国不到。为韩姞相攸，莫如韩乐。孔乐韩土，川泽訏訏，鲂鱮甫甫，麀鹿噳噳，有熊有罴，有猫有虎。庆既令居，韩姞燕誉。

溥彼韩城，燕师所完。以先祖受命，因时百蛮。王锡韩侯，其追其貊。奄受北国，因以其伯。实墉实壑，实亩实藉。献其貔皮，赤豹黄罴。

汾沮洳

《诗经·魏风》有《汾沮洳》，全诗三章，每章六句。为先秦时代魏地汉族民歌。这是一首劳动人民自我赞美的歌谣。第一章写采莫者之美无可度量，第二章写采桑者之美像花朵一样，第三章写采藚者之美似美玉一般。

彼汾沮洳，言采其莫。彼其之子，美无度。美无度，殊异乎公路。

彼汾一方，言采其桑。彼其之子，美如英。美如英，殊异乎公行。

彼汾一曲，言采其藚。彼其之子，美如玉。美如玉，殊异乎公族。

河激歌

西汉刘向《列女传》曰："女娟者，赵河津吏之女也。简子南击楚，津吏醉卧，不能渡简子。简子怒，召欲杀之。娟惧，持楫走前曰：'愿以微躯易父之死。'简子遂释不诛。将渡，用楫者少一人。娟攘拳操楫而请，简子遂与渡，中流，为简子发《河激之歌》。简子归，纳为夫人。"唐《元和郡县图志·龙门县》："古耿国，殷王祖乙所都，晋献公灭之以赐赵夙。"故古耿国为赵氏之食邑，河津（黄河津渡）为赵河津。

升彼河兮而观清，水扬波兮冒冥冥。

祷求福兮醉不醒，诛将加兮妾心惊。
罚既释兮渎乃清，妾持楫兮操其维，
蛟龙助兮主将归，呼来櫂兮行勿疑。

段干木歌

段干木，姓段干，名木。战国初年魏国名士。师子夏，友田子方，为孔子再传弟子。三人皆出儒门，又先后为魏文侯师，后人称为"河东三贤"。《淮南子》云："段干木，晋国之大驵也，而为文侯师。"《吕氏春秋》曰：魏文侯过段干木之闾而轼之。其仆曰："君胡为轼？"曰："此非段干木之闾欤。段干木盖贤者也。吾安敢不轼？……"其仆曰："然则君何不相之？"于是君请相之。段干木不肯受。则君乃致禄百万，而时往馆之。于是国人皆喜，相与诵之曰：

吾君好正，段干木之敬。
吾君好忠，段干木之隆。

乾之豫

《焦氏易林》又名《易林》，十六卷，西汉焦延寿撰。《四库全书》将之列于"子部术数类"。《易林》源自《周易》，每一卦各变为六十四卦，六十四卦变四千零九十六卦。《易经》共有卦爻辞450条，《易林》有4096占卦变之辞，卦爻辞较之增加十倍之多，各系以文辞，皆四言韵语。《乾之豫》曰：

禹凿龙门，通利水源。
东注沧海，民得安从。

秋风辞

《汉武帝故事》曰："帝行幸河东，祠后土。顾视帝京，忻然中流，与群臣饮宴。帝欢甚，乃自作《秋风辞》。"唐《元和郡县图志·龙门县·汾水》："北去县五里。汉武帝行幸河东，作《秋风辞》，即此水也。"

秋风起兮白云飞，草木黄落兮雁南归。
兰有秀兮菊有芳，怀佳人兮不能忘。
泛楼船兮济汾河，横中流兮扬素波。
箫鼓鸣兮发櫂歌，欢乐极兮哀情多，
少壮几时兮奈老何。

东征歌

杜淹《文中子世家》曰:"隋仁寿中,文中子西游长安,见文帝,奏太平十有二策。帝下其议于公卿,公卿不悦。文中子知谋之不用,作《东征之歌》而归。帝闻而再征之,不至。"

我思国家兮,远游京畿。忽逢帝王兮,降礼布衣。

遂怀古人之心兮,将兴太平之基。

时异事变兮,志乖愿违。

吁嗟道之不行兮,垂翅东归。皇之不断兮,劳身西飞。

薛将军歌

薛仁贵,绛州龙门人。《唐书》曰:"高宗时,薛仁贵领兵击九姓突厥于天山。时九姓有众十余万,令骁健数十人逆来挑战。仁贵发三矢,射杀三人,自余一时下马请降。仁贵恐为后患,并坑杀之。九姓自此衰弱,不复更为边患,于是军中歌之。"《全唐诗》有载:

将军三箭定天山,壮士长歌入汉关。

秋夜长

魏文帝诗曰:"漫漫秋夜长,烈烈北风凉。辗转不能寐,披衣起彷徨。彷徨忽已久,白露沾我裳。俯视清水波,仰看明月光。"又曰:"草虫鸣何悲,孤雁独南翔。郁郁多悲思,绵绵思故乡。"《秋夜长》其取诸此。

秋夜长,殊未央。

月明白露澄清光,层城绮阁遥相望。

遥相望,川无梁。

北风受节南雁翔,崇兰委质时菊芳。

鸣环曳履出长廊,为君秋夜捣衣裳。

纤罗对凤凰,丹绮双鸳鸯,调砧乱杵思自伤。

思自伤,征夫万里戍他乡。

鹤关音信断,龙门道路长。

所在天一方,寒衣徒自香。

龙门之歌

宋熙宁初,李公寿始访其地,刻石县学,因载所游,其石阴附以《龙门之歌》。明张孟兼《游龙门山记》后附见此《龙门之歌》。

龙门兮,天开。

河水兮,天来。

我思古人兮,何在哉!

二、古典格律诗词选

1. 诗

精微篇(节选)

三国·魏·曹植

简子南渡河,津吏废舟船。
执法将加刑,女娟拥棹前。
妾父闻君来,将涉不测渊。
畏惧风波起,祷祝祭名川。
备礼飨神祇,为君求福先。
不胜醮祀诚,至令犯罚艰。
君必欲加诛,乞使知罪愆。
妾愿以身代,至诚感苍天。
国君高其义,其父用赦原。
河激奏中流,简子知其贤。
归聘为夫人,荣宠超后先。
辩女解父命,何况健少年。

劝农·其四

魏晋·陶渊明

气节易过,和泽难久。
冀缺携俪,沮溺结耦。
相彼贤达,犹勤陇亩。

矧兹众庶,曳裾拱手!

乱后经夏禹庙诗

南北朝·南梁·庾肩吾

金简泥初发,龙门凿始通。
配天不失旧,为鱼微此功。
林堂上偃蹇,山殿下穹隆。
侵云似天阙,照水类河宫。
神来导赤豹,仙女拥飞鸿。
松飧撤暮俎,枣径落寒丛。
仙舟还入镜,玉轴更乘空。
去国嗟行迈,离居泣转蓬。
月起吾山北,星临天汉中。
申胥犹有志,荀息本怀忠。
待见搀枪灭,归来松柏桐。

敬酬杨仆射山斋独坐诗(节选)

隋·薛道衡

相望山河近,相思朝夕劳。
龙门竹箭急,华岳莲花高。

野望
唐·王绩

东皋薄暮望,徙倚欲何依?
树树皆秋色,山山唯落晖。
牧人驱犊返,猎马带禽归。
相顾无相识,长歌怀采薇。

北山
唐·王绩

旧知山里绝氛埃,登高日暮心悠哉。
子平一去何时返?仲叔长游遂不来。
幽兰独夜清琴曲,桂树凌云浊酒杯。
槁项同枯木,丹心等死灰。

黄颊山
唐·王绩

别有清溪道,斜亘碧岩隈。
崩榛横古蔓,荒石拥寒苔。
野心长寂寞,山径本幽回。
步步攀藤上,朝朝负药来。
几看松叶秀,频值菊花开。
无人堪作伴,岁晚独悠哉。

黄河
唐·李世民

河源发昆仑,连乾复浸坤。
波浑经雁塞,声振自龙门。
峰裂如冲势,滩余旧落痕。
横沟通海上,远色尽山根。
勇逗山峰折,雄标四渎尊。
湾中秋景树,阔外夕阳村。
沫乱知鱼响,槎来见鸟蹲。
飞沙当白日,凝露接黄昏。
润可资农亩,清能表帝恩。
雨吟堪极目,风渡想惊魂。
显瑞龟兽出,阴灵伯固存。
盘涡寒渐急,浅濑暑微温。
九曲终柔胜,常流可暗吞。
人间无博望,谁复到穷源。

送郭少府探得忧字
唐·骆宾王

开筵枕德水,辍棹舣仙舟。
贝阙桃花浪,龙门竹箭流。
当歌凄别曲,对酒泣离忧。
还望青门外,空见白云浮。

饯薛大夫护边
唐·李峤

荒隅时未通,副相下临戎。
授律星芒动,分兵月晕空。
犀皮拥青橐,象齿饰雕弓。
决胜三河勇,长驱六郡雄。
登山窥代北,屈指计辽东。
伫见燕然上,抽毫颂武功。

奉和进船洛水应制
唐·薛稷

禁园纡睿览,仙棹叶宸游。
洛北风花树,江南彩画舟。
荣生兰蕙草,春入凤凰楼。
兴尽离宫暮,烟光起夕流。

谒禹庙
唐·宋之问

夏王乘四载，兹地发金符。
峻命终不易，报功畴敢渝。
先驱总昌会，后至伏灵诛。
玉帛空天下，衣冠照海隅。
旋闻厌黄屋，更道出苍梧。
林表祠转茂，山阿井讵枯。
舟迁龙负壑，田变鸟芸芜。
旧物森如在，天威肃未殊。
玄夷届瑶席，玉女侍清都。
奕奕扃闱邃，轩轩仗卫趋。
气青连曙海，云白洗春湖。
猿啸有时答，禽言常自呼。
灵歆异蒸糈，至乐匪笙竽。
茅殿今文袭，梅梁古制无。
运遥自崇丽，业盛答昭苏。
伊昔力云尽，而今功尚敷。
揆材非美箭，精享愧生刍。
郡职昧为理，邦空宁自诬。
下车麓已积，摄事露行濡。
人隐冀多祐，曷唯沾薄躯。

汾上惊秋
唐·苏颋

北风吹白云，万里渡河汾。
心绪逢摇落，秋声不可闻。

公无渡河
唐·李白

黄河西来决昆仑，咆哮万里触龙门。
波滔天，尧咨嗟。
大禹理百川，儿啼不窥家。
杀湍湮洪水，九州始蚕麻。
其害乃去，茫然风沙。
被发之叟狂而痴，清晨临流欲奚为。
旁人不惜妻止之，公无渡河苦渡之。
虎可搏，河难凭，公果溺死流海湄。
有长鲸白齿若雪山，
公乎公乎挂罥于其间。
箜篌所悲竟不还。

司马迁墓
唐·牟融

落落长才负不羁，中原回首益堪悲。
英雄此日谁能荐？声价当时众所推。
一代高风留异国，百年遗迹剩残碑。
经过词客空惆怅，落日寒烟赋黍离。

谒禹庙
唐·徐浩

亩浍敷四海，川源涤九州。
既膺九命锡，乃建洪范畴。
鼎革固天启，运兴匪人谋。
肇开宅土业，永庇昏垫忧。
山足灵庙在，门前清镜流。
象筵陈玉帛，容卫俨戈矛。
探穴图书朽，卑宫堂殿修。
梅梁今不坏，松祐古仍留。
负责故乡近，揭来申俎羞。
为鱼知造化，叹凤仰徽猷。
不复闻夏乐，唯余奏楚幽。
婆娑非舞羽，镗鞳异鸣球。
盛德吾无间，高功谁与俦。

灾淫破凶慝，祚圣拥神休。
出谷莺初语，空山猿独愁。
春晖生草树，柳色暖汀州。
恩贷题舆重，荣殊衣锦游。
宦情同械系，生理任桴浮。
地极临沧海，天遥过斗牛。
精诚如可谅，他日寄冥搜。

河鲤登龙门
唐·无名氏

年久还求变，今来有所从。
得名当是鲤，无点可成龙。
备历艰难遍，因期造化容。
泥沙宁不阻，钓饵莫相逢。
击浪因成势，纤鳞莫继踪。
若令摇尾去，雨露此时浓。

送元赞府重任龙门县
唐·卢纶

二职亚陶公，归程与梦同。
柳垂平泽雨，鱼跃大河风。
混迹威长在，孤清志自雄。
应嗤向隅者，空寄路尘中。

寄卢虔使君
唐·孟郊

霜露再相换，游人犹未归。
岁新月改色，客久线断衣。
有鹤冰在翅，竟久力难飞。
千家旧素沼，昨日生绿辉。
春色若可借，为君步芳菲。

答卢虔故园见寄
唐·孟郊

访旧无一人，独归清雒春。
花闻哭声死，水见别容新。
乱后故乡宅，多为行路尘。
因悲楚左右，谤玉不知珉。

楚竹吟酬卢虔端公见和湘弦怨
唐·孟郊

握中有新声，楚竹人未闻。
识音者谓谁，清夜吹赠君。
昔为潇湘引，曾动潇湘云。
一叫凤改听，再惊鹤失群。
江花匪秋落，山日当昼曛。
众浊响杂沓，孤清思氛氲。
欲知怨有形，愿向明月分。
一掬灵均泪，千年湘水文。

自商行谒复州卢使君虔
唐·孟郊

一身绕千山，远作行路人。
未遂东吴归，暂出西京尘。
仲宣荆州客，今余竟陵宾。
往迹虽不同，托意皆有因。
商岭莓苔滑，石坂上下频。
江汉沙泥洁，永日光景新。
独泪起残夜，孤吟望初晨。
驱驰竟何事，章句依深仁。

送绛州卢使君
唐·杨巨源

应将清净结心期，又共阳和到郡时。

绛老问年须算字,庾公逢月要题诗。
朱栏迢递因高胜,粉堞清明欲下迟。
他日征还作霖雨,不须求赛敬亭祠。

薛司空自青州归朝
唐·杨巨源

天眷君陈久在东,归朝人看大司空。
黄河岸畔长无事,沧海东边独有功。
已变畏途成雅俗,仍过旧里挥秋风。
一门累叶凌烟阁,次第仪形汉上公。

点额鱼
唐·白居易

龙门点额意何如,红尾青鬐却返初。
见说在天行雨苦,为龙未必胜为鱼。

禹庙
唐·李绅

削平水土穷沧海,畚锸东南尽会稽。
山拥翠屏朝玉帛,穴通金阙架云霓。
秘文镂石藏青壁,宝检封云化紫泥。
清庙万年长血食,始知明德与天齐。

赋得鱼登龙门
唐·元稹

鱼贯终何益,龙门在苦登。
有成当作雨,无用耻为鹏。
激浪诚难溯,雄心亦自凭。
风云潜会合,鬐鬣忽腾凌。
泥滓辞河浊,烟霄见海澄。
回瞻顺流辈,谁敢望同升。

晚登龙门驿楼
唐·许浑

鱼龙多处凿门开,万古人知夏禹材。
青嶂远分从地断,洪流高泻自天来。
风云有路皆烧尾,波浪无程尽曝腮。
心感膺门身过此,晚山秋树独徘徊。

鲤鱼
唐·章孝标

眼似真珠鳞似金,时时动浪出还沈。
河中得上龙门去,不叹江湖岁月深。

答卢从史
唐·风云散

长安城北抄书匠,拗句连篇贴内藏。
鹃啼蝶梦深哀婉,鹤舞燕飞笑大方。

黄河(节选)
唐·薛能

何处发昆仑,连乾复浸坤。
波浑经雁塞,声振自龙门。
岸裂新冲势,滩余旧落痕。
横沟通海上,远色尽山根。

龙门八韵
唐·薛能

河浸华夷阔,山横宇宙雄。
高波万丈泻,夏禹几年功。
川迸晴明雨,林生旦暮风。
人看翻进退,鸟性断西东。
气逐云归海,声驱石落空。
近身毛乍竖,当面语难通。

沸沫归何处，盘涡傍此中。
从来化鬐者，攀去路应同。

送龙门令刘沧
唐·张乔
去宰龙门县，应思变化年。
还将鲁儒政，又与晋人传。
峭壁开中古，长河落半天。
几乡因劝勉，耕稼满云烟。

河流
唐·徐夤
洪流盘砥柱，淮济不同波。
莫讶清时少，都缘曲处多。
远能通玉塞，高复接银河。
大禹成门崄，为龙始得过。

龙门游眺
唐·韦应物
凿山导伊流，中断若天辟。
都门遥相望，佳气生朝夕。
素怀出尘意，适有携手客。
精舍绕层阿，千龛邻峭壁。
缘云路犹缅，憩涧钟已寂。
花树发烟华，淙流散石脉。
长啸招远风，临潭漱金碧。
日落望都城，人间何役役。

三代门·夏禹
唐·周昙
尧违天孽赖询谟，顿免洪波浸碧虚。
海内生灵微伯禹，尽应随浪化为鱼。

谒禹庙
唐·崔词
惟舜禅功始，惟尧锡命初。
九州方奠画，万壑遂横疏。
受箓尝开洞，过门不下车。
诸侯会玉帛，沧海荐图书。
玄默将遗世，崇高亦厌居。
耘田自有鸟，浚泽岂为鱼。
家及三王嗣，殷因百代如。
灵容肃清宇，衮服闭荒墟。
枣径愁云暮，松扉撤祭余。
叨荣陵寝邑，怀古益踌躇。

题冀缺图
宋·李兼
耕夫自立苗且耘，饷妇相敬礼如宾。
画工貌出态闲暇，不是如今愚野人。
古之农者盖如此，馌彼公田同妇子。
山林自信有真乐，隐逸传中无姓字。
吾不能走马章台街，画眉狼籍贻讥谐。
又不能卖酒临邛市，奔妻万古不灭耻。
遗风后世岂无存，半在东阡烟雨村。
不见杵臼梁家妇，犹能亲举案前餐。

登龙门县楼与知宰刘大著将话别因有题纪
宋·魏野
名士为官处，登楼景好题。
县城蚕市闹，村墅鹊巢低。
日暖园蔬嫩，烟晴垅麦齐。
长宜同此望，那忍话分携。

和河中孙谏议见送同薛田察院之龙门谒刘烨大著
宋·魏野
闲忆披云辍卧云，尽惊獬豸鹿同群。
舜耕山下辞廉使，禹凿门前谒宰君。
莫讶楼台抛接武，却愁泉石动移文。
花时离别尤堪惜，头白三分欲二分。

送刘烨大著移任龙门知县
宋·魏野
天上书先梦里传，到施仁政减春寒。
尚虚鳌岭神仙任，暂作龙门父母官。
愁闷岂惟增假寐，笑谈直恐绝真欢。
不缘潦倒长相逐，免得离情有万端。

和薛察院同龙门知县刘大著洎数公禹庙留题
宋·魏野
七人庙下立徘徊，相顾闲心几欲摧。
落日堪伤四散去，再来难得一齐来。

答子
宋·王曙
疏家子叹挥金后，御寇妻悲遗粟回。
争似吾儿知止足，陶庐容膝早归来。

黄河
宋·梅尧臣
积石导渊源，沄沄泻昆阆。
龙门自吞险，鲸海终涵量。
怒溯生万滑，惊流非一状。
浅深殊可测，激射无时壮。
常苦事堤防，何曾息波浪。
川气迷远山，沙痕落秋涨。
槎沫夜浮光，舟人朝发唱。
洪梁画鹢连，古戍苍崖向。
浴鸟不知清，夕阳空在望。
谁当大雪天，走马坚冰上。

依韵和欧阳永叔黄河八韵
宋·梅尧臣
少本江南客，今为河曲游。
岁时忧漾溢，日夕见奔流。
啮岸侵民壤，飘槎阁雁洲。
峻门波作箭，古郡铁为牛。
目极高飞鸟，身轻不及舟。
寒冰狐自听，源水使尝求。
密树随湾转，长罾刮浪收。
如何贵沈玉，川兴是诸侯。

黄河八韵寄呈圣俞
宋·欧阳修
河水激箭险，谁言航苇游？
坚冰驰马渡，伏浪卷沙流。
树落新摧岸，湍惊忽改洲。
凿龙时退鲤，涨潦不分牛。
万里通槎汉，千帆下漕舟。
怨歌今罢筑，故道失难求。
滩急风逾响，川寒雾不收。
讵能穷禹迹，空欲问张侯。

河鲤登龙门
宋·佚名
年久还求变，今来有所从。
得名当是鲤，无点可成龙。

备历艰难遍，因期造化容。
泥沙宁不阻，钓饵莫相逢。
击浪因成势，纤鳞莫继踪。
若令摇尾去，雨露此时浓。

龙门道中作
宋·邵雍

物理人情自可明，何尝戚戚向平生。
卷舒在我有成筭，用舍随时无定名。
满目云山俱是乐，一毫荣辱不须惊。
侯门见说深如海，三十年来掉臂行。

龙门
宋·司马光

石楼临晴空，南眺出千里。
人怜山气佳，予叹禹功美。
想彼未凿时，极目皆洪水。
谁知耕桑民，幸免鲂与鲤。

司马迁
宋·王安石

孔鸾负文章，不忍留枳棘。
嗟子刀锯间，悠然止而食。
成书与后世，愤悱聊自释。
领略非一家，高辞殆天得。
虽微樊父明，不失孟子直。
彼欺以自私，岂啻相十百。

神童诗（节选）
宋·汪洙

年少初登第，皇都得意回。
禹门三汲浪，平地一声雷。

河津女
宋·吕陶

河津女娟者，可与壮士俦。
简子欲南渡，谁人为撑舟。
娟奋红袂起，姿容盛优柔。
长篙与风快，大翼如云浮。
顷刻易千里，恬然济中流。
心情忽感慨，为子发清讴。
波涛激无际，骇畏事祷求。
杳冥若影响，自尔蒙神休。
交龙助其维，归棹勿夷犹。
闻之意饱满，春风满华斿。
祎褕响环佩，蘋藻奉荐羞。
岂独女子事，可况公与侯。
一言固有合，半策或见收。
惟其遇不遇，通塞难相谋。
旬月取汉相，安怪田千秋。

黄河
宋·苏轼

活活何人见混茫，昆仑气脉本来黄。
浊流若解污清济，惊浪应须动太行。
帝假一源神禹迹，世流三患梗尧乡。
灵槎果有仙家事，试问青天路短长。

司马迁
宋·秦观

子长少不羁，发轫遍丘壑。
晚遭李陵祸，愤悱思远托。
高辞振幽光，直笔诛隐恶。
驰骋数千载，贯穿百家作。
至今青简上，文彩炳金縢。

高才忽小疵，难用常情度。
譬彼海运鹏，岂复顾缯缴。
区区班叔皮，未易议疏略。

读唐书
宋·张耒

二张挟嬖宠，声势各滔天。
蛇鼠依城社，自谓终千年。
天道恶满盈，五龙忽腾骞。
断头谁救汝，猰豚尸道边。
击狗不击首，反噬理必然。
智勇忽迷方，脱匣授龙泉。
区区薛季昶，先事仅能言。
留祸启临淄，败谋岂非天。

揽冀亭榴花
宋·晁说之

长夏清江倚碧岑，人间尘土莫相侵。
榴花不得春工力，颜色何如桃杏深。

汾亭操
宋·薛季宣

我思周道兮，适彼镐京。
遵逵孔直兮，蹋蹋其行。
驱车潼华兮，草并胃余。
轴限河渭兮，济无津梁。
日衔山兮天欲夜，愁云结兮不成雨。
我心恻兮思故乡，汾亭寂兮汾之阳。
陶唐氏之遗风潜兮其若亡，
眷吾徒兮狷或狂。
振还辕兮去京邑，泪涂泥兮道犹涩。
汾亭上兮有六世之遗书，
野有田兮汾有鱼，
宵续经兮昼狎佃渔。
辟阙里兮薙莱芜，倡弦诵兮开群儒。
神交周孔兮独乐有余，
神交周孔兮独乐有余。

上右丞相梁国公
宋·曾丰

三月桃花水发洪，游鱼挟雨乘长风。
去折禹门浪三重，满意须臾蜕为龙。
门道潭潭石齿齿，鱼初踊跃中委靡。
岂后有挽前有杝，雷犹未与火其尾。
破山霹雳放焰烧，平睨浪花轻一跳。
拿云攫雾扑九霄，吾骨雅似龙坎坷。
已拾龙门犹隔锁，化龙莫惜五雷火。

汾亭钓者
宋·刘克庄

太公辅西伯，严子客东京。
独有汾亭者，无人得姓名。

冀缺妻
宋·刘克庄

昔有二人贫，耕田与负薪。
朱妻恚求去，却妇敬如宾。

王通
宋·徐钧

太平十二策空陈，得似河汾讲道真。
缕指隋唐名将相，多君交友与门人。

龙门山
金·刘誉
纶旨飞驰此到来，半空金碧粲楼台。
一壶别是神仙窟，七凿初惊混沌开。
日上紫金排剑戟，夜深天堑起风雷。
老师好应非熊兆，侧席贤王侍早回。

龙门
金·徐好问
疏凿而来道路通，行人万古翠微中。
南山山寺题诗满，一字何曾到禹功。

戊申四月游禹门有感
金·段克己
黄河一线天上来，两山突兀屏风开。
天生圣人为万世，惊涛拍岸鸣春雷。
冷云直上三千丈，石巅古庙高崔巍。
断碑岁月不可考，丹书剥落空莓苔。
嗟乎去古盖已远，荒辞漫汗相惊猜。
安居平土果谁力，愚民耳目诚可哀。
一声渔笛起何处，沧洲雅兴还悠哉。

诗一首
金·段克己
余侨居龙门山十有余年，封张二子日从余游，而贫又甚焉，因写所怀，兼简二子，共成一笑。

病久慵增剧，途穷事转迂。
木兼形共槁，锥与地俱无。
醉语劳挥麈，悲歌漫叩壶。
鲜鲜篱下菊，笑汝益羁孤。

为龙门史师寿不遇
金·段克己
香雾霏霏晓未开，一尊特地为君来。
仙翁落魄知何处，贪醉蟠桃不肯回。

诔双峰兴上人
金·段克己
试圆石上再生身，啸月吟风性益真。
解脱莲花祛梦幻，忽惊野马逐埃尘。
双峰莫遂幽栖志，一钵谁为嫡嗣人。
便恐丛林无正脉，为君一哭涕横陈。

方平道中二首
金·段克己
沙软新经雨，风轻不起尘。
溪山随处好，花柳著行新。
放浪聊终日，蹉跎又一春。
行年已如此，犹复向来人。

病怯春衫薄，衰怜葛屦轻。
平芜迷旧迹，幽鸟变新声。
兴与云俱远，心同水共清。
胶胶还扰扰，回首笑浮生。

史伯友好礼斋
金·段克己
禹门山壁石巃嵷，惊涛拍岸石疑动。
奔腾西去疾于飞，千里一折不旋踵。
山水不得独当奇，异气钟人生将种。
乃翁阴德及后昆，墓木而今犹未拱。
大儿膂力号绝人，挟矢弯弧贾余勇。
小儿精神大于身，野鹤乘风欲高耸。

人物风流此一时，坐使山河价增重。
读书已能了大义，稼穑还知依亩陇。
孰谓人间杞梓林，肯与樗栎同拥肿。
良心一发不可遏，油然而上若泉涌。
悦亲诚身固有道，不得乎友深自悚。
一豪骄气不可作，好礼名斋心益悚。
敷陈几席待佳士，却扫门庭谢凡冗。
善言急闻闻必拜，未之能行后惟恐。
结袜何尝愧古人，亲诣仍能越常奉。
慎恭勇智咸有节，人伪不私无所壅。
汝之所得亦已多，更须道义相切磋。
佳时劝客金叵罗，主人起舞客齐歌。
遁庵野叟鬓已皤，坐中不觉衰颜酡。
六龙冉冉奔羲和，年年事业毋蹉跎。
君其为我疾挥鲁阳戈，
我亦浼君颠倒挽黄河。
他时策杖重来过，更名此里为鸣珂，
名与西山俱不磨。

诗三首
金·段克己

仲冬之初，家弟诚之自芹溪得红梅数枝。作三诗以见意，夜归枕上，次韵简山中二三子。

其一
十月梅花春未知，竹间璀璨出斜枝。
耐寒巧作新妆面，绝胜含章檐下时。

其二
颜色馨香几个知，丛篁深处见横枝。
孤标祗得诗人爱，花样而今不入时。

其三
梅格孤高只自知，耻随桃李斗新枝。
天寒翠袖依修竹，却在橙黄橘绿时。

正月十六日夜雪
金·段克己

正月望夜夜气交，长空月辉生白毫。
东风澹荡振林木，春云瀚郁翻惊涛。
望中已觉没河汉，坐中不见群山高。
打窗雪片大如手，苍髯噤痒磔猬毛。
我意天心厌诛戮，净洗战血除腥臊。
方今廊庙已备具，左有夔龙右有皋。
爱民亲贤急先务，朱轮皂盖驰英豪。
遗黎幸脱疮痍陋，讴吟圣世心坚牢。
驱牛负耒过门户，至死不复远遁逃。
白头老儒最无用，天才鲁钝非时髦。
日月消磨两蓬鬓，天地飘零一缊袍。
诗书自足教稚子，藜藿犹能饫老饕。
清晨喜有蔬圃润，而可暂息抱瓮劳。
兰芽含甲未出土，萧艾覆陇已可薅。
闲中事业澹无味，佳趣才如食蟹螯。
兴来歌咏适情性，背痒似得麻姑搔。
芹山冈崒寒玉瘦，芹水澄澈春蒲桃。
直缘山水久留恋，日向溪头醉浊醪。
青云富贵岂不愿，蟠木轮囷宁自韬。
结构大厦要梁栋，操割清庙须鸾刀。
功名倘可跂契稷，跳梁里巷夸儿曹。
君不见昔在周王师吕望，
快若逢尹弯乌号。
大人虎变固莫测，运命由来有所遭。
蓬莱方丈在何处，我将入海恣游遨。
天风飘飘鲸背稳，下视尘世空嘈嘈。

龙门八题（《旧八景诗》）
金·段成己

禹门雪浪

峡束洪流起怒涛，乱翻晴雪与云高。
徐看行处元无事，小处区区枉用劳。

云中暮雨

古垒云藏一径微，河山依旧昔人非。
贪征往古兴亡事，不觉城头雨湿衣。

疏属晴岚

云拖残雨敛前峰，翠色寒光溢几重。
应有诗人偏著眼，时施膏沐为渠容。

双峰并秀

云外亭亭耸翠环，天荒地老两峰间。
若教工部尝经眼，未肯将诗誉玉山。

神谷藏春

山间草木四时新，一脉清溪不染尘。
忽见渔郎惊借问，却疑侬是武陵人。

仙掌擎月

月出山头未数竿，仙人掌上玉团团。
瑞光冷射三千丈，绝胜碧莲峰下看。

姑山夕照

日锁群峰欲下迟，芜葱一片冷胭脂。
醉吟著我扁舟尾，画出坡游赤壁时。

汾水秋风

一曲刘郎发棹歌，欢情未已奈悲何？
只今回首空陈迹，依旧秋风卷素波。

诗一首
金·段成己

吾兄同仲坚采鹭鸶藤于午芹之东溪，因咏诗见示。前代诗人未尝闻赋此者。此花长于田野篱落间，人视之与草芥无异。是诗一出，好事者将知所贵矣。感叹之余，敬次其韵，有与我同志继而述之，不亦懿乎？

微雨洒郊坰，百卉欣并育。
幽花发溪侧，间错金珠簌。
徐看是鹭藤，香味浓可掬。
忍饥出新句，大笑负此腹。
遗落榛莽间，采撷谁见蓄。
情知无俗姿，安能悦众目。
先生日来往，东溪路应熟。
一经题品余，名字耀岩谷。
遇合良有时，不才异山木。

午芹道中
金·段成己

渺渺江风吹葛衣，爱闲长与世相违。
青丝步障柳千树，碧玉屏风山四围。
入眼江花如慰意，近人沙鸟信忘机。
虚名到此成何事，一笑平生始觉非。

光得道中
金·段成己

行行不觉到斜阳，顾影频惊尔许长。
返照此身还此是，莫因外景使承当。

寿尊兄遁庵先生
金·段成己

笔头风雨幹千钧，早岁尝充观国宾。
避事就闲真得计，有才无用且藏身。
虚名到底将安济，涉世而今不厌贫。
白发相看老兄弟，暮年同作太平人。

八景诗

金·高汝砺

禹门叠浪

两山对立禹门开，中有黄流万里来。
三汲怒涛翻石壁，千层巨浪起风雷。
山从积石连还断，水自昆仑去不回。
乔岳灵源钟秀异，鱼龙常产出群才。

汾水澄波

汾水东来匹练流，波光掩映上层楼。
风生两岸箫声细，日到中天镜影浮。
利涉游人依古渡，忘机鸥鸟立芳洲。
滔滔屈指千年事，野老犹传汉武舟。

红蓼春妍

寻春野外恣春游，一望晴光翠欲流。
柳绿桃红开霁景，风轻日暖丽平畴。
芳辰共说清明节，佳会难逢梓里俦。
从此朝朝来胜地，青藜不仗问骅骝。

午芹秋霁

一气萧森百汇成，午芹风物更幽清。
天光上下残霞远，云影高低落照明。
白雁飞霜寒有信，黄花带露晚含情。
登场禾黍田家乐，岁岁笙歌贺太平。

云中烟寺

路入云中一线幽，萧萧古刹枕丹丘。
高风五月凉如洗，瑞露三宵湿欲流。
寺塔遥连遮马峪，山门低压看河楼。
危峰直与天关近，更拟攀萝到上头。

峪口清泉

峪口阴森暗远林，泠泠泻出一泉深。
风吹响落清如玉，日射光寒照有金。
试茗真堪浇块垒，敲诗共许涤尘襟。
源头活水知多少，石迳逶迤独自寻。

平原夕照

漠漠烟村四望连，平原佳景浩无边。
春云满野嘉禾秀，斜日含山返照妍。
三代科名元有种，一经世业得真传。
文清去后流芳远，道脉渊源已百年。

疏属晴岚

汾水南连疏属间，文中遗迹至今传。
江湖廊庙琴中合，紫电青霜席上联。
历世家风能接踵，一门国器喜齐肩。
高山仰止情何极，望里清光射翠烟。

游龙门回投超化寺

金·李晏

精蓝三日饱溪毛，俗累纷纷觉可逃。
探水寻源通月冷，披榛得路接云高。
山围故垒怀千古，河转孤岩激怒涛。
回首烟霞应笑我，人间官职倍徒劳。

题禹庙

元·陆文圭

来寻禹穴何容物，欲上龙门得许劳。
拟借梅梁浮海去，坐登三级浪头高。

龙门·其一

元·袁桷

苍崖出双阙，群山俯首尊。
阴风起晴雷，摩荡昼日昏。
铁峡拥逼仄，百川为之奔。
疑下有龙湫，逗怪蹲天门。
潏兮出肤寸，顷刻黄流浑。
侧径出石壁，巨浸留遗痕。

缅昔设天险，事久难穷论。
征衣袭轻雨，神君俨云根。

龙门·其二
元·袁桷

瀚海双龙铁鳞甲，卷壑挐云蹲冀阙。
千泉百道凑东南，急雨翻空迸晴雪。
古言神禹功最多，导山凿石疏九河。
幽都之地不复顾，乃使双龙下地成盘涡。
阴风何飕飕，磅礴太古秋。
崩崖落车炮，怪木森戈矛。
碎沙晴日铺金麸，
云是昔日当关挽劲之仆姑。
寒泉组练结九曲，亭午赫日光模糊。
车声何辚辚，昨宵急水迷无津。
垂堂之言犹在耳，游子商人行不已。
子规彻天呼我归，翠华北幸那得辞。
龙门之石高不磨，泚笔书我龙门歌。

龙门
元·马祖常

万壑奔流一峡开，君王岁岁御龙来。
人间尘土常相隔，天上星辰到此回。
草木四时承午日，风云半夜束春雷。
自惭曾奏长门赋，跛马傍徨念暴鳃。

还过龙门
元·马祖常

紫塞秋高凤辇回，龙门有客去还来。
荡摩日月昆仑坼，吐纳风云混沌开。
天帝有神司主宰，地灵无力戴崔嵬。
谁吹石濑成风雨，不使时人污酒杯。

汾河
元·李齐贤（高丽人）

汾河日夜流浩浩，两岸行人几番老。
陶唐旧物山独在，万古兴亡青未了。
刘郎曾此歌秋风，箫鼓动地愁鱼龙。
平生漫有凌云志，未见仙人冰雪容。

龙门
元·郑元祐

龙门岞崿倚天开，点额神鱼几度来？
云起区中成五色，星从阙角见三台。
更无铁限嗤山鬼，可有金铺上石苔？
李范党同勋业异，御车千古意悠哉。

龙门
元·周伯琦

两山屹立地望尊，天作上京之南门。
雷雨低垂银汉近，蛟龙出没碧涛翻。
曾厓云合泉声冷，阴壑冰森昼影昏。
自是职方形势大，祝融太白播篱藩。

扈从之上京过龙门
元·张翥

两崖高立色冥冥，仰视空光一罅青。
石兀马蹄危不渡，水漂龙气暗闻腥。
山川壮自开天险，风雨阴疑来鬼灵。
我欲重寻旧题处，湿云寒藓满岩扃。

北归渡河
元·张翥

黄河南徙合清淮，滚滚声从地底来。
岸断鼋鼍蟠窟宅，浪高鱣鲔化风雷。

千年应瑞羲图出，万里经流禹凿开。
好泛灵槎天上去，穷源试看济川材。

龙门
元末明初·高启

龙门何峥嵘，此地表奇迹。
山分两崖青，天豁一罅白。
知非禹功凿，想是鬼手劈。
长为风雨关，开阖自朝夕。
深合未吐云，对峙不崩石。
日光寒易倾，苔色阴更积。
只疑过此内，便与人境隔。
始窥已幽深，渐入尤险窄。
暗中把危藤，蜿蜒欲惊魄。
僧留看古刻，敲火照绝壁。
晚闻松竹号，汹若波浪激。
不知神鱼飞，到此谁点额。
我尝谒真龙，天门谬通籍。
何必更区区，求为李膺客。

河浑浑
元末明初·黄哲

河浑浑，发昆仑。渡沙碛，经中原，
喷薄砥柱排龙门，环嵩绝华熊虎奔。
君不闻汉家博望初寻源，扬旌远涉西塞垣。
穷探幽讨事奇绝，云是天津银潢之所接。
葱岭三时积雪消，流沙万派从东决。
东州沃壤，徐豫之墟。
怀山襄陵，赤子为鱼。
夕没钜野，朝涵孟诸。
茫茫下邑皆涂污，民不粒食乡无庐。
桑畦忽变葭苇泽，麦垄尽化鼍鼋居。
宫中圣人方旰食，群公凤夜忧旷职。
星郎又乘博望槎，西去盟津求禹迹。
始闻古道行千艘，一朝势转才容舠。
奔冲倏忽骇神怪，浅不浮沤深没篙。
我上梁山望曹濮，长叹沧桑变陵谷。
万人举锸功莫施，犹拟宣防再兴筑。
宣防汉武威，曷若尧无为？
洪波阅九载，端拱垂裳衣。
玄圭锡夏后，安得辞胼胝。
龙门一疏凿，亘古功巍巍。
巍巍功可成，河水浑复清。

题龙门山
明·顾禄

积石泻昆仑，奔流到禹门。
声驰千鲤跃，势挟两龙蹲。
不辨居人语，偏消过客魂。
天地容一意，却羡此溟鲲。

故镇行
明·薛瑄

北山崒律界天碧，山前古境烟霞集。
两街老木风飕飕，几道寒泉声沥沥。
沟塍缭绕禾麦稠，椒林果实被道周。
人家门巷甚萧洒，村园水石殊清幽。
西边梵宇临深谷，俯视溪田蔼新绿。
钟阁风云入壮怀，佛殿金银炫尘目。
断碑苍藓还摩挲，细看岁月良已多。
赵宋金元迭兴构，黄童白叟争奔波。
夸雄竞丽犹未已，衰歇几何还又起。
大道由来甚坦夷，何不归斯而舍彼？
亲朋导我村北行，丛祠户牖涂丹青。

龙堂鬼物极雄怪，土祠洞府何幽冥。
还复崎岖历西涧，褰衣竞涉波凌乱。
高柳啾啾栖暮禽，平芜渺渺语飞燕。
嗟哉此境良亦稀，游览未毕情依依。
念我昔年走天下，每逢山水娱清辉。
况兹故里好林壑，有田可耕薪可斫。
待余他日重归来，拟卜山居寻旧约。

西硙行
明·薛瑄

偶来与客游山前，地幽便觉人境偏。
路入青林几萦曲，浓阴不断风泠然。
瀺瀺清泉来远谷，绀色寒声莹心目。
石梁急泻跳明珠，草岸平流浸青绿。
北行更欲寻泉源，山门蓄雾势吐吞。
西峰秀出半空里，锦屏屹立当中尊。
复憩山口小琳馆，洞户云肩殊宛转。
袖拂尘埃读古碑，茶余苦乏青精饭。
归来白日天未中，回头尚爱千云峰。
更待秋初稍凉泠，还登绝顶窥鸿濛。

游禹门
明·薛瑄

春泽周四野，闲情乐时和。
出郊纵逸兴，缅怀佳山河。
禹门忽在望，峭壁云嵯峨。
石磴接飞栈，危楼架洪波。
空山响丝竹，虚堂进舞歌。
父老诚苦心，旨酒神所呵。
由来非一朝，吾意其如何。

春日游禹门
明·薛瑄

野服归来野兴幽，十年仍遂禹门游。
崖回曲路通危栈，峡束洪涛泻急流。
楼结飞甍临绝汉，宫高华榜焕层丘。
乡人未必知神意，丝管啁啾聒未休。

行黄河岸上
明·薛瑄

苍崖千仞俯黄流，滚滚波声大地浮。
惆怅灵槎无复见，壮怀只拟付神游。

禹门
明·薛瑄

连山忽断禹门开，中有黄流万里来。
更欲登临穷胜观，却愁咫尺会风雷。

渡口
明·薛瑄

两崖陡起束狂澜，南去沙平势渺漫。
长有扁舟依渡口，行人莫道往来难。

栈道
明·薛瑄

石岩危柱迭相承，阁道萦回接杳冥。
天上黄流来滚滚，长风五月洒衣清。

明德宫
明·薛瑄

碧瓦朱楹白昼闲，金衣宝扇晓风寒。
摩云观阁高如许，长对河流出断山。

宫前老柏
明·薛瑄

苍苍老干铸青铜，缕缕香毛引细风。
自是栽培年岁久，托根长近禹王宫。

看鹤楼二首
明·薛瑄

石磴盘云到上头，高风五月已惊秋。
眼空四海无纤物，惟见黄河天际流。

一柱巍峨势独尊，铁崖三面下无根。
偶登绝顶思前事，满目河山孰与论。

水阁二首
明·薛瑄

水阁凭空结构牢，苍崖直下俯洪涛。
辘轳牵绠应千尺，还似垂纶钓巨鳌。

飞楼缥缈架黄流，滚滚波声世界浮。
遍倚阑干忆前事，功成四载几经秋。

后土祠
明·薛瑄

一木为桥渡断溪，山风水气冷凄凄。
千年古庙苍崖下，万里河流正在西。

石龛
明·薛瑄

古屋纵横半亩余，只疑神鬼护阴虚。
苍崖直上通元气，点点寒泉滴露珠。

靖应姜真人庵
明·薛瑄

靖应真人隐者流，声名往日动宸旒。
功成不在飞升去，禹庙连云桧柏秋。

龙门八景诗
明·薛瑄

层楼倚汉
楼结飞甍峭壁悬，丹崖万丈碧云间。
分明阆苑清虚府，好乘星槎上九天。

石栈连云
天险长桥驾彩虹，岩回路曲似蚕丛。
游人多少迷津渡，云锁阑干十二重。

鸣泉漱玉
石孔云根一脉通，涓涓滴翠玉丁东。
个中无限沧浪趣，清浅偏宜濯我缨。

飞阁流丹
画阁临崖结构雄，翚飞屹立半虚空。
辘轳百尺长牵绠，一汲洪涛起卧龙。

南亭夜月
远对孤峰接华尖，潮声夜夜绕风檐。
门开惟许来明月，卷上银钩不放帘。

雷声一震
九折黄流风浪平，紫云芳草护长汀。
蛰龙不是蟠屋稳，端等春雷第一声。

北口秋风
梁山劈破地天开，万里河源星宿来。
可奈寒飔秋色暮，胡笳羌笛甚萦怀。

桃浪三汲
星河一泻势如倾，春暖桃花浪几层。
嘱咐鳣鱼休点额，峥嵘头角任飞腾。

河汾五贤咏
明·薛瑄

卜子夏
浩浩西河流，遥遥东鲁山。
山河远相隔，千里独游还。
升堂奥可入，岂曰文辞观。
相从陈蔡厄，松柏知天寒。
索居晚归来，侯国师甘盘。
去之几千载，高风洒尘寰。
瞻望不可及，青云映西关。

段干木
冥鸿不受弋，神龙不可羁。
所以高世士，孤情薄云霓。
矫矫段干木，志节一何奇。
圭组岂其愿，轩冕不吾希。
踰垣犹弗见，况乃趋走之。
岂徒侯国尊，凛为百世师。

太史公
爱有所见忘，忠有所见疑。
古来非一朝，人道每如兹。
悠悠太史公，言论适有期。
谓必情可白，宁知事参差。
奇文虽自解，骐骥谅难追。
巷伯彼何人，千载存其诗。

文中子
古人不可见，古俗宁复淳。
依依万春乡，疏属连清汾。
良时旷莫与，鸣鸟寂不闻。
悠悠礼乐志，终与麋鹿群。
颓波逝东极，寒云满西津。
惜哉经世言，淆杂多芜榛。
时无伊川子，此意将谁论。

东皋子
人仕为其名，子仕独为酒。
一斗众所称，五斗吾自取。
犹嫌酒未足，弃官归陇亩。
葛巾耕东皋，烟雨牛一耦。
种黍学陶翁，自酿还给口。
沉饮得真味，万事亦何有？
清风千载余，谁复尚能友。

秋日家山杂咏五首
明·薛瑄

一
八月家山觉早凉，登临怀古兴何长。
醉乡乐土输王绩，鲁国高文老卜商。
汉祀汾阴遗庙在，殷迁耿邑故城荒。
楼船箫鼓空流水，一曲秋风菊又芳。

二
孤城北望万峰高，禹凿龙门势独豪。
三晋山河还表里，千年人物旧风骚。
子安诗在名犹盛，太史书成志已劳。
难觅醉乡王学士，秋来禾黍满东皋。

三
萧萧林壑动秋风，独上崇冈四望同。
九折河流皆禹迹，千年疆宇总尧封。
龙门献策文中子，麟趾成书太史公。
搔首高人今远矣，断云满目送征鸿。

四
黯淡轻阴结远天，无边秋色正萧然。
苍崖断岸西风里，古刹荒祠夕照边。
黄菊已随陶令老，丹砂不信葛洪仙。
豪华靡靡皆如此，惟有骚人丽句传。

五

云山西去接昆仑，河水东来下禹门。
疏凿但能留胜迹，浮沉谁复问真源。
将军三箭功何似，教授千年道仅存。
独立西风看秋色，几多心事向谁论？

汾上春行
明·薛瑄

清汾信马踏春酣，汀草萋萋陇麦蕻。
正是煖风啼鸟日，水村花坞似江南。

禹门集句

山川壮自开天险（张翥），
万古人称夏禹才（许浑），
轩槛倚岩高几许（薛瑄），
半空曾震一声雷（薛瑄）。

简孔别驾游禹门，用谢太守韵二首
明·薛瑄

别驾乘春访胜游，禹门佳处重迟留。
两边翠壁连天起，三级银河入海流。
变化岂无神异物，往来应有济川舟。
遥遥明德人知否，地辟天成几万秋。

双旌曾向禹门游，别驾今来亦暂留。
岸断云霞开翠壁，天连栈阁驾黄流。
千金尚想波心瓠，万斛深期渡口舟。
如此山川元不恶，可无诗句记春秋。

晚登故镇寺楼
明·薛瑄

危构峨峨杳霭间，登临不尽壮怀宽。
千年土地唐风旧，一派河流禹迹间。
鸟载夕阳归远树，龙携暮雨过前山。
此时无限飘然思，便欲因风上九关。

重登故镇寺楼
明·薛瑄

重来故镇已三秋，又上招提百尺楼。
山绕飞甍浮翠黛，岸遮远日断黄流。
回溪俯瞰粼粼玉，乔木深藏曲曲丘。
莫谓此时穷胜槩，还期汗漫九垓游。

汾上春日二首
明·薛瑄

道边桃李绿阴繁，花落难招万片魂。
只有清汾流不尽，年年长是绕孤村。

汾水春流岸岸深，水村新绿满春林。
残红已逐东风尽，不道游人负赏心。

汾河南岸看杏花二首
明·薛瑄

两载东风看杏花，汾河南岸水西斜。
几回驻马怜秾艳，只恐春流泛落霞。

汾水南边锦作堆，连朝相报杏花开。
东风好景休虚掷，一日须来一百回。

和前韵二首
明·王鸿（文清公孙婿）

大禹堂台在此间，丛祠古建为财宽。
前人偏有遗风在，后辈何无并迹闲。
沟壑围侵千顷地，田畴拥占万重山。
迤西遥见黄河迹，正是龙门渡口关。

薛子时年六十秋，又登肃寺古钟楼。
仰观翠岭常临险，远看黄河不断流。
椒染红颜香满地，柿添黄色艳笼丘。
人生今古知多少，谁不闻风到此游。

诗一首
明·薛禔（文清公玄孙）

肃寺重洲实可怜，山川如旧景依然。
相逢不见华封宰，无复当年共话禅。

和前韵诗二首
明·薛华（文清来孙）

招提事事固堪怜，怀仰先人更戚然。
不见风光如旧日，只存佳句在云禅。

愿至空门岂可怜，出家善静要诚然。
薄团整顿空闲在，谁肯真心稳坐禅。

送薛少卿罢官西归
明·李贤

自许孤忠结主知，居官宁肯计安危。
平反不愧张廷尉，直道何惭柳士师。
已羡一身中道立，定看千载大名垂。
心闲莫废韦编业，伊洛高踪尚可追。

和韵二首
明·才宽

路入悬崖一栈凭，来游此地几人曾。
风雷喷薄龙初变，天地冥蒙雨自蒸。
断岸势分青嶂远，飞流声起白云层。
登临便有升仙趣，重写新诗上刻滕。

雨过郊原一望青，飞丹亭子喜初经。
神清顿觉襟怀阔，技痒曾教手笔停。
水通云汉空沧海，人倚楼台拂曙星。
登览欲归城市去，只将诗句谢山灵。

营建文清祠联句
明·初杲等

特特河津谒故祠（初杲），
萧萧环堵动予悲（储良材）。
拓基聊买屋边寺（吕柟），
滕敕重镌庑下碑（初杲）。
当代孙公崇正学（储良材），
百年今日见威仪（吕柟）。
桂旌恍惚来云雨（初杲），
肯惠斯文慰我私（储良材）。

游龙门诗引
明·乔宇

正德改元夏四月二十又二日，宇奉命分祀西海河渎暨商汤王道。河津龙门，近在城西二十里许。盖予平日欲至其地而不可得者，遂往登焉。时参政昌黎才公宽金事、会稽来公天球各以守巡与行。是日阴云四翳，颠风撼木，固臆其将雨也。兴不能遏，乃后先由石栈入山，沛然雨作。同谒神禹庙，观壁间古图画，叹息者久之，因题名于柱。其势愈汹涌汛激，响振岩谷。令人若坐金山望大江者。才公乃言：比荒歉民将弗堪，今甘霖以时降，实圣天子首举元祀之报。复谓予辱使事亦有诚，敬孚于其间者，予愧不敢答。爰命仆具纸笔，人各倡为句。将暮，雨犹淋不休，径趋庙之东庑居居焉。夜渐深，凉气侵肌骨，乃呼酒煮鱼，陶然对酌，成联句三首。而来公又先倡二韵，以属和约，三鼓方就寝。明日天色四霁，晴旭东上，近远河山，历历如指诸掌。复上看鹤楼，俯视洪流，峻险莫测，惕然有临深之戒。迤岸而东，草莽蒙密间得悬崖丈余。予意此石若有待于吾入者，乃首篆龙门二大字，暨前二韵各书之。既又，以为未足，复赋禹门渡一章。噫！大圣人疏凿之力，万世永赖，奚俟文字间知之。但予与二公登览之际，获觌天地风云之变态若此，匪托诸咏歌则后将以为尘迹，莫之考也。敢僭为数语于首，以识岁月。其诗并序书于下方云：

巍巍龙门山，剚中夹青嶂。
岈涧崭石牙，咫尺未可傍。
钧炉融玉髓，月斧斫天匠。
河从昆仑来，缩束伺东放。
砰訇咆万雷，群派甘伏让。
缅思混沌初，滔天溢洪涨。
苍生半鱼鳖，九州互濔荡。
非有神禹功，两仪孰排当。
我忝晋阳产，西瞻切景仰。
幸兹盛夏临，登适穷奥旷。
绿崖攀云梯，俯壑扣烟榜。
虽非楯栟迹，少究疏凿状。
黑云东西驰，雨脚忽溶漾。
湍惊摆雷浪，涛汹濆莽块。
下有蛟龙渊，篱楫不敢上。
洲渚迷瞑茫，淙溜鸣跌砀。
山灵多变怪，顷刻信难量。
初逢骇奇游，神与兴俱王。
侵晨渐开雾，万里供一望。
阡陌连锦绮，峰峦列屏障。
青浮太华尖，秀扼中条吭。
崇岩陟其巅，霞裾倏轻扬。
俯视尘海间，身疑步瀛阆。
乾坤肇中原，此险实天创。
帝王所经野，冀雍余莫抗。
在德苟未修，金汤失堤防。
千年圣人清，今古几忻蹈。
当观职方图，山川得搜访。
剑阁突西倚，海门邈南向。
形势偏一隅，要非天下壮。
异哉禹门渡，真若丈人行。
作诗告同游，勿谓予言妄。

诗一首
明·乔宇

具宫嶰崒下何凭，海上群仙到未曾。
洞底有天多雾雨，人间无地着炎丞。
北来巨浸波冲激，南跨中条翠叠峦。
欲沂三门探禹迹，山人须借一枝藤。

龙门
明·乔宇

两峰环峙接空青，万里黄流路所经。
声挟飙轮吹不断，色翻坤轴运无停。
谁能鼓枻歌渔父，我欲乘槎访客星。

千载河清思献颂，会当移檄问川灵。

联句三首
明·乔宇等

高筑飞亮瞰巨涛（宇），
登临空翠上绯袍（宽）。
也应赤壁游坡老（来），
还似扬州遇水曹（宇）。
旋纲细鳞供小嚼（宽），
远携佳酿出新槽（来）。
绝怜风雨空山夜（宇），
不染尘凡句自豪（宽）。

临流台榭半依山（宽），
一望苍茫夕照间（来）。
万古龙门留圣迹（宇），
千年鳌背出人寰（宽）。
远舟叶叶归沙渚（来），
回栈登登跨石关（宇）。
海阁蓬莱非□□（宽），
丹梯今日共跻攀（来）。

晚云拖雨锁空洞（来），
渡口渔舟奄画中（宇）。
石磴飞流如瀑布（宽），
野桥横涧落长虹（来）。
景多张佑金山句（宇），
地近冯夷击鼓宫（宽）。
忽忽天风向松籁（来），
倩谁呼起缩龙公（宇）。

汾河鱼
明·谢肃

汾河鱼，人不食，鱼跃鱼潜鱼自得。
未逐云雷飞上天，水阔波长渺无迹。
宁知公子江南来，听客剑歌声正悲。
即把钓竿临沮洳，擎得鲤鱼长尺许。
炸鱼为羹甘且鲜，神物仅可收馋涎。
嗟尔鱼乎！
胡不掉尾而远逝？仓卒乃为香饵制。
人生为□□宜慎，诸君不见汾河鱼？

龙门怀古三首
明·吕柟

凿破梁山流泽水，炼将彩石补青天。
功同日月满高厚，世欲平成出圣贤。
万载皆于六府赖，九畴谁遣一龟传。
白云祠冢巍然在，下马抠衣各凛然。

积石千年明禹知，龙门万仞屹尧天。
壤分黄白仍雍冀，气萃河汾几俊贤。
良史昔令杨子畏，续经今见薛收传。
韶光夏木摧山鸟，风雨朋游共怆然。

晓凿龙门擎白日，暮看洪水杀滔天。
论功万古应谁并，垂统千秋更子贤。
数语危微曾口授，一中文武尚心传。
偶来风雨早官下，真个巍巍无间然。

登望河楼
明·吕柟

石楼重上对孤山，鸟道凌云返照间。
身入龙门探禹穴，分明凿破地天关。

望禹坟
明·吕柟
青草滩头望禹坟，黄河东抱萃孤云。
风吹桃浪千寻起，抔土不亏照素汾。

联句六首
明·内滨初杲/泾野吕柟/谷泉储良材

（雨中喜内滨、泾野来会河津，用程明道韵）
玄云昨夜黯山容（内滨），
台馆萧条孤烛红（谷泉）。
此日河汾烟雨里（泾野），
几回尊俎笑谈同（内滨）。
明霁松萝探禹穴（谷泉），
试看万古之豪雄（内滨）。

（用龙门风雨题分四韵联句）
八年疏凿想遗踪（内滨），
白首亲攀禹穴松（泾野）。
月上云楼飞王单（谷泉），
风生画栋萃人龙（内滨）。
乾坤到此重开辟（泾野），
夷夏来同自肃恭（谷泉）。
便欲乘槎问星海（内滨），
天门紫雾彩霞重（泾野）。

芝磴云楼风雨昏（泾野），
神斫雷斧辟天门（谷泉）。
黄河隔岸分秦晋（内滨），
丹阁悬流骇魄魂（泾野）。
满院冰弦歌鸟树（谷泉），
近人锦障绣花村（内滨）。
分明见杀怀襄势（泾野），
万代论功颂独尊（谷泉）。

出城旌旆佛晴口（谷泉），
树色山容指顾中（内滨）。
苍狗白衣俄幻雨（泾野），
青衫乌帽自生风（谷泉）。
观涛步屦悬崖窄（内滨），
倚柏传觞紫阁崇（泾野）。
暝色催人诗思迥（谷泉），
几回临发又停骢（内滨）。

三年跨鹤游西土（谷泉），
一日登龙冒鸣雨（泾野）。
金山削壁北斗平（内滨），
禹穴喷风万雷鼓（谷泉）。
两岸飞沙蔀碧天（泾野），
千崖怪石蹲玄虎（内滨）。
玉堂仙子笔如橡（谷泉），
慷慨高歌醉欲舞（泾野）。

谒大禹庙
瓣香伛偻即庭阶（谷泉），
风雨天边慰素怀（泾野）。
勤俭漫成千古绩（内滨），
烝尝应与两仪侪（谷泉）。
龙门日月黄河涌（泾野），
古殿烟霞五岳排（内滨）。
旨酒载尊仍愧献（谷泉），
东归骏走赞燔柴（泾野）。

谒子夏祠联句
明·吕柟等
辛封祠宇白云边（吕柟），
松桧珊珊俎豆鲜（初杲）。

道共西河流不尽（储良材），
文传东鲁意犹专（吕柟）。
喜看孙子承明祀（初杲），
便欲诗书作后贤（储良材）。
咫尺崇邱青草合（吕柟），
振衣趋拜一潸然（初杲）。

谒子夏祠
明·陈炌

子夏西河士，遗祠古道旁。
山川空故国，文学升旧堂。
笃信知谁似？浮华重可伤。
千年风范在，仰止意难忘。

春日随巡方使登龙门山
明·白鲲

坤轴开长峡，洪涛出断山。
平成天地老，形胜古今攀。
庙貌苍崖里，楼台碧汉间。
我来申盥献，登眺一开颜。

登龙门山二首
明·杨正芳

潦倒同为客，探奇度石田。
山连秦塞起，水划晋陵偏。
万杵秋风外，千林落照前。
悲凉多古意，缓辔共谈元。

已入鱼龙穴，犹寻凿斧痕。
乾坤归汗漫，日月荡朝昏。
王气宗天府，惊波撼海门。
穷源登绝巘，指点问昆仑。

游龙门山二首
明·张维世

蹑屩登台处，河流瞰夕晖。
到窗山树断，沸槛浪花飞。
冷傍鱼龙窟，春浮鹤雀矶。
偶来清兴惬，聊尔一忘机。

耸身凌绝阁，回首依云隈。
虚栈连峰起，危栏傍水开。
阁疑飞鸟到，人是泛槎来。
欲济思舟楫，多君有异才。

八景诗
明·孟养气

禹门叠浪

登眺龙门眼界宽，层层雪浪逐飞湍。
分明圣迹昭千古，莫作寻常景物看。

汾水澄波

忽见汾河起浪涛，此中定是有神鳌。
一朝平地雷声动，扶鬣龙门万丈高。

红蓼春妍

闲来百底一徜徉，风景冲融满目芳。
柳外鸟鸣留客住，径边花发近人香。

午芹秋霁

碧云收尽海天空，泉色山光入望中。
独坐芹庵无个事，待看明月上帘栊。

云中烟寺

遥指云林问上方，濛濛烟雾隐僧廊。
偷闲半日涤尘虑，爽气侵人一味凉。

峪口清泉

瀑布清泉漱玉声，天光掩映湛虚明。
临流忽起濯缨兴，鼓掌高歌次第赓。

平原夕照

把酒平原对晚霞，钟鸣古寺噪群鸦。
参天乔木斜阳里，知是名臣理学家。

疏属晴岚

昔闻属岛隐文中，教衍河汾起慕崇。
青草颓垣存庙貌，翠岚日日上晴峰。

禹门
明·黄洪毗

禹门山豁大河流，开辟乾坤奠九州。
秦晋平分云外树，鱼龙长护水中洲。
真源滚滚平成界，灏气茫茫日夜浮。
闻说桃花春浪煖，欲从此处觅丹丘。

题龙门山寺
明·孙渤

涧水激潺湲，危峰百丈峭。
山僧道心真，缔构甚殊妙。
殿阁开峥嵘，丹碧互相照。
我来虽抱橛，乃得尘外笑。
秋声起岩壑，宛若苏门啸。
下步穷水源，高蹑白云峤。
岂期俗士驾，放目一览眺。
微官安足荣，归与从荷蒢。

登龙门山
明·李日宣

危楼突兀倚山开，石磴盘从鸟道回。
朝雾晴霏鹙岭雨，秋涛昼吼禹门雷。
好支飞阁云为柱，欲渡狂澜瓠作杯。
浊浪何当空我汰，渐无揽辔出群才。

春日随巡方使登龙门山四首
明·杜齐芳

春色随骢马，登临问禹踪。
断龙通一线，蹲虎列双峰。
磴转盘云栈，烟藏覆岭松。
山深驺唱寂，斜日冷芙蓉。

山势郁崔嵬，凌空更上台。
洪流千里折，大地两眸开。
树俯苍岩日，涛奔白昼雷。
悠然成独啸，响落碧云隈。

飞阁凭虚度，惊心独倚栏。
半间临水阔，千尺引缏难。
龙穴沉金锁，渔舟急箭湍。
浪痕留玉斧，指顾尚生寒。

探奇窥禹穴，仄径缓游骖。
泉玉鸣寒臼，烟萝护古龛。
境幽机自息，心豁酒初酣。
愧此风尘吏，山灵许暂淹。

龙门篇
明·焦源溥

悬河青霄下，涌腾万里回。
奔涛谁能障，巉峭斧凿开。
圻岩墨于铁，瘦蛟僛怒腮。
蜿蜒东如带，石空出长虺。
虎牙交象耳，咫尺秦晋隈。
飞鱼乘势上，努力风与雷。
从斯荡云壑，浩渺欲九垓。
漠漠阴雾合，拍浪卷沙埃。
昔我亦陟此，携朋良悠哉。

慷慨十五载，往事总成灰。
今提河东士，越栈跃龙媒。
登降乞禹灵，四睇聊徘徊。
伟矣县大夫，悬知御敌才。
药师王弟子，雅随擒虎来。
豪气凌风举，壮歌酒一杯。
欲穷渺无际，忘倦更登台。
貔貅奋鬐立，影晃锦鳞皑。
大纛悬朱雀，闪闪动崔嵬。
磨刀浊水赤，饮马长浪堆。
誓将洗恶波，华甸澄鲤𪉈。

龙门
明·许维新

长山蜿蜒浪混混，双掌摩空峙禹门。
半借巨灵通日月，孤悬砥柱壮乾坤。
春磐草绿洪荒水，云壑苔斑斧凿痕。
今古人人惊胜概，谁将余润洒千村？

文中子洞
明·王时济

王子藏修地，千年石洞牢。
径幽人罕过，林黑虎常号。
北接黄河近，西来华岳高。
异时怀仰止，聊为荐溪毛。

龙门二首
明·王时济

舆地分秦晋，风烟接古今。
两山同倚剑，一水共为襟。
虎踞先朝事，雄观此日心。
高楼跨斗绝，极目尽西林。

峭阁临清迥，无端引望长。
郊墟连远近，树郭带微茫。
落日低秦徼，洪河抱晋疆。
百年戎马息，西北恃金汤。

诗一首
明·王时济

自龙门归，问病梁三丈，因述龙门之胜。三丈举王珪"六鳌海上驾山来"之句，趣足成之。

六鳌海上驾山来，万里河流壅复开。
博望乘槎空浩渺，刘昆击楫更徘徊。
盘涡欲折中天柱，骇浪惊闻匝地雷。
他日同君泛牛斗，归携机石赋昭回。

诗一首
明·刘有纶

黄令君招随家大人，及无竞集常两兄圣阶弟、侄鑛集龙门山竟日。

蹑跂登临最上头，山川气霭正新秋。
古今此会留佳话，父子良辰荷胜游。
翠色晴分峰影合，波声晚带夕阳流。
敲棋战茗欢无极，月满黄河尚倚楼。

午芹山房读《易》二首
明·刘有纶

自有先天《易》，谁参太极前。
贞元无剥复，不可落言诠。

象罔纷纷设，人从图画看。
吾心是真《易》，点雪洪炉难。

傍通峪
明·侯登翰

一径潇洞入翠微，层崖深处启林扉。
萧然万壑松风响，吹送白云自在飞。

午芹秋霁
明·许宸

九畹芳兰佩结成，晚来拂露看双清。
长渠有水连天碧，秀岭无云照眼明。
雪稻豚蹄村舍乐，霜林鸡黍故人情。
穷桑五色今如许，谁羡驱鞭过海平。

云中烟寺
明·许宸

霏微巅际寺清幽，香界昙开荫古邱。
宝鼎有烟青似织，长松无雨碧如流。
争夸山梵云为伴，谁信鸠巢树作楼。
证到无遮空是性，团圞月上最高头。

龙门更移大禹庙图赞
明·樊得仁

固纵天生大华仙，来弘神禹大因缘，
开山凿石宽祠趾，为国安民展福田。
古庙数分嫌隘窄，新宫半顷可方圆。
役民若市非差遣，奉供如流是自然。
世叹终身难了毕，吾惊一纪已周全。
好将事绩编青史，留向人间万古传。

姑射山
明·佚名

峨然姑射山，中有玉洞仙。
脂肤若冰雪，被服行蹁跹。
朝食石上芝，夕饮涧中泉。
有时驾飞鸾，飘然凌紫烟。

藐姑射山水亭
明·王崇古

大谷名传姑射山，琼官仙宇隔尘寰。
澄潭瀞沉绞龙窟，秀岭逶迤虎豹关。
树色晴连山色好，鸟声幽并水声闲。
坐来苍翠清人骨，思向山灵一扣玄。

文洞飞云
明·郑命

门掩苔萝不用名，琴声松韵有余清。
只今洞口云犹在，献策何人保太平。

文洞飞云
明·宋仪望

每怀高士隐河汾，绝学千年尚有闻。
谁识读经心独苦，空山深锁洞前云。

禹庙
明·马上锦

禹庙空山里，黄河绕故宫。
墙凋余古绘，庭闽满秋逢。
粮石清华老，龙门道路通。
至今横作堑，犹藉控羌戎。

登玄武宫绝顶
明·赵用光

槛外横汾澹不流，虚亭徒倚见高秋。
苍茫落日堪同醉，黯淡孤云迥自愁。
万壑寒涛翻树杪，千寻飞练挂城头。

天涯知己看犹在，转向人间诧壮游。

望河楼
明·赵用光

高楼飞槛瞰长河，河上萧萧雁影过。
万里风清健舟楫，千秋豪杰费干戈。
穷边羸马关山迥，古戍清笳涕泪多。
自笑腐儒之远略，但凭尊酒弄寒波。

黄河
明·赵用光

何年星宿窃昆仑，直下金城汇浩亹，
凭寄乡心与流水，定知先我到龙门。

秋杪登龙门望河楼二首
明·赵用光

风雷盘薄撼崔嵬，涌出东南百尺台。
岸束惊涛当槛落，翚飞高阁倚天开。
浮云萧索中原尽，秋色苍茫万里来。
欲向清尊问千古，夕阳西下断鸿哀。

结客龙门此壮游，晚风还拟共登楼。
回看暮霭千峰合，不尽长河万里流。
入夜清尊成雅集，虚亭寒色敞高秋。
醉来欹枕藤萝外，飞梦遥应到十洲。

培风馆
明·赵用光

北冥有化鸟，海运则将徙。
一日藉扶摇，图南九万里。

姑射山长句寿邓北溪
明·赵用光

藐姑射山天汉外，俯瞰横汾似萦带。
云去阴崖幻翠屏，风来虚壑闻清籁。
中有神人冰雪姿，六龙夭矫竟何之。
瑶空缥缈三山佩，玉洞参差五色芝。
羡君家在姑山侧，时向姑山揽晴色。
绰约烟霞袅欲飞，清苍风露寒相逼。
自许凝神得大年，琅玕何必问西玄。
治平今上遵尧理，会访王倪汾水边。

秋日郊居
明·赵用光

姑射山斋对水开，西风萧瑟独登台。
荒原木落孤村远，别浦云沉旅雁哀。
去国行藏多肮脏，归田踪迹半蒿莱。
千秋奇绝龙门在，已愧当年汉史才。

集句（四首）
明·伍姓

鱼龙多处凿门开，
滚滚声从地底来。
满目云山俱是乐，
半空曾震一声雷。

两人同上看河楼，四面烟岚豁壮眸。
万世尚然思禹德，两山依旧夹黄流。
崔嵬常设千年险，顷刻能生六月秋。
吟罢犹生当日鹤，野云斜日共悠悠。

余方登积石，今复到龙门。
历览平生快，神功宇宙尊。
石山远凿断，河水下趋奔。

堪笑波间鲤，年年逆浪翻。

凿山千里远，皆是神禹功。
平地民居奠，滔天水势通。
九州从此别，百谷至今丰。
万世有生者，惟歌九叙中。

游龙门
明·李璋

禹门瞻望几经秋，此日登临一胜游。
吞社风云翻巨浪，平成天地藉中流。
峰端上起腾龙雾，云栈中悬看鹳楼。
民物奠安沧海定，神功应自与天俦。

偕童别驾游禹门次韵
明·薛谌

共约龙门眺，风光属暮春。
一源通碧汉，九曲带西秦。
古渡横方艇，春雷起巨鳞。
无由酬禹绩，聊尔荐香苹。

游禹门
明·顾福

龙门百步势崔嵬，云是当年禹凿开。
峭石两崖从地起，奔流万丈自天来。
漫游欲探潜蛟窟，长啸先登看鹳台。
翻忆春风桃浪暖，半空曾震一声雷。

游禹门三首
明·薛华

历览龙门山峻处，凿开都是禹神功。
一元混沌通天际，九曲滔滔入海中。

画舫无人横古渡，春雷有鲤奋长空。
登临不尽平生意，更欲攀援到上峰。

连山怪石坚于铁，胼胝当年始凿开。
万丈黄河趋海岛，一元秀气锁江崖。
神功圣德昭人目，击玉敲金总天才。
形胜由来天下最，人间何必羡蓬莱。

浩浩滔天势最雄，平成永赖禹神功。
川源济处波流远，山本刊时祭告同。
丕绩绵绵垂后世，余功远远及西戎。
蒸民此日皆温饱，一咏一歌九叙中。

次胡孟和同年韵
明·薛华

曾向禹门山上游，波涛南望泊天流。
潜龙怪得都来此，为吸百川雨九州。

龙门
明·沈钟

凌晨跨马登西郭，寒月流辉挂天角。
北山之麓观禹门，世说此门禹开凿。
想当洪水弥九区，生人半化为枯鱼。
黄河西来势尤恶，发源直自昆仑隅。
顺流而东万余里，此山横绝排空起。
禹乘四载相厥形，移檄山灵任驱使。
五丁奋力施斧斤，劈断苍崖石如齿。
河伯安流得所归，人力胡能至于此。
万世永赖功不磨，到今人共称神禹。

龙门五首
明·郑怀德

一凿龙门万世功，华阴底柱孟津通。

内过伾浲方经陆,卒播诸河入海中。

天下川流总自清,此流独浊欲何争。
刻期同人沧溟里,一点黄波恃不成。

昆仑气脉本来黄,未解云霞与日光。
透出龙门千百代,清流思兆太平祥。

龙门积石三千里,功辟安流百万程。
只恐流残天地数,禹神昭著逐年生。

青山擎日视龙门,悬笑年年老派浑。
溯问昆仑何所自,妙微造化莫能言。

和韵二首
明·来天球

曲栏悬倚势难凭,记得登临客岁曾。
近逼紫金峰独峻,远连太华气同蒸。
鹤飞孤影楼千人,鱼跃中流浪几层。
吟兴重题今日景,晚风山雨下淡藤。

远上龙门眼倍青,三千桃浪昔曾经。
峰当奇拔危将堕,舟入萦回势欲停。
一幅画图看夕照,百年踪迹笑晨星。
神功圣德今犹古,松柏苍苍庙妥灵。

游龙门二首
明·四明王杏

壁破青天一片痕,银河直注万山跟。
浪倾三汲云龙化,石透双肩电马奔。
细雨蛟涎随峡灌,轻风鹤屿共舟吞。
漫疑斤斧非人力,胼胝劬劳处处存。

一峡波涛万倾浑,河流汍汍出龙门。
风云石际通霄壤,日月波心定晓昏。

山色厌罿深邃窟,雷声驱鲤上重昆。
眼前光景非凡界,落日藤萝犹自扪。

秋日登望河楼
明·刘储秀

此水由来大,经秋转觉深。
风雷声喷薄,天地气萧森。
沙岸分秦晋,星墟共古今。
望乡千里目,恋阙万年心。
绿蚁尊前泛,苍龙笛里吟。
灵源何处是,早晚欲相寻。

登龙门山二首
明·吴廷瀚

禹门高不极,乃在大河中。
出现灵鳌力,奇剜神斧功。
地从秦晋断,天遣古今雄。
一失西来意,宁能百折东。

揽衣寻禹迹,飞步到龙门。
地缺千雷转,天空万马奔。
积石功方始,昆仑道极尊。
凭高望欲尽,底柱见孤根。

春日游龙门
明·李镛

花柳鲜妍春昼晴,杖藜携酒龙门行。
龙门万丈不可到,怅望偃蹇寄一生。
攀云绝顶今纵目,此身仿佛登蓬瀛。
巉岩峭壁烟雾里,欲堕不堕令人惊,
黄河西来走其下,波涛汹涌天为倾。
已闻夜雨蛟龙吼,翻讶雷霆白昼轰。

源接昆仑连紫极，中有千尺之长鲸。
呜呼险巇莫与比，自信奇观从兹始。
若非神禹勤四载，吾民回垫何时已。
平成勋业终乾坤，万世永赖昭虞史。

河津夏日书怀
明·古峰余光

佳木幽鸟集，好音来客床。
虽不识其语，野怀自相将。
昼日入夏永，我梦方羲皇。
尔禽一何雅，间关开衷肠。
起来视后亭，榴花灿我裳。
游丝当户萦，燕羽争翱翔。
旅况一暂适，绿阴生微凉。
明晨向龙门，慷慨观河梁。

偕陈中川游龙门（四首）
明·古峰余光

仰观龙门山，俯观龙门水。
山水相束带，秦晋分地纪。
忆昔披职方，飘然思托趾。
路远莫致之，缅怀宁已已。
今晨偕中川，始克相徙倚。
凭虚一延望，恍欲脱其屣。
中川蜀士豪，余子凤所企。
证盟向悬峰，带踪与搜拟。
回视狂澜间，谁能作中砥。
临流发长啸，无用叹朝雉。

一凿龙门开地窍，至今万载享天成。
当时手足非天下，独自胼胝岂底平。

河出龙门江出峡，滔滔万里绝横奔。
原来人性亦如是，敬直两关为峡门。

两岸悠悠来棹歌，方舟渺渺下悬河。
能知今日安流处，八载家门未肯过。

偕曹大参漫山王佥宪大酉复游龙门（三首）
明·古峰余光

昔日观龙门，中川共偕手。
今日观龙门，漫山与大酉。
黄河浮白凌，危峰列丹黝。
河山朝夕奇，胜会岂能哭。
陋彼世营营，何物永不休。
慷慨余三人，且此同杯酒。
俯仰天地间，糠秕一何有。
适志贵及时，莫漫叹皓首。

方舟藉引链，悬河若安流。
隐士有价先，深谷亦不幽。
岂无知别禽，关关在河洲。
世人不辨羽，飘泊同凫鸥。
短棹击雪凌，夕阳下西丘。
对景已忘情，三子相绸缪。

两山壁立中奔川，禹门豪客挥云烟。
棹歌隐隐出深峡，鸥梦悠悠浮远天。
寒潭鸣剑龙夜泣，幽穴探奇虎昼眠。
凭高远眺兴不尽，夕阳移樽上钓船。

龙门铁链歌
明·古峰余光

谁为铁链当悬流，龙门之险能通舟。
谁为辅车立道周，太行峻坂成经丘。
世间至险说滟滪，人心滟滪应难谋。

嗟哉！龙门可以链，太行可以舆，
风波平地奈尔如！

君不见，自古人主无贤謇无相，
如舟失缆、辐脱舆，咫尺不进将焉如。

奉和古峰大酉巡游龙门诗四首
明·大酉王世隆

龙门吞吐雄百川，禹庙空山生野烟。
系缆且知聊齐险，乘槎还欲上通天。
石峰倚槛看云出，松露传觞搅鹤眠。
更忆山阴夜乘兴，流澌寒日下方船。

  平生慕龙门，兹游喜落手。
  真搜忘信宿，那复记卯酉。
  气豪欲吞河，岂羡北官黝。
  高坐观古人，彭聃禾为久。
  俗徒自龌龊，草木同腐朽。
  古峰天下士，意不在杯酒。
  青天出剞劂，脱略空万有。
  更与漫山言，大笑同肯首。

  古峰大酉巡阅龙门之险，令河津尹樊得仁，做铁缆于崖壁间。舟人便之，至是往观有作，属隆与漫山大参和敬次原韵。

  铸铁为系缆，直挽千尺流。
  当令老蛟泣，失此窟穴幽。
  舟人日来往，利涉若平洲。
  丈夫志犹龙，岂云羡闲鸥。
  天如假风雷，还欲移嵩丘。
  障河使西回，桑土恒绸缪。

黄河水险天上流，一落万丈无完舟。
丈人远抱怀成周，忧世不独如轲丘。
嵌崖铁索计万古，目前小康非所谋。

陪古峰道长余先生游龙门共七首
明·中川陈讲

万仞龙门天路遥，翩翩骢马立青霄。
祠前水涌鼋鼍窟，楼口云连乌鹊桥。
落日青尊看舞剑，西风画舫听吹箫。
古峰更有黄河赋，神禹千秋慰寂寥。

  鸟道盘危栈，龙门开半山。
  烟峦花袅袅，风峡水潺潺。
  庙古松交翠，碑残苔欲斑。
  羽人常闭阁，芳草白云间。

龙门之山高插天，黄河之水流蒲川。
山上风来闻牧笛，水中云去见渔船。

黄河万里来昆仑，拍浪轰雷出禹门。
我欲乘楼问牛斗，不知何处是真源。

两岸花开映翠微，沙边鸥鸟欲忘机。
柳阴深处无风浪，好看荷衣上钓矶。

一林啼鸟野花芬，对酒当歌日未曛。
小坐山头看流水，使君怀抱尽烟云。

和韵

  驱车出城闉，凉风煽微和。
  西徂陟峻坂，浩渺见黄河。
  龙门抗云表，峭石纷嵯峨。
  凿山一罅通，峡口吐洪波。
  神禹功配天，享祀奏工歌。
  登楼望寥廓，明月在檐阿。
  俯看浮云翔，仰观星汉罗。

惊飙若雷怒，疑有山鬼呵。
君子戒乘危，达人慎坎坷。
兴尽不知去，缱绻欲如何。

和古峰先生游龙门韵共四首
明·漫山曹嘉

禹门千丈悬洪川，荡摇城郭生寒烟。
洞中云霞秘白日，镜里楼阁开青天。
寻幽览胜冬亦至，纵饮狂歌宵不眠。
明月皎皎照水雪，泛游何异山阴船。

奉次偕游龙门韵

龙门控河津，辟凿经神手。
巨涛泛东溟，灵源彻西酉。
昔闻瑞色清，今见寒云黝。
乘槎兴已深，击楫时难久。
叹逝孔心灰，嗔洗巢名朽。
宁如生磐石，共醉山中酒。
忘形秋水篇，放志无何有。
俟清竟何年，二毛渐盈首。

欲探禹穴奇，宁惮寒溅流。
棹舟挽铁链，直溯龙宫幽。
雷声激暗窍，雪浪浮虚洲。
济材碍九首，机念随群鸥。
窈窕星宿源，嶕崒昆仑丘。
相携愿归去，天外长绸缪。

铁链歌次韵

龙门之水天倒流，冯夷褫魄谁能舟。
壮哉铁链神智周，万艘如过江中丘。
吕梁底柱苟如此，漕储之利生人谋。
君不见！傅岩舟楫溱洧舆，
才器大小宁相如！

游龙门行
明·钟恕

嘉靖壬辰季冬十有八日，恕偕河津樊侯游禹门，侯大书龙门二字于禹凿之壁，仍题名于其下，而贱姓名与焉，赋此谢之。

美人邀我龙门行，坚冰如铁河流平。
履水其下观绝顶，翠壁分张神鬼惊。
自从禹凿巨灵守，两崖如削摩星斗。
当年斧斤犹在兹，匆匆不及行蝌蚪。
好古佳人吹仙籁，濡毫北海墨花灭。
大书奇字向壁钻，妥帖俊伟真如绘。
良工挟柄声丁丁，刬剔山骨无留停。
龙门标漓昭日月，从今六甲轰雷霆。
眇于彳亍犹草芥，题名玉侧绿逅邂。
风咻雨洗古今秋，龙鱼经过皆罗拜。
采秀云间分已叨，今又携我入坚牢。
乘风归来明月细，君侯之价海天高。

次韵答钟子
明·渭涯樊得仁

腊日叨陪骥尾行，联鞯并辔话生平。
吊古寻幽访禹迹，履险登高见者惊。
徘徊暂向龙门守，昂昂意气冲牛斗。
两山排闼壁立雄，可怜寂寂无蝌蚪。
使君高义驱万籁，遣我大书临汪灭。
更欲题名纪岁时，字字行行一一绘。
命工凿石声丁丁，坚冰之上暂留停。
自古文人好奇绝，分明于此闻雷霆。
愧我乾坤真一芥，宦辙与君今始邂。
奔驰王事喜同游，往来不惮遥相拜。
承乏年来禄位叨，是谁识我力坚牢。

羁楼此地真如弃，何似神君声价高。

登禹门
明·阎卓

读书思禹德，今见禹功优。
风雨千山破，江湖一线流。
天翻通白马，地险失黄牛。
欲渡乡关远，凭轩有暮愁。

次韵
明·樊得仁

圣世滔天患，神功此地优。
洪涛皆逆浪，疏凿始安流。
虚阁凌霄汉，清光射斗牛。
故园云树渺，望望不胜愁。

登禹门
明·乾谷辛珍

禹门少年慕，今日始登来。
水自西天下，山当晋地开。
百川时灌纳，四海任萦回。
无限渭涯意，携予写壮怀。

次辛大理韵
明·佚名

禹人延胜地，约友故重来。
秦晋河山迥，登临郁悒开。
百年能几度，此日且迟回。
岁月如斯逝，相看一怆怀。

龙门
明·孙惟谦

龙门瑞气霭匆匆，万代巍巍见禹功。
峭壁凿开十仞石，穷源引出一帆风。
锦鳞化去飞腾远，舟楫撑来未可通。
从此平成人永赖，洪涛无复接长空。

登龙门
明·孙壁

疏凿当年羡禹功，万流汇派此山中。
危楼延胜瞻樊令，铁链维舟忆古峰。
晓日观澜情更适，春风题柱兴无穷。
广文命驾真相爱，把酒临流意气同。

登禹门次韵
明·杜永年

景仰神功大，谁云圣未优。
千山翻翠壁，一派倒黄流。
天地分秦晋，衣冠易马牛。
滔滔长逝水，洗尽古今愁。

同卫孝廉登龙门
明·薛昌允

间关少壮家常寄，生长龙门赏未遂。
孝廉携酒御风来，振衣直上看河台。
身世与空隐，兴会际烟飞。
久苦尘中趣，元襟思息机。
洪炉作山太古前，斧凿利导非矫天。
今人余技长诩诩，古人神功视若捐。
眼空不受纤物障，青冥之外何其旷。
一线黄流缠六鳌，于中紧扼秦晋吭。
东望王屋西昆仑，嵯海淳南素不浑。

高低复岫趋燕支，连千万里为北门。
向夕云托天骥步，轰雷白昼鲸起雾。
九折波心草离离，岿然独存明德墓。
山下摇艎水箭流，山头岸帻坐高秋。
飞觞共尔观元化，涵虚一气横九州。

广名将传·薛仁贵
明·黄道周

天子征辽，仁贵应诏。
两国交锋，正然相较。
贵着白衣，突前自效。
所向皆靡，功实炫耀。
天子见之，惊奇诧妙。
问喜得人，总军即调。
泥熟妻孥，还明恩造。
使知王仁，贺鲁强暴。
三矢三人，天山降报。
往征吐蕃，地称险道。
请用轻兵，待封执拗。
致败王师，仁贵削貌。
传死象州，敌复作耗。
脱兜示形，敌惊拜告。
方识英雄，不宜颠倒。

登龙门歌
明·毛遂

君不见昆仑之水欲往东海中，
走入玉关开鸿蒙。
秦晋之交一山绵亘千万迭，
横空遮绝不使与之通。
山雄水怒势相蓄，怀襄薄天恣汹洪。
天使山川听命于神禹，纵令劈凿生奇功。
上溯积石三千里，下抵秦山何逶迤。
逶迤秦山屼层峦，中流一线自弥弥。
沿峰湮堙寻独往，将欲出山停复止。
山根双岸相去不及数丈余，
但见两石屹立而对峙。
对峙屹立复中分，相传此处为龙门。
不识八年之中曾得几昼夜，
斧斤斫削今痕存。
青山崒嵂忽若破土出，
黄河莽莽直欲荡乾坤。
莽莽黄河称九曲，一出龙门肆奔触。
惟在此处独循循，至今若受禹拘束。
倚山凭流得崔嵬，登临一览何壮哉！
上摩碧落之青霄，下瞰幽壑之萦回。
左拂袵兮崤函之顶，右垂手兮条霍之隈。
云霭霭兮垂衣之里，风飘飘兮挥弦之台。
令人远眺形神开，帝德王功如指掌。
扩落心目而俱来。方将极八埏，
遍九垓，凭突兀，思徘徊。
土人为我发巨炮，白昼万壑鞭轰雷。
忽见冯夷海若一时动，苍龙挟浪桃花催。
我欲寻源穷幽步，深崖洞壑惊四顾。
闻道黄河之水天上来，倾泻万仞如吼怒。
鱼龙翘首不敢当，十里之外水气若飞雾。
此下闻有错开河，至今浊水泣回波。
身作黄熊入山去，厥考当年伤心多。
想见手泽莫忍视，到门不入已三过。
然后平成天关与地轴，万古自兹始位育。
诚哉一望河洛思禹功，洋洋万世同尸祝。

龙门
明末清初·顾炎武
亘地黄河出，开天此一门。
千秋凭大禹，万里下昆仑。
入庙焄蒿接，临流想象存。
无人书壁问，倚马日将昏。

汾水秋
明末清初·秦之铉
汾水秋空鹧远闻，天清日霁色平分。
梧阴静锁池塘碧，竹影微留台阁嗔。
卜子先年阐圣教，王通继起绍遗文。
风流未遂诗书在，浸道抵今创火焚。

段干木
清·黄立世
魏国有高士，高卧遏秦师。
文侯走相见，逾垣惟恐迟。
清节不可屈，浮云不可移。
一见大难事，乃欲奔走之。
朝上山之巅，暮临水之湄。
罗者尚薮泽，冥冥鸿已飞。

文中子旧居
清·吴雯
汾水汤汤绕旧居，白牛溪畔雁飞初。
早知道不关穷达，应悔金门轻上书。

河津邸次二首
清·吴雯
木叶下寒景，秋光浮远空。
独怜汾水上，正有孤飞鸿。

粉蝶青山外，人家夕照中。
寥寥天府静，吟啸坐墙东。

野鹊语相逐，蜻蜓飞复还。
每因人境寂，恰趁客中闲。
苦节丛篁碧，寒花细菊斑。
秋风不相待，先到穆陵关。

云中寺
清·吴雯
天半云中寺，四山皆白云。
我来云际宿，却忆云中君。
塔影当晴出，涛声入夜闻。
此中有猿鹤，莫勒北山文。

赠王子
清·吴雯
我爱东皋子，芍药河汾偎。
鸿飞高冥冥，举世一尘埃。
醉乡留子孙，英文多妙才。
奇特大人作，间持鹦鹉杯。
矫首望沧溟，凌风羡彭来。
糠秕铸尧舜，指顾黄金台。
登临一长啸，万里浮云开。
我亦紫烟客，相逢笑哈哈。
无余同一证，大地尽蓬莱。

龙门
清·宫尔铎
闻道昆仑水，连山注禹门。
粒氏咸食德，斧凿尚留痕。
秦晋中流坼，波涛九曲浑。
朝宗东去急，万马势如奔。

题龙门临思阁
清·杨树春

春风旅客一身轻，秦晋河山双眼明。
四海至今思禹德，几人到此念苍生。
平成又惹龙蛇动，书卷空留涕泪横。
俯仰抗怀三代上，儒生不尽古今情。

龙门山
清·李嘉绩

导河自积石，南至于龙门。
曲盘几千里，一气流浑浑。
乾灵巧结束，左右相吐吞。
镌凿记往古，至今留斧痕。
秦晋强分缰，两山本一根。
挟势以放之，巨涛争飞奔。
去如走万马，不复怀昆仑。
晚标速遥涯，尘沙莽平原。
决凿由此始，人力嗟难论。
我从华阴来，直溯寻津源。
倾耳闻鼓声，石鳞高腾翻。
上激雷电风，下或蛟鼋鼍。
升巅拜禹庙，赫赫神灵尊。
奠定网终极，艺惟功长存。
晚投水西屋，永夜眠无吉。
梦回五更中，淘出东方瞰。

禹门二首
清·王舍光

巉崆中断怒涛悬，俨见神工疏凿年。
巨浸潆洄朝禹穴，别峰缥缈落秦川。
山腰云住仙人阁，峡口风催估客船。
莫道于今称绝险，当时直上孟门巅。

披萝远上独探幽，壁裂雷崩不可留。
忽讶晴岚奔玉蝀，还惊云窦落潢流。
星源万里来秋色，使客千年到旧游。
欲泛仙槎登砥柱，风沙浩渺迥予愁。

渡黄河
清·爱新觉罗·玄烨

河流九曲迅飞鸿，千里能施润泽功。
疏凿远怀神禹迹，乘虚快睹满帆风。

题薛仁贵故居
清·爱新觉罗·玄烨

巡游陕西过龙门，驻跸歇马大黄村。
仁贵故里今犹在，久等不见将军归。

题文中子读书处
清·吴珽

废洞依稀石麓阴，山灵招我一来寻。
泥横残篆碑犹在，门掩苍崖鸟乱吟。
献策缘知非钓主，退耕何事已违心。
浮沉千载谁能识，房魏区区尚古今。

咏毋昭裔
清·叶昌炽

蜀本九经最先出，后来孳乳到长兴。
蒲津毋氏家钱造，海内通行价倍增。

秋日龙门游
清·乔士增

龙门两岸石壁束，洪波中流万里来。
当年斧凿非神工，谁分雍冀连山开？
我登河上之飞楼，西风飒飒动商秋。

寒色苍然满关中，林壑悲感声飕飗。
惊涛汹涌杂风雨，山色冥蒙亘今古。
雾卷峰峦分夕丽，波光荡日目无主。
直北烟凝崖斗绝，大地山河相吞吐。
随刊已净桃花涨，舟人出险始摇橹。
碣石昆仑何处是？知有玉书金简藏水府。

筛崖
清·郭九会

危峦开锦绣，悬水溅珠玑。
仰面仙源辟，垂腰云叶飞。
崖雕摩汉翅，山鬼袭苔衣。
草色随时绿，波光动晓晖。
晴岚拖雨脚，密树挂风旗。
选石勤衰仆，莳花借少妃。
神全凌绝巘，天半结空扉。
亭午山阴窅，欹茵卧翠微。

雨后途次回眺龙门二首
清·郭九会

龙门新霁后，山色上人衣。
恨不回青辔，重为问翠微。
双崖云正隐，三汲浪初肥。
何处乘槎客，能寻织女机？

山行积雨后，夏日只能温。
马迹盘泥印，羊裘带露痕。
半归云在岫，新濯柳垂门。
回首登临地，谁探宿海源。

登龙门望黄河
清·王恭先

龙门高接孟门长，活活分明见混茫。
竹箭北来榆塞怒，桃花南下华阴狂。
一从疏凿纡神策，谁向沙洲觅禹粮？
若使灵槎今日在，乘流我亦问银潢。

龙门
清·刘而介

黄河天外出昆仑，一带斜横拜禹门。
九曲浪涛连冀豫，三川风雨接朝昏。
东西两岸鸳鸯浦，秦晋千家薜荔村。
但得冯夷清晏日，河干万马不须屯。

禹门
清·吴启元

昼夜蛟龙斗不休，桃花三月禹门舟。
长河自此归中夏，神力方能奠九州。
喷雪轰雷双石壁，断霞残雨一沙鸥。
何须更问寻源使，绝地横天今古流。

龙门
清·朱龙耀

朝向龙门游，暮向龙门宿。
长河一线流，巨石双崖束。
蛟鼍斗盘涡，露芳绕邃谷。
传闻发昆仑，直上孟门麓。
不知落九天，此是第几曲？
巉巉鬼斧迹，犹是巨灵劚。
大哉神禹力，疏凿同化育。
断碣不可寻，高台空踯躅。

龙门
清·周灿

河水来天上，奔腾争一门。
地开山半坼，日涌浪高翻。
疏凿神功大，平成帝业尊。
不须劳汉使，迢递问真源。

游龙门六首
清·马光远

雨霁岚烟动，轻云拂槛飞。
绿垂松影阔，青涨柳条肥。
山色盘空翠，波光漾落晖。
渔歌声断续，恰背夕阳归。

地天更创造，明德永神功。
断壁千峰立，长渠一线通。
苍茫烟树合，澹荡水云融。
晴日逢高眺，秦关入望中。

山行狂不厌，徙倚水边亭。
苍隼追云破，游龙拔浪腥。
觞咏骚客地，灯火贾人舲。
待月期沉醉，秋风冷石屏。

绝顶呼天问，豁然烂电开。
远山青错落，幽谷势纡回。
石老莓苔绣，汀寒雨雪堆。
鱼龙昏旦异，隐隐斗风雷。

挂颊西峰好，东峰境亦幽。
看山寻旧约，招友订良谋。
白社他年事，黄花此日秋。
自怜鞅掌吏，渺渺忆沧洲。

名山知已在，日夕共追陪。
鹊下争余粒，僧来报早梅。
向平耽五岳，宏景薄三台。
饶有登临兴，攀萝最上台。

船窝晚眺
清·佚名

镜中秦地岭千重，立马层云欲荡胸。
一线黄河分县界，三秋红树变山容。
风帆南下禹门渡，雾阁东瞻姑射峰。
出网鲈鱼堪作酒，何须烟景梦吴淞。

龙门即事
清·张联箕

洪涛划坤轴，九州别疆域。
导河先四渎，疏凿赖神智。
辟若布棋局，下着按位次。
腰腹抱豫兖，头颅枕雍冀。
两岸峰插云，秦晋东西异。
我来值端午，日暖和风吹。
良友折简招，青山如滴翠。
临流听棹歌，观渡恣微醉。
有客惠然来，邂逅玉趾莅。
拂碑看题笔，轩翔非一致。
吊古怀禹功，坛墠垂带砺。
凭槛任夷犹，惊湍自冲激。
炮声出石罅，白昼飞霹雳。
兹游兴不薄，夕阳人影寂。

船窝镇
清·张联箕

迷津舸舰似云屯，水势山形聚此村。

石磴山盘通鸟道，河流一线走龙门。
五方错处商民杂，万众环观令长尊。
禹庙巍峨下马拜，洪荒遗迹溯昆仑。

龙门杂咏六首（有序）

清·苏进

龙门之名，业自受书已知。黄河导此浮中流，而朝宗碣石也。第真景未历，终成驷飞虬游长洲之想。不期，甲辰中，滥吏禹甸，寻故事，伏祀龙门禹阙之前，乃效王侍中怀德而为乐章，命黄冠子声之，以答神曰：

水殿兮嶕峣，云廊兮轇轕，
灵鼓兮鼍搥，华钟兮鲸发。
借镐池兮壁沉，学庄生兮犧剡，
瞻九旒兮肃怀，佩圣造兮害末。

祀成，陟降坛时追而惊曰：倘当时九山未度，淳漓不通，今者涧濚亦又何耳？乃效左记室咏史而为四言谣曰：

洪水横流，淲渺万里，
不有圣人，滔谣胡抵。
天眷四方，辟禹疆理，
荒度所加，劙然山辟。
嵬嵬龙门，天道之经，
地脉之纪，时日母朝，
隋一碧一，紫砐崖玒。

盖而不可以心略形也，乃效枚宏农观涛而为长短句曰：

历崎岸，瞰洪茫，鞏溶溟内，

阳势拍天，钧力扛石梁。
小迅雷之霹，缓怒龙之骧。
神乎！疾乎！驾轶乎！勾磕乎！
侣倒海而非海，拟翻江而非江。

由是缘水滨而陟两山。绝险岚，结风峭，距巅而立，飘飘然恰扶翼而未飞也。乃效谢临川登石门高顶而为七言古风曰：

大荒白日冥烟濛，我欲登游天半雾。
棱嶒壶瀑滑经路，拃壁攀萝竟一度。
度此神澄脱世故，泠泠身在寒门住。

既返，磴而扪斧凿之奇痕，见岿者峰头，参者山口，出没者鱼，沂沿而号招者榜人泅子，乃效谢仆射游览而为短歌行曰：

千里兮两豁，一水兮中流。
扬汩兮万里，括阅兮一沟。
听长风之骇浪，眺端月之滑舟。
有白龙其可扰，无黄龙以足忧。

上下已周偈颐真之观，复无间之章，揄弃怢怠，澡慨胸中。乃效张司空励志而为五言古风曰：

龙门水有灵，挹之可淬砺，
小淬淬厥刀，大淬淬厥志。
刀利试割鸡，志坚欲匡世。
敏给与其勤，匡勤之大义。
圣人惜寸阴，士可忘日诣。
急急已溺心，吾师以励士。

登龙门四首
清·谢檀龄

揽辔峰头眼界开,茫然万顷自西来。
空蒙山色浑疑雨,日夜涛声响似雷。
对峙两崖争拱立,中流一水独潆洄。
登临愧少惊人句,且倚长天命酒杯。

磴断涯悬气象鬼,寒阴萧爽冷秋衣。
波光时向栏边涌,楼势翻从水面飞。
跳浪修鳞开浩荡,摩云高翼背幽晖。
杖藜到处穷诸胜,踏破烟岚醉不归。

好是秋山带醉登,翻疑醉眼倍分明。
樽前月傍千峰上,座里风缘万壑生。
自有鲛宫凌岸出,争牵渔艇背崖行。
擎觞独立苍茫外,拟挟飞仙觉羽轻。

有客相从伴胜游,烟霞呼吸即沧州。
河流星宿三千里,山接秦川百二州。
得句自堪偿酒债,逢人还乞借诗筹。
流连莫讶归来晚,更欲移家驻此丘。

石谷
清·任绍燨

探胜穷幽境,云深山四围。
古木层阴合,村烟入望微。
沸泉冷碧窟,岚气霭斜晖。
坐久来田叟,悠然共息机。

筛崖飞泉歌
清·任绍燨

群峰崒嵂插天起,拳石不应独秀美。
窈窕岩洞已多奇,石巅更泻银河水。
缕分细洒落千流,碎玉丁冬清且沘。
造物于此解多情,特钟幽姿空谷里。
苔阴石发绿云腻,衣飘萝薜拂汀沚。
万斛珠溅佩环声,鲛绡未挂珊瑚紫。
水帘何处浪得名,匡庐瀑布孰移此。
年来漫道数登临,暂往遽返徒为耳。
山行携伴作胜游,口吸悬流寒浸齿。
冲溜拾级坐石龛,水晶前映莹无比。
清泠偏宜白昼长,尘土断隔三千里。
向平何必五岳游,丘壑足适而已矣。
泉石勿忘岁寒盟,杖蒙蹑屦从兹始。

二泉亭杂咏二首
清·任绍燨

卜筑傍岩隅,清幽入画图。
岸花红欲坠,堤草绿平铺。
茗煮寒泉水,樽倾老瓦壶。
酣眠殊未醒,山鸟数相呼。

为爱林泉好,频来不惮劳。
邻僧供野茗,田父饷村醪。
白发名愈淡,青山价自高。
地偏车马少,三径满蓬蒿。

题龙门(用高启韵并示沈德潜)
清·爱新觉罗·弘历

导河自龙门,卓哉神禹迹。
三峡流束黄,万古浪无白。
明传四载乘,幻诡五丁劈。
天平忽有之,亦非一朝夕。
青丘曾留题,逸兴托泉石。
我来游范园,万笏看累积。

细雨偶罢登，应是尘凡隔。
展集爱格高，赓诗虑韵窄。
欲罢又不能，聊以抒吟魄。
千乘与万骑，岂必沿幽壁。
不如付高士，枕流漱石激。
季迪非忘世，抚景思点额。
何一谒真龙，还削神仙籍。
德潜大胜之，老作金门客。

题龙门（再叠高启韵）
清·爱新觉罗·弘历

每遇佳山水，爱寻古人迹。
尤喜汗简青，足消虚室白。
天平有龙门，不识何年劈。
季迪本吴人，恒此娱旦夕。
奇想托豪吟，五字光岩石。
披芸久人诵，来往吾怀积。
今巡重揽胜，当面可成隔。
万丛林欲关，一线天犹窄。
宜游神仙侣，足稳蛟龙魄。
徘徊还罢登，翘首眄云壁。
两番赓险韵，逸兴仍勃激。
何必定夏阳，空传腮与额。
名字亦已纷，安所徵往籍。
不如返勤政，栖迟让烟客。

河津观龙门歌
清·冯敏昌

惊涛殷地声如雷，濒河路折听喧豗。
连天烟雾不知数，西望一气连峰开。
峰如连牛亦奇哉，岂谓河自峰腰来。
骑危路转峰还回，地穷转石蹶斯下，

天成巨闬高何嵬。
仰看铁壁形如隤，俯积云气容如灰。
想象昆仑万里导源至此逼拶不得出，
丰隆列缺，乃驱应龙画地鼓翼棹尾扬其颏。
崖开巇豁奚迟回，山口一石门还阂。
谁令千丈势忽断，
真见当时指麾万众雷辊电激轰钳锤。
河流怒喷风回埃，建瓴一泻无垠垓。
长澜千里更东下，高掌万仞从西摧。
吁嗟神功安可能，云雷合赖经纶才。
试观千秋万古山童水不竭，
于中禹迹令人慨想心徘徊。
山前古庙临危台，降神拜奠倾云罍。
云松绕屋鸣作籁，龙蛇满壁昏成煤。
一从洒澹诸沈灾，何意逝水还相催。
淇园竹竿下不尽，宣房瓠子空悲哀。
我愿元气深滋培，权衡迭运兼公台。
济川舟喜盛世见，清河颂许诗人裁。

万岁堡魏孝文帝
清·杨宏声

君王举狩礼，千乘万骑来。
云日咸瞻矣，河山亦壮哉。
百年文运洽，九月孝治开。
不见江南使，更衣助国哀。

防河篇
清·杨笃

防河防河，乃在船窝。
河冰不陷水不波。呜呼防河奈冰何？
人言天险足蔽外，船窝渡实扼要害。
上有壶口百里之激湍，

下有龙门千仞之阻隘。
一夫当关雄，万夫临流退，
此邦坐保河如带。
无奈朔风怒撼冰塞津，向河而祷河不闻。
防河防河一语君，
君不见当年闯寇来自秦。
当时河防亦筹箸，斯地宁不置一成，
胡为顿兵上下游，任使煤舟夺岸渡。
抚臣退走守孤城，将军策应阻中路。
至今船窝居人户，叹息指渡处，
始知机宜迟误。
河流虽险不为固，况复河冰寒已冱。
侧闻回鹘乱，全陕俱震惊。
沿河千余里，处处设防兵。
呜呼防河奈冰何！但见河上席屋到纵横。
枕河有山势峥嵘。
如此至险弄不乘，客兵骄悍昼出管，
乡兵更番夜守冰，天寒风雪气凌兢。
人畜僵冻不得行，索取渡钱犒尔兵。
尔兵饱食待贼平，莫愁贼骑或凭陵。
嗟尔将军善战乃有名。

黄河
清·崔光笏

大河南下势弯环，两岸巉岩万仞山。
霸业三分穷晋土，雄图百二控秦关。
每怀破浪长风外，安得浮槎碧汉间。
飞盖追随容立马，临流羞自镜尘颜。

游龙门题看河楼
清·刘梁嵩

夹石涌奔湍，山亘水无极。
振衣悬溜畔，读碑阴崖仄。
昼喧闻水怒，日静觉山立。
悠悠千岁间，苍莽镇相激。
势险理难明，总归神禹绩。

游午芹洞先人读书处
清·刘梁嵩

深牖坳山壁，回磴横阶除。
白日落翠阴，空床尘迹虚。
遗翰零丹臄，寒烟沉石釜。
俯仰几何年，此中已今古。

登龙门步赵二惟韵
清·庞松年

苍苍古道入云丘，不尽黄河滚滚流。
槛外涛声连雨雪，峰头塔影接龙虬。
烟迷石磴千年树，浪卷风帆两岸舟。
到此浑销尘世虑，遥看天际下浮鸥。

游龙门二首
清·赵作舟

临思飞阁盘空上，倚槛层霄万里流。
三汲至今留禹迹，八年从此奠神州。
仙人掌近晴云接，耿国城墟落照收。
何待桃花春涨后，暖风放舸亦堪游。

危楼悬架水云中，隔岸秦关笑语通。
石镡看松容客坐，岩边对酒有人同。
断冰水划声偏壮，渡口船回望不穷。
白马金堤忧匪细，古今谁继大司空。

同章成任子游龙门二首
清·张维镛

三山有路总尘封，一水通天隔几重。
金阙九霄严虎豹，银河万里变鱼龙。
西游昆圃元珠在，南望秦关紫气浓。
欲借灵槎犯牛斗，嫦娥相见果从容。

昔年曾梦月宫游，俯看黄河一线流。
蚁蛭昆仑红日晓，蠡杯沧海白云秋。
尊倾北斗擅琼度，道叩西华倚画楼。
今日龙门亭上饮，星星白发已盈头。

登看河楼三首
清·张维镛

水落山空人暮秋，振衣犹上看河楼。
云连塞外吞三岛，势压襄中隘十洲。
汉魏雄图成往事，唐虞故址已荒丘。
不须凭眺惊风雨，自有云雷动壮游。

中原延袤万山开，屈曲河源天外来。
对出双门吞日月，当流一柱耸楼台。
浑波欲打中条尽，逆浪遥旋碣石回。
却忆怀襄昏垫日，楪车何以历崔嵬。

昆仑瀚海势绵连，支蔓雍梁走冀燕。
半壁青天山纽结，一条银汉水萦穿。
奔腾雷雨惊涛险，变化鱼龙胜地偏。
斜倚危栏观竞渡，扁舟谁识李膺贤。

午芹道中
清·任乘龙

十里红堤尽杏花，深林隐隐酒旗斜。
停车就此穿溪去，买醉桥南第一家。

禹门道上
清·任乘龙

满眼杨花落地轻，水村山店尽闻莺。
春风三月龙门道，载酒携柑雪里行。

秋日同友人重游瓜峪
清·任乘龙

曾经岩谷还相识，乍睹风烟却自迷。
山果熟时星欲堕，瀑泉飞处练初低。
笛声直破眠云石，心事遥同浴浦鹥。
醉去不知归路晚，一钩纤月挂林西。

登龙门临思阁
清·任乘龙

雨歇凉生岚气昏，高台独上此开樽。
千林日落空唐垒，万古河流自禹门。
鸿雁啼过烟际寺，渔人唱入柳边村。
津头忽忆昆山棹，何处飞琼渡许浑？

重阳冒雨登卧麟岗
清·范柟

欲访茱萸会，难携蜡屐临。
路迷山径邃，泥溅马蹄深。
树暗收残照，云生翳夕阴。
村醪堪买醉，且傍酒家斟。

诗一首
清·张汾宿

秋日，仪廷乔学师邀同令狐符锡、任时庵、任景疏、任静轩游瓜峪。

竹肉交陈歌板开，当时曾共倚云台。
吟筇到处山常在，蓬鬓搔时日已催。

木叶影涵秋水没，塞鸿声断夕阳来。
人生底事堪回想，携手还须醉一杯。

重题兴化寺壁
清·任天祐

又来兴化寺，壁字认当年。
老衲煎新茗，绳床坐旧毡。
只求能脱俗，不是爱逃禅。
试向行童问，纱笼尚宛然。

津城眺望
清·任可傅

城头姑射郭门杨，县治依然古耿乡。
雉堞远迎飞凤岭，龙蠖近接卧麟岗。
前明道脉醇儒祀，西汉文章太史坊。
应有流风传不绝，河汾派衍至今长。

春日邀汤宾、王年丈，韩城文兴同游龙门二首
清·任可傅

龙门形胜擅河东，角斗遥关百二雄。
一水划开秦晋界，双峰劈断鬼神工。
岂无画舸牵春浪，常有危楼矗远空。
喷雪轰雷容问渡，与君闲逐泛槎风。

何年圭命锡忧尧，疏凿痕留此地昭。
绝壁双悬齐太华，惊涛直下撼中条。
海天气势门一约，今古波澜橹几摇？
欲访元功登岣嵝，临思阁峻倚云霄。

瓜峪筛崖
清·任可傅

瀑泉滴山巅，千缕皆匀细。
一挂水晶帘，分明在崖际。
崖深敞石龛，坐久无蒙翳。
龛外谷鸟啾，龛内游人憩。
硁訇激溜湍，泠泠侵衣袂。
大珠与小珠，眼前若连缀。
苔阴复绿云，微风飏薜荔。
清泠复便娟，山鬼慰幽睇。
扶筇彳亍来，到此乃神契。
樵声落空岩，何处人间世。

拜薛文清公像
公督学山东诸生某写

谁写先生视学容，皋比端拱坐山东。
肘边可是读书录，纱帽笼头见道风。

雪霁同汪眛根游禹门
清·吴端彝

雪夜喜逢汪眛根，朝来同我游禹门。
轮蹄出郭入仙梦，浩荡一色融乾坤。
野旷天低玉为海，路穷山立云初屯。
数峰绵亘忽中断，长河陡落惊涛奔。
想当疏凿下手处，雷硠电扫翻昆仑。
掌留万仞巨灵迹，脚踏四载鼋鼍蹲。
智者固行所无事，圣不可知难为言。
陋儒寒窗守笺注，往往聚讼纷烦冤。
或云受降城东是，又说遗迹澶相存。
何如此地一登眺，德业照耀山河尊。
巉崖惝恍怕移足，水亭飞逸牵惊魂。
波浮断冰冰载雪，遇泜旋急风翻翻。

洪流铁壁两三折,平沙碎磧八九吞。
始信天工有人代,彼哉赵孟安足论?
出山回望云雪合,但见日落鸢投村。

谒薛文清公祠
清·王聘

瓣香高献有余芬,何似先生道味真。
不到祠堂忙下拜,衣襟那得挹清尘。

拜文清公遗像和任景疏韵
清·杜丙彪

道是当年理学容,持衡端拱泰山东。
乌纱象简岩岩度,如见清飚两袖风。

乡试归里望文中子洞
清·杜丙彪

文中昔读书,遗迹北山上。
岩洞与世绝,幽人缺游赏。
我本功名士,过此频来往。
长慕古人高,不作今人想。
太平献十策,一笑犹合掌。

王文中子颂
清·杜本洛

太平策兮今不传,续六经兮悉失编。
惟有中说兮行于世,条理详明兮接前贤。

谒王文中子祠
清·任从龙

河汾设教话天真,欲去囧媒仰古人。
漫道金门书末报,至今犹是太平春。

龙门二首
清·魏源

不放黄河走,层层锁龙门。
驾空腾细浪,夺隘战乾坤。
南北中条划,地天人力尊。
如何开辟久,元气尚浑浑。

禹庙势岩峣,元圭拱玉宵。
俯涯诸念绝,终夜万灵朝。
屋有龙蛇画,金无魑魅骄。
谁言三级浪,赤鲤尾全烧。

太史公墓
清·魏源

河岳高深气,离骚郁律膺。
龙门神禹穴,马鬣李陵朋。
萧瑟嵯峨地,牛羊樵牧登。
茂陵云树接,同此夕阳凭。

过射雁滩
清·柴芗栋

绩向天山定,滩留射雁名。
十分秋色老,一片白沙平。
月上弓初满,林空鸟尚惊。
夕阳河畔路,风送马蹄轻。

游龙门
清·杨应昂

历观南北多山水,惟有龙门造化奇。
八景已为人咏滥,我来不敢写新诗。

游禹门
清·许二酉

禹渡平分晋与秦，当年疏凿费艰辛。
龙门势耸惊风雨，壶口涛翻怖鬼神。
万里船樯占利涉，一川鸥鹭嬉阳春。
时来欲借乘槎力，莫向旁流去问津。

云中古城
清·柴鸣鸾

古寺岩峣接翠微，白云缥缈雁初飞。
因思段二先生句，不觉城头雨湿衣。

过文清公故里
清·柴鸣鸾

孤山叠翠黄河奔，山辉川媚间气屯。
千载笃生薛夫子，平原古地以人尊。
夫子讲学续濂洛，夫子服官赴帝阍。
经济皆由学问出，天下共仰古龙门。
夫子闭户著书日，直探月窟蹑天根。
临终一字写未竟，白昼雷霆升精魂。
此事岂容世人解，几回下马夕阳村。

古耿城
清·柴鸣鹤

一带黄河围旧郭，汤孙曾此拜冠裳。
五迁仍傍蛟龙窟，七叶重开景亳光。
麦秀殷墟王气尽，雁过汾水故城荒。
千秋何处征文宪，愁绝西风九岭旁。

读薛文清公《读书录》偶占
清·杜天义

耿地毓真儒，读书即著书。
迄今观二录，明代有谁如。

游龙门作得柏梁变体六十韵
清·沈千鉴

越水吴山望眼赊，别来杖策走京华。
得邀简命思无涯，耿阳以宦为吾家。
此地龙门古名山，案牍纷烦思偷闲。
扬鞭走马指顾间，晴空一带列屏颜。
聿崒峻嶒直插天，盘曲如断又如连。
傍山人家炊午烟，杂入白云障山巅。
寄语封家十八姨，为我凌虚以手披。
须臾烟逐浮云驰，缥缈不知何所之。
依然前面露嵯峨，无边翠黛与青螺。
经过曲栈逸兴多，又过石桥攀藤萝。
处处蹀躞路不平，扶人亦是彳亍行。
此时忽动返棹情，心鹿撞兮意怦怦。
偶然回首白云低，万木阴翳目欲迷。
蹉跎行来过幽蹊，举头直与星斗齐。
俯视黄河抱山根，水性驶兮势如奔。
巨浪三汲听潺湲，风艇飞来划一痕。
山腰鸿鹄成蜻蜓，山脚牛马鼱鼩形。
不断风声过空冥，响共鸣泉听泠泠。
倚楼四望眼界宽，隔岸古道走长安。
此山高矗可盘桓，凌空五月六月寒。
不住谡谡来松涛，不住函谷尽怒号。
未听虎豹熊罴嗥，尚留爪迹在平皋。
有时雨霁看烟霏，有时雷轰雪喷飞。
悬崖高挂有清晖，古柏苍翠映四围。
入欲寻芳无可寻，幸到此间游古岑。
八景不觉豁胸襟，登临直到月半沉。
忽思拈韵将墨濡，拈韵拈断数根须。
我今笔砚久荒芜，空羡古人唾成珠。

古人柏梁语浑涵，放浪吟来兴自酣。
我对古人深抱惭，镌入邑乘更何堪。

贡院落成
清·沈千鉴
堂成凤哧荟群儒，藜火光腾彻四隅。
人识冰瓯淘锦绣，凭将铁网购珊瑚。
谈迁著作应摹仿，王薛风规勉步趋。
最喜龙门常在眼，几人破浪跃天衢。

重登卧麟冈
清·张曾麟
九日麟冈纪胜游，穿林度岭上层楼。
声传塞雁喧南浦，色艳霜花茜托邱。
姑射仙峰千尺壁，黄河巨浪万条虹。
狂风落帽龙山事，别有襟怀寄晚秋。

登看河楼
清·李渤
天外飞来一笏峰，荆关难绘此形容。
登楼四望成惊异，身在蓬莱第几重？

游龙门
清·周世丰
艳说龙门好，今来足壮游。
两峰从地劈，一水自天流。
暗谷涛声满，危楼日影浮。
登临空俗虑，仿佛到沧洲。

龙门（己未十月初二日）
清·张应辰
神工劈峡走昆仑，万里河流注禹门。
客泛星槎随日下，雷惊竹箭怒涛奔。
孤峰阁上鱼龙气，双阙苔生斧凿痕。
岁岁桃花三月水，飞腾雨露洒千村。

游筛崖
清·张应辰
仙人飞升留元圃，剩得巉岩如环堵。
如何遗却水晶帘，洒向空山作霖雨。
我来正值残腊时，涧道玉筋悬千缕。
历尽冰雪上丹梯，烟萝淅沥石发古。
仰观幽龛碧摩天，银河倒泻天尺五。
泠泠细响雪乱飞，濛濛阴寒日正午。
鲛绡湿滴珊瑚碎，云窦瑟瑟口千乳。
万弩齐射大漏天，谁呼女娲炼石补。
东临文洞看飞云，西接龙门作夹辅。
安得快意暑天过，冷森毛发寒侵腑。
幽壑悬流日萧萧，睡龙呼吸山半腰。
愿倾海水珍玑溅，乃斟明珠献盛朝。

禹门（乙亥八月再游）
清·张应辰
青山忽断碧流通，疏凿陶钧势转雄。
壁吼奔涛双峡雨，帆过阵马一樯风。
嵌崖铁锁垂飞栈，砥柱岑楼矗远空。
欲探壶口穷星海，万峰高处问鸿蒙。

由稷赴河津早行道中（时己卯九月初一日）
清·张应辰
缘堤一路踏银沙，晓色非明见早鸦。
麦陇抽针青带露，霜林逼叶锦成花。
射开宿雾金轮出，冲破寒云雁阵斜。

向夕龙门还更上，振衣壶口看烟霞。

己卯九日河津北山登高
清·张应辰

佳辰爱客赏重阳，翠岫题糕菊正香。
秦晋封疆分眼下，河汾交会起荣光。
乡心万里鸿书字，诗画千村树饱霜。
更约龙门来日到，看河楼上醉飞觞。

修先贤卜子夏祠墓二首
清·张应辰

文学古祠已埃尘，尚有飘零姓卜人。
我整先贤三尺墓，西河桃李再逢春。

常为舐犊恨难平，值拜西河夫子茔。
品到高贤犹过痛，翔余何日解忘情。

游龙门山四首
清·王志浩

平凿青山破，群峰耸一门。
黄流天上落，沧海接昆仑。
雷雨涛声壮，鱼龙晓气浑。
乘槎如可继，牛斗问天孙。

汗漫探奇境，扪萝最上头。
惊涛浮峻阁，峭壁落轻舟。
栈道潮风响，家山晓雾收。
凭高西望远，乡思逐沙鸥。

行吟逸兴长，潇洒水云乡。
津吏居僧舍，舟师祝禹王。
远灯波闪闪，新月树苍苍。
小憩平台暮，山风拂座凉。

主人留小酌，半醉宿闲厅。
烟月渔歌起，推窗话洞庭。
河声寒竹算，山影过松肩。
早发频回首，龙门送客情。

［余与同游诸友，皆久客潇湘，禹门巡尉长沙人，留饮话旧］

龙门八景
清·柴鸣鹭

层楼倚汉
生平意气羡元龙，石磴盘旋曳短筇。
此地去天真尺五，白云来去荡心胸。

曲栈连云
路转山腰云影浮，披襟爽气豁双眸。
铁阑曲曲排空际，疑在蓬莱最上头。

飞阁流丹
凌空杰阁敞窗棂，秦地山川似画屏。
谁解忘机勤抱瓮，辘轳声里浪花腥。

鸣泉漱玉
层涯过雨水溅溅，杂佩丁东想象之。
玉本无暇泉不浊，出山仍似在山时。

悬崖挂月
崖巅老树俨分行，中有银蟾夜吐光。
漫道此峰非玉女，分明宝镜一奁张。

空谷惊雷
晴云无际走丰隆，爆竹声喧震远空。
到处休惊霹雳手，可知怀抱本虚冲。

秋水归船
雨余天净挹霞辉，到眼秋光接翠微。
日影渐西风渐定，倚楼遥指一船归。

春鳞汲浪
桃花涨暖需春晴，倾耳金鳞拨刺声。

咫尺龙门夸一跃，他年霖雨济苍生。

过文中子故居
清·柴星耀

六经如醉沁心肠，中说流传道脉长。
负笈忆曾偕弟子，献书懂未悟君王。
荒祠冷落悬明月，旧宅萧条剩夕阳。
更有遗踪幽洞在，岭头松柏色苍苍。

谒先贤子夏祠
清·柴惟荣

千载卜夫子，高山仰不胜。
西河流道脉，东鲁重师承。
地迥春光老，年深祠宇宏。
夕阳风冷落，惆怅古贤陵。

游龙门
清·柴惟荣

大禹神功万古留，登临着眼最高头。
峰临冀野三千界，势压秦关百二州。
云护阴崖翻骇浪，风随曲岸送轻舟。
归来傍晚沙滩静，好趁蟾光步斗牛。

途经射雁滩
清·柴凤三

荻花枫叶夕阳滩，射雁将军负弩簰。
强虏旧闻三箭定，行人今见一林残。
晴霄月挂雕弓劲，荒径泥消金镞寒。
千载勋名传不朽，凌烟阁上记曾看。

登看河楼
清·柴凤三

凭栏纵目水云间，一叶渔舟自往还。
日暖龙涎腥极浦，雨晴螺黛染遥山。
途经塞外八千里，势压秦中百二关。
谁挽狂澜撑砥柱？碧天无际鸟飞闲。

固镇钟楼和薛文清公元韵
清·齐懋勋

层楼高耸出云间，杖策登临眼界宽。
左望人烟形幂幂，西觇景物意闲闲。
秋来落照开红树，雨后晴岚映碧山。
佳胜未经人道尽，挥毫聊自附贤关。

和友人游龙门
清·齐懋勋

一线黄流泻自天，何曾断水可投鞭？
岚飞万仞光犹合，壁立双峰势不连。
东晋西秦皆眺望，层楼高阁任盘旋。
羡君胜会兼佳什，定有知音莫浪传。

射雁滩
清·柴廷枢

爽气遍西东，驱车一望中。
千秋留胜迹，三箭树奇功。
古岸虹桥雨，荒沙驿路风。
夕阳人影散，月照戍楼空。

龙门八景
清·柴惟发

层楼倚汉

蹑蹻登临逸兴遒，振衣更上一层楼。

危檐高耸云霄外，俯视黄河万里流。

曲栈连云
栈道崎岖险更幽，盘空忽讶白云留。
铁栏十二湾环处，直到龙门最上头。

鸣泉漱玉
触耳鸣泉逸韵长，山中漱出玉锵锵。
尘缘到此都消尽，留得诗心一味凉。

飞阁流丹
凭空结构半山遮，飞阁亭亭倚断霞。
估客中流看击楫，扁舟遥渡夕阳斜。

空谷惊雷
一声爆竹震山隈，极目遥峰霁色开。
说与游人浑不信，夕阳红处阿香来。

悬崖挂月
月上层崖夜色添，团圞高挂水晶帘。
秋光到眼清如洗，指点峰头镜一奁。

秋水归船
碧山红树暮烟微，秋水澄清人影稀。
欸乃一声云外路，满船载得月明归。

春鳞汲浪
河鲤飞腾气自豪，扬鬐鼓鬣逐惊涛。
为霖不负苍生望，已跃龙门万丈高。

谒子夏祠
清·柴惟条
卜子遗祠古道边，抠衣下拜矢精虔。
学承东鲁千秋脉，教衍西河万载传。
一带烟云环旧垄，四时俎豆祀高贤。
龙门太史文中子，同仰声名竞后先。

登卧麟岗
清·柴惟达
百尺岗头气概雄，环山带水绘难工。
北连紫岭千峰秀，西绕黄河九曲通。
道路崎岖惊地险，楼台高耸讶天空。
几回着屐来登眺，秦晋关河入望中。

游龙门
清·柴惟长
龙门矗立接晴空，中有黄河一线通。
九曲波澜翻上下，两峰雾霭锁西东。
源归海峤三千远，势压秦关百二雄。
探胜穷幽诚乐事，衔杯独倚画楼中。

邑中八景

禹门叠浪
清·李庚昌
万丈龙门矗水滨，当年斧凿费艰辛。
层层雪浪翻天际，两岸烟云接晋秦。

汾水澄波
清·李庚昌
汾流滚滚势豪雄，万里波光接碧空。
多少游人桥上过，恍疑身到镜湖中。

红蓼春妍
清·柴天培
寻芳百底到前川，红蓼花开分外妍。
无限春光看灿烂，归来踏破一溪烟。

午芹秋霁
清·温宝逊
村烟飐碧绕长堤，日色晶莹树影齐。
嘹呖一声惊过雁，断云红叶满前溪。

云中烟寺
清·柴天植
山中古寺映斜辉，塔影层层入翠微。
日暮钟声传绝顶，白云深处一僧归。

峪口清泉
清·柴天植
峪口鸣泉漱雨声，源头活水本澄清。
临流自许尘襟涤，何必沧浪始濯缨。

疏属晴岚
清·薛濂
乘兴高攀疏属峰，文中庙貌白云封。
岚光雨后开新霁，指点烟峦积翠重。

平原夕照
清·薛濂
偶到平原日已斜，山含返照衬残霞。
文清千载流芳远，遗却余晖荫万家。

麟岛八景诗
清·王照离

西河画舫
鲸波鲤浪泛渔舟，一点星查到斗牛。
我欲凌风自归去，云烟分送上瀛洲。

太华晴峰
翠色临流映秦川，晴光闲点半霄烟。
摩空秀欲夺天碧，掌上莲开日月边。

孤云送月
东海鳌头宝镜升，闲云捧出碧峰曾。
光连豫晋天心处，一片金波汉外澄。

雁塔凌空
妙笔曾能挥日月，新诗写就雁来吟。
青云路接琼楼外，字字题名到桂林。

小桥飞凤
虹飞一线驾长空，御得沧江破浪风。
自是曾随鹓鹭侣，升仙题罢字玲珑。

倚斗金銮
数点星能光宇宙，谁知高与翠微平。
云栖月照闲相问，嘱咐新诗一岫清。

原麟叠翠
明明畦畔闲花少，隐隐林边芳草多。
烟雨春来时一润，黄冠曾唱大田歌。

汾水秋波
汉帝仙游挂锦帆，风声萧萧树掺掺。
涛头一线飞来渡，直到云霄月影合。

2. 词

点绛唇·别代香严
宋·向子諲

春浪桃花，禹门三尺平跳过。死生不坐。变化须归我。　　山起南云，北雨声相和。还知么。点点真个。块土何曾破。

过龙门·醉月小红楼
宋·史达祖

醉月小红楼。锦瑟箜篌。夜来风雨晓来收。几点落花饶柳絮,同为春愁。　　寄信问晴鸥。谁在芳洲。绿波宁处有兰舟。独对旧时携手地,情思悠悠。

鹧鸪天·送廓之秋试
宋·辛弃疾

白苎新袍入嫩凉。春蚕食叶响回廊。禹门已准桃花浪,月殿先收桂子香。　　鹏北海,凤朝阳。又携书剑路茫茫。明年此日青云上,却笑人间举子忙。

浣溪沙·寿卫生行之
金·段克己

莫说长安行路难。休歌肮脏倚门边。且将见在斗尊前。　　人意十分如月满,月明一夕向人圆。年年人月似今年。

浣溪沙·寿菊轩弟
金·段克己

白发相看老弟兄。闲身无辱亦无荣。儿孙已可代躬耕。　　了却文章千载事,不须谈笑话功名。青山高卧待升平。

临江仙·寿周景纯
金·段克己

仲蔚门墙蓬藋满,幽居不用声华。丑妻恶妾胜无家。学须勤苦就,富贵岂天耶。　　鼻垩未除斤未运,相望咫尺天涯。芹溪犹有折残麻。此心终莫展,迟汝对岩花。

月上海棠·同诗社诸君饮芹溪上
金·段克己

闲人不爱春拘管。被东风暗入罗帏暖。草色近还无,傍溪陡觉金沙软。梅花蕾,风味朝来不浅。　　十分潋滟金蕉满。□两颊红百忧散。不醉且无归,任门外玉绳低转。欢娱地,莫道书生冷眼。

满江红·清明与诸生登西硇柏岗

金·段克己

欲把长绳，维白日，暂留春住。亲友面，一回相见，一回非旧。扰扰胶胶尘世事，不如人意十常九。向斜阳，无语倚危楼，空搔首。　　活国手，谈天口。都付与，尊中酒。这情怀又是，去年时候。风外纷纷飞絮乱，柳边湛湛长江去。问老来，还有几多愁，愁如许。

水龙吟·寿舍弟菊轩

金·段克己

天高秋气初清，姑山汾水增明秀。黄花红叶，输香泛滟，恰过重九。细捻金蕤，旋题新句，满斟芳酒。况人生自有，安排去处，须富贵，何时有。　　休说山中宰相，也不效，斜川五柳。锄犁自把，山田耕罢，双牛随后。经史传家，儿孙满眼，渐能承受。待与君坐阅，庄椿岁月，作幡然叟。

满江红·寿卫生行之

金·段克己

春色三分，犹未一，元宵才过。行乐处，软红香雾，未收灯火。杨柳梢头黄尚浅，梅花尊底红初破。待东风，吹绿满瀛洲，愁无那。　　无一物，为君贺。歌我志，君须和。问人生底事，必须奇货。好对青山倾白堕，休嗟事业违人些。怕他时，富贵逼人来，妨高卧。

临江仙·奉继遁庵先生韵二首

金·段成己

其一

十载龙门山下路，梦魂不到京华。此身著处便为家。穷通吾有命，不乐复何耶？万事尊前供一笑，浩然逸兴无涯。诗人休更咏丘麻。　　东风吹酒醒，冷眼看飞花。

其二

四十六年弹指过，苍颜换却春华。在家居士已忘家。谁人知此意，袖手向毗耶。世故驱人何日了，漂流不见津涯。软炊一钵有胡麻。　　纷纷身外事，渺渺眼中花。

诉衷情·史仲恭寿
金·段成己

芹溪清浅舞涟漪。坠钓锦鳞肥。黄花一尊芳酒,万事觉俱非。　　留晚景,惜香霏。醉时归。最关情处,迎门稚子,一笑牵衣。

南乡子·卫弟行之寿
金·段成己

兰玉卫诸郎。我见白眉子最良。说似向人人不会,何妨。静里谁知竹有香。　　岁月没商量。暗地催人两鬓霜。三万六千须实数,休忙。才是东风第一场。

大江东去·赠答杨生彦衡
金·段成己

暮年怀抱,对水光林影,欣然忘食。推手功名非我事,闲处聊为闲客。世故多虞,人生如寄,一榻容安息。鬓丝千丈,谁家机杼堪织。　　三径松菊犹存,诛茅薙秽,时借邻翁力。酒满芳尊山满眼,此意无今无昔。平地风波,东华尘土,不到幽人席。兴来独往,溪南还有溪北。

江城子
金·段成己

阶前流水玉鸣渠,爱吾庐,惬幽居。屋上青山,山鸟喜相呼。少日功名空自许,今老矣,欲何如。　　闲来活计未全疏,月边渔,雨边锄。花底风来,吹乱读残书。谁唤九原摩诘起,凭画作,倦游图。

大江东去·滕王阁
金·高永

闲登高阁,叹兴亡满目,风烟尘土。画栋珠帘当日事,不见朝云暮雨。秋水长天,落霞孤鹜,千载名如故。长空澹澹,去鸿嘹唳谁数。　　遥忆才子当年,如椽健笔,坐上题佳句。物换星移知几度,遗恨西山南浦。往事悠悠,昔人安在,何处寻歌舞。长江东注,为谁流尽今古?

酹江月·次王君阳李敏之过龙门韵
元·曹伯启

洪崖中断,似蜃楼幻出、层檐叠脊。欲问真源凌绝顶,安得乘风羽翮。势利相忘,驱驰不惮,面背皆京国。源泉混混,恍如夹右碣石。　　遥想巢父襟怀,东溟烟雾里,片帆如席。逸气峥嵘今老矣,惆怅剑门千尺。细草平沙,敝裘羸马,长路无人识。家山回首,不应犹作行客。

3. 元曲

薛仁贵荣归故里
元/张国宾

楔子

（正末扮孛老同卜儿、旦儿上）（正末云）老汉是绛州龙门镇大黄庄人氏,姓薛,人都叫我是薛大伯。嫡亲的四口儿家属,婆婆李氏。我有一个孩儿,是薛驴哥,学名唤做仁贵,媳妇儿柳氏。俺本是庄农人家,俺那孩儿薛驴哥,不肯做这庄农的生活,每日则是刺枪弄棒,习甚么武艺。婆婆,孩儿往那里去了也？（卜儿云）老的,孩儿往街市上去了。（正末云）等他来时,着他见俺咱。（冲末扮薛仁贵上,诗云）马挂征鞍将挂袍,柳梢门外月儿高。男儿要佩封侯印,腰下长悬带血刀。自家薛仁贵是也。年长二十二岁,在这绛州龙门镇大黄庄居住,一双父母在堂。我不肯做庄农的生活,每日则是刺枪弄棒,习演弓箭,十八般武艺,无有不拈,无有不晓,每日在这河津边射雁耍子。打听的绛州出其黄榜,招聚义军好汉,我有心待投义军去。如今回家禀过父亲母亲,便索长行也。来到门首。（做见科,云）父亲、母亲,您孩儿来家也。（正末云）孩儿,你那里去来？（薛仁贵去）父亲、母亲不知,如今绛州出其黄榜,招聚义军好汉。您孩儿学成十八般武艺,满腹兵书。您孩儿一心要投义军去,不知父亲、母亲意下如何？（正末云）孩儿也,想着俺两口儿,眼睛一对,臂膊一双,则看着你哩。你若投军去了,俺两口儿偌大年纪,倘若有些好歹,可着谁人侍养也？（卜儿云）孩儿,你依着父亲言语,不要投军去罢。（薛仁贵云）父亲在上,孩儿闻的古称大孝,须是立身扬名,荣耀父母。若但是晨昏奉养,问安视膳,乃人子末节,不足为孝。今当国家用人之际,要得扫除夷虏,肃靖边疆。凭着您孩儿学成武艺,智勇双全。若在两阵之间,怕不马到成功？但博得一官半职,回来改换家门,也与父母添些光彩。不然,只守着这茅檐草舍,做个庄家,岂不枉了一身本事？（卜儿云）孩儿,则要你着志者。你去！你去！（正末云）罢！罢！罢！既然你要去,婆婆,收拾些银两,与孩儿做盘费。儿也,你一路上小心在意，得官不得官，只要你频频的稍个书信来，休着俺两口儿忧虑者。（薛仁贵拜科，云）则今日是个吉日良辰，辞别了父亲母亲，怎孩儿便索长行也。（正末唱）

【仙吕】【端正好】你如今离了村庄，别了乡党，拜辞了年老爹娘。（薛仁贵云）您孩儿此去，定要赤心报国，展土开疆，博个封侯拜将而回。父亲放心者。（正末唱）你待要，忘生舍死在这沙场上。则你那雄赳赳气昂昂，身凛凛貌堂堂。知甚日得还乡？哎！儿也，休教您这两口儿斜倚定门儿望。（同卜儿下）（旦儿云）大哥，妾身在家，情愿替你侍养公婆，你放心的自去。妾身送你出这柴门外也。（薛仁贵云）大嫂，堂上无人，你自回去，侍奉公婆，不必送我。（拜别科）（薛仁贵诗云）我今日远去投军，惟愿你孝顺双亲。（先下）（旦做悲科，诗云）虽然是芳年连理，为功名只得离分。（下）

第一折

（净扮高丽王领卒子上，诗云）独据辽东一小邦，大唐休怪不归降。随他百万英雄将，谁敢偷窥鸭绿江？自家高丽国王是也。俺国自箕子受封以来，传至孤家，世守高丽，雄称辽左。自俺高丽以东，还有一十六国，都与大唐年年进贡，惟有俺这一国，不顺大唐，可是为何？只因俺国陆有天山，水有鸭绿，极其险隘，只消一人把守，随你大唐百万军马，不能飞越。近来手下得一员大将，姓葛名苏文，官封摩利支，他有万夫不当之勇。闻的大唐家死了秦琼，老了敬德，无甚英雄猛将。今拨与摩利支十万军马，直至鸭绿江白额坡前下寨，打将战书去，单搠大唐名将出马。若杀的俺家过，俺家情愿随着一十六国，与大唐家年年进贡。若杀俺家不过，俺为上邦，他为下邦，要他反来进贡于俺，有何不可？摩利支那里？（丑扮摩利支上，云）自家葛苏文便是。郎主呼唤，须索见来。（见科，云）大王，唤小将有何事干？（高丽王云）摩利支，唤你来不为别事。孤家闻知大唐死了秦琼，老了敬德，无甚英雄猛将。今拨与你十万雄兵，直至鸭绿江白额坡前下寨，打将战书去，单搠大唐名将出马。则要你得胜成功，自有加官赐赏也。（摩利支云）得令。则今日领十万人马，直至鸭绿江白额坡前，单搠大唐名将出马，与某交战。大小三军，听吾将令。（诗云）奉主命统领雄兵，白额坡扎寨屯营。料唐家无人出马，包的个千战千赢。（下）（高丽王云）摩利支此一去必然成功也。孤家不免点起倾国人马，随后接应，走一遭去来。（下）（外扮徐茂功领卒子上，诗云）少年锦带紫貂裘，铁马西风衰草秋。凭仗手中三尺剑，会看谈笑觅封侯。老夫姓徐，名世勋，字茂功，祖贯曹州离狐县人也。辅佐大唐，官拜军师英国公之职。因为辽东摩利支索战，有总管张士贵领兵与他交锋，在于鸭绿江白额坡前，张士贵大败亏输。有一白袍将出马，三箭定了天山，杀退辽兵，班师回朝。奉圣人的命，着老夫在元帅府论功升赏。那张士贵还说是他的功劳。有一小将薛仁贵，又说他的功劳。未审虚实，已曾着人唤二将去了。令人辕门首觑者,若二将来时,报复我知道。(卒子云)理会的。(净扮张士贵上,诗云)我做总管本姓张,生来好吃条儿糖。但听一声催战鼓,脸皮先似蜡渣黄。某乃总管张士贵是也。自领军与摩利支交战,倒也不见得便输与他。那知正战中间,忽地飞出一把刀来,惊的我这魂不在头上,就拨转马头,一辔兜跑了。若不是白袍小将薛仁贵出马,那里有我的性命来?如今薛仁贵三箭定了天山,杀退了摩利支,本都是他的功劳。那个看见?我则是赖了他的。我已将这功劳报过圣人。如今着徐茂功与杜如晦在元帅府论功升赏,须索走一遭去。可早来到也。令人报复去,道有总管张士贵下马也。(卒子报科,云)喏!报的军师得知,有张士贵下马也。(卒子报科,云)喏!报的军师得知,有张士贵来了也。(徐茂功云)着他过来。(张士贵做见科)(徐茂功云)总管,当日三箭定了天山,是谁的功劳?(张士贵云)军师,若不是我张士贵,那高丽家怎便降伏?这一场厮杀,三箭定了天山,退了摩利支,都是我张士贵的功劳。除了我老张,还有那个?(徐茂功云)敢不是你的功劳?有人说是一个白袍小将薛仁贵哩。(张士贵云)好说,都是我的功劳,那一日是我穿着白来。(徐茂功云)我不信。令人,与我唤将薛仁贵来者。(卒子云)薛仁贵安在?(薛仁贵上,诗云)将军三箭定天山,壮士长歌入汉关。方知定远多奇相,不在区区笔砚间。某薛仁贵,自从拜别父母,投了义军,跟随着总管张士贵,前往高丽国,被某当住海口,三箭定了天山,杀退摩利支,班师回朝。今日在元帅府定夺功劳,加官赐赏。军师呼唤,须索走一遭去。可早来到也。令人报复去,道有薛仁贵在于门首。(卒子报科,云)喏!报的军师得知,有薛仁贵来了也。(徐茂功云)着他过来。(薛仁贵做见科,云)军师,呼唤薛仁贵有何差遣?(徐茂功云)当日三箭定了天山,杀退摩利支是谁的功劳?(薛仁贵云)当日三箭定了天山,杀退摩利支,都是我薛仁贵的功劳。也则不这件,一总过海平辽,有五十四件大功,都被张士贵赖了。今日不是军师问呵,仁贵也不敢说。军师与仁贵做主咱。(徐茂功云)张士贵,你就要混赖他的功劳,这个岂是小事,好混赖的?但不知当日谁监军阵来?(薛仁贵云)当日有杜如晦大人监阵来。军师不信,只请将监军来,便知这个端的。(徐茂功云)令人,与我请将杜如晦监军来者。(卒子云)理会得。(正末扮杜如晦上,云)老夫姓杜名如晦,字克明,祖居京兆杜陵人也,与房玄龄共管朝政。谢圣恩可怜,加老夫为兵部尚书蔡国公之职。今因高丽国不尊朝命,侵犯边境,圣人遣将出师东征问罪。有一白袍小将,乃是薛仁贵,三箭定了天山,将摩利支杀退,这个功劳端非小可。今有徐茂功在元帅府,令人来请,想必是定夺功劳一事。俺看了摩利支那般英勇,若不是薛仁贵,谁人杀的他退也呵?(唱)

【仙吕】【点绛唇】恰便似猛虎当途,甚人敢拒?有一个白袍卒,奋勇前驱,直杀的他无奔处。(云)却被那总管张士贵要混赖薛仁贵的功劳。这是老夫在阵面上亲目所

睹，怎生好混赖也？（唱）

【混江龙】那厮每杀人可恕，将别人功绩强糊突。贪着个一时爵赏，使出这百计赃诬。则问你九里山前都是谁的力？比及凌烟阁上倒把恁来图。我待要叩金阶款款的明开去，着甚来论黄数黑，也则是恶紫夺朱。

（云）说话中间，可早来到元帅府也。令人报复去，道有杜监军来了也。（卒子报科，云）喏！报的军师得知，杜监军来了也。（徐茂功云）道有请。（正末做见科，云）英公，唤老夫有何事来？（徐茂功云）无事也不敢相请。当日三箭定了天山，杀退摩利支，这两年功劳，只有蔡公监着军阵来，必然看的明白。如今张士贵认做他的，薛仁贵又说是他的，老夫一时难以遥断，请蔡公是说一遍咱。（正末云）这都是薛仁贵的功劳也。（张士贵云）众位大人在上，今日聚集文武官员在此，这一场厮杀，若不是我张士贵，谁近的摩利支？只三箭定了天山，杀退了摩利支，明明都是我的功劳，如今可为甚么倒拿去赏了那薛仁贵？（正末云）张士贵，都是薛仁贵的功劳，你怎生混赖他的？（薛仁贵）监军爷，你做个明辅。当日个过海平辽时，我薛仁贵有五十四件大功，都被张士贵赖了。监军爷，可怜与仁贵做个证见咱。（正末唱）

【油葫芦】当日个鸭绿江边列阵图，（张士贵云）众位大人在上，你就说这一场三箭定了天山，不是张士贵的，却是谁的功劳来？（正末唱）现对着这文共武，（徐茂功云）三箭定了天山，此功最大。您二将争竞，未知是谁的功劳也？（正末云）这是老夫亲目所见，委实是薛仁贵的。（唱）则他这定天山三箭若连珠。（张士贵云）我是个总管的官，堪上功劳簿。那薛仁贵不过马前小卒，他怎么上的功劳簿？（正末唱）哎！不索你个将军争竞功劳簿，抵多少凤凰在梧桐树。（张士贵云）薛仁贵走到高丽地面，就生了一身疥疮，每日则是挠痒，几曾厮杀来。只他寸箭皆无，他有甚么功劳？（正末唱）那薛仁贵有十大功，你可也寸箭无，你待做赵高妄指秦庭鹿，怎不去学龙伯钓鳌鱼？（张士贵云）不是我张士贵夸口，那个似我这等？骑的劣马，拽的硬弓；吃的冷饭，嚼的憨葱；若有好酒，打上三钟。俺真个是铁铮铮的好汉子哩。（正末唱）

【天下乐】敢待卖弄你这英雄大丈夫，准也波如。自窨付，可甚的养由基善穿杨百步余？（张士贵云）那薛仁贵到的高丽地面，则去扑蚂蚱，摸螃蟹，掏促蜘，几曾会甚么厮杀来？（正末唱）是谁人领着大军？是谁人统着帅府？（张士贵云）你不要说嘴，您都有甚么功劳在那里？（正末云）则你道波。（唱）那一个无功劳的请俸禄？

（张士贵云）论着我文通《三略》，武解《六韬》，不如那一个？（正末云）噤声！（唱）

【那吒令】论着你这文呵，怎的如管仲和鲍叔？（张士贵云）论我的武呢？（正末唱）论着你那武呵，怎如的周瑜鲁肃？（张士贵云）论我的智量呢？（正末唱）论着你智量呵，怎如的卧龙也那凤雏？（张士贵云）论着我兵书战策，揣着一肚子。我久后还要拜相封侯做大大的官哩。（正末唱）遮莫似张子房，辞朝待要归山去，再习些战策兵马。

（张士贵云）我是个总管之职，倒不如庄家的农夫，做小卒儿出身的？偏我这等颓气，我怎么肯伏？（正末唱）

【鹊踏枝】你道他是农夫，做军卒，（带云）想那诸葛亮呵，（唱）偏不曾隐迹南阳，乐意耕锄。（张士贵云）他后来却怎的？（正末唱）命通也逢着帝王，一年间三谒茅庐。

（张士贵云）诸葛亮锄田刨地，刘先主织席编履，那等的人，提他做甚么？（正末云）自古忠臣良将，都出寒门。我再说一个与你听者。（唱）

【寄生草】想当日韩元帅，乞食那漂母。若不是萧何举荐元戎做，则那汉王怎把重瞳觑？显见的忠良多在寒门出。（张士贵云）监军大人，依着我只将薛仁贵革了他军，赶回家去，仍旧种田，才称了我心也。（正末唱）则你这筑沙堤推倒了紫金梁，怎如他沤麻坑扶立的擎天柱？

（薛仁贵云）军师在上，监军爷所见不差，怎么将我的功劳填在张总管名下？枉了唐天子这般神圣，也还上明不知下暗哩。（徐茂功云）住！住！你两个将军休闹，蔡公若要定夺这功劳，可也容易，我如今推出红心垛子，上面安一文金钱，离一百步远放下垛子。着他每人射三箭。若射中金钱，便将三箭定天山的功劳，填在他名下，加官赏赐。射不中金钱的，停职罢俸，打为庶民。（正末云）英公也说的是。（张士贵云）你如今着我与薛仁贵射这金钱垛子？敢问军师大人，射着的可是怎生？射不着的可是怎生？当初上凌烟阁的，都不曾会射这垛子。薛仁贵，你则平心着。我的功劳，你要赖了我的。又着我射垛子。你先射去。（正末云）英公，且看他两个射箭，便见虚实也。（唱）

【金盏儿】你两个较赢输，辨实虚，（徐茂功云）只今日要见个明白，方好论功行赏也。（正末唱）这的是功劳簿上无差误。（徐茂功云）射不着金钱的，罢官卸职；射着金钱的，着他衣紫腰金哩。（正末唱）射不着罢官也那卸职，射着的玉带上挂金鱼。（徐茂功云）射不着的打为庶民，射着的着他位列三公之上。（正末唱）射不着的苫庄三顷地，扶手一张锄。射着的稳情取门排十二戟，户列八椒图。

（徐茂功云）如今推出红心垛子去。您见那垛子上一文金钱么？每人射三箭比试咱。（薛仁贵云）军师说的是。将弓箭来，我射三箭。（做射箭着三科）（卒子报科，云）报的军师得知，薛仁贵三箭都中红心垛子也。（徐茂功云）好将军，射中金钱也。张士贵，可该你射三箭。（张士贵云）他射了么？他的射法，是和我一般的。（徐茂功云）不必多说，你射三箭者。（张士贵云）我说当初上凌烟阁的都不曾会射这垛子。薛仁贵，你则平心着。我的功劳，你要赖了我的，又着我射垛子。也罢，我射！我射！推出垛子去。（卒子云）看垛子哩。（张士贵云）这垛子有多远。（卒子云）则有一百步远。（张士贵云）你再退七八十步来。（卒子云）忒近了。（张士贵云）你便再近了些。我若射的着，我就是你的儿子。令人，将弓箭来。我做了三十年总管，倒不知道这张弓原来这般硬。我发箭也着。（卒子云）射不着。（张士贵云）不是不着，这垛子忒远了。等我再射。（做再射科，云）着。（卒子云）射不着。（张士贵云）又不着。这弓不是我的弓，我那张弓力打三升半米。我再射。（做再射科，云）着。（卒子云）又不着。（张士贵云）何如？我说射不着么。（徐茂功云）哦！都射不着。令人，拿下张士贵者。（卒子云）理会的。（做拿张士贵科）（徐茂功云）奉圣人的命，因为二将争功，着老夫在此元帅府定夺。原来张士贵混赖薛仁贵的功劳，按军令本当斩首，姑免项上一刀，打为庶民百姓，苦庄三顷地，扶手一张锄。令人，与我拖出去。（卒子云）理会的。（张士贵云）薛仁贵本等是个庄农，倒着他做了官。我本等是官，倒着我做庄农。军师好葫芦提也。罢！罢！罢！如今只有他的说话，没我的说话。（诗云）我做总管忒心凶，今朝罢职做庄农。我也再不习他黄公三略法，到的家里则把豆腐酒儿呷三钟。（下）（徐茂功云）今日功罪已明，老夫须回圣人的话来。（下）（薛仁贵云）若不是监军大人，小将岂有今日？此恩异时必当重报。（正末云）不枉了好将军也。（唱）

【赚煞尾】也不负了你血染战袍红，镫藏着征靴绿，那一枝方天戟超今越古。看这赖功贼容颜如粪土，出辕门豕窜狼逋。怎知你喜都都，后拥前呼，那里也一将功成万骨枯。（薛仁贵云）量小将有甚功劳，感蒙监军大人这般抬举。（正末唱）则为你外疆展土，拿云握雾，托赖着圣明天子百灵扶。（下）

（徐茂功上，云）薛仁贵，为你多有功劳。三箭定了天山，平了高丽国。奉圣人的命，加你为天下兵马大元帅。望阙谢了恩者。（薛仁贵谢恩科，云）多谢军师大人抬举。（徐茂功云）元帅，圣人赐你御酒三杯。令人将酒过来。（薛仁贵云）军师大人，小将不会饮酒。（徐茂功云）圣人的命，谁敢推辞？元帅满饮此杯。（薛仁贵云）既是圣人的命，小将饮这酒者。（做饮酒科，云）哎哟！我醉了也。（做睡科）（徐茂功云）元帅醉了，睡着了也。令人休大惊小怪的。等元帅觉来时，报复我知道。老夫且回后厅去者。（下）（薛仁贵打梦科，云）薛仁贵也，我离家十年光景，一双父母，年高无人侍养。我则今日私离了边庭，带领数十骑轻弓短箭，善马熟人，回家探望父母走一遭去。（诗云）则为我三箭成功定太平，官加元帅镇边庭，十年不作还乡梦，愁听慈乌天外声。（下）

第二折

（卜儿上，云）老身是薛驴哥的母亲。自从我那孩儿投义军去了，可早十年光景也，音信皆无，俺两口儿年纪老了，多亏杀媳妇儿侍奉。吃了早起的，没那晚夕的。烧地眠，炙地卧。眼巴巴不见孩儿回来，不知有官也是无官。哎哟！薛驴哥儿也，则被你思想杀我也。（做哭科）（薛仁贵上，云）某薛仁贵，还家探望父母去，可早来到也。兀的不是我家里。开门来！开门来！（卜儿云）是谁唤门？我开开这门。（做见科，云）官人，你是谁？（薛仁贵云）则我便是薛驴哥。（卜儿哭科，云）儿也，则被你想杀我也。待我唤你父亲来。（做唤科，云）薛大伯！薛大伯！（正末扮孛老拿拄杖上）（唱）

【商调】【集贤宾】是谁人吁吁的叫一声薛大伯？（卜儿云）是我叫你来。（正末唱）哦！我则道又是那一个拖逗我的小乔才。我行不动前合也那后偃，我立不住东倒波西歪。折倒的我来瘦恹恹身子尫羸，忧愁的我干剥剥髭髭斑白。（哭科）（唱）则俺那投军去的孩儿，哎哟！知他是安在哉？我便是那铁石人，也感叹伤怀。你不能勾掌六卿元帅府，（哭科）（唱）哎哟！儿也，你可只落的定一面远乡牌。

（薛仁贵云）不知我那父亲，老的怎生般一个模样哩？（正末唱）

【逍遥乐】哎哟！儿也，自从你投军出外。我每日家少精也那无神，失魂丧魄。哎哟！儿也，知他那里日炙风节，博功名苦尽甘来。我也只指望你一箭成功把门户改，光显随祖宗先代。我如今无亲无眷，无靠无捱，（哭科）（唱）哎哟！儿也，每日家无米无柴。（正末做见卜儿科，云）婆婆，你唤我做甚么？（卜儿云）老的也，你动不动烦天恼地。这般啼哭做甚么？我恰才唤你，你可在那里来？（正末云）我在庄东里吃做亲的喜酒去来。（卜儿云）老的也。我往庄东里吃喜酒去，可是谁家的女儿招了谁家的小厮？你说一遍咱。（正末云）婆婆听我说者。（唱）

【梧叶儿】刘大公家菩萨女，招那庄王二做了补代，则俺这众亲眷插镮钗。（卜儿云）他家那女儿，曾拜你来么？（正末云）婆婆，你可早提起我来也。他先拜了公公、婆婆、伯伯、叔叔、婶婶、伯娘，到我跟前恰待要拜，则听的道：住者。（唱）可则到我行休着他每拜，我道您因一个甚来？（云）则他家老的每倒不曾言语，那小后生每一齐的闹将起来道：你休拜那老的，他则一个孩儿投军去了十年，未知死活。你拜了他呵，可着谁还咱家的礼？则被他这一句呵。（唱）道的我便泪盈腮，哎哟！驴哥儿也，则被你可便地闪杀您这爹爹和奶奶。

（卜儿云）老的也，你欢喜咱。薛驴哥来了也，（正末云）在那里？（卜儿云）孩儿，拜你父亲来。（薛仁贵见正末拜科，云）父亲，您孩儿回家探望父母来也。（正末云）生忿贼，真个来了。婆婆，我打这厮咱。（卜儿劝科，云）孩儿才来家，怎生便打？老的也，息怒些儿波。（正末唱）

【后庭花】割舍了一不做二不该，（做举拄杖，卜儿夺科）（正末云）婆婆放手。（卜儿云）老的也息怒。（三科）（正末唱）我打这厮千自由百自在。（云）驴哥，你去了几时也？（薛仁贵云）您孩儿去了十年光景也。（正末唱）你从那二十二上投军去，你怎生三十三岁上恰到来？（薛仁贵云）父亲，您孩儿尽忠，便不能尽孝也。（正末唱）你那一日离庄宅，登紫陌，绛州城气概，龙门镇施手策。你道把家门即便改，谁承望又过了十数载。

【双雁儿】恰便似送曾哀赵藁不回来。哎哟！儿也，我则道父子每，相间隔，不想想孩儿也，俨然在。做娘的筋力衰，做爹的发鬓白。

（薛仁贵云）父亲母亲不知，您孩儿不是明明白白的回家来。我私自离了边庭，探望父母。我便要去也。（正末云）婆婆，管待孩儿哩。（卜儿云）老的也，将甚么管待孩儿那？（正末唱）

【醋葫芦】你将那酒去买，鸡快宰。（卜儿云）老的也，着些甚么买那酒和鸡来？（正末唱）你与我店东头折当了那一对旧麻鞋。（卜儿云）便买些小酒食也醉不的他，驴哥儿酒量大哩。（正末唱）你道是薛驴哥酒量儿宽似海，（带云）婆婆，有！有！（唱）床底下还有那二升家的荞麦。哎！儿也，知他是甚风儿足律律，吹你可兀的到家来。

（张士贵领卒子冲上，云）兀的不是薛仁贵？听圣人的命，因为你不理军事，私自还家，圣人着我拿你回朝定罪。左右与我将薛仁贵执缚定者。（薛仁贵慌哭科，云）似此怎了？父亲，着谁人救我也？（正末唱）

【幺篇】则见他怕撒撒开圣旨，早唬的来黄甘甘改了面色。（张士贵云）令人两边摆着，休着那老的上前来。（卜儿哭科）（正末云）儿也。（唱）则见他恶哏哏的公吏两边排，则除是南海救苦难观自在。（张士贵云）打开那老的，休着他劫夺了。（正末唱）唬的我磕头也那礼拜。（带云）大人。（唱）你饶过俺孩儿一命不强似把万僧斋？

（张士贵云）令人快与我拿了去者。（薛仁贵云）父亲、母亲，您孩儿顾不的你了也。（正末哭科）（唱）

【浪里来煞】把孩儿扑碌碌推出门，（张士贵云）抢出去杀坏了罢。（正末唱）眼睁睁的要杀坏，空教我心劳意攘怎支划？（张士贵云）执缚定着，休走这厮也。（正末唱）我只见麻绳背绑教他难挣坐，养谁来把孩儿耽待？哎哟！儿也，咱要相逢，则除是九重天将这一纸赦书来。（正末同卜儿下）

（张士贵做推薛仁贵科，云）你休推睡里梦里。（下）（薛仁贵醒科，云）一觉好睡也。嗨！原来是南柯一梦，唬杀我也。我恰才饮了三杯酒醉了，偶然睡着，一梦中直到家乡，见我一双父母，如此贫穷苦楚。天那！我何日能够相见也？（做悲科）（徐茂功云）老夫徐茂功，不知薛仁贵在前厅上为何烦恼？我须索问个缘故。（做见科，云）呀！元帅为何烦恼？敢嫌官职小么？（薛仁贵云）军师大人，不嫌聒絮，听小将慢慢的说一遍咱。（诗云）从小长在庄农内，一生只知村酒味。皇封御酒几曾闻，吃了三杯薰薰醉。一灵真性到家乡，正和父母同欢会。门首忽听大叫呼，传宣总管张士贵。道我私自离边庭，奉命差他来问罪。将咱反绑至阶前，一刀劈得天灵碎。不觉惊回一梦醒，刮在帅府前厅睡。

遥望家乡安在哉？想起父母痛流泪。告你个开疆展土老军师，可怜见背井离乡薛仁贵。（徐茂功云）原来是这般。我与你奏知圣人。着元帅衣锦还乡。就将俺女孩儿赐你为妻。一同见你父母去。夫荣妻贵，共享天恩。可不好也。（薛仁贵云）谢了军师大人。不敢久停久住，将着黄金百两，御酒千瓶，回家见父母，走一遭去来。（徐茂功诗云）只因你三枝箭定了天山，敕赐与黄金印拜将登坛。（薛仁贵诗云）当日个哭啼啼抛离父母，今日个笑吟吟衣锦荣还。（下）

第三折

（丑扮禾旦上，唱）

【双调】【豆叶黄】那里，那里，酸枣儿林子儿西里。俺娘着你早来也早来家，恐怕狼虫咬你。摘枣儿，摘您娘那脑儿。你道不曾摘枣儿，口里胡儿那里来。张罗，张罗，见一个狼窝，跳过墙啰，唬您娘呵。

（云）伴哥，咱上坟去来，你也行动些儿波，（正末扮伴哥上，云）你也等我一等儿波。今日正是寒食。好个节令也呵。（唱）

【中吕】【粉蝶儿】正值着日暖风微，一家家上坟准备。准备些节下茶食，菜馒头，瓢漏粉，鸡豚狗彘。这的是甚所乔为，直吃的恁般沙势。

【醉春风】可不的失掉了镴钗鎞，歪斜着油髟狄髻。

上坟的须有许多人，也不似你！你！吃的个行不是行，立不是立，醉了还醉。

（禾旦云）伴哥，俺看田苗去来，行动些儿。（正末云）你见么，远远的不知甚么人来了？（禾旦慌科，云）伴哥，兀的不一簇人来了，唬杀我也。（正末唱）

【十二月】敢则是一簇簇踏青拾翠，一攒攒傍陇寻畦。俺只见一道儿红尘荡起，（薛仁贵躧马儿领卒子上，云）某乃薛仁贵是也。摆开头踏慢慢的行。（正末唱）元来的一骑马闪电奔驰。一从使都是浑身绣织，一将军怎倒着缟素裳衣？

【尧民歌】呀！莫不是空中降下雪神祇？（薛仁贵云）兀那庄家，你住者。（正末唱）他叫一声雄吼若春雷。（薛仁贵云）你休慌，我要问你句话哩。（正末唱）唬的我心儿胆儿急獐拘猪的自昏迷，手儿脚儿滴羞笃速的似呆痴。禁也波持，身躯怎动移，我可便不待酒伴妆醉。

（薛仁贵云）兀那厮，我问你咱。（正末唱）

【上小楼】蓦听的人言马嘶。威风也那猛势。唬的我战战兢兢，慌慌张张。只待要哭哭啼啼。这一壁那一壁，怎生逃避？好着我磕扑的在马前跑膝。（薛仁贵云）兀那厮，我问着你，您休推东主西的。（正末云）小人怎敢？（唱）

【满庭芳】怎敢道是推东主西？我则怕言无关典，话不投机。（薛仁贵云）你可是土居也？可是寄居？当着甚么差徭？（正末唱）孩儿每在龙门镇民户当夫役。（薛仁贵云）您成群打伙，在这里做甚么哩？（正末唱）今日正百五寒食，上坟的都是同乡共里，吃酒用瓦钵和这磁杯。怕官人待要来敛科税，我去村头行报知。官人也，你但道的我便依随。

（薛仁贵云）我问你东庄里薛大伯家，有个孩儿是薛驴哥，你认得他么？（正夫云）孩儿每认得他，认的他。（唱）

【快活三】俺两个也曾麦场上拾谷穗，也曾树梢上摘青梨。也曾倒骑牛背品腔笛，也曾偷的那生瓜来连皮吃。

（薛仁贵云）既然你和薛驴哥是相识朋友，他从小里习学甚么艺业来？（正末唱）

【迓鼓儿】他、他、他，从小里，他、他、他，不务老实。便把那枪儿棒儿强温习，偏不肯拽把扶犁。常只是抛了农器演武艺，就压着那一班一辈。与他副弓箭能射，与他匹劣马能骑，更使着一条方天画戟。（薛仁贵云）他那一双父母，如今有甚么人侍养他？你说一遍，我是听咱。（正末云）他那老两口儿年纪高大，则有的这个孩儿，可又投军去了十年光景，音信皆无。做父母的在家少米无柴，眼巴巴不见回来，好不苦也。（唱）

【鲍老儿】不甫能待的孩儿成立起，把爹娘不同个天和地。可不知他在楚馆秦楼贪恋着谁？全不想养育的深恩义。可怜见一双父母，年高力弱，无靠无依。那厮也少不的亡身短命，投坑落堑，是个不长进的东西。

（薛仁贵云）兀那厮，你也还认的那薛驴哥么？（正末云）孩儿每怎么不认的他？我若见了他呵，去他那鼻凹里，直打上五十拳。（薛仁贵云）兀那厮，抬起你那头来，睁开你那眼，则我不就是薛驴哥那？（正末云）早是你，孩儿每也不曾说甚么哩。（薛仁贵云）你也骂的我够了也，您不知我如今做了天下兵马大元帅，奉圣人的命，着我衣锦还乡，家中见父母去也。（正末唱）

【耍孩儿】则你那老爹娘受苦你身荣贵，全改换了个雄躯壮体。比那时将息的可便越丰肥，长出些苦辱的髭髯儿。我才咒骂了你几句，你权休怪，也是我间别来的多年把你不认的。（薛仁贵云）我不怪你，恕下官不下马也。（正末唱）哎！你看他马儿上簪簪的势，早忘和俺掏斑鸠争攀古树，摸虾蟆混入淤泥。（薛仁贵云）自我投义军之后，我一双父母，怎生般过活？你再说一遍，与我听咱。（正末唱）

【一煞】你娘可也过七旬，你爹整八十，又无个哥哥妹妹和兄弟。你爹也曾苦禁破屋三冬冷，您娘也曾拨尽寒炉一夜灰。饿的他身躯软，肝肠碎。甚的是肥羊也那白面，只捱的个淡饭黄齑。

（薛仁贵云）俺父亲母亲，也曾思想我么？（正末唱）

【煞尾】他从黄昏哭到明，早辰间哭到黑，哭你个离乡背井薛仁贵。（云）则你那

一双父母，朝暮倚着柴门，望那驴哥儿。知道几时回来，兀的不艰难杀了也。（唱）可怜见你那年老的爹娘盼望杀你。（天旦同下）

（薛仁贵云）原来我一双父母，受如此般苦楚。我不敢久停久住，只索赶回家中，见父亲母亲去者。（薄云）辽左回来荷主恩，黄金百两酒千尊。归家手奉双亲寿，可比农庄胜几分。（下）

第四折

（杜如晦上，云）老夫杜如晦是也。自从薛仁贵杀退辽兵，三箭定了天山，班师回朝，加为兵马大元帅，将徐茂功的女孩儿赐与薛仁贵为夫人。着他衣锦还乡。今奉圣人的命，着老夫赍敕传示徐茂功，直至绛州龙门镇，与薛仁贵一家儿封官赐赏。早将这敕书送与茂功去了，老夫不敢久停久住，须索回圣人话去也。（诗云）则为那薛仁贵跨海征辽，鸭绿江累建功劳。赐黄金回家庆寿，加封赠重取还朝。（下）（正末扮孛老同卜儿、旦儿上，云）老汉薛大伯的便是。婆婆，孩儿投军去了，十年光景，音信皆无，不见回家，怎生是了？（卜儿云）都是你个老的来，你放着他投军去了，你今日受艰难呵，说甚么？老的也，我昨夜做个梦，梦见孩儿得了官，不知可有这福分哩？（正末云）婆婆，梦是心头想。孩儿也，你得官不得官，你早些儿来家。兀的不盼望杀我也呵。（唱）

【双调】【新水令】我为你个养家儿哭的眼睛花，哎！则从你去家来我可便放心不下。儿也，你若不是多时归地府，怎十载滞天涯？甚的是出入通达，好教我这烦恼甚时罢。

（卜儿云）老的，他世不回来了也，你烦恼怎么？（正末云）我且歇息咱。（卜儿云）老的，你且歇息，我柴门首是看觑咱。（薛仁贵引小旦、卒子上，云）我薛仁贵早来到家门首也。左右，与我接了马者。兀的门前不是母亲也。（卜儿云）那壁来的官人你是谁？休唬我婆子也。（薛仁贵云）母亲，认的您孩儿薛仁贵么？今日得了官来家也。（卜儿云）可知是孩儿薛仁贵，我报复您父亲去。老的也。你欢喜咱，孩儿得了官来家也。（正末云）是真个？婆婆，俺出这柴门是看咱。（做见科，云）谁是薛仁贵？（薛仁贵云）则我便是薛仁贵。受您孩儿几拜。（正末唱）

【殿前欢】俺孩儿便得来家，你看他参随人马甚头踏？（薛仁贵云）您孩儿不觉的去了十年光景也。（正末唱）这十年光景成虚话，可是真假。疑怪这灵鹊儿噪晚衙。喜蛛儿在檐前挂，魂梦儿撇不下。我数日前笃速速眼跳，昨夜里便急爆灯花。

（薛仁贵云）您孩儿三箭定了天山，杀退摩利支，加我为天下兵马大元帅，敕赐英国公的女孩儿招我为婿。今日衣锦还乡，探望父母来。小姐，你拜我一双父亲咱。（小旦拜科，云）公公婆婆，受媳妇儿八拜咱。（卜儿云）哦！你是英国公小姐，兀的不折杀老身也。（大旦云）俺今日父子夫妇团圆，公婆大人请坐，受媳妇儿拜贺者。（卜儿云）

孩儿也，这十年光景，多亏了媳妇儿侍来俺老两口儿也。（正末唱）

【甜水令】我经了些冉冉年华，萧萧冬月，炎炎的那长夏，盼的我心切切眼巴巴。这其间干运供给，执虀揾菜，缝衣补衲，多亏你这柳氏浑家。（薛仁贵云）大嫂，这十年间多亏了你侍养我一双父母。小姐，我和你拜谢柳氏咱。（小旦云）姐姐，多亏了你侍奉公婆，受您妹子几拜。（大旦云）小姐也，我则是个庶民百姓之女，你乃是官宦人家的千金小姐，请自稳便。（二旦同拜科）（正末云）媳妇儿，从今以后，您两个也不要分甚么前后，也不要分什么大小，只做姊妹称呼，可不好也？（唱）

【折桂令】定道是俺家门则有这媳妇儿贤达，谁知你又被皇恩赐与娇娃。一个是勇烈之夫，一个是糟糠之妇，一个是宰相之家。那一个知礼数，好生谦洽；这一个忒温泉，并没参差。您两个堪羡堪夸，无衅无瑕。这一个村庄妇，曾举案齐眉；那一个官宦女，似锦上添花。

（徐茂功引卒子上，诗云）昨朝辞凤阙，今日到龙门。一家增喜气，千载颂皇恩。老夫徐茂功，因为薛仁贵征辽有功，钦赐衣锦还乡去了。今奉圣人的分，着小官赍诏前去龙门镇，将他一双父母同妻柳氏，皆加封赠，重取回朝。来到此间，是他门首。令人报复去，道有徐茂功奉命至此也。（卒子云）喏！报的元帅得知，有徐茂功奉圣人的命，到于门首。（薛仁贵云）快装香来，等我亲自接待去。（做见科）（徐茂功云）薛仁贵，老夫奉圣人的命，亲赍丹诏至此，与您一家儿封官赐赏。（薛仁贵云）早知大人前来，只合远远迎接。幸恕薛仁贵之罪也。（正末、卜儿、旦儿换冠服科）（正末唱）

【喜江南】呀！怎知道今日呵，得遇这荣华？则俺个苍颜皓首一庄家，也会绯袍象简带乌纱。孩儿你可也喜咱，不枉了从前教你学兵法。

（徐茂功云）薛仁贵，你一家儿望阙跪着，听圣人的命。因为你有盖世功勋，加封平辽公，食邑十万户。你父母赏赐黄金百斤，柳氏、徐氏，并封辽国夫人。钦限三月，重复还朝。谢了恩者。（众谢恩科）（徐茂功云）我想当日，摩利支在鸭绿江白额坡前，扎下军营，单搦俺大唐家名将出马。是的俺大唐名将死的死了，老的老了，全得元帅三箭，方能退得摩利支，成此大功。今日圣人加官赐赏，亦不枉了也。（正末唱）

【沽美酒】元来个大唐朝也名将乏，俺孩儿肯奋发，只他这一片忠心报国家，和辽兵做场厮杀，才得那干戈罢。

（薛仁贵云）父亲，您孩儿跨海征辽，曾立下五十四件功劳，争些儿被总管张士贵白赖去了。若非军师大人，定夺功罪，您孩儿岂有今日。（众谢徐茂功科）（徐茂功云）这是奉圣人的命，着老夫论功升赏。何足谢哉？（正末唱）

【太平令】虽则是唐天子操持生杀。怎当他张总管卖弄奸猾。若不遇老军师神明鉴察，险把俺白袍将功劳勾抹。今日个爵加，赏加，受这般样显达，呀！俺把你大恩人如何报答。

（徐茂功云）元帅，你一门荣贵，钦取还朝，是人生最喜的事。就今日杀羊造酒，做一个大筵席庆贺者。（词云）白袍将世上无双，平高丽威振边疆，扶持的乾坤清泰，揩磨的日月辉光。一个薛大公灵椿不老，一个薛大婆共乐萱堂。一个宰相女甘心做小，一个糟糠妇分外贤良。降丹诏，全家封赠，改门闾，荣耀非常。若不是徐茂功辕门比射，怎显得薛仁贵衣锦还乡？

4. 赋

悲士不遇赋

西汉·司马迁

悲夫！士生之不辰，愧顾影而独存。恒克己而复礼，惧志行而无闻。谅才韪而世戾，将逮死而长勤。虽有形而不彰，徒有能而不陈。何穷达之易惑，信美恶之难分。时悠悠而荡荡，将遂屈而不伸。

使公于公者，彼我同兮；私于私者，自相悲兮。天道微哉，吁嗟阔兮；人理显然，相倾夺兮。好生恶死，才之鄙也；好贵夷贱，哲之乱也。炤炤洞达，胸中豁也；昏昏罔觉，内生毒也。

我之心矣，哲已能忖；我之言矣，哲已能选。没世无闻，古人唯耻；朝闻夕死，孰云其否！逆顺还周，乍没乍起。理不可据，智不可恃。无造福先，无触祸始。委之自然，终归一矣！

黄河赋

晋·成公绥

览百川之洪壮兮，莫尚美于黄河。
潜昆仑之峻极兮，出积石之嵯峨。
登龙门而南游兮，拂华阴于曲阿。
凌砥柱而激湍兮，逾洛汭而扬波。
体委蛇于后土兮，配灵汉于苍穹。
贯中夏之能甸兮，经朔北之遐荒。
历二周之北境兮，流三晋之南乡。
秦自西而启壤兮，齐据东而画疆。
　殷徒涉而永固，卫迁济而遂疆。
　赵决流而却魏，嬴引沟而灭梁。
　思先哲之攸叹，何水德之难量。

禹凿龙门赋

以"利济生人，功存圣德"为韵

唐·陈山甫

控引河源，凿山为门。辟两崖而龙蟠虎踞，飞一带而电激雷奔。所以拯流离于品物，佐含育于乾坤。邈矣而高踪斯在，巍然而诡状斯存。昔夏王披简援图，尽力沟洫。万方附会以恭命，百工子来而奉职。畚锸具而势蹙风云，岩岫分而状成闉闍。波涛有路，无非汲引之功；鳞介攸居，咸被生成之德。异夫屼尔崖巘，张为闬闳。悬流赴势以中注，巨石乘危而下倾。拉丛林而山灵叶赞，回大壑而水怪奔惊。故凝滞者得以流其恶，昏垫者得以厚其生。当其相地所宜，兆人攸利。山峥嵘而洞启，水喷薄而俄至。汤汤浩浩，俱成畎浍之流；原隰陂池，皆为生植之地。道迈千古，芳流后尘。岂不以开济之功莫大，通流之用如神。龙跃新渚，鱼迷旧津。四载之劳，终成于舜日；九年之患，空愧于尧人。始也设以规模，不资钤闭。云横结驷之状，浪走高车之势。广滥觞之运，水无不通；裨造化之遗，人无不济。茂绩崇崇，与流无穷。豁岩巇而分远碧，来浩渺而写晴虹。不愧锡圭之命，宁惭拓土之功。是以羲轩等美，唐虞齐盛。故当辉烁于帝图，不然何以应千年之圣。

游北山赋并序

唐·王绩

吾周人也，本家于祁。永嘉之际，扈从江左，地实儒素，人多高烈。穆公感建元之耻，归于洛阳；同州悲永安之事，退居河曲。始则晋阳之开国，终乃安康之受田。坟陇寓居，倏焉五叶；桑榆成荫，俄将百年。绩南山故情，老而弥笃。东陂余业，悠哉自宁。酒瓮多于步兵，黍田广于彭泽。皇甫谧之心事，陇亩终焉；仲长统之规模，园林幸足。独居南渚，时游北山，聊度日以为娱，忽经年而忘返。西穷马谷，北达牛溪，丘壑依然，风烟满目。孙登默坐，对嵇阮而无言；王霸幽居，与妻孥而共去。窗临水石，砌绕松篁。类田园之去来，亦已久矣；望山林之故道，何其悠哉！诗者，志之所之；赋者，诗之流也。式抽短思，即为赋云。

天道悠悠，人生若浮。古来贤圣，皆成去留。八眉四乳，龙颜凤头。殷忧一世，零落千秋。暂时南面，相将北游。玉殿金舆之大业，郊天祭地之洪休。荣深责重，乐不供愁。何况数十年之将相，五百里之公侯？兢兢业业，长思长忧。昔怪燕昭与汉武，今识图仙之有由。人谁不愿？直是难求。闻鼎湖而欲信，怪桥山之邈修。玉台金阙，大海水之中流；瑶林碧树，昆仑山之上头。不得轻飞如石燕，终是徒劳乘土牛。已矣哉！世事自此而可见，又何为乎惘惘？弃卜筮而不占，余将纵心而长往。任物孤游，遗情直上。觉老释之言繁，恨文宣之技痒。彼事业之迁斥，岂神明之宰掌？物无往而咸彰，生有资而必养。嗟大道之泯没，见人情之委枉。《礼》费日于千仪，《易》劳心于万象。审机事之不息，知浇源之浸长。鸟何事而撄罗，鱼何为而在网？生物诡隔，精灵惚恍。庄周三月而不朝，瞿昙六年而遐想。

有是夫，况吾之不如先达乎！请息交而自逸，聊习静而为娱。遂披林樾，进陟峻岖。连峰杂起，复嶂环纡。历丹危而寻绝径，攀翠险而觅修途。耸飞情于霞道，振逸想于烟衢。重林合沓以齐列，崩崖磊砢而相扶。睹森沉于绝磵，视晃朗于高嵎。自谓抟风飙而出埃壒，邈若朝元宫而谒紫都。碧峦之下，清溪之曲。望隐隐而才通，听微微而不属。眷然引领，兹焉顿足。步拥石而迴，视横烟而断续。古藤曳紫，寒苔布绿。洞里窥书，岩边对局。仿佛灵踪，依稀仙躅。灶何代而销金，杯何年而溜玉？石室幽霭，沙场照烛。松落落而风回，桂苍苍而露溽。月未侧而先阴，霞方升而已旭。喜方外之浩荡，叹人间之窘束。

况乃幽谷藏真，傍无四邻。紫房半掩，元坛尚新。逢阆风之逸客，值蓬莱之故人。忽据梧而策杖，亦披裘而负薪。荷衣薜带，藜杖葛巾。出芝田而计亩，入桃源而问津。昆山若砺，渤澥扬尘。栽碧柰而何日，种琼瓜而几春？自然诡异，非徒隐沦。乃有上元仙骨，太清神手，走电奔雷，耕空莳朽。河间之业不齐贯，淮南之术无虚受。咒动南箕，符回北斗。偓佺赠药，麻姑送酒。青龙就食于甲辰，元牛自拘于乙丑。永怀世事，天长地久。顾瞻流俗，红颜白首。倪千岁之可营，亦何为而自轻？昔时君子，曾闻上征。忽逢真客，试问仙经。谈九华之易就，叙三英之可成；拭丹炉而调石髓，裹翠釜而出金精。珠流玉结，雪耀霜明。咸谓刀圭暂进，足使云车下迎。纷吾人之狭见，搅群疑而自拂。使投足而咸安，亦何为乎此物？彼赤城与元圃，岂凭虚而构窟。但水月之非真，譬声色之无佛。过矣刘向，吁嗟葛洪！指期系影，依方捕风。谁能离世，何处逃空？假使游八洞之金室，坐三清之玉宫。长怀企羡，岂非樊笼？徒劳海上，何事云中？昔蒋元卿之三径，陶渊明之五柳。君平坐卜于市门，子真躬耕于谷口。或托闾阎，或潜山薮，咸遂性而同乐，岂违方而别守？

余亦无求，斯焉独游。属天下之多事，遇山中之可留。聊将度日，忽已经秋。菊花两岸，松声一丘。不能役心而守道，故将委运而乘流。伊林礀之虚受，固樵隐之俱托。逢去老于中溪，遇还童于绝壑。云峰龟甲而重聚，霞壁龙鳞而结络。水出浦而潺潺，雾含川而漠漠。是欣是赏，爰游爰豫。结萝幌而迎宵，敞茅轩而待曙。尔其杂枝相纠，长条交茹，叶动猿来，花惊鸟去。起公子之殊赏，谈王孙之远虑。山水幽寻，风云路深。兰窗左辟，茵阁斜临。石当阶而虎踞，泉映牖而龙吟。月照南浦，烟生北林。阅丘壑之新趣，纵江湖之旧心。道集吾室，风吹我襟。松花柏叶之醇酎，凤翩龙唇之素琴。

白牛溪里，峰峦四峙。信兹山之奥域，昔吾兄之所止。许由避地，张超成市。察俗删《诗》，依经正《史》。康成负笈而相继，根矩抠衣而未已。组带青衿，锵锵儳儳。阶庭礼乐，生徒杞梓。山似尼丘，泉疑洙泗。（吾兄通，字仲淹，生于隋末，守道不仕，大业中隐于此溪，续孔子六经，近百余卷。门人弟子相趋成市。故溪今号王孔子之溪也。）忽焉四散，于今二纪。地犹如昨，人多已矣。念昔日之良游，忆当时之君子。佩兰荫竹，诛茅席芷。树即环林，门成阙里。姚仲由之正色，薛庄周之言理。（此溪之集门人，常以百数。唯河南董恒、南阳程元、中山贾琼、河东薛收、太山姚义、太原温彦博、京兆杜淹等十余人，称为俊颖。而姚义多慷慨，同侪方之仲由；薛收以理达，称方庄周，薛寔妙言理也。）触石横胘，逢流洗耳。取乐经籍，忘怀忧喜。时挟策而驱羊，或投竿而钓鲤。何图一旦，邈成千纪。木坏山颓，舟移谷徙。北冈之上，东岩之前，讲堂犹在，碑石宛然。想问道于中室，忆横经于下筵。坛场草树，院宇风烟。昔文中之僻处，谅遭时之丧乱。守逸步而须时，蓄奇声而待旦。旅人小吉，明夷大难。建功则鸣凤不闻，修书则获麟为断。

惜矣吾兄，遭时不平。殁身之后，天下文明。坐门人于廊庙，瘗夫子于佳城。死而可作，何时复生？式瞻虚馆，载步前楹。眷眷长想，悠悠我情。俎豆衣冠之旧地，金石丝竹之余声。殁而不朽，我何所营。（吾兄仲淹，以大业十三年卒于乡馆，时年三十三，门人谥为文中子，及皇家受命，门人多至公辅，而文中之道不行于时。余因游此溪，周览故迹，盖伤高贤之不遇也。）临故墟而掩抑，指归途而叹惜。往往溪横，时时路塞。忽登崇岫，依然旧识。地迥心遥，山高视直。望烟火于桑梓，辨沟塍于乡国。斜临姑射之西，正是汾河之北。怅矣怀抱，悠哉川域。

忆昔过庭，童颜稚龄。何赏不极，何游不经？弄春风于磵户，咏秋月于山扃。北窗照雪，南轩聚萤。彩衣扇枕，缃布问经。何斯乐之易失，倏衔哀而茹恤？天未悔祸，遭家不秩。子敬先亡，公明早卒。余自此而浩荡，又逢时之不仁。天地遂闭，云雷渐屯。与沮溺而同趣，共夷齐而隐身。幸收元吉，坐偶昌辰。容北海之嘉遁，许南山之不臣。养拙辞官，含和保真。岂若冯敬通之诽世，赵元叔之尤人！殷臧耻贱，憔悴伤贫。操井臼而无乐，历山河而苦辛。岂如我家生事，都卢弃置。不念当归，宁图远志？坐青山而非隐，游碧潭而己喜。旧知山里绝尘埃，登高日暮心悠哉。子平一去何时返？仲叔长游遂不来。幽兰独夜之琴曲，桂树凌晨之酒杯。丘园散诞，窟室徘徊。坐等枯木，心如死灰。

亦有山羞野馔，兰浆木䬫，杞叶煎羹，松根溜醑。既采药而为食，谅随情而不矫。负锸春前，腰镰岁杪。草渐密而饶兽，树弥深而足鸟。地寂寞而森沉，路纵横而窈窕。野亭鹤唳，山梁雉鹭。远游之所，幽栖之次。或抱犊而新来，乍闻鸡而始至。菫畦一两，茅斋数四。山为险而无人，岭时平而有地。石菌抽叶，金芝吐穗。镜厌山精，刀驱木魅。

泉绕砌而鱼跃，树横窗而鸟萃。天网何宽，人生岂难？饮河知足，巢林必安。亦何荣而拾紫，亦何羡于还丹？红藜促节之杖，绿筹斑文之冠。野餐二簋，园蔬一盘。送阮籍而长啸，得刘伶而甚欢。晓入柴户，暮归药栏。老莱地僻，邹生谷寒。杨柳则条垂锻沼，杏树则花飞坐坛。赋成鼓吹，诗如弹丸。携始晬之鸣鹤，对新婚之伯鸾。

我有怀抱，萧然自保。古人则难与同归，纷吾则此焉将老。涧溪沼沚之苹艾，丘陵阪隰之桑枣。接果移棠，栽苗散稻。不藏无用之器，不爱非常之宝。抵玉惊禽，挥金薙草。接朋友于杯案，弄儿孙于襁褓。乐山泽之浮游，笑江潭之枯槁。戒非佞佛，斋非媚道。无誉无功，形骸自空。坐成老圃，居然下农。身与世而相弃，赏随山而不穷。披衣灶北，逐食墙东。倘有白头四皓，庞眉八公。小童乘日，仙人驭风。乡老则杖头安鸟，邦君则车边画熊。心期暗合，道术潜同。解来相访，愚公谷中。

滕王阁序

唐·王勃

豫章故郡，洪都新府。星分翼轸，地接衡庐。襟三江而带五湖，控蛮荆而引瓯越。物华天宝，龙光射牛斗之墟；人杰地灵，徐孺下陈蕃之榻。雄州雾列，俊采星驰。台隍枕夷夏之交，宾主尽东南之美。都督阎公之雅望，棨戟遥临；宇文新州之懿范，襜帷暂驻。十旬休假，胜友如云；千里逢迎，高朋满座。腾蛟起凤，孟学士之词宗；紫电青霜，王将军之武库。家君作宰，路出名区；童子何知，躬逢胜饯。

时维九月，序属三秋。潦水尽而寒潭清，烟光凝而暮山紫。俨骖騑于上路，访风景于崇阿。临帝子之长洲，得天人之旧馆。层峦耸翠，上出重霄；飞阁流丹，下临无地。鹤汀凫渚，穷岛屿之萦回；桂殿兰宫，即冈峦之体势。

披绣闼，俯雕甍，山原旷其盈视，川泽纡其骇瞩。闾阎扑地，钟鸣鼎食之家；舸舰弥津，青雀黄龙之舳。云销雨霁，彩彻区明。落霞与孤鹜齐飞，秋水共长天一色。渔舟唱晚，响穷彭蠡之滨；雁阵惊寒，声断衡阳之浦。

遥襟甫畅，逸兴遄飞。爽籁发而清风生，纤歌凝而白云遏。睢园绿竹，气凌彭泽之樽；邺水朱华，光照临川之笔。四美具，二难并。穷睇眄于中天，极娱游于暇日。天高地迥，觉宇宙之无穷；兴尽悲来，识盈虚之有数。望长安于日下，目吴会于云间。地势极而南溟深，天柱高而北辰远。关山难越，谁悲失路之人；萍水相逢，尽是他乡之客。怀帝阍而不见，奉宣室以何年？

嗟乎！时运不齐，命途多舛。冯唐易老，李广难封。屈贾谊于长沙，非无圣主；窜梁鸿于海曲，岂乏明时？所赖君子见机，达人知命。老当益壮，宁移白首之心？穷且益坚，不坠青云之志。酌贪泉而觉爽，处涸辙以犹欢。北海虽赊，扶摇可接；东隅已逝，桑榆非晚。孟尝高洁，空余报国之情；阮籍猖狂，岂效穷途之哭！

勃，三尺微命，一介书生。无路请缨，等终军之弱冠；有怀投笔，慕宗悫之长风。舍簪笏于百龄，奉晨昏于万里。非谢家之宝树，接孟氏之芳邻。他日趋庭，叨陪鲤对；今兹捧袂，喜托龙门。杨意不逢，抚凌云而自惜；钟期既遇，奏流水以何惭？

呜乎！胜地不常，盛筵难再；兰亭已矣，梓泽丘墟。临别赠言，幸承恩于伟饯；登高作赋，是所望于群公。敢竭鄙怀，恭疏短引；一言均赋，四韵俱成。请洒潘江，各倾陆海云尔。

滕王高阁临江渚，佩玉鸣鸾罢歌舞。
画栋朝飞南浦云，珠帘暮卷西山雨。
闲云潭影日悠悠，物换星移几度秋。
阁中帝子今何在？槛外长江空自流。

鱼跃龙门赋
以"扬鬐鼓鳞，撇波直上"为韵
唐·元弼

彼龙门之津，流水激射，断山嶙峋。厥功彰于夏禹，斯险际乎苍旻，河源炳灵以峻极，水族候时而荐臻。副天用也，仡龙行兮骧首；参神选也，同鲲化兮脱鳞。徒观其向天倪，辞水府，望霄汉之九，越泥沙之五，来如及门，出若由户，虽悬波而千仞，终作气而一鼓。

我鬐既张，彼川何长？仰云路而抑扬，终不息而自强。我功既奖，彼河徒广，挥天衢而直上，诚择利而攸往。变化伊何，升沈亦多，潆洄曲渚，泛滟长波，背蛟室而大集，指龙门而远过。至于激厉果决，乘陵险绝。虽迅湍奔雷，骇浪喷雪，终瞬息而上，膺腾而撇，挥其尾而不劳，骋其力而不竭。于是俄变鱼服，倏为龙姿，志气自负，威灵自持。岂同涂于点额，宁较力于掀鬐哉？於戏！道有行藏，运有通塞，天资性灵，神辅正直。始有水而呀鳃，忽升天而振翼，然后随方受变，千里一色，风云际会，未始有极。慕李膺之往哲，孰不愿游；追老氏之元踪，而□不测。倪真宰之可仰，终进德于君门之侧。

三箭定天山赋
以"远仗皇威，大降番骑"为韵
唐·王榮

丑虏侵塞，将军耀威。弓一弯而天山未定，箭三发而铁勒知归。骁骑来时，叠利镞以连中；官人祭处，收黄尘而不飞。始夫寇犯朔方，檄传边壤。高宗乃将钺斯授，仁贵而君恩是仗。初持汉节，鹰扬貔虎之威；爰臂燕弧，肉视豺狼之党。军压亭障，营临塞垣。九姓犹凭其桀骜，六钧亦昧于戎蕃。既而胡兵乌集，贼骑云屯。将军于是勇气潜发，雄心自论。拈白羽以初抽，手中雪耀；攀雕鞍而乍逐，碛里星奔。由是控彼乌号，伸兹猿臂。军前而弦斗边月，际空而髇鸣朔吹。声穿劲甲，俄骇胆于千夫；血染平沙，已僵尸于一骑。期后箭之中也，尚猖狂而背义。是用再调弓矢，重出麾幢。曜英瑳于非类，昭雄棱于异邦。赤羽远开，骋神机而未已；胡雏又毙，惊绝艺以无双。斯二箭之中也，犹凭陵崦未降。且曰：志以安边，誓将去害。苟犬羊之众斯舍，则卫霍之功不大。又流镝以虻飞，复应弦而狼狈。斯三箭之中也，遂定七戎之外。昔在秦汉，尝开土疆。或劳师于征伐，徒耀武于张皇。志以安边，誓将去害。苟犬羊之众斯舍，则卫霍之功不大。又流镝以虻飞，复应弦而狼狈。斯三箭之中也，遂定七戎之外。昔在秦汉，尝开土疆。或劳师于征伐，徒耀武于张皇。未若弯弧手妙于主皮，大降虏众；骋伎心同于偃月，遂静沙场。故得元化覃幽，皇风被远。乌岭之烽已息，灵台之伯斯偃。然知鲁连虽下于聊城，岂定穷荒之绝巚。

黄河清赋（有序）

明·曾棨

臣棨伏见，皇帝陛下即位以来，凡有所建，动合天心，郊祀禘告，神灵欢悦，民安物阜，中外晏然。四方蛮夷之国，罔不宾服。重译而来者，肩背相望。繇是休祥骈臻，诸福毕至，乃永乐二年十二月乙酉，黄河清，始蒲州洎韩城，延数百里，莹然洞彻，可鉴毫发。河津之民，戴白之叟，垂髫之童，莫不奔走聚观，以为盛世之徵符。三年正月癸卯，吏民具以上闻，百官奉表称贺。皇上虽深自谦抑，而群臣作为歌诗，形之荟咏者，自不能已。臣闻《京房传》曰："河水清，天下平。"王子年《拾遗记》曰："黄河千年一清，圣王之大瑞也。"今兹之应，实由皇上圣德，感孚天休滋至。自开辟以来，未有盛于今日者也。臣辄不量其愚陋，撰为《河清赋》一通，谨拜手稽首以献。其词曰：

岁在阏逢涒滩，璇枃建丑，璧宿横昏，金茎泻露，银浦流云。客有览西极，游昆仑，憩禹门之巨碛，溯河水之灵源。乃慨然而思曰：在昔黄流沃日，洪波拍空，方积石之既导，豁龙门之遂通。巨灵瞰以颎顶，底柱屹其穹崇。划两崖之盘束，泻千里之奔冲。云汉昭回，横一丝于天末；阴风喷薄，鬬万雷于地中。然后拂华阴而下委，跨洛汭而争雄；迤大陆以奔流，汇沧海而朝宗。是则昔之困于怀襄者，胥为降丘宅土之域。今之安于衽席者，孰匪手胼足胝之功也哉。尔其天，一以生地，六以成名，列四渎，位冠五行，象中央之色，孕玄冥之精，是则水之所以为德，而河之所以得名也。若乃嘉祥臻惠，润溥秘宣，房辟灵府，著羲画于马图，廓人文于邃古。黄龙见彩于重华，白鱼徵瑞于姬武。兹河水之效灵，稽往牒而莫数。俟千岁而一清，乃圣作而物睹。然则当文明之嘉会，瑞应之旁午，而河清之祥，岂独寥寥而难遇也。是夜肃然，万籁俱寂，雾敛烟消，天空月白。胅蠁潜孚，精灵剡焘。若有神人告于河伯曰："方今海宇清宁，圣人在位，明并乎日月，德合乎天地。精诚通于神明，资禀原于圣知。恒翼翼以为心，尤孜孜而图治。溥万姓以咸和，茂群生而畅遂。囿八表以同风，萃诸福而毕至。是宜兹水之澄清，于以昭盛世之嘉瑞。"河伯于是张云斿，驰电檄，昭万灵，趋百役，䨽廉霄威，川后受职。冯夷为之效奇，象冈为之敛迹。鲛人收泣以欢忻，渊客流泪而悦怿。俄而冲波既息，微澜不兴，乍纡乍徐，若潆若渟。浊者自汰，浑者自澄。潋漫混澋，委蛇回萦。引白虹之迤逦，浮素练而晶荧。碧屿沉星，转丹砂于流汞。寒潭沁月，炯玉鉴于清冰。写行云之落影，度飞鸟以流形。湛长空于一碧，涵万象于虚明。兹非千载之奇遇，而为昭代之休徵者乎。于是惕然而惊，恍然而寤。步趋乎承明之庐，翱翔乎金马之署。于是圣天子负黼扆，临宝祚，建旌麾，锵韶濩，列炬荧星，薰炉喷雾。夜漏未央，宵衣在御。虽尊居九重之崇严，而未尝一息之暇豫。所以致黄河之效瑞者，又岂偶然之故哉。于是迓清光，承湛露，接迹乎夔龙，簉羽乎鸂鹭。奏蓬莱之音，献河清之赋。从而为之歌曰：

河之水兮洪流，昔汎滥兮九州。微禹疏凿兮民其忧，神哉禹功兮于此千秋。又歌曰：河之水兮清泚，忽澄澈兮千里。惟皇作极兮民以喜，昭哉圣德兮光于万世。已而灵飔微动，斜月孤映，六合无尘，河流一镜。沐凤沼之余波，泚中山之兔颖。铺张乎鸿图，赞咏乎神圣。夸希世之奇逢，昭太平之瑞应。是岂徒效雕虫之篆刻，盖天将和其声，而以鸣国家之盛。

河清赋（有序）

明·胡广

永乐三年春正月癸卯，高平王、平阳王奏："禹门津黄河清。"朝臣欢动，以为皇上圣德所致，进表称贺，皇上谦抑弗居。未几，秦王暨山西守土之臣亦皆来奏。见者谓其清如碧玉，洞鉴毫发。既而成五色，经三旬有二日，渐复其旧。稽之载籍，黄河千年一清，圣王之大瑞。而五色者，尤瑞之大者也。恭惟皇上，以至德之圣主敬之，躬作配天地，广运神化。瑞应之来，适当其期。臣叨陪侍从，幸睹兹盛事，宜有纪述，以传诵将来。其辞曰：

盖闻洪河之水，通银潢而直下，介箕斗之微茫，绕昆仑而奔泻欤。潜行于地中，忽涣发乎重野。景如汲海之长虹，势若驰冈之迅马。惊湍腾逝，悍波冲射，竞千雷兮砰洞，䃀万鼍兮呼咤，涵泥沙兮悠扬，羌昼夜兮不舍。方其道积石，历龙门，下砥柱，逾孟津。出乎无际，漂乎无垠。临万顷兮潆潄，折九曲兮沄浑。想夫浩浩汤汤，堙塞未疏，济漯未从，淮泗尚潴。汇四隩而为壑，襄高陵而为污。暨九川兮涤源，九州兮既别。拯苍生于垫溺，免斯世于鱼鳖。惟六府之孔修兮，赖胼胝之伟烈。嗟形容于允翕兮，谅一苇之可越。逮乎周道既东，文武益远，清人厎其翱翔，方叔去而不返。葛藟兴绵绵之咏，尼父有已矣之叹。至若瓠子载决，宣房既歌，下淇园之绿篠，沉美玉于沧波。恒汨汨兮混浊，或沸謵兮盘涡。曾未识其安流，胡能有于盈科。诵逸诗兮俟清，嘅人寿兮几何。信不可以骤得，必以待夫时之泰和。尔乃禹门中辟，碛石碕礒，洪涛不兴，一碧千里。若人间兮天上，渺余视兮衍迤。式同观乎渭滨，俨浮游于湘芷。澄靓兮泓渟，混瀁兮泳比。鸭绿于汉江，陋苔青于淮涘。澹玻璃兮洞射，凝云母兮毋滓。风泠泠兮吹渌漪，天晃朗兮映涟洍。粲飞鸟兮白鸥，数游鳞兮鳣鲔。山倒黛兮染翠，岚拖练兮成绮。婍潋滟兮授蓝，堪荐洁于明水。朝阳升兮淀彩荡，夜月照兮镜光洗。纷挥霍兮五色乍，纡徐而忽驶，实元气之融会，而发荣光于此。乃有黄耇居河之湄，睹鬻瀁兮莹彻，为盛世之休征。爰以告言，闻于紫宸，无小大而咸喜，腾遝迤之欢声。惟圣人以在上，致四海兮隆平。霈仁恩兮汪洋，洽寰宇兮皆春。萃诸福兮毕来，杳众瑞兮骈臻。所以天久储其晶英，地复閟其灵秀，而千载之嘉应，实有待于圣明。乃宗藩称瑞，宁谦抑而弗居，秦晋呈祥，逊肤功为曷胜。盖功愈大而心愈小，道弥高而德弥弘。视夫平成之绩，亘万世而同称者也。猗欤圣皇，允协神禹，稽河清之致祥，翳寥寥兮前古。抚金人而徘徊，摩铜狄而容与。求有并美于今日，亦漫漶而莫阤。泛星槎以寻源，聊逍遥兮银渚。俾玄冥兮先驱，访往迹于河鼓。云冉冉兮斯征，路迢迢兮远举。憩鹊桥而孤吟，睇层霄而延伫。瞻珠阙之崔巍，聆群仙兮夜语。谓圣皇兮达孝，克继述于太祖。缵洪业兮率旧章，靡毫发兮爽轨。度诚于穆而不已，全睿智与文武。天茂锡兮纯祉，浩穰穰兮繁聚。粤鸿荒兮茫茫，河之清兮今始睹。于以阐皇猷之精微，隆子孙无穷之祚。彼汉唐之偶值，又奚可以比数。輾元元而无知，将以告夫下土。羲和忽以启驾，宵朣胧兮欲曙。灵缤缤兮既遥，掔余袂兮来下。扶云汉之昭回，挹九天之湛露。披琅玕以自呈，造金门而献河清之赋。于是为之歌曰：河水兮清涟，聿应期兮斯千年。圣皇御极兮德配天，于万亿秭兮福禄绵绵。

鱼登龙门赋

以"跃白波，入青云"为韵

唐·苗秀

有客有客，栖于草泽。观龙门，壮禹迹。目送跳沫，千有余里；心惊悬流，千有余尺。气濛濛而雾蒸，声隐隐而雷激。于是吞舟之伦，吹潦将适，奋泥沙而拨刺，簸鬐鬣以投掷，鳞栉比而映水。星攒目瞳，眬而中流，月白翔叠浪，凌洪波当用。作取之势，既逞志而浩汗，何往不可。岂失溜而蹉跎，遂脱鱼服入龙涡。上既亲于天，水下不离于鼋鼍，天吴旁眛而莫测，其以冯夷愕眙而孰知其他出彼处，此载腾载跃，违任公之钓饵，远渔父之矰缴。昔尝未达伏艰，难以如兹。今则获伸，观变化之何若，既禀受乎。灵遂隐见乎形，鹜寥廓升窅冥，却讶泥蟠兔，翻身于尾，赤旋惊意逸摩，正色于天青，然后知游濠浮沉。在藻出入，嗟所处之龌龊，恨中区之于邑。岂若一朝豹变，千古名立，当天衢而翱翔，近日域而呼吸，悬水之人文，莫比赤鳞之巨鲤，何及永无涸辙之忧，宁有穷波之急。别有志士，卓然不群，名嗟岁晚，寝必夜分，思拜手于丹阙，愿献赋于明君，倪获比鱼而变龙，必能行雨而吐云。

河清赋

明·杨士奇

岁在游蒙，月维摄提，其日癸卯，晨光初曦。祥飚融畅，庆云烂垂。天子御丹宸，辟彤闱，班龙节，建鸾旗，肃九重之容卫，纷百辟其来趋；促武乎金门，屏息乎彤墀。乃有陪臣，晋国之使，俯伏殿陛，陈词献甄，上言河清，河津之涘，发书讯占圣王之瑞，臣睹之，敢告天子。天子曰："嘻！天道应人，必以类至。作德者降祥，弗德者垂戒。予未究乎慎修，何以与于是也？"使者既出，时则彻侯、上公、群卿列秩仰聆玉音，愉愉忾忾。固已识其灵祥，未备究乎事实，退就使者而悉焉。使者曰："昉河流之将清，盖先时而异状。其始也，沉碧凝黛，流丹曳虹；忽异复殊，韰色弥望。炯素华之浩洁，讯玹晶而溯泱；妙神化而屡殊，协五行之递旺。方潊潊浏浏，溷溷瀁瀁，湛如清渭之奔，浩乎蒙泉之放。涵荆玉而演迤，拖齐谷而浮荡，影万象于昭晰，而净纤尘之泱瀁也。于是传告杂沓，听闻骇惑，奔走道路，聚玩崖侧，晴目炫夺，心怀畅悦。鉴妍者赏明，濯污者避亵。此其大略也，其详未易以遽说焉。"于是闻者仰而思，顾而言曰："河之发源，出乎昆仑，淤澱涊漫混混浑浑。浊泾方之以尚冽，潢潦拟之而同昏。然而其清为圣君之瑞，见于千年拾遗之记；兆天下之平，出乎京房传易之论。洪惟我皇，继序太祖，道合羲轩，功隆舜禹。政教施乎万邦，德泽流于九土。斯河清之协应，岂偶然之故也。盖水为用，滋润长育；六府所叙，功同土谷。造化于是而发祥，非在惠养斯民，而致其丰足者乎？革去浊污，莹然湛明，非在荡除贪秽，而用夫廉清者乎？斯盛治之所本，岂寻常之为异？虽圣德之弗居，谅天意其有在。固将表治化之熙明，而征太平于盛世也。"躬逢盛事，振古所希，拜首陈赋，继以歌诗。诗曰：水先五行兮，天一攸生。维河之祥兮，革污为澄。千载一见兮，协我圣明。泽流洁清兮，隆化斯征。于千万年兮，邦家之庆。

黄河赋

明·薛瑄

吾观黄河之浑浑兮，乃元气之萃蒸。浚洪源于西极兮，注天派于沧瀛。贯后土之庞博兮，杳玄沟之晶明。过积石而左转兮，龙门呀而峻倾。薄太华而东骛兮，撼砥柱之峥嵘。入大陆而北徙兮，迷不辨夫九河之故形。经东海而纪众流兮，擅浮沉之濯灵。览颓波而怀明德兮，又何莫非姒氏所经营？登昆仑而俯视兮，固仿佛其初迹。驭高风而骋望兮，遂周游其曲直。何末流之混浊兮，始清澄而湜湜。羌澹滟而徐趋兮，势沄沄而自得。触险石以斗暴兮，诧雷轰而毂击。天宇扩其沉漭兮，渺上下之玄黄。雾雨霏霏而瀹集兮，混邃古之洪荒。微风荡拂而涣散兮，天机组织其文章。颓淼浩而汹涌兮，百怪垂诞而簸扬。腥云浊浪以荡汩兮，恍忽颠倒夫舟航。灵曜升而赫照兮，乘正色于中央。望舒在御而下临兮，列宿涵泳其光芒。

若乃震秉符以行令兮，百谷湋湋其冻释。山泽沮洳以上气兮，增溷溦之洋溢。鱼龙乘涛以变化兮，杳莫测其所极。祝融载节以南届兮，雷雨奋达以雾霈。横支流而股合兮，百川奔而来会。木轮困而漂拔兮，蔽云日而淘汰。狂澜汹而啮岸兮，块土焉塞夫冲溃。霜戒严而木脱兮，少昊执矩以司秋。洲渚缅邈而石出兮，始杀湍而安流。霰雪纷其四集兮，颛顼乘坎以奋神。大块噫气而摩轧兮，流澌下而龙鳞。层冰木横绝而山委兮，河伯驱石以梁津。羌险夷而明晦兮，变朝暮与四时。飙风起而冲木兮，莽怪骇其难推。睹圆方之一气兮，恒来往而密移。昔尼父之叹逝兮，跨百世而罕知。顾川流之有本兮，与终古以为期。启龙图而玩六一兮，悟主宰之所为。喟余心之未纯兮，感道妙之如斯。聊诵言以自明兮，庶昼夜之靡亏。

登龙门赋

以"被其容接，比登龙门"为韵

清·潘誉征

罗众彦于神州，纳英流于福地。钦模楷以常昭，穆风声而远被。空冀马之千群，起渊龙于六位。风云既会，将烧尾以同归。渤澥非遥，岂攀鳞而莫至。汉之李元礼者，清流自负。名教攸司海宇，纷其并仰，宫墙峻而难窥。绕径鲜停骖之迹，登堂希执雉之仪歌。吉士之凰，飞冈曾陟彼际。英才之鳞，萃澜必观其胡。为使追随，靡及趋侍无从。彼咸钦乎介气，几尽绝乎游踪。匪在天之占利见，匪得水之庆相逢。溯踏背于金鳌，应夸独步。念化身于锦鲤，谁与先容。岂伊独不观，所谓龙门者乎。先华岳以称奇，俯河流而自贴。鲸跋浪以声号，鲨凌波而势捷。

倘越寻常之沟壑，鳞甲皆新。如超浩渺之烟波，神灵可接。伟潜鳞之独起，奋奇纵而绝驶。倏飞越乎绝岩，邈难寻于尺咫。翻身而洞鲋谁侔，转身而溟鲲孰比。彼乘机以变化畴则，如之将历志于攀跻。得无视此，唯元礼则。以胸怀之浩落，消气象之崚嶒。俨光仪之得侍，非傲骨之难胜。与郭同舟，迅飞凫远迈。得荀为御，超神骏以齐登。盖下士之仰攀未得，而名流之谢绝何曾。繇是谈心一室，讲艺三雍慰群怀。而允洽瞻道，气以方浓。游其宇者，精神自肃。出其门者，誉望咸宗。罗虎观之群英，齐欣附骥集鸿。都之几辈并乐，从龙乃者凤栖。无所狐媚，偏繁纵媲。西山而励节终罹，北寺以沈冤曷若。彼翱翔艺圃，俯仰文园。蛾术功深，会可升堂而入室。鸟鸣声应，无烦别户而分门者哉。

▼河津古八景

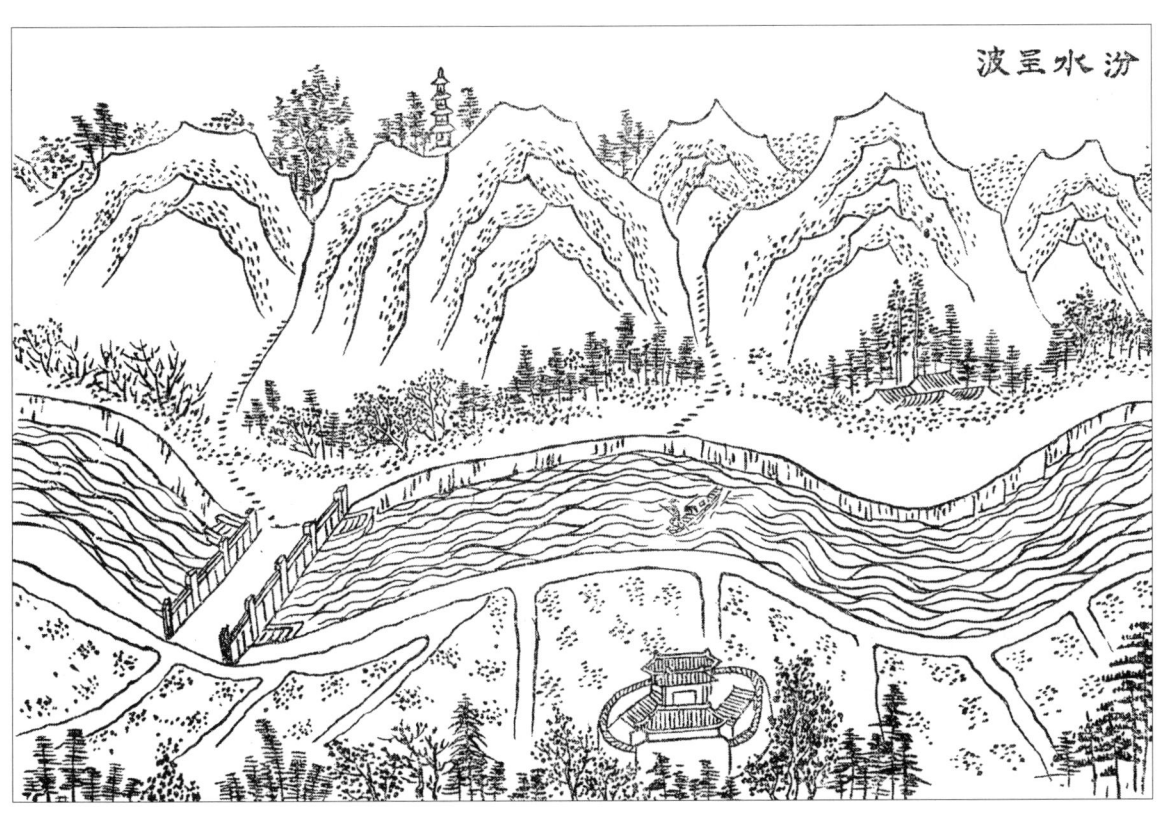

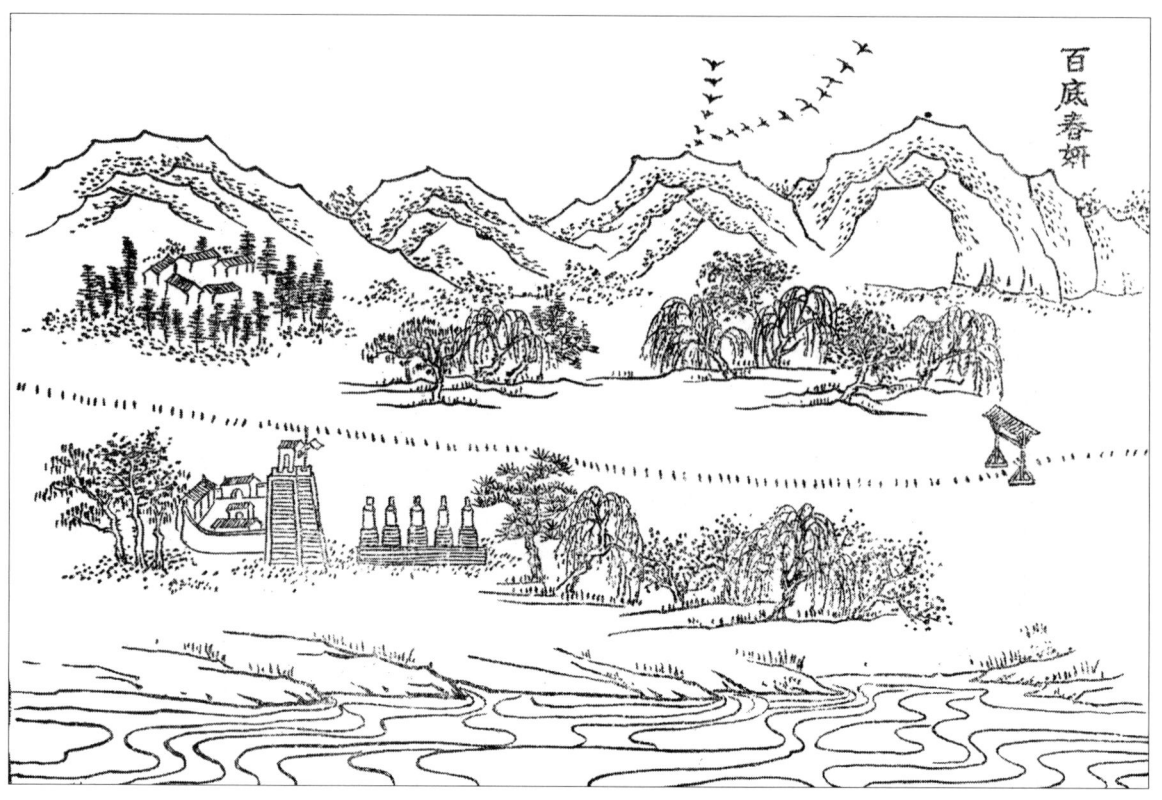

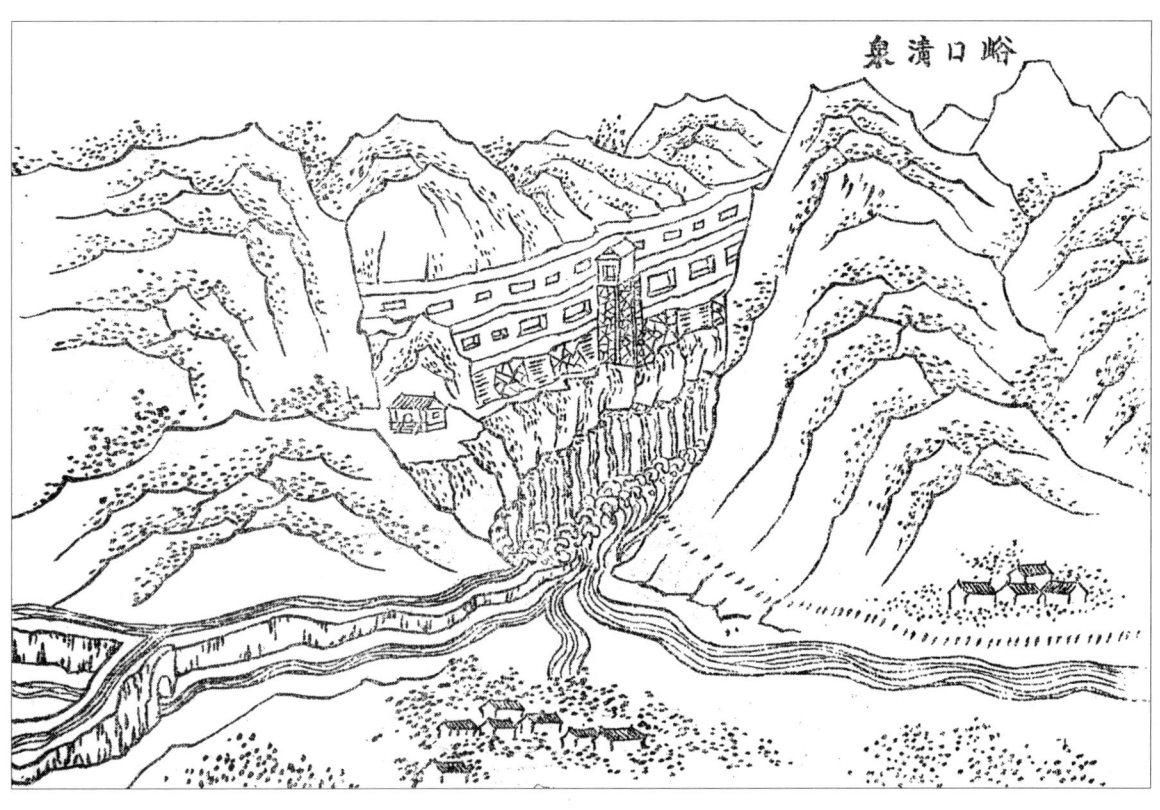

◀1907 年河津大禹庙

◀1936 年古龙门全图
（右为河津大禹庙）

◀桥下即龙门

▲瓜峪水库（齐心平 摄）

第二节 近代诗人作品选

1.诗

毋庄村关岳庙碑文并诗
姚名魁

客岁庙落成，或问余曰，子素不信神，为何修庙？余曰："否！古圣先王以神道设教，余将借神力以兴学。谓予不信，且看若干年后之验证耳。"诗曰：

聊借诸神力，维新立学堂。
育才成俊秀，种保亚东黄。

赠岳竹坪
薛律清

君本精忠裔，德慧秉凤根。
胡常栎宿儒，夫子亦文人。
年将梁灏并，髯与朱渊伦。
滑稽胜曼传，谈吐肖苏秦。
倚马成诗句，下笔如有神。
小子年十五，从师德与邻。
有缘识荆面，不解问道津。

别来三十载，长此宦游身。
室迩人则远，蔑由传昏晨。
曾亦萍水逢，晤短文莫论。
今年乘暑假，得与缄三亲。
酬和无虚日，推陈而出新。
巴人卑鄙由，渎听原有因。
藏拙不我为，西施反效颦。
直将翰院才，下来交负薪。
余纵鱼目献，明珠自有真。
但念左哲言，弟子贵亲仁。
愿结桃李好，勿嫌姜桂辛。
持此赠先进，鄙情庶可申。

周自道墓铭

乔鹤仙（字笙渔）

麟岛东侧，汾流面列。
笃生夫子，道承王薛。
阐明圣教，羽翼程朱。
巍然灵光，与古为徒。
设教河汾，盈门桃李。
生不虚生，死不虚死。
诸子皆才，克振家声。
无方李方，难弟难兄。
毕生著述，正谊明道。
作为文章，挥翰杏藻。
孝式于家，义闻于乡。
经师人师，百世流芳。
龙岗之表，自有喆词。
见说下走，仿佛一二。
惭无健笔，撰作铭词。
虽曰不文，庶少愧辞。

赠李长春父子诗一首

乔笙渔

谨慎持门户，如君父子稀。
心知泾与渭，口绝是和非。
忍学张公艺，默同司马徽。
孤宗间高宁，豆乐晨昏。

示锜钟两儿

乔笙渔

家亡国破一身轻，寄食汾南岁十更。
噩耗无端传报纸，此生误我是虚名。

七律·哀孝原庙

乔笙渔

1945年春，东孝原庙被焚后，乔笙渔先生极为愤慨，曾在辛庄村赋诗以纪之。

嵋岗高峙孝原庙，修建距今九百年。
画栋飞甍穿碧落，回廊舞榭映汾川。
三村报赛排旗伞，四社迎神竞管弦。
一炬化成焦土样，灵光古殿有谁怜！

七绝五首

乔笙渔

明钟高础薛华碣，几度登临庙上观。
今日隔沟遥瞩望，火光四射西阳残。

枸杞成围作栋梁，柱擎酸枣不寻常。
千年古物都灰烬，无限游人空断肠！

沿村百姓正寻柴，捆载归来积满街。
废物何尝无用处，忍心烧毁太伤怀！

贴儿卖妇费艰辛，一度工成血溅身！
倘使倭奴重建筑，何来铁骑保吾民？

百仞高峰娘子关，雁门句注万重山。
金汤委去无人守，一庙毁存真等闲！

夜宿栖贤寺感怀并序
姚以价

辛亥九月，余首义狄村本营，光复太原，手刃巡抚。与吴寿卿、张敬与合兵攻北京，不料寿卿被刺，敬与大惧，即日称病辞职。大河以北与清兵抗者，只余一部分而已。当时清室以晋地距北京肘腋之间，遂用全力来攻，派曹锟第三镇及正定练军十营，蜂拥叩关。余仅带步兵四营及小钢炮十二尊，与之大战于雪花山，屡挫其锋。旋以子弹告罄，陷于不利，而吾晋人士群骇之，遂自首者自首，陷余者陷余，皆声明他是胁从强迫，祸由姚一人创出，以致晋局日坏。未几清帝退位，共和告成，一般自首陷余者，又在袁世凯前种种钻营，为虎作伥，拼命争权夺利。余耻与此辈为伍，遂出省漫游各处。庐山旅次，偶忆兴复时情状，不禁愤慨之极。援笔吟句，聊写抑郁，字句工拙，不暇计也。

清季政不纲，正人多远排。
令出诸亲贵，权移盛宣怀。
铁路收国有，措置已失策。
人民方苦诉，执之竟斩馘。
滥刑无辜民，四海沸日月，惨淡天地黑。
武汉一朝动鼙鼓，群龙不见现五色。
五色飘飘北向征，北廷依然号大清。
晋地处彼肘腋间，霹雳一起如雷声。
太原兴复形势示，提兵出关又连横。
麾下士卒只两千，对峙步炮三万兵。
兵家胜负本无定，矧我力单无接应。
战略首论牵制力，晋师虽却吴楚胜。
何况专制几千年，时髦济济悉汉奸。
有者闻风已远遁，有者骑墙两面看，
有者暗中透消息，有者献计想升官。
眼前障碍千万端，只身誓师与敌搏。
曾几何时清运终，一群浑浚来争功。
乃翁提戈首发难，尔等何曾一历戎。
九月八日拂晓战，手刃渠魁复省城。
汝辈稍知伤国事，当时就该一飞鸣。
事前首鼠两端行，事后狗苟且蝇营。
呜呼！君不见上官令尹谗且阿，
忠洁屈子沉湘波。
十二金牌朱仙镇，岳军终未渡黄河。
又不见犬嗥士皋献妾松，北齐朝士多姓和。
病马脓汁有人嗅，尝便夺溺算什么。
古今无耻之尤真实多，
他们只知富贵不知它。
余其奈此社会呵！
吁嗟，吁嗟，南无观音阿弥陀！

太平洋会议
樊廷檀

西欧战事几春秋，东亚又将空气收。
原议戎机格外息，反来军备暗中修。
美俄协调终成画，英日同盟难罢休。

寄语当枢莫醉梦，乌云满布使人愁。

太平洋会议
——和樊廷檀前作原韵
岳竹坪

会过春秋几百秋，如今欧亚祸难收。
战争南北何时息，礼让东西总未修。
英日宜防心叵测，美俄相助兵未休。
歧阳大蒐昭千载，勿使中华万户愁。

禹门
谢觉哉

黄河之水天上来，一掌堵住水成堆。
龙盘虎踞今安在？波峙峰流地亦哀。
公社发扬后稷业，人民赛过史迁才。
飞虹一道失奇险，秦晋相亲笑口开。

【注：谢觉哉（1884.4—1971.6），湖南人，"延安五老"之一，1960年5月1日视察河津时作此诗，时任中华人民共和国最高人民法院院长。】

感时事
赵栋

从来志气与云侔，家境贫困不自忧。
拱手高贤心且愿，折腰小吏我嫌羞。
宁为天下清身士，不作世间污体流。
立功绝夷班定远，他时一任靖神州。

愿入冬青诗社（外一首）
赵栋

冬青诗社醉醒公，气度从容李杜风。
自愧我生才碌碌，一心附骥教相通。

作诗

晚生素日慕为诗，恨少高人教我知。
今日幸逢醉伯日，眉扬气吐莫之迟。

古稀诗行
高知行

人生安分便逍遥，何必强行过阴桥。
赫赫有时忽寂寂，闲闲到底胜劳劳。
一心似水惟平好，万事如棋不着高。
王谢功名犹有恨，怎如颜子乐陶陶。

倭寇围村感赋
贺国栋

四月九日黄风烈，敌骑纵横我军绝。
忽听传令呼烧房，火焰殷红久不灭。
乌烟缭绕高入云，厦崩栋折四壁热。
曲突徙薪诚妙方，无乃人惊远攒穴。
日西蹀躞回到家，匆匆营救杯水缺。
亭榭顷刻皆成灰，玉石俱焚剩残铁。
噫嘻创业庭堂难，伤心泪洒尽成血！
安得茅舍三两间，容膝聊胜露宿啜。
蓬首垢面衣短辉，釜空灶冷对谁说！
黄埃匝地多萧条，回忆家产腹欲裂。
谁云劫数非人谋，抚髀狂呼几倒跌。
我为鱼肉人刀切，仇难共天势必雪。

游龙门即景
贺国栋

参差殿宇倚晴空，滚滚黄河望眼中。
群鹭乍飞明远水，扁舟欲去趁长风。
沿堤柳色千丝绿，隔岸桃花一岭红。

佳景游来偏易暮，归家月影已朦胧。

送决死队北上抗日
李尤白

"七七"事变后，山西人民在中国共产党的领导下，通过"牺牲救国同盟会"，纷纷组织决死队，抵抗日寇侵略。河津县在北关帝庙开过多次"欢送决死队赴前线杀敌大会"，当时我十三，正在城内第一高小读书。每次大会全校师生皆整队参加。这首诗是当时情况的纪实。

愤自鸦片役，列强欲我分。
东洋来海寇，饕餮赛野貐。
澎台甲午割，辽沈入血唇。
贪心未有厌，卢沟生烟尘。
妄图一举兵，使我永沉沦。
当道多民贼，闻敌丧胆魂。
见羊逞豺性，遇狼如羔豚。
吸血灌肥肠，临阵多溃遁。
更有无耻徒，投敌甘叛亲。
民族生死关，卫国唯人民。
河汾多健儿，吕麓出麒麟。
组成决死队，誓欲靖妖氛。
号召由牺盟，揭竿人如云。
父老携壶浆，临别勉儿孙。
宁为金玉碎，不作瓦全人。
民族须解放，祖国要革新。
怀死不可死，偷生命终殒。
灌溉自由花，勿吝碧血喷。
健儿慰父老，良言永铭心。

国仇不共戴，敌我难并存。
飞剑取敌头，射弹穿房囟。
消灭法西斯，铲除祸乱根。
语罢登雕鞍，跃马平型奔。
平型敌正狂，关山弥战垒。
秋高马如虎，义勇人绝伦。
旌旗耀日月，剑气风雷奋。
不久传捷报，会合八路军。
指挥唯赖党，运筹惊鬼神。
斩敌如刈禾，遍地尸横陈。
板垣是敌酋，仓皇仅免身。
此役军威震，中华大扬眉。
童稚闻此讯，舞蹈笑语频。
父老闻此讯，驰书庆殊勋。
更期踏三岛，饮马鸠湖滨。
长缨系昭和，声威天下闻。
雪我百年耻，整我河山新。
伫望凯旋日，共赏神州春！

谒薛文清公墓
李尤白

聚秀峰前草林新，文清懿行世同闻。
诗词澹荡尽珠玉，义理精严见性真。
决狱秉公号铁汉，直声震俗傲阉人。
衡文论学鉴风节，领袖河东冠群伦。

白虎岗
李尤白

不喜辽东喜虎将，将军雄风壮虎岗。
汾湾好鸟鸣翠柳，凤集河清胜大唐。

咏塔诗二首
杨肇卿

南阳村贞观塔

塔势孤高摩天宫，奋鸟竞飞影难平。
十级奇突迎汾漾，六角崚嶒方孤峰。
登临瞭望天下小，纡回悚动宇宙空。
堪叹唐人浮图在，矸烂千秋日月明。

冬日望游贞观塔

气派雄巍傲苍穹，冰寒凌厉远人行。
角出霄汉天河静，窗攒淑薰露泽通。
援拦俯视高飞鸟，盘磴虚忆斗牛宫。
玉碛苍颜寒光对，西风萧瑟运耳鸣。

2. 词

沁园春
高子仁

瑞雪连风，何处春来？直向南飘！看江山半壁，寒云漠漠，乾坤万里，逝水滔滔。满谷堆盐，漫天飞絮，顷刻平铺低与高。梅花好，愿打成一片，起舞妖娆。　　峨嵋自逞多娇，为粉饰尊容努坏腰。纵一身清白，不容磨灭，四时当积未免萧骚。义胜王骄，蔡州城下，汗马功劳不在雕。天晴了，喜红霞一缕，乍放今朝。

千秋岁
高子仁

他乡角黍，一见真如故。何况是，逢端午？村翁来有约，客舍谈无处；都醉了，任他自己光回去。　　不在诗人数，不知诗人苦。歌当笑，离骚赋，忠言成对立，国运为孤注。钱是胆，人民血汗从教赌！

碧牡丹·题尤白兄的《吕梁山的野牡丹》
胡苹秋

泪墨都难辨，诗句传深怨，花落流红，可似吕梁山畔？战归来，怜破巢雏燕，梦魂无尽凄恋！　　笔花绽，字字珠血贯，愁宵未禁追念，任是无凭，虚构堪肠断。我辈情种，同惜花心眼，姗姗隔帐能见。

东风润
墨遗萍

细思索，暮云已过，朝霞映山壑，东风润鳞趾，治山、降水、粮多，河津文化涌新波。　　细思索，移山有志，愚公愿挥戈。东风润凤岭，战天、斗地、欢乐，劳动人民齐振作。　　细思索，巧夺天工，细思索，巧夺天工，铁桥两头搁。东风润龙门，火车、汽车、穿梭，千年险境万代乐。　　细思索，一九二三，河津红一角。烈士遗志未没，邓国栋首传《国际歌》。

【河津好】调寄"忆江南"
李尤白

河津好，遍地是佳焉。三月桃花红烂漫，夏天麦浪泛金黄，嘉禾吐清香。

河津好，好是耿阳川。红蓼滩边惊落雁。白虎岗上柳含烟，好景总宜看。

河津好，帝青岛景妍，飞凤南翔在碧汉，吕梁北耸翠连天，点点渡头帆。

河津好，秋色数汾南。万株柿林和点点，南阳古塔映孤山，四野绽新棉。

河津好，汾北好冬天。西硙口前碳车滚，午芹峰下牧歌还，悦耳呈琴弦。

河津好，万古晋龙门。九曲黄河自天下，万年刀斧有遗疤，声浪古今闻。

河津好，世代出豪英，杰士通儒兼名将，周隋宁明尽蛮声，人杰地钟灵。

河津好，最好是如今。转换乾坤，看我辈，河山锦乡送人民，气概迈前人。

3. 古风

河津县歌
韩晋贤

序：作于民国廿六年（1937），原廿首，后乔老（乔鹤仙）改后增六首，可作河津人物地（理）的参考。

河津县，北界乡宁，西依韩城境，东连稷山，南万泉，荣河在西南。

龙门口，神禹凿开，山上盖楼台，三汲浪迴，波涛涌，平地一声雷。

白虎冈，百底春妍，将军威名壮，射雁滩湾，薛仁贵，三箭定天山。

飞凤岭，脉应孤山，北有麟冈伴，黄沙龙蟠，卜子墓，遥对聚德田。

紫金山，瀑布高悬，瓜涧又遮泉，桃杏盈阡，春三月，仿佛武陵源。

峨眉岭，高旷平原，文清表墓行，丰碑高耸，萃秀峰，夕阳晚照红。

疏属山，日映晴岚，汾亭建其巅，河渚毗连，文中子，鼓琴在此间。

傍通峪，永兴禅殿，王子讲道院，白牛溪边，唐将相，授业接薪传。

城堞高，周围砌砖，北边避水患，南曰临川，西拥翠，迎旭是东关。

莲花池，鱼跃清泉，西北接书院，县府东边，三贤祠，文庙紧相连。

人才多，经籍名传，邰氏出英贤，文学专科，卜子夏，设教在西河。

司马迁，生长龙门，《史记》著奇文，包罗古今，左丘明，史学第一人。
文中子，道接孔颜，献策谋治安，宏志未展，著《中说》，设教河汾间。
唐卢虔，生长清涧，韩愈与往还，卢陵比肩，注《孝经》，心印孔尼山。
薛仁贵，唐代名将，奉旨镇辽东，五世王封，孙薛平，挈土归朝廷。
王无功，隐居东皋，北山赋牢骚，节坚志超，饮斗酒，诗性方称豪。
薛慎言，智谋宏深，征东又西剿，建树丕勋，唐元宗，亲授大将军。
王子安，仲淹名孙，六岁善著文，交趾省亲，滕王阁，作序惊时人。
金李华，叔侄进士，爱国抱忠心，杀身成仁，光德川，墓前立石人。
南宋初，义士邵云，誓死不降金，明有赵辉，霸州道，坟在艳掌村。
文清公，故里平原，著有《读书录》，风行世间，子子孙，奉祀守家传。
畅一鹏，尉氏孤城，英烈著姓名，亮节清风，张宸极，父子显精忠。
满清朝，二百余春，乡贤任之琦，许岂能文，任绍爔，长沙著奇勋。
满清末，乡宦循良，吾邑推杜黄，里望知府，黄道台，贤名著汴梁。
论妇女，还有多人，迁女称贤媛，薛婢红线，柳英环，劝夫去从军。
我河津，水秀山清，汾水绕南城，人杰地灵，龙门县，天下最著名。

注：

《河津县歌》系韩晋贤先生生前留给任罗乐的手抄件，2013 年任罗乐断句标点后，首次在当年 7 月 12 日的《河津风采》刊出。

河津老城东门名曰"迎旭门"，西门名曰"拥翠门"，南门名曰"临川门"。

原文注："郤氏：郤豹、郤芮、郤缺、郤克、郤至、郤锜、郤縠。"

原文注："虔、陵，工部两尚书。"

原文注："二世讷、三世嵩、四世从、五世平。"

原文注："王无功，名绩，文中弟。"

原文注："薛慎言，名讷。"

原文注："王子安，名勃，初唐四杰之一。"

原文注："李华叔侄进士——侄李复亨，字仲修，宰相。"

原文注："赵辉，城内人。"

邵云，南宋河津西畅村人，镇守陕州，坚贞不屈，被金兵杀害。赵辉，明河津城内太和里人，驻守霸州，被敌攻破，从容就义。

原文注："文清公，名瑄，字德温，号敬轩，平原人。"

原文注："畅一鹏，畅村人，进士出身。"

畅一鹏，明尉氏知县，城破被缚，不屈而死。张宸极，明河津人，官至兵部左侍郎。

原文注："许昝，许家巷人，寓居泾阳，翰林。"

任之琦，清河津樊村人，官至庐凤道台，善政颇多，德高望重，辛祀乡贤。任绍爌，清河津樊村人，官至长沙知府，政绩显著，辛祀绵竹名宦。

原文注：杜黄，"杜友李，里望人；黄履中，西王人。二人均捐班。"

杜友李，官至清贵州黎平知府，钦加道衔，敬业爱民，孝友乐施。黄履中，官至清山东省运河兵备道，敬业爱民，有口皆碑。

原文注："迁女，司马迁女。薛婢红线，薛嵩的婢女。柳英环，仁贵妻。"

第三节　现代诗人作品选

1. 律诗、绝句

颂族翁
卫虎家

善敲醒世钟，易俗树贤风。
景仰孙文志，践行天下公。
遇逢人火急，息焰自囊空。
仗义济贫困，几人似卫翁？

莲池公园落成贺
卫金报

古邑莲池秀，神泉圣水鲜。
馨荣千百载，衰萎数旬年。
盛世春风沐，寒潭颓境迁。
西湖移耿地，养眼醉汾川。

题北城公园
马黄河

许是琼珠落耿城，山环楼绕气场宏。
青铜有志金鳞跃，碧水因缘蒲曲萦。
还赏时花还赏绿，也听鸟语也听笙。
晨昏最是风光好，径道人流似赶程。

九龙塔
王景生

九龙塔上九龙飞，一片祥云仙鹤归。
鲁日秦霞齐沐过，恰随新耿梦同辉。

文清阁
毛建民

喜仰文清阁，诗篇韵味长。
一园新气象，满目好风光。
碧水同心醉，莲花与梦香。
知行双合一，谈笑入瀛阁。

夜游北城公园（新声）
史文堂
入夜休闲向北城，秋风送爽荡心胸。
三三漫步华灯下，两两偎身曲座中。
潭水流光情脉脉，竹林印影月溶溶。
若将块垒托盘起，且看飞泉舞碧空。

北城公园
史佐君
绿茵花径绕亭台，雕塑喷泉迎客来。
娱乐休闲宜去处，醉人佳景四时陪。

抒怀
付永兴
凄风岁月渐成尘，绿锦河山每异新。
夜黑寒冬无暖日，蜡黄浮面恨加频。
肥豚满宴黍香远，高架飞桥尽相邻。
取次汉宫谁得比，扬鞭战马藉头人。

河津
冯雪芹
历载千秋为古耿，龙门胜地有遗篇。
子长史记九州颂，王勃诗文天下传。
麟岛登临山势远，禹津闲步石桥连。
回眸遍地梧桐树，怪得由来多圣贤。

九龙庙
冯德科
一路长阶云里纵，九龙山上隐神仙。
青松叠翠深无处，紫韵清幽别有天。
麟岛听风尘渐远，后宫望塔意流连。
登临几度寻方外，汾水秋波依似前。

中秋真武庙赏月
师惠民
凭眺吴刚闷月宫，为邻只恨缺桥虹。
中秋真武邀君宴，勿忘来时带桂琼。

白袍虓将应梦贤臣（藏头嵌诗）
吕俊安
白日遥遥岗下红，袍飘四海内飘衷。
虓谋保主辽东镇，将勇跨滩踪影薨。
应变三千去擒首，梦真点住一家戎。
贤征属域书无价，臣讷孩童两岁忠。

龙门禹庙赞
任罗乐
禹庙苍茫云雾中，冠山带水势豪雄。
辰星夜宿临思阁，飞鸟晓啼明德宫。
百里秦川舒望眼，千秋晋史一弯躬。
西河总仗龙门秀，日夜涛声颂禹功。

（刊《中华诗词》2004年第5期）

秋日登高（新韵）
任瑾瑶
叠翠吕梁谁洒金，沧桑百代有遗痕。
登高俯瞰河湾景，我乃题诗作画人。

踏青汾岸
刘增秀
啭燕鸣莺杜宇声，踏青一路步轻盈。
醉春人在朦胧道，柳絮杨花雪里行。

台头庙感赋（新韵）
许建国
寻踪汾雁声声唤，绽笑抬头阵阵欢。
古耿新城呈靓景，新姿古殿焕韶颜。
祈灵千次心方悟，遂愿一朝肚释然。
神景隆宽延画外，尘生浴德享华年。

赞柳英环
许稳珠
寒窑铨卓远，钦慕仰高颧。
傲骨冰肌志，看梅人梦圆。
英姿巾帼秀，烈女奉诚贤。
诰授芳名载，千秋史册传。

赞薛王府落成
孙文元
汾河湾里雁声声，歌唱平辽王府成。
碧瓦红砖呈异彩，飞檐斗拱显神功。
白袍三箭天山定，画戟千姿瀚海平。
父子三人皆将相，至今桑梓说征东。

莲池公园游
孙世忠
莲出津汾增彩章，花迎宾客送幽香。
池游鳞锦戏田叶，美景佳人共瑞光。

梯子崖（新韵）
杜民昌
鬼斧神凿峭壁悬，云梯更比蜀途艰。
千家福祉慈航渡，万乘天兵大禹搬。
北魏明君安社稷，中华烈士壮河山。
从来世上无难事，唯恐人心自不坚。

春望蓼滩
杜银功
蓼滩汾岸溯从前，数十年来一梦眠。
鬓绽霜花人已老，风光依旧艳阳天。

高庙
宋仲山
傍河庙宇数千年，起伏沙丘有紫烟。
尘暴狂时离砌远，洪流拍处绕宫前。
戏腔吼乱池中草，群鹤惊旋绿野天。
身在心疑仙景地，吟声高亢乐浑然。

颂河津
李正阳
天蓝地绿空飞燕，树茂果香花满坛。
古耿如今多变化，神仙怎不慕汾川。

题江山庙
李可正
如画江山隐翠微，庙悬绝壁脊巍巍。
风苏三界云烟净，碧落双峰草木肥。
眼里皆为天与地，心中哪有是和非？
遥襟甫畅长空远，纵笔情怀逸兴飞。

九龙公园
李麦香
九龙头上靓光华，桥榭亭台众口夸。
画栋雕梁联阅目，神冈妙塔笔生华。

黄河龙门游（新韵）
李伯延
巍巍峭耸禹门崖，浩浩千钧击荡峡。

旋浪兹兹惊鸟兽，飞雷滚滚映虹霞。
古来祥鲤龙门跳，世代英才科第达。
一跨飞桥天堑越，英魂玉魄可还家？

咏台头庙
李金龙

圣庙台头屹邑东，恢宏古朴古今崇。
虔诚信士纷纷至，得意祥云款款笼。
黄雀台前梳翼羽，素花亭后沐春风。
欣逢盛世添新色，抒志言情韵海中。

喜度重阳用元韵
和诗圣《九日蓝田崔氏庄》
杨五安

重阳今日倍心欢，伴友登高眼自宽。
秀拢茱萸山戴帽，香弥水果雾亲冠。
群峰不作窥边势，大海能消历晚寒。
莫道西巅无紫气，红霞映面细心看。

龙虎公路
杨时彦

黄河自古任西东，大禹神工导巨洪。
动地炮声悬壁倒，开天阔道喇叭隆。
财源茂盛风光好，虎路繁忙气势雄。
吞吐货车千万辆，蛟龙飞舞欲凌空。

唐将薛仁贵
吴会杰

汾晋多慷慨，龙门有骏良。
单弓赠并鸟，三箭定唐疆。
匹骑驰辽浪，怀绥象地昌。
虎岗回首远，雁塔话沧桑。

莲池公园
何金荣

莲池小艇荡涟漪，碧水横桥燕啄泥。
彩蝶花丛双戏蕊，长亭好友醉诗迷。

咏河津梯子崖
杨红科

一山一水一重天，阶陡崖悬恨不前。
绝顶流烟接蜀汉，岚峰放眼瞰秦川。
神如瑞景云中见，形似蟠龙壁上眠。
桂酒莲池邀客坐，半真半假半谪仙。

隆兴园牡丹
张克民

个体经营几度忙，寻闲买醉拜花王。
魏家艳丽均依紫，姚氏荣华尽着黄。
国色竟迷千里目，天香已过九回肠。
我看花朵花看我，莫问相思长不长。

河津
陈振民

禹凿龙门渡口开，鲤鱼争跃弄潮来。
而今幸已登麟岛，又向蓬瀛跨玉台。

高禖庙
武培仁

天锡祚座滨河脉，岸畔沙梁一鹤珠。
遏泽拦风终捍邑，玄奇妙象望神垆。

秋日游禹门口醉于船上
范青山

俨然两壁翠嶙峋，禹凿龙门斧迹真。

小舸争流浮曲栈，长虹横卧接西秦。
楼台入汉三千仞，诗酒观鱼九百巡。
今日放歌逢李白，驭风捉月见龙鳞。

赞《龙门诗报》
赵丙寅

雅士文人荟满堂，生机勃勃气昂扬。
挥毫滴沥成珠玉，首首诗词放艳光。

莲池公园落成感赋
赵吉民

一泓池水记乡愁，耿邑荷塘月色柔。
今日风光无限美，村翁亭下话春秋。

白虎岗（新韵）
赵志高

形如卧虎雄风在，壮士英魂绕古台。
洞内依然香火盛，岗前照样蓼花白。

黄河
段惠民

朝发冰川水一泓，夕观沧海掣长鲸。
曾经壶口留悬念，又渡龙门诉激情。
两岸青山拦不住，满腔浩气吐难平。
英雄本色淘还在，锦绣中华万里程。

隆兴园赏牡丹（通韵）
侯关海

槐月隆兴国卉荣，携朋买醉赏春红。
万株滴露娇颜绽，十垄散香诗意浓。
富态丰姿云锦彩，雍容倩影冠王风。
归来梦里兴难尽，不慕洛城花邑行。

攀登江山庙有感（通韵）
侯振发

岂服耆年老，披衫勇向前。
土丘连石壁，举步踏冈峦。
眼见悬空颤，心惊豹胆寒。
江山来不易，惩腐斩凶顽。

河津美
侯博辉

华晋西南禹殿闱，富饶景美地形威。
吕梁虎岗高峰秀，汾水黄河大鲤肥。
蔬果粮棉优胜产，煤硫铁铝甲崔巍。
坦途横纵车轮滚，决战小康争作为。

九龙庙会（新韵）
原艺文

又是春来三月三，观光喜上九龙山。
青烟万缕亭檐绕，祝语千声楼角喧。
掐指卜人推仔细，开颜女子想当然。
好奇当是柏姿俏，一树红花万载妍。

癸巳九日登九龙塔
原德彦

新耿地标添锦花，登高骋目望无涯。
形如巨笔任挥洒，顿使西山布彩霞。

提水工程
柴昌明

天险龙门舞巨龙，挺胸张口水喷虹。
潺潺玉液千行惠，漫漫金涛万顷蓬。
着意丰登新稷耿，随心净化鹳原空。
山青树绿催人奋，潇洒风流万里鸿。

红旗漫卷思先烈
柴建丰

烽火燎原古耿天，救亡抗日遍汾川。
一腔碧血为谁洒，几许韶华替国捐。
据点明围拼敌寇，青纱夜伏扫凶鸢。
红旗漫卷思先烈，民族复兴齐奋鞭。

麟岛英姿
柴建民

青砖绿瓦垒奇峰，松柏垂阴挺宇中。
座座阁楼争艳态，尊尊佛像竞姿容。
南观无际方田地，北眺千林云气龙。
何以秀出麟岛景，从来古耿毓精英。

游新建莲池公园（新韵）
高降泽

邀朋约友赏新园，疑是梦柯西子边。
廊榭琼楼浮碧水，轻舟雪浪荡波环。
铺银玉镜游人醉，通雅虹桥白鹭旋。
三化风光羞皓月，吟莲怡景赛江南

城区新貌
韩向荣

路绕村边一线穿，九龙白虎景相连。
楼新巷阔庄庄美，曲折河滩万亩田。

登黄河梯子崖有感（新韵）
薛元太

烟浮松径太华晴，脚下黄河送啸风。
踏破芒鞋临险处，骋心怡荡翠云迎。

颂河汾治理（新韵）
薛英才

耿地愚公巧酿春，潇潇花雨水流馨。
经年水保丰功赫，直让漓江逊几分。

赏五月新荷（新声）
薛振堂

半掩晨阳五月天，邀云映水翠枝鲜。
深藏柔露尖尖角，涉世喧妍嫩嫩莲。
镜里圆盘迎日喜，风中伞叶戏蜻欢。
绰约俊俏芙蓉影，景好方知对夏娴。

重阳登疏属步元韵
和诗圣《九日蓝田崔氏庄》
薛德虎

寻悠疏属耿天宽，引路嘤蜂绕步欢。
汾水悠悠飘玉带，孤峰隐隐戴云冠。
无边岚气赏红叶，一缕菊香湮嫩寒。
遮日浮尘风扫净，夕阳妩媚惹人看。

游江山庙（新韵）
薛毅斌

江山庙上阅江山，诗煮江山韵胜牵。
须信巅峰皆好景，由来峭秀笼奇观。
时光不度利名盛，丘壑长函天地宽。
骋目无拘达忘迹，棋枰任我心不拴。

怀念邓国栋
魏文生

血肉泽山川，精神万古传。
龙城携火种，耿邑铸新篇。
谶问横眉冷，疏才俯首佃。

初心垂不朽，勋业在凌烟。

观莲池公园
魏向民
莲池桥上看荷塘，游客湖中争划桨。
鱼囤水波冲朵朵，玉栏亭阁映春光。

2. 排律

我的生态河津梦（排律）
马黄河
瑞梦至初晨，龙门景愈新。
吕梁飘玉带，汾水数金鳞。
辰地千珍育，西滩万鸟巡。
春游飞蝶伴，夏暑碧波氲。
厂企园林化，田畴农药泯。
排污村有序，植被绿如茵。
市易无欺叟，车行不染尘。
丹丘黎庶乐，陶令也来频。

九龙盛会（排律）
吕俊安
百仞岗头麟卧岛，黑河威震盛名高。
暮春三月三掀会，秋后重阳重涌潮。
北引吕梁遐客绕，南招县市贡香烧。
日前宿殿争排队，夜半鸣鞭竟破霄。
远看轻烟松柏隐，近听蒲剧旦生嘹。
贾吆商串拥三里，幕罩游人兴未消。

禹凿龙门颂（排律）
任罗乐
文明华夏五千年，大禹英名天下传。
佐舜竭忠匡社稷，为民沥血治山川。
安营扎寨禹王洞，食宿栖身吕岳巅。
河道西开方向错，大军南下凿功连。
焚林引火悬崖碎，灌水成冰峭壁穿。
挥石磨岩疏谷道，驾橇运土辟农田。
宏猷睿智梳头启，疏塞拦洪伏水篇。
三过家门而不入，久经风险以弥坚。
辛劳治水十三载，拼搏牵龙整四年。
夏冒暑炎迎烈日，冬披风雪驾冰船。
一身嶙骨腿枯瘦，双手伤痕血洒涟。
大禹神工传海宇，九天王母系尘缘。
米汤庵下民工乐，铜鼎锅中琼液鲜。
禹凿龙门天壮阔，河归渤海国安然。
鲤鱼奋勇跃龙阙，黎庶欢欣耕垄阡。
顶礼焚香朝圣庙，感恩戴德敬前贤。
千秋禹绩无双比，万仞龙门凌九天。
华耀河津铺锦绣，乘龙逐梦续宏编。

河津咏（排律）
李伯廷
誉冠河东里，蜚声与日长。
地灵人杰处，蕴厚物丰方。
王勃韵犹绕，司马功益扬。
寒窑名震海，真武火生祥。
禹扼滔天水，贵平枭厥猖。
梯崖神劈斧，禖庙客求郎。
滚滚龙门渡，轰轰锦鲤乡。
斯民多智勇，万古载华章。

▲龙门广场

▲北城公园

▲九龙公园

▲莲池公园

3. 词

曲玉管·禹门口抒怀
马黄河

拔地危峰,凌空怒水,登临是处多耽味。斫迹潮痕斑驳,青史丰碑。叹神奇。漫漫怀襄,凄凄颠沛,禹王大义扶披靡。露宿风餐,手足何顾胼胝。始逶迤。　　小小凡鳞,踏飞浪,宏门相对,纵身一跃成龙,精神万类攀跻。慕英姿。这山河灵秀,四带人文崇荟,震凝华夏,激荡春秋,好个方畿!

永遇乐·国庆假日禹门口感怀
毛江民

壶口涛喧,石门峰窄,黄浪如注。禹渡山河,风轻日暖,历历舒烟树。地分秦晋,人无老少,两岸绿来红赴。上高台,凭栏掠影,暮云唉雁沙渚。　　河东故地,长安游旅,一路风光无数。虎岗秋霜,灞桥春柳,谈笑华年去。纵生愁绪,也将入酒,化作诗歌词赋。情怀在,星空万里,月明处处。

沁园春·西山感怀(新声)
史文堂

一键开屏,上下千年,万古是瞻。阅春秋子夏,名留史册;唐朝仁贵,箭定天山。鱼跃龙门,凤栖峻岭,穿越时空犹梦间。幽悠处,赋几行雁字,抖露窗前。　　思君偏向台端,昼夜不分兮何惧难。望西陲煤海,晋南富市;亚东中铝,郭北峰峦。今日何从,指直河汉,津邑人民永率先。春光美,眼前多坦荡,如履平川。

行香子·台头庙
吕俊安

神塑高台,龙首威抬。列三庙,飞虎周开。女娲圣母,少昊灵侪。敬中为天,左为地,右为财。　　四村募葺,三省香排。虔祈祷、赐福消灾。子忠女孝,早背穷垓。愿善常行,德常在,客常来。

忆江南·夕阳好（新韵）
——敬赠河津市老年书画研究会

任罗乐

夕阳好，红彻半边天。笔走龙蛇腾盛世，画飞莺燕咏新篇。豪气赛当年。

（刊于2013年12月《中国老年》总第440期）

渡江云·薛仁贵寒窑怀古

李可正

将星栖虎岭，凝心励志，何惧土窑寒？习文修武道，耕读传家，射雁在汾湾。扶危济困，力扛鼎，大义擎天。辞故里，弯弓挥戟，披甲赴边关。　　经年。银袍白马，画戟雕弓，应梦贤臣现。征辽东，名扬漠北，箭定天山。将军百战神威永，逐强虏，一往无前。匡社稷，全凭赤胆忠肝。

摸鱼儿·船窝

吴会杰

望关河，昆仑来水，奔腾万里如卷。九弓河套难为锁，壶口矶坑珠满。魂魄散。唯满目，黄涛跌宕山横断。几回梦遍。石门复平川，飞歌轻棹，直达长安县。　　天成就，叠嶂丛中独见。平流千顷波缓。戏楼蒲调缠山响，亭馆酒浓帘半。星斗乱。崖梯矗，马灯明灭骡铃颤。乌金木炭。晓明发龙门，惊舟压雪，风景过如箭。

念奴娇·颂河津地标性雕塑"黄河风"（新韵）

侯振发

汽车客站，矗高标风范，澳朋伸拇。气势恢宏争赏睹，亦水亦云鸣舞，旋转叠加，凌空而上，靓丽娱心目，霞光明媚，画图情景交互。　　古耿欲驾长风，黄河慈母，乳哺名城著，开放改革足劲拓，高地河津疾步，品位提升，万民激奋，行舸齐摇橹。中央全会，论民增祉开幕。

沁园春·古今河津涌人才

柴昌明

鱼跃龙门，天下闻名，胜景绝伦。历春秋立耿，儒传卜子，秦颁皮氏，宋改河津。礼纳平西，谈迁资史，绩勃王通点绛唇。逢开放，刷亿元村貌，改革丰碑。　　品牌文化升温，启铝电煤焦聚宝盆。辟节能技改，频增利税。减排环保，跨越精神。吟友刊登，河津风貌，四海飞鸿集志仁。襄盛举，谱和谐特色，魅力长春。

鹧鸪天·战神仁贵
薛德虎

不尽岚风扑面来，寒窑虎岭砥英才。四旬烽路关山越，一袭银袍社稷裁。
唐室柱，将军台。李花绚丽映君开。仁心燃旺亲民火，贵节熏香忠烈怀。

凤凰台上忆吹箫·登游（新韵）
薛毅斌

〔辛丑夏末，独游九龙公园，攀坡而上，闲适于亭廊曲栏之间，徜徉在绿树花草之荫。忘我而远离嚣尘，稍歇之，烦事渐褪，意惬然，填长短句以记。〕

步步连廊，层层红萼，浓荫处处生烟。看客游游客，两两三三。顾望沟沟壑壑，嚣去远，静境偷闲。俗心歇，停停走走，天事不关。　　临高，翠台凌汉，有玉塔亭亭，流水潺潺。赏舞蝶蝶舞，拊拍回栏。兴致舒舒爽爽，空洒洒，好惹诗粘。悠悠也！池鱼引我，自在泊然。

4. 曲

【中吕·十二月过尧民歌】小关菜市夜批发
吕俊安

山重重车车涌涛，闹腾腾夜夜掀潮。黑隆隆通城路响，晃悠悠庞物船摇。急匆匆心焦火燎，插空空东问西瞧。

（幺）翠嫩嫩绿芹白菜四青苗，香喷喷红果黄梨、大仙桃。价饶饶菜农甜口语唠叨，笑盈盈小贩还低压分毫。成也么交,成也么交,震①朦朦繁星陪货消,寻忙忙场净临停闹。

注：① 震：八卦中指东方。

套曲【正宫九转货郎儿】秋游江山庙（通韵）
薛毅斌

【一转货郎儿】赶云脚去寻春步，攀峰腰招迎旭曙，凌风驻步对天衢。铺太白韵，展道元图，无边的胜景撩心我复读！

【二转货郎儿】八百里吕梁谁点翠，万千种遐思诗济美。把这无边的远志意作陪。舒望眼灿灿黄河玉带围，萋萋绿野碧妆肥，令人陶醉，裁剪些锦绣肝肠初放飞。

【三转货郎儿】此处好当有仙人走秀，今时到愿同少年煮酒，只将惬意买歌喉。这不大神仙洞,没有世嚣忧。尘外真人,道门逸叟。对弈一枰,输赢厄守,自古棋局谁擘手?

【四转货郎儿】设棋局百年谁控?观棋局百年不懂,人间纷扰是俗声。恍然入梦,豁然离梦,烂柯人去留空境。自由宁,乐平成,繁华过耳当清净。切莫入世太深难自醒,灯照外形,修转内慧通川隐晦明。

【五转货郎儿】凭栏吟流云杳漫,极目望乱思涌澜,嗟嘻!金飞玉走见秋晚。霜叶飘丹,桂花悄残,遥知渊明对菊消酒闲,鏖舟藏,见性端。满目秋容,南阮轻浓淡。挤对西风追梦,芳襟展、意气轩,平心无贰好捐迁,情似鸢飞戾汉逐去雁,寄远托打点盘缠,越过阳关垦赡田。

【六转货郎儿】悬江山玉皇安何在?空名利、时人还拃摆!殚思竭虑做安排。泥胎土偶争朝拜。不作糊涂,不可明白,自然安泰,居物外,见性真,轻装不超载,坦襟中自出精彩。(幺篇)直心莫猜,达情等待,不可爽歪,否则埋汰,做个萌呆,不自嗨,再出彩。哇!激情豪迈,敛静安然听万籁!

【七转货郎儿】穿小路联通觉道,把长卷可阅画稿。我行峰顶我弥高,心凌云际心明照。寂寞超尘,烟霞岗岭缭,松盖雏鸣佼,岁月轻华俏。美了!醉了!这邈邈山林赏意撩。

【八转货郎儿】凌此顶不羡名山方岳,矗此地已知胜境庙阁。赏神龟负庙凤鸣珂,景明宜放歌,放歌!站东坡,看,双狮对面如佛,群猴归山相喏。忘不归也么哥,忘不归也么哥,宜诗宜赋宜飞鹧鸪歌。岩呈五色,云近村远柏婆娑,四时不隔,不隔!情不过,山花野果馞馞,波影天光烁烁,爽心了也么哥,爽心了也么哥,思追鸿雁随天阔,诗绽芙蓉对镜搓。

【九转货郎儿】上山早志心好奇访仙迹,下山迟归程难寻来路梯。景佳总在险峰起,最励人超越鏊岭好登极,最激人此身卓上须趁时。最赢人打拼生活作脚子,最达人达生远度没极致。人生多旅羁,云路无捷梯。唯只实地脚风疾,自强不停息。登山不看过程计,知山未若知吾志,寄情山水随心继。手机留照自熙怡,嗟乎!风景过眸是掇醒!

5. 赋

河津赋

任罗乐

锦绣河津,古耿龙门,历史悠久,文脉绵亘。黄汾交汇,女娲氏抟土作人,化生母亲河畔;表里河山,燧人氏钻木取火,发祥吕梁山巅。炎黄植根,播五千年文明于斯地;尧舜肇基,赐五百里甸服①泽汾川。禹凿龙门,夏祖疏浚之功,于此为大;商都耿地,中宗②迁邦之举,福祉绵延。方国林立,皮氏一枝独秀;九州沧海,冀地堪为桑田。冀、耿、韩三国归晋，五霸握春秋之枢柄；韩、赵、魏三分晋地，七雄呼战国之云烟。魏邑封疆，西秦略岸，一统中国，始置郡县。忆秦皇皮氏，新莽延平，北魏龙门，大宋河津；喜和谐盛世，撤县设市，古耿龙门，改换新颜。五千年悠久历史，可谓流长，可谓源远；数百代文明古都，堪称圣地，堪称摇篮。

赞我河津，胜景如林，风水宝地，五彩缤纷。惊禹门叠浪，吕岳重峦，汾水秋波，凤岭春妍；叹龙门天堑，九桥飞架③，空谷惊雷，飞阁流丹。卜子夏墓祠，青松披翠，彰显西河业绩；司马迁故里，黄沙盖墓，深藏千古谜团。白虎冈头，卧虎雄踞，伴守薛仁贵故居；汾河湾里，雁塔高耸，历览古龙门变迁。旧寒窑栉风沐雨，柳氏床灶犹存；白袍洞钟灵毓秀，虢将箭戟未残。名胜各具特色，庙宇别开生面。元代瑰宝，后土祠、台头庙，尽显风采；明代台榭，琉璃宫、吕仙阁，堪壮观瞻。高禖庙雄秀神奇，仰娲皇威灵，宝珠避风、沙、水害；九龙头巍峨迤逦，惟麟岛拔群，真武震黑河狂澜。四大八景④，星罗棋布，三朝宝塔⑤，镇风凌汉。更有九龙公园，景致如画，龙门广场，歌舞翩跹。眺望莲池，紫阁巍巍，北城绿苑，碧水潺潺。满园春色关不住，万千红杏出城垣。六百里锦绣汾川，真乃物华，真乃天宝；几多处青山秀水，足为胜景，足为壮观。

颂我河津，辈出英贤，人文荟萃，群星璀璨。郤缺夫妇，相敬如宾，聚德田⑥千古美谈，冀亭丰碑永志；一代宗师，西河设教，两千年教泽长流，卜门李艳桃繁。迁生龙门，耕牧河山之阳；名冠史圣，秉笔史海文苑。一部奇书，究天人之际，通古今之变，成一家之言。满腔血泪，凝史家之绝唱，无韵之离骚，传世之宏编。六朝八宰⑦，千秋景仰；三王二薛⑧，世代尊瞻。大儒王通，设教龙门，贞观股肱之臣，皆出其门墙；初唐四杰，王勃居首，一篇《滕王阁序》，成千古佳篇。大唐元勋薛仁贵，一戟安社稷，三箭定天山，满门忠勇薛家将，尽将热血荐轩辕。明廷贤宰，史赞薛瑄。廉以律己，气节与声威并重；忠以报国，勤政与爱民齐肩。立文清书院，教衍长泽鸿儒里；创河东学派，理经世业得真传。王无功、王胜之之博洽，薛宰执、邵将军之果敢，李君美、赵黄如之节义，侯鹤龄、张宸极之清廉，薛季昶、畅文通之伉直，李参政、任仲暄之诚虔，家珍历历可数，英俊启后承前⑨。诚如爱国名将董其武，文韬武略，义炳云天；革命先烈邓国栋，点燃火种，烈焰燎原。谁谓人弗杰，津邑尽高贤。江山代有才人出，伟业千秋薪火传。

夸我河津，舜日尧天，政善风清，市富民安。四七年翻身解放，人民当家做主；四十载改革开放，乾坤覆地翻天。乘改革春风，联产承包，农税豁免，庶民扬眉吐气；奏小康新曲，百业兴隆，经济腾飞，民企一马当先。名企集群，砥柱商海中流，铸就"河津现象"；英才荟萃，高扬发展风帆，谱成时代鸿篇。民风质直，急公好义，争强好胜，勇为人先。慷慨解囊，扶贫济困，尊师重教，敬老倡廉。历届市委、市府，关注民生，励精图治；各级人民公仆，勤勉敬业，一往无前。欣逢盛世，国光蔚起，天时地利人和；

仰依良谋，大业中兴，津市左右逢源。

壮哉河津，特色鲜艳，美哉河津，前程灿烂。鲤鱼跳龙门，凝聚河津精神，蜚声久远；三晋如宾乡[10]，承载河东文明，广为流传。花鼓转灯，名扬东瀛欧美；琉璃工艺，誉满京华宫观。连伯韭菜之青脆，樊村胡卜之香辣，闻名遐迩；金粟酥糖之甘甜，寺庄豆腐之白嫩，盛誉空前。更兼特色文化，争奇斗艳，文脉恒昌，气象万千。锦绣家园，春光潋滟，前景辉煌，如日中天。赤子情思，溢涌笔端，寄语桑梓，翘首以盼。

春风浩荡正扬帆，锦绣征程奏凯旋。

遍地英雄齐踊跃，河津一步一层天！

（刊载于2013年第6期《中华辞赋》，2011年7月1日《山西农民报》，2013年2月2日《三晋都市报》，2010年1月12日《运城日报》，2010年《河津年鉴》，入编《历代诗人咏河津》。）

注：

① 甸服：封建王国都城郊外称甸，王畿之外称服，千里之内叫甸服，距王城五百里，河津历唐、虞、夏皆为甸服。

② 中宗：商王祖乙，又称中宗祖乙。

③ 九桥飞架：新钢桁铁路桥、新高层小半径引桥、旧钢桁铁路桥、旧高层小半径引桥、悬索公路桥、双曲拱桥、侯禹高速公路龙门黄河大桥、108国道禹门口黄河公路桥、浩吉铁路龙门黄河大桥，九桥飞架于河津龙门，蔚为华夏壮观。

④ 四大八景：河津八景、龙门八景、麟岛八景、午芹八景。

⑤ 三朝宝塔：唐代苍底汾阴塔、宋代康家庄镇风塔、清代修村射雁塔。

⑥ 聚德田：冀国都城冀亭附近，有郤缺锄田之处称"聚德田"，明代碑铭尚存。

⑦ 六朝八宰：春秋晋国、唐、后蜀、宋、金、明六个朝代的八位河津籍宰相：郤缺、郤克、薛讷、毋昭裔、王曙、李华、李复亨、薛瑄。

⑧ 三王二薛：王通、王绩、王勃；薛仁贵、薛瑄。

⑨ 王无功（即王绩，字无功），薛宰执（即薛讷），邵将军（即邵云），李参政（即李复亨）等12人，均为河津历史名人，见清光绪五年《河津县志》。

⑩ 如宾乡：春秋以后"如宾乡"为河津代称。

河津中学百年赋

李建录

盛哉河津,禹凿龙门。山河壮丽,历史悠长。外览山水之秀,内得人文之胜。物华天宝,地灵人杰。有联赞曰:"莫谓人弗杰,周卜子、汉马迁、隋传仲淹、明表敬轩,那几家硕士高贤,洵足接千秋道统;漫言地不灵,东虎冈、西龙门、南来飞凤、北迎卧麟,这一带山清水秀,亦堪壮三晋观瞻。"

"问渠那得清如许?为有源头活水来。"抚今追昔,文气勃勃弥河汾,教泽绵绵贯古今。崇文重教,泽被后世;知书向学,蔚然成风;鱼跃龙门,华耀河津!

仰观九龙头上,苍松翠柏,晴岚微熏,紫韵清幽;俯瞰龙岗之阳,屋宇叠叠,绿草茵茵,书声琅琅。此乃百年学堂——河津中学也!

昔,夏有校,殷有庠,周有序。至春秋,孔子设席讲学,有教无类——学而不厌,诲人不倦;迨子夏莅晋传儒,"西河设教"——"博学而笃志,切问而近思";又千余年,"文中子""河汾设教",聚徒授经——名师门下,人才盛出;再八百余年,"文清公"绛帐"南书院",传道授业,耳提面命——树立"河东学派",奠基"关中子学"。

时移世易,春秋暗换。上世纪初,科举废弛,西风东渐;超越古往,兴学育人。岁在庚申,创始开新,河津中学,应运而生。初始"台头庙"堂,习"四书五经",启民智,振纲立纪;继之"城隍庙"院,融"中西合璧",设新学,别开生面。自此以降,"西河桃李",子弟向学,涉猎八荒,如琢如磨……

观乎河津中学,滥觞于教育救国澎湃呐喊声中。学生米则兰,救亡图存,声援"沪案",奔走呼号,携笔请缨,伸张正义,身陷囹圄;教贤严慎修,心忧天下,胸怀民生,上下求索,肩担使命,传承星火,创办"职中"。新中国成立之初,河中师生露宿餐风"葫芦滩",耕种"学田",涉水历险;筚路蓝缕"西校园",搬砖运瓦,勤工俭学。

幸哉!河津中学!洞穿城环,沟通西东。群贤毕至,名师荟萃。临河汾而濯心,仰麟岛而肃志。教师安于三尺讲台,甘守一方净土。不求扬才露己,但求培华毓英。敬业爱岗,严谨笃学,埋头耕耘,育人为乐。学生陋室焚膏继晷,不废冬夏阴晴。何惧风雨阻隔,不免夜阑秉烛。专心致志,如饥似渴,刻苦学习,奋发图强。敦教重学,躬逢其盛。

聆听郭、任、王[①],数理化解析,铿锵有力,洗练精准;领略陈、田、李[②],史地外剖析,纵横捭阖,融贯中西;涵泳吉、谢、郝[③],文学缕析,旁征博引,追古论今。老师侃侃而谈,娓娓道来,信手拈得,意趣横生;学生如饮醇醪,如沐春风,醍醐灌顶,尽情享受。上下古今一治,东西学艺攸同。教学相长,其乐融融。浅吟低唱,园丁识升平之远;书声琅琅,学子怀报国之心。一九六四,"三县四校"运动会,获杯夺冠，名扬遐迩；一九六五，八班一届，高中考试录取率，名列前茅，声震晋南。滋兰树蕙，独出冠时；寓教于乐，于斯为盛！

忍顾十年动乱，风雨如磐，万马齐喑究可哀；喜看三中全会，河山重整，杏坛复兴奏欢歌。恢复高考，莘莘学子入庠序；拨乱反正，拳拳赤心向杏坛。改革开放催鼙鼓，直挂云帆又一程。晨曦载曜，登书山学径；落霞流萤，携教学相长。春华秋实，泽一方百姓；历久弥新，铸名校流芳。寒门小子，修学储能；甲第魁科，为数群冠。千仞高足，行于脚下；万端俊彦，感念师长。道德与学问并重，理想与实践统一。北大才女王玉梅，服务广东高科，评标专家；清华骄子周永杰，效力华为集团，担当重任……

进入新时代，河津中学楼寓相接，簧宇巍然，东来紫气，西接瑞峰。选贤任能，校兴可期。新任校长柴效荣，心系杏坛育桃李，痴心教育写春秋。"博学而笃志，切问而近思"，重申古校训；"知常而明变，守正而出新"，宣示新理念。卓越求发展，校史续华章；高标冠河东，跻身前三强。层楼更上，居高声远；含华吐蕊，霁月光风。铸人种玉，英才辈出；兰薰桂馥，金声玉润。经世致用，政坛有栋梁，学界出精英；俊彦缤纷，桃李遍天下，雄才跨五洲。数风流人物还看"新河中"！

韶华似水，岁月流金。一百年沧桑兮，教坛翘楚；四万名学子兮，放飞梦想。一百年光阴流转，岁月如歌；一百年弦歌不辍，薪火相传。一百年栉风沐雨，春华秋实；一百年鉴往知来，共铸辉煌。

壮哉！河津中学！百年风雨报国路，无愧时代；逐梦扬帆再起航，不负韶华。

巍巍乎，古耿龙门地，人文胜他邑。吾乡重文教，翰墨长飘香；薪火接长梯，华夏争荣光。

古语云："三月桃花，鲤鱼跳龙门，点化成龙。"风水宝地也！

管仲曰："十年树木，百年树人。"万世名言也！

纸短情长。方寸之纸，难赋百年风流；咫尺之笔，何穷一校春秋。吾，河中一学子，修学于斯，成长于斯，心系于斯。进入新时代，深感幸福，际遇和谐。百年校庆，感同身受，思之所触，情之所动，笔之所行，而后赋成！

附记： 1920年，河津县第一所中学成立，属省教育厅津贴制中学，校长姚用中，校址台头庙。1925年被迫关闭，后由河津教育界名贤严慎修收容失学学生，在太原晋祠办起志勤职业中学。1946年7月重新在城隍庙恢复河津中学，1951年改为河津工读中学。1952年9月，经省教育厅批准改为山西省立河津中学，时任校长高知行。

（载于2020年9月10日《运城日报》）

注：
① 郭熙群教数学，任尊伍教物理，王德忠教化学。
② 陈修栋教历史，田世英教地理，李邦权教外语。
③ 吉光三、谢殿斌、郝文喜，高初中语文教师。
以上皆为当时知名度较高的任课教师。

美丽西硙赋

范青山

夫至高者苍天，至厚者黄土，而今至美者乡村。兴观新貌，把酒临风，不由而赋：可歌兮栉风沐雨，可贵兮同甘共苦。

西硙村襟山带水，控冲引源，素有津邑"北门锁钥"之称。巍巍吕梁，乃民之脊骨；潺潺遮马，乃民之血脉；滔滔黄河，乃民之性格。斯处有青石峡佛崖之画壁旧址；关圣出征之"上马台"遗址；刘曜平叛立帝之"赤壁"史址；喇嘛释梵之石壁；石门内磨金筛玉之传说；滴水崖飞珠流翠之景观；跌山荡河之千年小曲；更有隋仲淹、金遁庵、明敬轩等文人墨客游历之诗述。

西硙以巍峨之形胜而得名，自北齐镇硙设堡之时起，亦近一千五百年历史。天变，道亦变；政通，人则和。解放七十余年，更2005年12月15日，值得记载，是自村委会实施《选举法》以来，真正首次民选，群情激奋而推波远，鼓舞人心以撼山川。从此，上下同心而合风雷，村容变化与日俱新。尤以21世纪近十春以来，乘新农村建设之东风，业立百年之功也！

近民之政，近乎爱物。村因和而立，因和而兴。村换新容，人焕新容；村亦精神，人更精神。小院安详兮鸡犬相闻，幽巷沐柳兮樱花成行。茅厕改造，沼气变宝气；水库增容，清泉乃福泉；大街小巷，全面"三化"，景树花坛，鳞次栉比，进村如进花园；华灯衔珠，喷泉吐玉，进巷如进天街。公益两堂，南北相映，宽敞而便民；小区楼高，林立挺拔，粉面而秀丽；楼台亭榭，霁霞映岚；丝管曲觞，飞花激湍；三和、飞龙、步云，三阁并翔，实可倚紫阁、接青云，把北斗而看龙门之变；眺汉关、揽秦月，挽西河而启硙石之灵。大道煌煌，通康庄以腾龙；广场昭昭，踏歌舞而起凤；荒坡变林带，污水沟变游乐园，斯景布局和谐，具城市气韵。真是观有胜迹，游有艺园，栖身有楼厦，健身有器材。居民取暖，以电代煤，环保而节能；更窗换牖，保暖而通明。高标准幼儿园及小学，让幼有所育、学有所教；日间照料中心使老有所依、食有所托；社区卫生服务站教康有所问、病有所医，乡里无不称赞！

村社之兴，教育为本。教学楼雄踞邑北，连吕梁之势，迎龙门之气；占山水而钟其灵，接天地而发其英；更有达士慷慨襄助，振铎兴庠。喜梓楠其质，豫章其干，秀木成林，必撑广厦也！

美丽乡村之建设，魄力之大，气势之宏，可见其高瞻远瞩矣！欣观新景兮鸟语花香，追溯初兴兮举步维艰，深思创业兮继古开今。嗟夫！大德不仕，著书立说；匹夫有志，气壮山河；唯德者为政，造福一方！范相有先忧后乐之心，而余空怀先乐后忧之虞。噫！微斯人，与吾谁同？

（载 2021 年 9 月 14 日《河津风采》）

万和赋

原艺文

揽汾川之和气，秉耿地之遗风，铸鼎萧以明盛世，修芳园以享太平。大功告，众美成。讶天赐，叹神功。诵嘉名以烟霞四射，悟之味即点蕙绽英。于是心为之摇旌，情为之动容，笔为之淋漓，神为之纵横。

我咏万和，万类争荣；我赞万和，万里升平；我感万和，万般如意；我喜万和，万户丰盈。万和者，与时相照，等盛唐再现；与治相印，恰尧舜重生；与故国相邀，正复兴在望；与时人相濡，乃洪福以生。君不见闾阎扑地，鼎食钟鸣之富户；老少乐天，欢歌快舞以倾城。夫妻和，麦河涌；婆媳和，举家宁；妯娌和，昆仲敬；邻里和，古意浓；举邑和，如荡春风。和以为贵，千门之题额，亿万之钟情。

和者，中华文化之精粹，故里圣贤之所宗。赐子牵红，高禖生民之祖；凿山平水，大禹拯世英雄。命大夫之故事，夫妻相敬；王文中之中说，华夏以崇。卜商设教，培桃树李育贤士；仁贵事国，西讨东征慰苍生。王东皋诗酒故园，乐天知命；薛文清清廉邦国，理学成名。更才子王勃，初唐称杰，浩然一序千古惊。美哉诸功诸业，善矣其德其行。良风一脉，永锡后生。

和者，四时之瑞气，尺也之精灵，千年之达道，万众之至情。乃和世之琴瑟，乃醒世之黄钟，乃伯牙之流水，乃虞舜之南风。聆听则万心一聚，和唱则众志成城；赏之则愁云以扫，享之则笑靥而生。斯园也，和以冠其名，和以构其型，和以赋其韵，和以神其灵。花木因和而靓丽，流水因和而动听。亭榭弄姿，情含万千之暖意；碑石铺绣，文发百代之幽情。来之也，其乐泄泄；去之也，其履轻轻。少者来，陶其情，蓄其锐；老者来，快其意，养其生。堪一方乐土，实百世之功。

欣然咏赞，陶然忘形。惶惶然唯恐辞章不类，徒有羡鱼之情。

（入编《历代诗人咏河津》）

兴平堡龙虎灯赋[并序]（新韵）

薛毅斌

康熙版《河津县志》载，方平、兴平堡属古河津沃壤乡辖，孙彪里辖方平村、兴平堡、尹村、芦庄。在河津古来有俗言，即"方平楼底赛长安"语。在此一带，有一纸包火奇葩社火，表演转灯有方平、楼底、芦庄等村，蜚声遐迩。唯方平村兴平堡龙虎灯全国稀有。1964年，中国舞蹈家协会整理出版之《全国民间舞蹈调查表》，载有方平村转灯与龙（虎）灯。《河津市志》"社火"一节载："龙（虎）灯乃北方平兴平堡所独具。其制作及表演国内罕见。"

兴平堡龙虎灯乃有三绝，一曰纸包火，二曰制作巧，三曰表演奇。龙灯由十三节组成，长约十四米，举龙头表演者走S形小碎步，龙头左摆，龙尾自然右摆，远观，龙身屈曲而行，如穿云洑江。虎灯长约八米五，其表演虎灯者，蹲马步，走八字慢步，迈左脚，虎头右摆，虎尾自然左摆；虎头左摆，虎尾自然右摆。虎头时而跃起，忽而转走，虎尾腾空往边扫，谓之打场子。龙灯于广场缓缓而行，虎头左顾右盼，似瞄时机，忽而奔向龙脖项处，谓之咬。此刻龙似觉疼而回头，虎扑腾跳跃，顺龙身往龙尾疾走，此谓龙虎斗也。整个场面表演，虎在前，龙在后。龙与虎活灵活现，兼每节龙虎腹中，点上蜡烛，晚上观之，蔚为壮观。举龙尾者后拖，扛虎尾者，大呼前者，"腰往右倾"，前者应声右倾，此刻虎尾如鞭，横向右扫，向左亦然。舞龙者其要领在举，舞虎者在扛，舞耍执要全在龙、虎头者。

问曰："兴平堡龙虎灯大概多少年？"或曰："传说古时天降一龙，先贤依龙状，以木竹构造之。兴平堡龙灯距今不知岁矣（袁玉堂语）！"或曰："乃李世民在兴平堡屯兵时之遗物（袁春居语）。"据前者虽不足为信，意谓年时久远矣，然依后者，似有史可征也。

兴平堡龙虎灯近二十五年久未舞也，寻旧时图像，未果。虚子兴平堡人也，壮时，曾随乡众舞过一次，对龙虎灯文化，每留意之。二〇二二年虎岁新春，北京举冬奥盛会，元宵节乃舞龙虎灯舞，与国同庆。虚子欣然喜之，尺量龙虎灯体径，乃图乃文以志之。赋曰：

赫赫哉！沃壤①方平，炜炜也！耿北金城②，背倚吕梁，足蹈汾黄③。左揽太涧而连楼底，右挽西长而毗寺庄。八水绕村，招引八方之商贾；一境载福，泗泽一乡之民常。古有八水富长安，一路兴百业之誉扬。宝域景象，四村屏而冠居中央④，吉地氤氲，百堡筑⑤而独蕴兴旺。地灵人杰，天宝物华，兼得天时地利气象。幸祖上宏德，繁衍于宝方，虚子⑥忝私，荫庇于鸿光。此生有望，濡滴墨以咏梓桑，他日难摧，慰薄才以铭滥觞。

龙脉地，福脉长，人文积厚，形势弥芳。乃有赤兔传说，关公下马驻足⑦，金城演武⑧，秦王反隋立唐。胭脂坡上⑨，尉迟恭采麻黄而治帝恙，方平道中⑩，段克己步轻尘而吟诗章。不管朝代更替，岁月抓狂，亘久不变是承载厚重，承载流长。斯地毓德，此心赓飏，并举文武，兼营农商，高贤辈出，名宦显彰。有袁府袁迥⑪爱民，政绩写千钟万粟，二楠⑫善讼，才名播十里八乡。看薛家御颁圣旨而荣三世⑬，龙章宠锡，门传诗书而中双举，兄弟联芳。美哉！百二诗，不打烊，地无双，有真章。

壬寅之年，虞吏⑭值岗。斗柄指寅⑮，时逢立春之佳节，鹊声引唱，京开冬奥之盛况，举国同庆，举家同堂。天地盈喜，山川弥祥。烟花与礼炮齐飞，春酒共月辉一色。元宵醉而春意涨，乐事酣而华构靓。自当诗引雅怀，词约稼轩⑯；情随美景，春召梦阳⑰。喜兴邀歌，共赴谐畅。银花火树相合，笑语欢声同框，彩光炫目，紫瑞贴窗。乐哉！悦望日以娱游，极丽情而徜徉。

星河泻玉而光曼衍，锣鼓遏云而声铿锵。烛华摇曳，燃起方平村纸包火之千年遗产，舞杆抖擞，撑开兴平堡龙虎灯之古老排档。壮士舞龙，浑如蹈海汱江，健儿耍虎，恰似啸谷越梁。龙灯虎灯，演绎出干云豪气，龙灯虎灯，舞蹈来磨砺自强。壮哉！龙虎之舞，舞在孟阳，龙虎之舞，舞出方刚。龙者，象征尊贵与吉祥；虎者，展示勇敢与力量。

噫嘻！龙腾虎跃兮，诠释积极向上，龙争虎斗，注脚质直争强。生龙活虎兮，活力四射，绣虎雕龙兮，抒写幸福文章。龙韬虎略兮，襟怀鸿志，龙骧虎步兮，路奔小康。冀兴平堡亲亲乡党兮，长提龙虎气，愿方平村莘莘学子兮，早登龙虎榜。

映如先生者，乃我诗友也，姓李名其文，蜀川诗家宿将，乃观兴平堡社火龙虎灯视频于网上，啧啧称叹，欣然赋诗云：

火树银花把酒持，屯兵不见报春知。
柳梢月上人呼伴，堡底莺歌我寄词。
客梦千年荒马背，风闻一夕赛龙旗。
小康宜向兴平看，虎虎生威舞技奇。

公元2022年农历正月十四日起稿，于十七日结稿

注：

① 沃壤：方平村、兴平堡古属沃壤乡辖。

② 耿北金城：兴平堡雅称。

③ 汾黄：汾指汾河，黄指黄河渠。

④ 四村屏而冠居中央：谓方平村位于楼底、尹村、寺庄、南方平四村中央，各相去二里，故名方平。

⑤百堡筑：明末为抵抗战乱，河津共筑城堡近百个左右。

⑥虚子：作者薛毅斌，笔名虚竹，网名龙门隐。

⑦关公下马驻足：传说关公在尹村南捉马庙处，捉住惊走的赤兔马。后乘马南行，在兴平堡南下马歇息，后人谓此地名马路过。

⑧金城演武：传说秦王李世民在此屯兵反隋，后与父李渊建立大唐。

⑨胭脂坡上：传说尉迟敬德在兴平堡西南胭脂坡上，采摘倒吊麻黄，医好李世民的伤寒病。

⑩方平道中：金末文学家段克己，稷山人，与其弟不仕元朝，隐居北午芹，与北坡文人结诗社，互相唱和。段克己有两首《方平道中》诗。

⑪袁迥，清康熙时知府，《河津县志》有载。村志载其"熙朝隽品"匾。

⑫袁二楠，《河津县志》有载，善讼。

⑬薛万辉，清嘉庆二十二年捐职三品游击，皇帝颁圣旨三道，一道其父薛承统，一道其祖父薛颜龄，一道薛万辉，荣其三世，赐黄马褂，龙章宠锡匾。

⑭虞吏：老虎别称。

⑮斗柄指寅：立春，为二十四节气之首。二十四节气最初是依据"斗转星移"制定，当北斗七星的斗柄指向寅位时为立春。

⑯稼轩：即辛弃疾（1140—1207）字幼安，号稼轩，南宋词人。有词《青玉案元夕》。

⑰梦阳，即李梦阳（1473—1530），字献吉，号空同，明代河南扶沟人，生于庆阳府安化县，他善工书法，精于古文词。提倡"文必秦汉，诗必盛唐"，有诗《汴京元夕》。

6. 古风

龙门浪　冲天歌

柴建生

龙门浪，钱塘潮，庐山瀑，洞庭月，峨眉雪，为中国五大自然奇观。其中，龙门浪因有大禹明德而列榜首。

人间四月，满目春光，看不尽桃花红，梨花白，迎春花黄。车过处，人道是燕王金台，乐毅拜将。男儿酬却平生志，一战成名千古扬。人生不过，春风十里，杏花春雨，风雨苍茫。

青海青，黄河黄，人生最美少年狂。遍游京华无人识，谁人识得郁金香？润之年少，问大地谁主沉浮；太白悲壮，纵死犹闻侠骨香；东坡野老，心安之处是吾乡。

才动三江水，写就家乡美，为得龙门添锦绣，任他雨打风吹。女娲补天，太禹治水，万事在人为。八千里路抒壮志，何愁春风唤不回。且将青春待春雷，携来彩云归。

何不乘风归去,归向谁边,人道玉兰香。香阵透长安,文渊阁上,邀太白学士共明月,无限风光。郤缺如宾乡,仁贵白虎冈,文中黄颊山,文清峨眉岭,司马太和里,柴子卧麟岗。

朝登天子堂,夜作翰林郎,南风知我意,春睡笑海棠。短歌行,雄风扬,秋风起,菊芬芳。汾亭操,汉武舟。行云流水,笔走龙蛇,写我豪情万丈,人间天上。

游江山庙(古风)

原艺文

庙悬绝壁上,仙隐九重天。
无畏登临险,帝乡久为恋。
恣意上山去,心狂力自添。
家山多神趣,烟霞指顾间。
荆枝争相挽我手,山花着意为我灿。
"五彩奇石"动遐思,原来女娲借以补苍天。
更有叶石演亘古,曾是沧海未桑田。
天地混沌如鸡子,然后盘古辟地天!
亿万斯年人而何?气也水也任人说。
百十年前我何物?草乎木乎无定夺。
多谢导者语联翩,原来万物皆自然。
令我抛却登攀苦,巉岩无阻谒神仙。
借问神仙住何处,云环雾绕山之巅。
灵霄无迹殿有迹,天上人间我茫然。
下有神龟玄武负载之,力扛万钧不言苦。
右有白虎踞其前,一夫把关多威武。
左有青龙蜿蜒天地间,龙虎守得天庭固。
庭上玉皇现容颜,殿小神大三界宽。
有而似无无还有,无生大道有三千。
于是"灵感方域"寻灵感,心静方悟道无边。
兹将烦恼任一洗,乐生天人合一间。
方知"群猴"缘何嬉且戏,"雄狮"尚且安卧赋悠闲。
游山易,知山难,人生真意在其间。
但极远目望寥廓,一声长啸我为仙!

▲江山庙

河津沿黄旅游公路开通游记（古风）

崔红阳

耿西三十里，沿黄旅路通。
闻讯欣欲往，邀朋趁东风。
田畦覆绿韭，浩吉过长龙。
千亩山药架，无际落花生。
登台眺远水，敞襟沐河风。
治淤清涧湾，调沙葫芦头。
浪漫沙滩暖，明清古街融。
平地起雷处，五桥架西东。
华夏多勇士，三晋迺英雄。
据河阻日寇，西行无寸功。
鸽子庵下死，黎庶心上生。
抗战纪念碑，耸立涤心灵。
隔岸艄公庙，溯流相公坪。

行船停歇处，落榜哭诉中。
天豁一罅白，斧削两岸青。
禹凿开石门，掌击跃鲤龙。
大小梯子崖，挂壁相呼应。
秦晋锁钥地，商贾攀石磴。
上接三晋客，下通四海舟。
小崖蛤蟆凿，大崖魏前通。
黄河浪急涌，桃花谷深幽。
龙虎一线险，慈航普度生。
禹庙明德宫，开阖晦清明。
顶缀临思阁，腰缠拜谒松。
倚阁风凄神，扶松浪啸龙。
丹崖奔湍激，翠壁白雾生。
可耐繁胜地，古今两不同。
遗迹今何在？炮火又霜风。
驻足多感慨，世事幻梦中。
重建禹王庙，错洞做后宫。
哀哀削发女，郁郁素心疯。
禹王安府邸，冥冥是初衷。
北雁隐远黟，岸柳挂晚红。
驱车觅归途，一路且向东。

文清绝学近世传人薛律清先生赞（古风）

董涛君

清末一秀才，陕西巡检吏。
平原薛中六，律清其名讳。
武昌起义前，早入同盟会。
本村剪辫者，先生第一人。
河东军政府，刊物总编辑。
宣传共和事，响箭入莽林。
商专名教授，国语冠群伦。
门下硕果累，有教总无类。

冬青诗社里，先生属凤麟。

生活俭且朴，衣食效颜回。

往来多鸿儒，白丁更相亲。

仗义抱不平，感激李善人。

积劳成疾病，殁年五十一。

聚秀峰下葬，丰碑举世闻。

长吉憔悴死，县长哭斯人。

儒林留恨事，悲泣复悲泣。

薛氏族情好，望族多杞梓。

史册旌表者，不可少此人。

河津梯子崖（古风）

薛毅斌

好震撼！峭崖峻险！壁立千仞耸云间。

莫言蜀道难，莫说华山险！

天辟晋秦天堑驱黄涛，蛟浪翻滚鬼神惮。

上有壶口煮飞烟，下有龙门汲浪排霆雷，锦鲤跃上天。

中流水疾，鹰隼也愁煎，

此间犹闻黄河船夫吆号击楫搏潮前。

天梯接云履，直上九重垣，

一层一重天，一阶一景观，

隘险无匹峰勾连。

我步石阶用力攀，试放浩歌彻天端。

重峦叠嶂难穷远，谁驶竹箭挽狂澜？

欲览云丛志干竭，举足难抬腿抖颤。

猿悸鸟惊无回道，柏壑松岭隐真仙。

崖梯陡，梯崖险！倚梯城头可摩天。

好嗨哟！感觉人生到达了峰巅！

适情率意抒潇洒，襟膺坦荡可驰田。

万千气象呈绮丽，一派激流灏气旋。

一年三百六十日，风刀削险不歇班。

飙风带沙弥双眼，卷我诗情揽广寒。

近听涛声走,远眺龙门关。

矗此间,景仰禹王导河伟绩传。

矗此间,遥想魏帝驻足屯兵团。

矗此间,似见周文搏虎在崖巉。

神武闯王,一时英杰,骋怀酬志豪情添。

古事往矣铸成鉴,昌世宏开新纪元。

引颈西望,蒙华铁路跨河大桥续鸿篇。

随心拍照片,情归大自然。

铺韵展卷,意犹未尽再题赞。

壮哉!河山之固!

伟哉!河山之美!

崖梯陡险,引人览胜待攀缘。

梯崖峭崎,拭目远望长河宽。

▲黄河大梯子崖

第四节 "缤纷古耿 诗画河津"全国名家诗词选

2021年6月,"缤纷古耿 诗画河津"庆祝中国共产党成立100周年全国名家诗词书画创作交流会在河津市隆重举行,与会全国名家创作了40首赞美河津风物的诗词,刊于2021年第8期《中华诗词》"诗画河津"栏目。

河津龙门
周文彰

谁凿龙门引鲤来,鳍摇尾摆跃高台。
清流如箭穿行过,对峙悬崖两岸开。

庆中华诗词学会书画界诗词工作委员会成立
周文彰

弄墨从来为舞文,诗书画印总难分。
常由点划看风景,更把襟怀寄彩云。
字句三行浮意境,丹青一纸起氤氲。
复兴鼓角连天响,催送长歌入鹤群。

薛仁贵寒窑
李栋恒

昔人早跃龙门去,千古寒窑说白袍。
激励贫家多少子,建功豪气比天高!

河津龙门
李栋恒

久期三激浪,今访古龙门。
天上洪雷落,世间黄水奔。
壁岩留鬼斧,禹庙觅神尊。
撼动乾坤处,长存华夏魂。

黄河龙门
岳宣义

千里奔腾久,尊名本姓黄。
碧波扬此处,奥妙禹王藏。

河津筑梦
岳宣义

东风万里卷祥云,如画江山满目新。
古耿缤纷腾锐气,大河奔涌过龙门。
钟灵毓秀人杰地,文脉悠长国运根。
党在心中抒壮志,英雄筑梦看河津。

河津龙门
霜 凝

金花玉蕾满天诗,百里犹闻万马驰。
一世人生临绝处,龙门不跳有谁知。

龙门落日随想
霜 凝

孤帆飘渺没黄昏,不尽烟霞大浪奔。
古渡多情怜晋陕,禹王足智破龙门。

横冲直下三千里,疏导从容十万言。
东去长河终入海,一钩弯月钓人魂。

题河津白瓷
范诗银
天声敲与细风听,月下和田耀眼明。
烧就千年纯白色,饮余枕上几多情。

龙门石门歌
范诗银
龙门一跃一河花,白羽湿云苍壁斜。
波翻潋滟卷秦浪,水旋涟漪绕晋沙。
沙带斜阳长天碧,绾丝回风生龙迹。
系住中条与翠华,升帆号子夕阳赤。
石门紫帘挂青钩,天雨放来扑面流。
折梯相倚悬崖绝,楼台桓护接琼楼。
楼上裂眦惊七彩,百重霓裳几千载。
万马北来自萧萧,挝鼓挥铍奏高凯。
错列连峰错开痕,山有精神禹有魂。
从此长啸归大海,剩我素心祭昆仑。

河津真武庙
林 峰
龙起九峰翠,长松掩紫关。
鹤来花影淡,麟卧月眉弯。
物我三清外,阴阳一夜间。
修行能到此,随处是青山。

河津龙门
林 峰
绝壁谁开万古雄,天梯千尺渐朦胧。
浪回秦晋思渔父,烟过陕甘觅断鸿。

玉女莲开桑峪北,桃花风起大河东。
舟头又听奔雷响,欲上昆仑接太空。

过龙门小镇
沈华维
一望清流泻,平川绿野遮。
禹门惊豁目,峭壁旷嵯峨。
古道盘飞栈,危桥吊急波。
青林曲萦绕,逸兴与时和。

过河津
沈华维
古耿风光入眼前,尧都夏禹仰先贤。
功高一世薛仁贵,笔炳千秋司马迁。
河泛鱼鳞潮涨落,山环屏障绿绵延。
人文更有好风助,跃出龙门接远天。

古战场凭吊
蔡世平
遥想先民气自豪,黄沙漫卷杀锋刀。
蚩尤战血红千古,今看桑花朵朵娇。

王勃故里
蔡世平
人到衰年气不衰,每留秋水洗尘埃。
江南一树黏心绿,应识河津古意栽。

【中吕·山坡羊】龙门
张存寿
黄河无寐,汾河无寐,相约奔此来相会。浪花追,鲤鱼催,龙门哪要悠闲辈!一跃冲高难复回。成,天作美；失，海不悔。

【中吕·山坡羊】寒窑怀古
张存寿

国家梁栋，龙门群众，凌烟阁上缺一空。诞河东，耀河东，英雄最念乡情重，衣锦不嫌窑洞窘。寒，能见忠；窑，能善终。

沁园春·河津
李晓武

禹开龙门，古耿建都，大河要津。有吕梁苍茫，层峦叠嶂；崖壑峥嵘，雄浑高峻。西揽黄河，东拥汾水，流不尽中华文明。登峰顶，观天地气象，浩然风清。

江山代出才人，立兴国安邦不世勋。昔子夏司马，千秋道统；志士英杰，震古烁今。慕贤思齐，求实鼎新，厉兵秣马鼓催征。路漫漫，问人间正道，还在民心！

游河津龙门
李建春

一琴一卷伴歌谣，鱼跳龙门梦月邀。
地起横空林突兀，船行逆浪石嶕峣。
眼中山骨谁相问，云外诗魂我欲招。
顺着黄河寻大禹，计求治水赶春潮。

拜谒关帝庙
李建春

紫髯潇洒风云色，赤骥优游战伐喧。
一剑三分安社稷，寸心十倍定乾坤。
义彰今古传千世，勇冠江湖震九原。
此地凭瞻多感慨，沽濡仁德铸诗魂。

辛丑龙门行
郑福太

龙门鼓浪逐崖高，鱼跃初心未寂寥。
但入长河须问远，一冲一拔一扶摇。

舟启龙门向石门，石门九曲贯昆仑。
敢于逆浪千腾鲤，不负天怀奋至尊。

龙门得句
唐云来

黄河九曲到龙门，禹迹犹存疏凿痕。
绝壁已连天地魄，天工能摄鬼神魂。

河津龙门
何开鑫

清风荒岭望龙门，栈道山亭指野村。
一迹尤开通海口，九天阊阖造乾坤。

河津行吟
杨明臣

大河西上白云间，一派蒸腾十里滩。
仰见虹霓飞两岸，轻舟驶入禹门关。

题龙门
王荣生

龙门吐灵气，典故含千年。
欲探深邃处，当修三晋仙。

山西河津会议召开原韵答鹏飞兄
黄君

禹门通贯已如前，要看鱼龙起跃缘。
胜友邀来从四海，墨歌笔舞醒高眠。

观黄河壶口瀑布
高国庆

滔滔雪浪闯重关，万险千难犹向前。
一脉文明携远梦，十分豪气可冲天。

辛丑夏诗书画家赴河津
崔世广

回首龙门难寂寥，风云际会不辞遥。
百年党史成佳话，一曲船歌说弄潮。
白日青瓷浮旧梦，黄河故道望中条。
诗书千载犹高远，明月浩歌上九霄。

游黄河龙门
叶鹏飞

平生有幸到龙门，万丈悬崖挟浪奔。
峻岭峨峨连宇际，洪流滚滚扑云根。
兴亡千载凭迁写，谈笑一时同友论。
舟上何知前路险，黄河原本好销魂。

往山西河津途中
杨兴玲

冗繁抛尽喜登程，滚滚车轮奏乐声。
况是并州曾有梦，归心恰似故乡行。

游河津龙门有感
屈杰

谁挥巨斧凿龙门？驱赶雷霆走广原。
雄魄何曾埋峡谷，初心依旧照昆仑。
一川怒浪如山立，九曲歌声向海奔。
最是风光收不尽，惊涛入抱亦销魂。

临江仙·泛舟黄河龙门
屈杰

两岸巉岩犹壁立，大河卷起涛声。一川澎湃入胸膺。波涛翻作路，驭浪踏歌行。

一棹犁开千尺雪，江心任我纵横。中流击水涌诗情。嚌呕犹似鼓，奇绝冠平生。

"缤纷古耿，诗画河津"
名家诗词书画活动
张梅琴

荟萃龙门兴大风，纵情由义笑由衷。
丹青雅韵歌盛世，催发神州万树红。

步韵黄君先生
"缤纷古耿 诗画河津"活动
张梅琴

千载烟云古耿前，清风拂面醉尘缘。
但凭诗酒承高志，欣见佳朋夜不眠。

山西河津龙门游览晋陕大峡谷
胡彭

水清如此竟名黄！凿石穿山出吕梁。
津渡痕深禹王斧，凛然千古送汤汤。

别河津诗友
胡彭

黄河记得我曾来，来日紫薇花半开。

鲤脍老汾情具足,辞章彩绘兴犹怀。
京津路远难如约,款曲心通不用媒。
胜友龙门俱在梦,更求机会莫相催。

禹门口
何　鹤

往事沉浮千载真,山风浩荡过河津。
龙门不是鱼能跃,做个知难而退人。

临江仙·赴临汾机上
何　鹤

敢驾长风云作路,聊凭鹤影翩翩。昨宵月朗又将圆。置身于世外,俯首看人间。

鹳雀楼头何处是,曾经折桂当年。一怀诗兴漫无边。重温三晋梦,横翼太行山。

▲龙门壮观(师振华　摄)

第五节 "鱼跃龙门 华耀河津"第二届桃花节获奖诗词选

（一等奖1名）

写在桃花节
李金龙

古耿回春紫气生，嫩芽初露草虫惊。
熏风款款桃梨艳，汾水潺潺杨柳青。
麟岛天衢多画意，西滩林苑富诗情。
吟成拙句谁来和，树上黄鹂三五声。

（二等奖2名）

采桑子·西梁梨园赞
马黄河

醺风一夜琼花绽，蕊爽心田。
香彻东园，蜂蝶嘤嘤吻素颜。

果农勤快耕耘早，珍爱春天。
秋日枝繁，宝锭高悬金灿然。

醉春风·桃园创作
柴一庭

学作醉春风，踏青诗意浓。芳馨入肺轻风送，挥笔即成诗稿捧。咏咏咏，醉了同人，笑了八方游客，纷纷鼓掌情难控。

（三等奖3名）

桃花滩遐思
武培仁

清新空气醉肝肠，一望红滩粉色觞。
保健何须延寿药，桃园便是养生堂。

赏桃花
王景生

如织游人逐粉涛，俏枝倩影靓时髦。
裁春正是桃花艳，发展旅游张剪刀。

河津桃花节
薛榜印

春风绽艳万千枝，舞蝶嘤蜂筑梦时。
汾畔桃园非世外，耿民卌万赋新诗。

（优秀奖10名）

桃花节感怀（新声）
侯关海

三月龙门春色深，桃花怒放迓游君。
团团浅粉招蝶舞，树树红冠惹鸟云。
免费胭脂妆笑靥，盈眸画卷染西秦。
当凭善政金桥搭，秋后欢歌唱万村。

咏河津桃花节
杨五安

漫步田园入径深，豁然映目物华临。
莺歌绿野环林地，水秀池塘着草衾。
艳质桃花香蕴绽，英姿萼片色成沉。
蝶飞适意今应是，古耿春风送好音。

题河津桃花节
薛旺斌

桃花何意撒娇情，缘节春风百媚生。
绿色河津金色梦，扬帆出发旅游城。

赏桃花
刘增秀

满园桃艳斗奇开，新耿风光屉景裁。
正是河津春漾处，英雄卅万赶潮来。

黄河滩赏桃花
王棉扣

驱车携友大河旁，不尽滩涂粉耀光。
爽目桃花何以美，在为新耿梦添香。

苍岭赏桃花
卫金报

桃红苍岭灼天华，疑是虹坡披锦纱。
淡淡清香盈旷野，团团娇蕊吐丹霞。
嘤蜂萦绕粉仙子，舞蝶翩跹绮树杈。
游客熙熙忙拍照，几多春意带回家。

写在河津桃花节
史佐君

风和日丽柳葱葱，满目清明春意融。
新草添青千片绿，秾桃增彩万枝红。
蜜蜂恋蕊飞花海，蝴蝶闻香舞树丛。
游客如云观美景，流连忘返醉其中。

置身武陵
许稳珠

燕舞仲春温逐升，桃园连片蔚霞蒸。
雍和环保十佳市，游客神飞醉武陵。

桃花吟（古风）
薛毅斌

十里桃花层层树，息神催绽点点红。
三月春意惬人意，雅情牵伴豁情浓。
又是一年桃花节，满眼桃花惹人疯。
满天云霞轻轻舞，心里桃霞韡韡熔。
河岸春色妆新柳，市郊疏香透耿城。
纤草萋萋铺碧甸，桃华灼妁燃丹青。
游人酣醉花映面，轻吻桃花笑相迎。
晴日暄暖煦风细，柳眼初开景色明。
小雀相戏枝间弄，轻啄桃蕊落桃英。
蹑足屏息恐惊雀，手机悄摄小精灵。
风掠过，馥香溢，枝枝春满约燕莺。
画外仙境谁裁剪，诗里桃花涨满胸。
满地桃英满地韵，拾掇联吟和春声。
芳尘不染方洁襟，脱俗桃花扮靓容。
陶渊明，唐伯虎，留得桃花淳气清。
秦人桃花随溪走，谁摘桃花盈酒盅。

徜徉桃浪花间里，宜醉桃源访武陵。
放歌一曲桃花美，花粘衣袖馥郁生。
嫩香袭人花潮涌，彩蝶蹁跹曳娉婷。
萤案铺开桃花笺，腮绽桃花镂雕彤。
盛世桃花燃红火，瑰丽名片刷满屏。
春天芭蕾随心舞，含萼对笑挽东风。

桃花节采风
张仙彩

春赏桃花随大军，搜材已饱早成文。
人流拥得车流慢，一片蒸腾霞接云。

第六节　庆祝改革开放四十周年诗词选

改革开放咏
任罗乐

四旬巨变喜萦怀，党领咱们富起来。
击破闸门呼改革，更新观念荡尘埃。
南巡铺就腾飞路，全会浇红福祉梅。
感戴惠民开放策，小康共举邓公杯。

改革开放四十周年赞
马黄河

四十春秋国运昌，神州万里起苍黄。
门开好引西洋镜，楷去随栽北阜桑。
弯道追超惊霸主，富根培育挺胸膛。
今多底气仍低调，砥砺前行续锦章。

春雷振九州
薛德虎

一声雷震九州天，北国南疆改革年。
时代洪流开善政，人民生活启新篇。
重将赤县山河定，更让中华日月妍。
改革云帆装满梦，起航驶向小康巅。

何处生春早
李金龙

改革生春早，创新圆梦中。
战鹰追晓日，高铁逐东风。
反腐青锋锐，扶贫爱意融。
山河铺锦绣，生气一丛丛。

北斗组天网
王景生

北斗金睛探碧霄，国之重器树雄标。
安全可信何来误，覆盖无缝不差毫。
定位精微三尺级，导航准确十分高。
环球组网新时代，华夏品牌民族骄。

津邑换新貌
卫金报

虽处两河交汇地，早前县邑若郊乡。
如今市貌三迁易，往昔风尘一扫光。
街道纵横井有致，高楼错落势轩昂。
公园巧布风光秀，长夜满城泛辉煌。

四秩改革赞
孙世忠
复兴高速史无前，四秩春秋变鼎天。
优秀人才谋发展，精英展纸著新篇。
初心小舸导航正，国梦飞车不驶偏。
华夏巨龙腾鸾起，宏图伟业撼坤乾。

港澳回归祖国
武培仁
蛮夷霸港横行岛，惊醒睡狮声震天。
唬落米旗悄溜去，驱除蛊慝顺来安。
金瓯发展增灵秀，宝港飞腾越貌妍。
两制行施繁盛景，台胞渴望待提前。

耿乡四秩满园春
许建国
漫滩桃杏满园缀，强劲东风四秩春。
鲤跃潮翻黄浪起，蛟腾云涌故城新。
红霞放彩金辉耀，玉树摇头绿袖伸。
耿市鹏程圆凤梦，龙乡好马向康垠。

港澳回祖国
赵志高
百年奇耻雪今朝，两制宏猷继舜尧。
南海月明珠有泪，中华地美梦飞韶。
九州崛起乾坤朗，一国团圆岁月娆。
聚力凝心同奋斗，春风杨柳万千条。

改革四秩咏
柴建丰
改革车轮四十年，中华巨变史无前。
为民有策春风暖，执政无私盛世乾。
神十飞天彰国力，辽宁入海扫狼烟。
复兴路上铿锵步，砥砺前行志更坚。

改革四十年
魏文生
三中破浪启航船，拉朽摧枯四十年。
四海时时呈锦绣，三江处处织霞烟。
神舟探月穹窿闹，高铁驰垣中国研。
砥砺新程瞻北斗，复兴圆梦荐轩辕。

改革开放四十年赞
李可正
经济腾飞四十年，尖端成就喜非凡。
乘风高铁称神速，跨海大桥惊世间。
北斗导航精定位，嫦娥奔月久攻坚。
创新引领新驱动，科技之光耀宇寰。

改革开放四十年赞（新韵）
薛毅斌
改革开放四十年，遍地生金涌富泉。
处处春风泽万木，时时旭日照千川。
谁祈苍昊临贵步，始降邓老补天穿。
大笔一挥谋伟策，小康齐越筑馨园。
万邦遣使通交好，五曜利国永泰安。
拔地高楼平地起，连云公路接云天。
江山万里披缯绣，华夏兆民展舜颜。
城市空间楼簇立，幸福指数寿平添。
民族自固民做主，文化兴邦文挺冠。
义务九年十丈木，栋梁百堵万流贤。
五环旗下健儿勇，九域原中鸽子传。
对话视频直对面，神聊网络话新篇。
以往曾经谁敢想，今朝岂料赛过年。

科技图强挣桎锁，才杰砥砺攻中坚。
航天事业三分鼎，探海蛟龙并驾骖。
北斗导航开镜目，东风快递扫狼烟。
一带一路齿唇体，两岸两情棣萼缘。
新四发明惊世界，第二经济响宇寰。①
博弈行筹辟国运，伐谋斗智启通盘。
大国斗腕暗流涌，小邦跟风赂买欢。②
韬光养晦成往事，捭阖纵横向前瞻。

下洋航母猎熊豹，揽月嫦娥守星关。
厉害我的大国度，和平崛起矗高山。
中国速度成神话，步履春风稳向前。

注：① 新四发明：即高铁、移动支付、共享单车、电子商务。
② 斗 dou 腕：俗称翻腕，又叫掰腕子。

第七节 "礼赞新中国 讴歌新时代" 庆祝新中国成立70周年诗词选

新中国七旬华诞咏
任罗乐

履端国庆乐开怀，党领咱们站起来。
扫寇驱倭求解放，当家做主唤风雷。
我同社稷共升华，手握刀枪任剪裁。
难忘毛公经世略，翻身长举感恩怀。

国庆七十周年抒怀
薛德虎

昂扬阔步新时代，强国金途玉局开。
纵目山川多壮气，漫谈华夏尽奇才。
文明民主小康锦，生态和平幸福来。
雄峙环球扶正义，嘉风带路吻微莱。

国庆七十周年
王景生

芳龄七秩沐朝霞，祖国母亲娇若葩。
似画乾坤珠有泽，如诗岁月玉无瑕。
五湖龙裔五洲友，一带春风一路花。
正是复兴追梦日，举杯祝福大中华。

古耿山乡巨变
张克民

四合院无窑洞多，有人纺线有推磨。
脱贫一笑将屏刷，轮到楼高岭树窝。

国庆七十周年抒怀
史佐君

欣喜母亲今七旬，风清气正九州春。
心潮澎湃赞歌咏，爱我中华情挚真。

贺祖国七十华诞
马黄河

七秩光阴一瞬中，新华竟在世间雄。

病夫完健强夫立，窘路纾宽大路通。
揽月常令天震撼，擒龙更引海尊崇。
征途纵有截拦虎，难阻神州跃铁骢。

强军备战雄风展，对外交流仁道修。
丝路延绵前景灿，友邦缔结瑞云悠。
治污环保力坚劲，绿染神州醉世眸。

国庆七十年（新韵）
薛毅斌

七旬岁月不寻常，龙族奋功底气强。
挺起脊梁鹏翼展，肇开国运凤丝长。
问天玉兔铺天路，探海神蛟蹈海疆。
锦梦复兴不易道，刷新带路彩绸扬。

祖国你好
杨五安

国强民富壮山河，满目琳琅广厦多。
两弹升空同庆贺，一星问世共吟哦。
岁时转折开新宇，经济腾飞脱旧窠。
筑梦前程人向往，万千骚客写诗歌。

贺祖国七十华诞（新韵）
杜民昌

七十华诞举国欢，览古攀今慨万千。
一曲东方红唱响，九州现代史开元。
春天故事传佳话，南海征程挂满帆。
再筑复兴强盛梦，加油撸袖写鸿篇。

七律·蛋糕表心田
许建国

七旬华诞佳期近，卅万人民喜步颠。
莲苑蛋糕盘底座，黄流奶油浇财渊。
烛红龙塔红辉照，花艳北城艳彩鲜。
东虎欢歌祥曲献，西河焰火耀云烟！

排律·国庆七十周年抒怀
卫金报

屹立东方七秩秋，峥嵘历历展鸿猷。
共和定鼎昭三界，华夏换天平九州。
两弹一星惊霸主，廿年四役固金瓯。
五星赤帜扬联大，东亚雄狮放嗌喉。
砥砺三旬宏业奠，改开卌载壮图酬。
民生殷富小康线，国力盛强前位筹。
破浪蓝鲸驰远海，导航北斗覆全球。
飞船火箭邀霄汉，高铁虹桥通亚欧。
港澳回归金镜满，江山一统锦霞浮。
承前启后复兴计，求实维新舵手谋。
反腐扫黑除蠹弊，扶贫脱困解民忧。

华诞七秩咏
柴建丰

岁月峥嵘共济舟，七旬华诞展宏猷。
蛟龙潜海龙人傲，神十巡天碧月柔。
历史长河方一瞬，中华壮举已千秋。
红旗猎猎东风劲，大美山河歌舞稠。

七十华诞颂（新韵）
李伯廷

巍巍屹立伟中华，浩浩东方万里霞。
盛世欢歌千载梦，神州豪颂遍天涯。
身经列寇难摧垮，面对豺狼依挺拔。
冉冉一轮红日起，宇寰带路大同家。

七律·喜迎国庆
赵文英

金秋华诞舞翩跹，盛世欢歌展笑妍。
改革创新雄笔绘，灭蝇打虎利锋悬。
欣观航母潜深海，喜看神州探碧天。
国泰民安昭世界，扬眉吐气赋雄篇。

七律·声声大吕颂尧天
魏文生

风云际会焕山川，七秩非凡孰比肩。
鹰击长空皆画卷，龙游海底探霞烟。
英才倚马宏图绘，玉兔巡天汉界翩。
再启新程开虎步，声声大吕颂尧天。

祖国颂（新韵）
赵志高

风雨兼程克万难，七十华诞喜空前。
初心永记谋民乐，使命高扬拓富源。
北斗导航方向准，神舟追梦意情坚。
齐心办好家国事，引领全球话语权。

鹧鸪天·国庆七十周年抒怀
李可正

旭日东升散晓寒，为君首赋鹧鸪天。南湖定下经天韵，遵义拨回纬地弦。　　驱虎豹，斩凶顽，星星之火可燎原。朝霞万里尘烟净，赤帜煌煌耀宇寰。

行香子·颂祖国
何金荣

万丈霞光，彩帜飘扬。好山河，胜景无疆。莺歌燕舞，锦绣梅香。看民之盛，族之旺，国之强。　　今朝展望，事业辉煌。纵情怀，万里翱翔。江山似画，国富民强。正旗高举，歌高唱，志高昂！

念奴娇·华诞之歌
吴会杰

清秋织锦，看华夏，塞北南疆飞梦。宏舰游鲸，鱼吹浪，鸥鹭踏波掠纵。遨逸神舟，千寻五岳，起舞纤云弄。　　江山如画，寿徵天地同奉。万众振臂齐呼，五星腾四九，湘音雷动。血荐轩辕，驱虎豹、百万儿郎衔踵。故国新容，豪情七十载，岱峰巍耸。锤镰明路，一轮红日迎送。

第八节　运城市诗词学会抗疫诗词河津市方阵诗词选

白衣天使赞

王景生

一场瘟疫逞凶狂，天使燃情挺脊梁。
心系灾区无小我，春回华夏有奇方。
梅花点点妆红骨，热血腾腾化泽光。
喝令妖魔肝胆灭，长城不倒永飞香。

亮剑

柴昌明

新耿诗词万里虹，笔锋歌颂战江城。
驱魔天使风云动，灭疫神医身手灵。
技艺创新奇绩现，绝方配伍凯歌盈。
省区分队网联片，众志成城保太平。

病毒重临有感

柴建丰

天连江汉起寒流，灾祸何须怨蝠猴。
疫自人为犹可恨，病从鲜入最成羞。
无烟战场丹忱寄，有梦人生医士酬。
荡净瘟神功庆日，与君一饮醉方休。

庚子战瘟神（新韵）

李伯廷

突降新毒庚子春，千门万户战瘟神。
江城一夜密云布，楚地漫天豪气存。
统帅令行齐上阵，举国邪溃更同心。
赤诚众志凯旋日，涤荡魔妖华夏人。

战瘟神

孙世忠

莫道阴霾无奈何，全民剿灭绝招多。
千村封路断源口，万户闭门听唱歌。
四海支援荆楚地，中流集聚汉阳河。
迎逢大事凝心力，战胜瘟神逐逝波。

灭瘟疫

武培仁

瘟情汹汹漫江流，万众合心擒势头。
疫疾害人真可恨，生植战役会成羞。
神医神手消魔快，患者患容飞宇飕。
华夏风雷高闪起，围歼魑魅夜号咻。

闻武汉解封

马黄河

屏闻汉水复青青，却在心中笑不成。
百十余天生死劫，元凶擒住再飞觥。

致敬白衣卫士

李金龙

白衣飘李花，笑脸艳韶华。
心底腾春意，杏园凝彩霞。
和风传万里，紫气拂千家。
无语书琦卷，济民披玉纱。

津晖药业千里送药唱大爱（新韵）
赵志高

千里驰奔为了何，同胞有难我焦灼。
飞车送药留真爱，一路春风唱好歌。

万箭穿瘟神
许建国

一声号令千军应，万里江山万马征。
举国同仇擒祸首，全民敌忾斩瘟鹰。

赞赴武汉抗疫勇士（步李雁红会长韵）
许稳珠

迎春楚地起悲歌，济世悬壶壮士多。
义不容辞书战请，妖魔定斩靖山河。

致敬白衣天使
史佐君

阴阴疠气笼江城，涉险白衣挥剑征。
鏖战疫场何所惧？待魔斩尽楚天晴。

抗疫情
赵文英

春节突临危急病，几多焦虑几多愁。
神州挺立英雄在，众志成城抗疫情。

赞武汉抗疾勇士
李麦香

奔赴灾区离线缨，舍生忘死不留名。
国家有难伸援手，百姓英雄大使行。

致逆行者：白衣天使单霞
卫浩然

千里征途荡碧波，青丝抛舍伏狂魔。
单门纯露真情在，霞绮清辉映婆娑。

赞坚守抗疫一线所有的工作人员（新韵）
杨红科

楚水荆关疠气横，今年不与往年同。
帅旗高举东风猎，红缨再握鬼魅惊。
医护同心除恶瘴，警民联手铸长城。
时危未召豪情上，役满仍担使命行。
猛气常存齐日月，雄姿健硕盖苍穹。
非图名利非图赞，唯愿人间永太平！

调笑令·抗疫
侯振发

严峻，严峻，新型冠状疫紧。
严防死守遵循，全国奋力劲拼，拼劲，
拼劲，艰险争分踊奔。

唐多令·庚子新年抗疫
何金荣

庚子正登程，江城举国惊。意难平，冠肺延行。堵路封村驱疫害，全民律，盼康平。　　楚地疫牵情，党民百万兵。聚人心，众志成城。医使专家连昼夜，送瘟疫，战灾情。

青玉案·江城战歌
吴会杰

荆襄梅馥楚天阔，百花妒、西

风烈。傲骨虬枝香未竭，劫波几度，绵绵瓜瓞，岂任邪疴獗。　白衣跋马龟蛇缺，洗药江城志如铁。春发杏林莺报捷，一江清梦，三城灯彻，黄鹤楼头月。

【中吕·山坡羊】庚子抗疫
薛德虎

新冠狂骞，山河遭污，九州上下苍茫雾。灭妖魅，战瘟毒，长城不倒中流柱。华夏重圆景色朱。民，社稷主；邦，黎庶母！

【中吕·尧民歌】武汉加油
薛毅斌

是谁开启了潘多拉魔盒？是谁开启了伏魔殿石碣？瘟弥江汉势怀邪，疫浸民生业遭劫。相约！相约！同心战狡桀，众志摧昆岳。

【中吕·苏武持节】抗疫
吕俊安

新春万象，新冠亮相，江城一夜乌烟瘴，千人忙，万人防，黑魃之处雷神亮。妄把人民狂作羊。羊，聚首帮；狼，俯首降。

【中吕·山坡羊】岗位
李可正

身躬一线，常临挑战，急难险重全凭干。勇攻关，克时艰，匆匆身影额头汗。岗位精心冲在前。今，心向远；明，梦更远。

第九节　庆祝中国共产党成立100周年"颂党恩、兴水利、惠民生、开新局"诗词选

河津水利咏
任罗乐

禹凿龙门功德卓，万千英俊创先河。
庶民池蓄及时雨，番系渠扬济世波。
导峪筑堤丰岁稔，裁弯垒坝伏洪魔。
喜看黄灌泽流远，津邑长传水利歌。

题治黄筑坝
卫金报

遥忆当年筑坝堤，惊天壮举可歌兮。
沿黄十里摆蛇阵，上马千军腾素霓。
雷炮开山崖石采，洪涛拍岸网笼栖。
红旗漫卷西河畔，滚滚人潮日落西。

治河赞歌
孙世忠

江河治理国猷真，功在辛勤护岸人。
碧水轻舟舟爱客，长堤大道道迎宾。
滩头稻菽千重浪，林带花枝一径伸。
沿线旅游多览胜，黄汾福造万方民。

大禹精神永传承
邵荣朱

南湖星火照征程，百载求强帜更红。
雨露无私滋草木，阳光有意绘丹青。
资源整治蹚新路，水利先行改旧容。
大禹精神掀巨浪，应时锦鲤化飞龙。

兴修水利富众庶
杨五安

农业农村大改观，兴修水利耀歌坛。
巡航命脉山河动，泼彩乾坤锦绣蟠。
仍望黄滩开凤翼，更随绿野织春冠。
一园佳景酬民众，造福城乡立顶端。

提水赞
吕俊安

盘古开天沿水滨，今兴其利为人民。
禹台敦涌玉龙酒，广袤农禾舞碧醇。

禹门提水赞
王景生

黄河玉液走高原，五县霓霖万顷田。
旱魃撒狂成往事，摇摇禾黍咏春天。

水利人
薛毅斌

兴发水利谋民祉，挥汗酬勤几十春。
手足胼胝驰寸志，奋身争做禹传人。

瓜峪水库（新韵）
赵志高

山清水秀库边行，野草香花点首迎。
宝镜何时镶此地，从今旱涝也囤丰。

水利惠民生
李麦香

兴修水利惠民生，筑坝疏渠路纵横。
水患清除歌盛世，年丰岁稔乐无穷。

古耿治水人
付永兴

引流漫野平，排浪万波倾。
志在谋民画，丹心古耿城。

水利赞歌（古风）
薛世平

禹凿龙门地，经济百强城。
先民重水利，全国有盛名。
提水农田润，黄河祸变功。
瓜峪建水库，小梁水幽清。
工程补短板，民生项目增。
重视节约水，空间搞均衡。
实行河长制，责任贵分明。
水利多开发，世代惠民生。

行香子·水利儿女吟
李可正

美丽乡村，魅力河津。兴水利、聚力凝魂。悠悠岁月，默默耕耘。看坝儿高、渠儿畅、水儿粼。

欣荣大地，精神指引。促转型，务实求真。锦添陌野，翠染河汾。愿心常热、血常沸、志常存。

浪淘沙令·水利儿女
吴会杰

挥汗饮流霞，拨浪淘沙。黄汾三峪筑星槎。风正潮头旗更艳，诗梦年华。　　入望绿天涯，壮穗清嘉，夕阳牧笛间牛车。活水一渠歌稔岁，笑看农家。

获奖作品

一等奖（1名）

卜算子·河津水利人
薛德虎

汾水几多弯，几许三泉路。邑内黄河几里程，都是心中数。　　固岸卫民生，提水丰田亩。饮水安全一市情，爱把清流护。

二等奖（2名）

咏河津水利儿女（通韵）
李金龙

愚翁再世气如虹，建库疏流效李冰。
筑埧黄河汾水月，开源瓜峪小梁风。
防洪堤护千重绿，抗旱渠濡万点红。
恪守为民初梦在，兴邦富耿立奇功。

水利兴市
李伯廷

兴农利国祚龙门，使命担当大禹魂。
造福一方图伟业，清流泽世万民尊。

三等奖（3名）

河津水利人赞
马黄河

经难历险不回头，吕岳河汾足迹稠。
也助车间腾热浪，还催田畹献金秋。
甘泉每借初心引，大坝常因众志牛。
上善当能泽天下，情衷水利为民谋。

水利新谣
许建国

黄鬃烈马谁能驭？鏖战西河耿士骄。
百里堤长笼石网，千军志壮入重霄。
争强故事龙乡谱，最靓新图绮梦描。
旱涝愁云觅无影，向阳葵朵献红谣。

河津水利人
许稳珠

筑坝兴农勤政忙，心牵耿邑换新装。
为民谋福蓝图展，万代清流接力扬。

第十节 "河津市庆祝中国共产党成立100周年赛诗赛文活动"诗词选

获奖诗词

二等奖（2名）

七律·大美河津
薛德虎

说到桃源谁不羡，河津此际可齐肩。
小康焕彩无边景，大业蒸云遍地妍。
春把百村裁作锦，蜜将卅万醉成仙。
汾湾明媚一轮月，恰共斯城美梦圆。

散套【中吕·粉蝶儿·戊戌暮春登卧麟岗】（通韵）
薛毅斌

谁移来仙境一方，你说是真蓬莱我不抬杠。纵然比不得秀丽苏杭，也算是古耿珠，新耿驵。拈几处亭台随意赏，便赋华章，凑一篇锦心难状。

【醉春风】步量了百尺殿坡长，眼收了千株松韵香。无边惬意随情爽，爽爽爽！拽上这能书善吟的苏黄，不说那你争我抢的刘项，纵高情铺文酬唱。

【迎仙客】抱一抱古柏千年身，算一算古柏十丈桩，千年寿龄岁月长。见证了沧桑，历经了热凉，风来雨来权作美食大排档。

【红绣鞋】虔拜了神灵幻象，感知了天意无量，始觉得万壑飞空是轻装。心中拂躁妄，物外见真章，自殷勤不恍惘。

【石榴花】我看见汾波舞带映天光，雁塔凌空飞凤忙。浮现古耿商墙，遥见孤峰云浪，近览豁谷青妆。卧麟冈，高氧舱，美景在身旁。

【斗鹌鹑】庑殿欣看金莺颉颃翔，亭台窃听紫燕呢喃讲；郁森森麟岛白云乡，香曲曲凤桥明月港。观景楼头咏画廊：太华莽、日空朗；心向龙门，怡荡西河画舫。

【普天乐】披云氅，作天党。乘风曲栈，自在侯王。望巍巍吕梁，齐弱弱肩膀。初意超尘多开亮，展襟怀把览长江。云路冲个透心凉，天衢吼个梆子腔，窘境不结痹。

【煞尾】诗为拔意狂，禅为胜境藏。道在朝天烟霞港，畅意飞扬，不装，不装，我为春天去站岗！

三等奖（3名）

龙门咏
李伯廷

黄龙怒吼泻洪流，谁劈沧门万古道。
拍岸雄涛惊鹭起，销魂绝壁咏声留。
崖飞一梦频思禹，势裹千钧遽忘忧。
雨打风摧多少载，诗心难锁几回头。

七律·追求
吴会杰

小船载梦梦悠悠，九派茫茫风雨稠。
十数俊英张锦旆，百载伟业主沉浮。
历经苦难忠魂在，铸就辉煌壮志酬。
愿将此身长报国，汗青簿上写风流。

破阵子·嵌字（龙门八景）
杜民昌

何处层楼倚汉，望中飞阁流丹。
曲栈连云云缥缈，漱玉鸣泉泉激湍。
恍如世外天。　岁岁春鳞汲浪，
年年秋水归船。遥忆惊雷空谷荡，
回念悬崖挂月圆。乡思到梦边。

优秀奖（5名）

龙门山
马黄河

应为盘古蠹，禹凿大河开。
奇石风磨砺，巉岩浪剪裁。
学兴幽洞启，财旺紫金堆。
最是梯崖险，堪同华岳陪。

赞河津环保
李金龙

植树造林初筑梦，移花莳草惠风生。
治污除垢霾无迹，焕彩流霞鸟有声。
一脉吕梁如画美，十湾汾水比泉清。
黑烟远隔馨香袅，环保怜民几许情。

龙门扬帆
武培仁

扬帆画里行，无处不春明。
虎岭崖松翠，蛇湾野杏晶。
岸槐栖绿鸟，河畔落黄莺。
横棹波摇月，船头送雁鸣。

龙门吟
王景生

醉卧龙门注目瞧，惟观二老钓洪潮。
黄河拍岸谁能锁？得势惊涛冲九霄。

古耿群星
许建国

禖庙经年久，神娲始祖缨。
孔门尊子夏，史记耀迁名。
三箭天山震，鸿篇滕阁嵘。
龙乡紫紫霭，凤脉育精英。

作品选录

党旗颂
任罗乐

百年浴血卷风烟，党帜高扬奏凯旋。
赤子横刀能本色，初心励志自巍然。
擎旗挺进新时代，挥笔精描大画笺。

奋力升华中国梦，人民一步一层天。

建党华诞百年颂
柴昌明

百年党史劲东风，卧虎藏龙绽阵营。
起义南昌枪杆举，会师井冈党旗擎。
长征指剑陶肝胆，灭寇平魔定国城。
港澳回归晖特色，惠民克疫撼环瀛。

诗贺建党一百周年
魏文生

百年寿诞固金汤，灿古荣今著锦章。
号角鸣时魑魅扫，党旗指处稻粱香。
嫦娥玉兔穹窿舞，舜日尧天福祉长。
梦想成真凭舵手，南湖发轫屹东方。

建党百年感怀
孙世忠

启碇南湖旗导航，乘风破浪势辉煌。
三山战伐栋梁杰，四海升平镰斧昂。
勋业功成程锦绣，颂歌吟处伴红妆。
百年方略梦圆速，复兴中华达小康。

立党百年颂
柴建丰

播火南湖映九天，神州豹变起霞烟。
红旗猎猎三山倒，丝路迤迤四海连。
马列开来新世界，锤镰革出大坤乾。
百年追梦睡狮醒，主义犹真共着鞭。

颂党诞辰百年
许稳珠

南湖星火燎原天，摧朽崛兴华夏巅。
特色航标承履步，宏图昭泰铸辉篇。

建党百年颂红船
赵文英

南湖伴舞颂红船，引领航程已百年。
赤帜飘飘宗旨立，锤镰闪闪誓言宣。
波披夜雾星开路，浪斩惊涛风助帆。
筑梦复兴刚起步，初心不忘谱新篇。

颂党（新韵）
赵志高

负重红船奋起航，唯真马列大旗扬。
豪情碧血飞明月，壮志钢身举大梁。
抗战八年驱日寇，报捷三役建新邦。
初心永记谋民祉，追梦兴国唱好腔。

建党百年颂
何金荣

遵义红船谱史篇，辉煌世纪更无前。
长征壮举赢威誉，解放丰功振海川。
民众当家情志焕，繁荣景盛福禔延。
引航共向康庄路，不忘初心大梦圆。

建党百年颂
史佐君

百年逐梦写辉煌，四海升平赤帜扬。
善政布施民富裕，廉风荡拂国隆昌。
初心不负铸宏业，使命担当圆小康。
华夏腾飞惊世界，巍峨壮丽屹东方。

建党百年诞辰感（新韵）
武建军

百载征程穿坎坷，仁人志士创先河。
如钢信仰陶肝胆，解冻春风沐共和。
天下归心国梦醒，江山合璧党旗灼。
复兴华夏凭接力，世纪功勋史册歌。

沁园春·建党百年抒怀
李可正

几度春秋，史册丰碑，气壮河山。忆南湖星火，红船定韵；长征万里，遵义拨弦。八载弯弓，三年逐鹿，烈火红岩谱壮篇。红旗展，看沧桑巨变，砥柱中坚。　　当家做主无前，只有党，敢为天下先。问何时敢叫？人民万岁。何时能灭？流毒千年。日出东方，龙腾云海，两弹飞星震宇寰。兴伟业，任鲲鹏羽化，笑傲长天。

纪念建党100周年
魏向民

烽火燎原动撼天，军民奋战竞争先。
阴霾扫尽三山倒，玉宇澄清四害歼。
两制首施凭智慧，一言九鼎敬才贤。
东风遒劲功卓著，华夏根基固万年。

建党百周年纪
马黄河

回眸世纪始艰难，云暗风凄禹甸寒。
马列传来时代醒，锤镰奋起庶黎欢。
麾军剑戟服蛮寇，致富山河尽画栏。
威望蒸蒸阿母似，青春永驻引惊叹。

第十一节　河津市"庆丰收、感党恩、农之源、韵河东"2021年中国农民丰收节诗词作品征集

庆丰收（新声）
柴昌明

清风沐露谱长虹，谷麦流金瓜果萌。
亩产增收心激荡，花销提质步轻盈。

秋收一瞥
薛德虎

垄上机鸣金浪翻，香风黄土又丰年。
大爷畦陌无言笑，点火吧嗒猛抽烟。

农家八月
王景生

风管泉琴奏小康，仓中玉满笑声扬。
金铺四野霞燃彩，雁剪三秋天亦香。

为运城市丰收节运城农民书画楹联展作
琛闰

农丰盛景惠诗笔，大运之城气象新。
笔飞南北传灵气，诗韵东西结友亲。

果香桃艳独蜚声，大笔酣淋书昌兴。
黄河涛颂丰收景，中条流翠画卷新。

庆丰收
孙世忠

金秋逐梦撷农忙，五彩斑斓漫果香。
更有东风增特色，田园重笔赋兰章。

红富士采摘园
杜民昌

谁言落叶最知秋，应数红香满树头。
硕果累枝争报喜，一年企盼一园收。

庆丰收
李金龙

金风拂面送清香，禹甸秋收谷满仓。
逐梦农家鹏翼展，铺霞织锦步康庄。

农家乐
李伯廷

清风毓彩陌流金，过岭欢歌绕玉音。
喜看今朝香畈里，笑容满盏醉千斟。

金秋
许稳珠

秋风溢彩满畴金，郊野烟霞馨我心。
笑看汾川禾黍美，动情舒意醉诗吟。

果农秋声
柴建丰

金风铺画染平畴，岭上飞红玉果收。
最是丰年秋好处，一壶老酒醉心头。

庆丰收
魏文生

璀璨中秋万物丰，嫦娥舒袖舞长空。
人间大美天堂福，自悔当初上月宫。

秋收
何金荣

秋风送爽话丰年，不见耕牛车马颠。
田陌喜看机阵吼，庭前围坐弄胡弦。

秋意
吴会杰

秋风秋雁各风流，盛世高歌相为酬。
雁踏秋风成好梦，风依鸣雁唱秋收。

庆丰收
史佐君

陌上流金四野香，枝头缀玉醉秋光。
农家乐在丰收里，乘驭东风富小康。

庆贺农民丰收节
赵志高

和风惠雨助农强，朗朗金秋谷果香。
又是一年丰硕景，声声鼓乐醉心房。

晒玉米
马冬冬

长雁南归菊吐黄，玉茭谷米正摊场。
黄金遍地映天照，鸟鹊无人啄食忙。

果园秋色
卫金报
玛瑙红提缀满藤，压枝霜果灿朱灯。
清风习习蝉声脆，碌碌游蜂欢聚凝。

庆丰收节
毋俊生
天佑中华国运昌，九州田野铺金黄。
丰登五谷粮仓满，农户开怀唱小康。

秋景
武培仁
日照江河生翠带，风吹侧畔稼飘香。
丰收在望心兴奋，明月高悬庆祚长。

庆丰收
许建国
漫野风光艳，丰收节庆欢。
粮堆龙塔顶，棉叠吕梁端。
菜涨阳棚布，瓜肥锦绣滩。
感恩挥笔画，厚礼献心丹。

贺运城市农民丰收节
卫辉泽
黄涛万里顾河东，卤海扬波染凤城。
八月梨榴腾满树，诗联溢彩赞民丰。

又是一年丰收节
李可正
又是金秋靓大千，飘香禾稼果儿鲜。
九州倾盏酬宾客，五岳簪花庆有年。

第十二节　抗洪救灾诗词选

抗洪救灾颂
任罗乐
全民奋勇战洪魔，掠岸惊涛奈我何。
抗汛长城钢铁汉，龙门儿女谱新歌。

战洪魔
薛德虎
军民携手抗洪魔，汹涌波涛奈我何。
喝令恶龙归海去，沿汾处处战天歌。

水上长城
王景生
连绵淫雨雨成灾，天地无分一片皑。
水上长城谁铸就，看吾新耿众英才。

抗洪（新韵）
薛毅斌
是谁捅漏天河釜，滂雨侵秋逞虐威。
莫道无情水同火，万民同忾不容摧。

河津抗洪
李金龙
大雨如盆连日倾,洪魔滚滚欲吞城。
红旗一展军民奋,斩首裁腰保太平。

抗洪抢险
李可正
敢同风雨争高下,勇战洪魔无后先。
纵是临危何所惧?傲然挺立列前沿。

河津抗洪
卫金报
洪水汪汪逼耿城,险情严峻显群英。
党旗招展沿汾坝,风雨固堤殚力擎。

抗洪有感
李伯廷
天漏汹汹漫陌城,而来飞祸痛苍生。
八方共奏擎天曲,水患无情爱有情。

闻连伯村水退(新韵)
柴建丰
数日揪心似火煎,汾河水溢漫沙滩。
军民奋战洪魔退,无恙连伯展笑颜。

抗洪
韩民科
连天淫雨泛洪波,汾水冲堤祸稼禾。
众志成城擎赤帜,导流固坝伏灾魔。

抗洪英雄赞
许稳珠
淫雨连秋降祸殃,浊流肆虐美滩粮。
战灾奏响同心曲,水患无情大爱扬。

抗洪
何金荣
秋雨连天天日蔽,泱泱昏水水倾城。
党群奋起共匡难,势撼苍穹碧宇明。

八方驰援连伯有感
付永兴
六十年来未有逢,绿原花木尽消溶。
苍天昏眼真情在,自此蛮洪不逞凶。

第七章 名著序

诗大序
周·卜子夏

《关雎》,后妃之德也,风之始也,所以风天下而正夫妇也。故用之乡人焉,用之邦国焉。风,风也,教也;风以动之,教以化之。

诗者,志之所之也,在心为志,发言为诗。情动于中而形于言,言之不足故嗟叹之,嗟叹之不足故永歌之,永歌之不足,不知手之舞之足之蹈之也。

情发于声,声成文谓之音。治世之音安以乐,其政和;乱世之音怨以怒,其政乖;亡国之音哀以思,其民困。故正得失、动天地、感鬼神,莫近于诗。先王以是经夫妇、成孝敬、厚人伦、美教化、移风俗。

故诗有六义焉:一曰风,二曰赋,三曰比,四曰兴,五曰雅,六曰颂。上以风化下,下以风刺上。主文而谲谏,言之者无罪,闻之者足以戒,故曰风。至于王道衰、礼义废、政教失、国异政、家殊俗,而"变风""变雅"作矣。国史明乎得失之迹,伤人伦之废,哀刑政之苛,吟咏情性,以风其上,达于事变而怀其旧俗者也。故变风发乎情,止乎礼义。发乎情,民之性也;止乎礼义,先王之泽也。是以一国之事,系一人之本,谓之风;言天下之事,形四方之风,谓之雅。雅者,正也,言王政之所由废兴也。政有小大,故有小雅焉,有大雅焉。颂者,美盛德之形容,以其成功告于神明者也。是谓四始,诗之至也。

然则《关雎》《麟趾》之化,王者之风,故系之周公。南,言化自北而南也。《鹊巢》《驺虞》之德,诸侯之风也,先王之所以教,故系之召公。《周南》《召南》,正始之道,王化之基。是以《关雎》乐得淑女,以配君子,忧在进贤,不淫其色;哀窈窕,思贤才,而无伤善之心焉。是《关雎》之义也。

《中说》序
北宋·阮逸

周公,圣人之治者也,后王不能举,则仲尼述之,而周公之道明。仲尼,圣人之备者也,后儒不能达,则孟轲尊之,而仲尼之道明。文中子,圣人之修者也,孟轲之徒欤,非诸子流矣。盖万章、公孙丑不能极师之奥,尽录其言,故孟氏章句略而多阙。房、杜诸公不能臻师之美,大宣其教,故王氏"续经"抑而不振。

《中说》者,子之门人对问之书也,薛收、姚义集而名之。唐太宗贞观初,精修治具,文经武略,高出近古。若房、杜、李、魏、二温、王、陈辈,迭为将相,实永三百年之业,斯门人之功过半矣。贞观二年,御史大夫杜淹,始序《中说》及《文中子世家》,未及进用,为长孙无忌所抑,而淹寻卒。故王氏经书,散在诸孤之家,代莫得闻焉。二十三年,太宗没,子之门人尽矣。惟福畤兄弟,传授《中说》于仲父凝,始为十卷。今世所传本,文多残缺,误以杜淹所撰《世家》为《中说》之序。又福畤于仲父凝得《关子明传》,凝因言关氏卜筮之验,且记房、魏与太宗论道之美,亦非《中说》后序也。盖同藏缃帙,卷目相乱,遂误为序焉。

逸家藏古编,尤得精备,亦列十篇,实无二序。以意详测,《文中子世家》乃杜淹授与尚书陈叔达,编诸《隋书》而亡矣。关子明事,具于裴晞《先贤传》,今亦无存。故王氏诸孤,痛其将坠也,因附于《中说》两间,且曰"同志沦殂,帝阍悠邈。文中子之教,郁而不行。吁!可悲矣"。此有以知杜淹见抑,而"续经"不传;诸王自悲,而遗事必录。后人责房、魏不能扬师之道,亦有由焉。

夫道之深者,固当年不能穷;功之远者,必异代而后显。方当圣时,人文复古,则周、孔至治大备,得以隆之。昔荀卿、扬雄二书,尚有韩愈、柳宗元删定,李轨、杨倞注释,况文中子非荀、扬比也,岂学者不能伸之乎?是用覃研蕴奥,引质同异,为之注解,以翼斯文。

夫前圣为后圣之备,古文乃今文之修,未有离圣而异驱,捐古而近习,而能格于治者也。皇宋御天下,尊儒尚文,道大淳矣;修王削霸,政无杂矣;抑又跨唐之盛,而使文中之徒遇焉。彼韩愈氏力排异端,儒之功者也,故称孟子能拒杨、墨,而功不在禹下。孟轲氏,儒之道者也,故称颜回,谓与禹、稷同道。愈不称文中子,其先功而后道欤?犹文中子不称孟轲,道存而功在其中矣。唐末司空图嗟功废道衰,乃明文中子圣矣。五季经乱,逮乎削平,则柳仲涂宗之于前,孙汉公广之于后,皆云圣人也。然未及盛行其教。

噫！知天之高，必辩其所以高也。子之道其天乎？天道则简而功密矣。门人对问，如日星丽焉，虽环周万变，不出乎天中。今推策揆影，庶仿佛其端乎？大哉。中之为义！在《易》为二五，在《春秋》为权衡，在《书》为皇极，在《礼》为中庸。谓乎无形，非中也；谓乎有象，非中也。上不荡于虚无，下不局于器用；惟变所适，惟义所在；此中之大略也。《中说》者，如是而已。李靖问圣人之道，子曰："无所由，亦不至于彼。"又问彼之说，曰："彼，道之方也，必也。无至乎？"魏徵问圣人忧疑，子曰："天下皆忧疑，吾独不忧疑乎？"退谓董常曰："乐天知命，吾何忧？穷理尽性，吾何疑？"举是深趣，可以类知焉。或有执文昧理，以模范《论语》为病，此皮肤之见，非心解也。

逸才微志勤，曷究其极！中存疑阙，庸俟后贤。仍其旧篇，分为十卷。谨序。

《王无功文集》序
唐·吕才

君姓王氏，讳绩字无功，太原祁人也。高祖晋穆公，自南归北，始家河汾焉，历宋魏迄于周隋，六世冠冕，国史家牒详焉。

君幼歧嶷，有奇思，八岁读《春秋左氏》，日诵十纸。初，君祖安康县公，周建德中，从武帝征邺，为前驱大总管。时诸将既胜，并携获珍物，献公丝毫不顾，车载图书而已。故家富坟籍，学者多有依焉。

其性特好学，博闻强记，与李播、陈永、吕才为莫逆之交，阴阳历数之术，无不洞晓。年十五，游于长安，谒岳公杨素。于时，宾客满席，素览刺引入，待之甚踞。君曰："绩闻周公接贤，吐餐握发，明公若欲保崇荣贵，不宜倨见天下之士。"时宋公贺若弼在座，弼早与君长兄侍御史度相善。至是，起曰："王郎是王度御史弟也，止看今日精神，足见贤兄有弟。"因提手引座，顾谓越公曰："此足方孔融，杨公亦不减李司隶。"素改容礼之。因与谈文章，遂及时务。君瞻对闲雅，辩论精新，一座愕然，目为"神仙童子"。初，君第三兄征君通，尝以仁寿三年因上十二策，大为文帝所知赏，素时亦钦其识用。至是谓君曰："贤兄十二策，虽天下不施行，诚是国家长算。"君曰："知而不用,谁之过欤？"素有惭色。河东薛道衡，曾见其《登龙门忆禹赋》，曰："今之瘐信也。"因以其所制《平陈颂》示之，一遍便暗诵，道衡大惊曰："此王仲宣也。"由是，弱冠藉甚群公之间。

大业末，应孝弟廉洁举，射高第，除秘书正字。君性简放，饮酒至数斗不醉，常云："恨不逢刘伶，与闭户轰饮。"因著《醉乡记》及《五斗先生传》，以类《酒德颂》云。雅善鼓琴，加减旧弄，作山水操，为知音者所赏。高情胜气，独步当时。及为正字，端簪理笏，非其好也，以疾罢，乞署外职，除扬州六合县丞。君笃于酒德，颇妨职务，时天下乱，藩部法严，屡被勘劾。君叹曰："罗网高悬，去将安所？"遂出所受俸钱，积于县城门前，托以风疾，轻舟夜遁。

隋季板荡，客游河北。时窦建德始称夏王，其下中书侍郎凌敬，学行之士也，与君有旧，君依之数月。敬知君妙于历象，访以当时休咎。君曰："人事观之足可，不俟终日，何逮问此？"敬曰："王生要当赠我一言。"君曰："以星道推之，关中福地也。"敬曰："我以为然。"君遂去，还龙门。建德败后，君入长安见敬，曰："囊时之言，何其神验也！"

君既妙占算，兼长射覆。尝过仆射裴寂，覆鹦鹉鸟，请君筮之。君布卦乞，曰："剪落毛羽，羁滞樊笼，欲飞不举，能鸣有言。此必鹦鹉也。"一座惊喜。又覆一宝钗，又筮之曰："一身二足，玉错金缠，上扶云发，下杂花佃，此宝钗也。"其筮术之妙，率皆此类。

才尝奇君多时，以为非积学所致。君曰："我学之精者尔，非不学也。"后才于岐州陈仓山行，忽见蓍一丛，非常端实。下马数之，得四十九茎。因掘之，不过一尺，便得一龟，径可尺余。刳之将献，遇君于长安。因以示君曰："此龟是九江所出，先生以为何如？"君抚龟叹曰："此龟十境，位六班，炯彻千里，径如墨，四缘张如花，扣之若钟磬，是必陈仓蓍下皂龟也。卿读龟书不遍耳。"才遂谢服。及才将除阴阳文书，谓才于此最后，然终须十二年乃了。卒如君言。

君又与河南董恒、河东薛收友善，二人并早卒。君追惜不已，后为思友文及二人诔，词甚感至。君舅河东裴晞览而叹曰："不图文诔之至于斯也。庄周读此，亦当酸鼻。"

武德中，诏徵，以前扬州六合县丞待诏门下省。时省官例日给良酝三升，君第七弟静，为武皇千牛。谓曰："待诏可乐否？"君曰："待诏禄俸，殊为萧瑟，但良酝三升，差可恋尔！"待诏江国公，君之故人也。闻之曰："三升良酝，未足以绊王先生，判日给王待诏一斗。"时人号为"斗酒学士"。

贞观初，以足疾罢归，欲定长往之计，而困于贫。贞观中，以家贫赴选。时太乐有府史焦革，家善酝酒，冠绝当时。君苦求为太乐丞，选司以非士职不授。君再三请曰："此中有深意，且士庶清浊，天下所安。不闻庄周羞居漆园，老聃耻于柱下也。"卒授焉。数月而焦革死，革妻袁氏，犹时送美酒。岁余袁又死。君叹曰："天乃不令吾饱美酒！"遂挂冠归。由是太乐丞为清流。君后追述焦革《酒经》一卷，其术精悉。兼采杜康仪狄已来善为酒人，为《酒谱》一卷。太史令李淳风见而悦之，曰："王君可为酒家之南董。"君历职皆以好酒不终，因自著《无心子》以喻志。

河汾中先有渚田十数顷，颇称良沃。邻渚又有隐士仲长子光，服食养性，君重其贞素，顾与相近，遂结庐河渚，纵意琴酒，庆吊礼绝十有余年。河渚东南隅有连沙盘石，地颇显敞，君于其侧遂为杜康立庙，岁时致祭，以焦革配焉。

贞观中，京兆杜松之、清河崔公善继为本州刺史，皆请与君相见。君曰："奈何悉欲坐召严君平耶？"竟不见。崔、杜高君调趣，卒不敢屈，岁时赠以美酒鹿脯，诗书往来不绝。

君又葛巾联牛，躬耕东皋，每著书，自称东皋子。晚岁醉饮无节，乡人或谏止之，则笑曰："汝辈不解，理正当然。"或乘牛驾驴，出入郊郭，止宿酒店，动经岁月，往往题咏作诗。好事者录之讽咏，并传于代。

初，武德中，有贺德仁为蒲州治中，弟襄随德仁任，因游龙门。岁余，襄文学见贵于时，而亦溺于酒德，自方陶潜、胡叟。龙门人至今传之，故号君曰"小贺襄"。君闻而笑曰："我得方贺襄，是不减陶元亮、胡伦许，复何所恨？"

贞观十八年，终于家，时年若干。临终自克死日，遗命薄葬，兼预自为墓志。君常乘一紫驴，养二白犬。及君终后，驴鸣犬吠，有若悲号，数日皆死。乡间以为非常。

君所著诗赋，并多散逸，鸠访未毕，且缉成五卷。君又著《隋书》五卷未就，君第四兄太原县令凝续成之。又著《会心高士传》五卷，《酒谱》二卷，及注《庄子》，并别成一家，不列于集云。

《王子安集》序

唐·杨炯

大矣哉，文之时义也。有天文焉，察时以观其变；有人文焉，立言以重其范。历年兹久，递为文质。应运以发其明，因人以通其粹。仲尼既没，游夏光洙泗之风；屈平自沉，唐宋宏汨罗之迹。文儒于焉异术，词赋所以殊源。逮秦氏燔书，斯文天丧；汉皇改运，此道不还。贾、马蔚兴，已亏于《雅颂》；曹、王杰起，更失于《风骚》。儴佪大猷，未悉前载。洎乎潘、陆奋发，孙、许相因，继之以颜、谢，申之以江、鲍。梁魏群材，周隋众制，或苟求虫篆，未尽力于丘坟；或独徇波澜，不寻源于礼乐。会时沿革，循古抑扬，多守律以自全，罕非常而制物。其有飞驰倏忽，倜傥纷纶。鼓动包四海之名，变化成一家之体。蹈前贤之未识，探先圣之不言。经籍为心，得王、何于逸契；风云入思，叶张、左于神交。故能使六合殊材，并推心于意匠；八方好事，咸受气于文枢。出轨躅而骧首，驰光芒而动俗。非君之博物，孰能致于此乎？

君讳勃，字子安，太原祁人也。其先出自有周，濬哲文明之裔；隐乎炎汉，弘宣高尚之风。晋室南迁，家声布于淮海；宋臣北徙，门德胜于河汾。宏材继出，达人间峙。祖父通，隋秀才高第，蜀郡司户书佐，蜀王侍读。大业末，退讲艺于龙门。其卒也，门人谥之曰文中子。闻风睹奥，起予道惟；摩摹三古，开阐八风。始摈落于邹、韩，终激扬于荀、孟。父福畤，历任太常博士，雍州司功，交阯、六合二县令，为齐州长史。

抑惟邦彦，是曰人宗，绝六艺以成能，兼百行而为德。司马谈之晚岁，思宏授史之功；扬子云之暮年，遂起参玄之叹。

君之生也，含章是托。神何由降，星辰奇伟之精；明何由出，家国贤才之运。性非外奖，智乃自然。孝本乎未名，人应乎初识。器业之敏，先乎就傅。九岁读颜氏《汉书》，撰《指瑕》十卷；十岁包综六经，成乎羁月。悬然天得，自符音训。时师百年之学，旬日兼之；昔人千载之机，立谈可见。居难则易，在塞咸通。于术无所滞，于词无所假。幼有钧衡之略，独负舟航之用。年十有四，时誉斯归。太常伯刘公巡行风俗，见而异之，曰："此神童也。"因加表荐，对策高第，拜为朝散郎。沛王之初建国也。博选奇士，征为侍读。奉教撰《平台钞略》十篇，书就，赐帛五十匹。先鸣楚馆，孤峙齐宫。乘、忌侧目，应、刘失步。临秀不容，寻反初服。远游江汉，登降岷峨。观精气之会昌，玩灵奇之盼蠁。考文章之迹，征造化之程。神机若助，日新其业；西南洪笔，咸出其词。每有一文，海内惊瞻。所制《九陇县孔子庙堂碑文》，宏伟绝人，稀代为宝，正平之作，不能夺也。咸亨之初，乃参时选，三府交辟，遇疾辞焉。友人陵季友，时为虢州司法，盛称弘农药物，乃求补虢州参军。坐免岁余，寻复旧职，弃官沉迹，就养于交阯焉。长卿坐废于时，君山不合于朝，岂无媒也？其惟命乎？富贵比于浮云，光阴逾于尺璧。著撰之志，自此居多。观览旧章，翱翔群艺，随方渗漉，于何不尽？在乎词翰，倍所用心。

尝以龙朔初载，文场变体，争构纤微，竞为雕刻。糅之金玉龙凤，乱之朱紫青黄。影带以狥其功，假对以称其美。骨气都尽，刚健不闻；思革其弊，用光志业。薛令公朝右文宗，托末契而推一变；卢照邻人间才杰，览青规而辍九攻。知音与之矣，知己从之矣。于是鼓舞其心，发泄其用。八弘驰骋于思绪，万代出没于毫端。契将往而必融，防未来而先制。动摇文律，宫商有奔命之劳；沃荡词源，河海无息肩之地。以兹伟鉴，取其雄伯，壮而不虚，刚而能润，雕而不碎，按而弥坚。大则用之以时，小则施之有序。徒纵横以取势，非鼓怒以为资。长风一振，众萌自偃，遂使繁综浅术，无藩篱之固；纷绘小才，失金汤之险。积年绮碎，一朝清廓，翰苑豁如，词林增峻。反诸宏博，君之力焉；矫枉过正，文之权也。后进之士，翕然景慕。久倦樊笼，咸思自释。近则面受而心服，远则言发而响应。教之者逾于激电，传之者速于置邮。得其片言，而忽焉高视；假其一气，则邈矣孤骞。窃形骸者，既昭发于枢机；吸精微者，亦潜附于声律。虽雅才之变例，诚壮思之雄宗也。妙异之徒，别为纵诞，专求怪说，争发大言。乾坤日月张其文，山河鬼神走其思，长句以增其滞，客气以广其灵。已逾江南之风，渐成河朔之制。谬称相述，罕识其源。扣纯粹之精机，未投足而先逝；览奔放之偏节，已滞心而忘返。乃相循于踦步，岂见习于通方？信谲不同，非墨翟之过；重增其放，岂庄周之失？唱高罕属，既知之矣。以文罪我，其可得乎？

君以为摘藻雕章，研几之余事；知来藏往，探赜之所宗。随时以发，其惟应便；稽古以成，其殆察微。循紫宫于北门，幽求圣律；访玄扈于东洛，响像天人。每览韦编，思宏《大易》。周流穷乎八索，变动该乎四营。为之发挥，以成注解。尝因夜梦，有称孔夫子而谓之曰："《易》有太极，子其勉之！"寤而循环，思过半矣。于是穷蓍蔡以像告，考爻象以情言。既乘理而得玄，亦研精而徇道。虞仲翔之尽思，徒见三爻；韩康伯之成功，仅逾两系。君之所注，见光前古，与夫发天地之秘藏，知鬼神之情状者，合其心矣。君又以幽赞神明，非杼轴于人事；经营训导，乃优游于圣作。于是编次《论语》，各以群分；穷源造极，为之古训。仰贯一以知归，希体二而致远。为言式序，大义昭然。

文中子之居龙门也。睹隋室之将丧，知吾道之未行；循叹凤之远图，宗获麟之遗制，裁成大典，以赞孔门。讨论汉魏，迄于晋代，删其诏命为百篇以续《书》。甄正乐府，取其雅奥，为三百篇以续《诗》。又自晋太熙元年，至隋开皇九年平陈之岁，褒贬行事，述《元经》以法《春秋》。门人薛收窃慕，同为《元经》之传，未就而殁。君思崇祖德，光宣奥义。续薛氏之遗传，制《诗》《书》之众序。包举艺文，克融前烈。陈群禀太丘之训，时不逮焉；孔伋传司寇之文，彼何功矣？《诗》《书》之序，并冠于篇；《元经》之传，未终其业。命不与我，有涯先谢，春秋二十八，皇唐上元三年秋八月，不改其乐，颜氏斯殂，养空而浮，贾生终逝。

呜呼！天道何哉？所注《周易》，穷乎晋卦；又注《黄帝八十一难》，幸就其功；撰《合论》十篇，见行于代。君平生属文，岁时不倦，缀其存者，才数百篇。嗟乎促龄，材气未尽，殁而不朽，君子贵焉！

兄勔及勴，磊落词韵，铿鎗风骨，皆九变之雄律也。弟助及勋，摠括前藻，网罗群思，亦一时之健笔焉。友爱之至，人伦所及，永言存殁，何痛如之！援翰纪文，咸所未忍。盖以投分相期，非弘词说，潸然擎涕。究而序之，分为二十卷，具诸篇目。《三都》盛作，恨不序于生前；《七志》良书，空撰得于身后。神其不远，道或存焉。

送王含秀才序

唐·韩愈

吾少时读《醉乡记》，私怪隐居者无所累于世，而犹有是言，岂诚旨于味耶？及读阮籍、陶潜诗，乃知彼虽偃蹇，不欲与世接，然犹未能平其心，或为事物是非相感发，于是有托而逃焉者也。若颜子操瓢与箪，曾参歌声若出金石，彼得圣人而师之，汲汲每若不可及，其于外也固不暇，尚何曲之托，而昏冥之逃耶？

吾又以为悲醉乡之徒不遇也。建中初，天子嗣位，有意贞观、开元之丕绩，在廷之臣争言事。当此时，醉乡之后世又以直废。吾既悲醉乡之文辞，而又嘉良臣之烈，思识其子孙。今子之来见我也，无所挟，吾犹将张之；况文与行不失其世守，浑然端且厚。惜乎吾力不能振之，而其言不见信于世也。于其行，姑与之饮酒。

《二妙集》序
元·吴澄

中州遗老值元兴金亡之会，或身没而名存，或身隐而名显。其诗文传于今者，窃闻一二矣，有如河东二段先生者，则未之见也，心广而识超，气盛而才雄，其蕴诸中者，参众德之妙，其发诸外者，综群言之美。夫岂徒从事于枝叶以为诗，为文者之所能及哉？于时干戈未息，杀气弥漫，贤者辟世，苟得一罅隙地，聊可娱生，则怡然自适，以毕余龄几若，淡然与世相忘者，然形之于言，闲亦不能自禁。若曰冤血流未尽，白骨如山丘。若曰四海疲攻战，何当洗甲兵，则陶之达、杜之忧，盖兼有之。其达也，天固无如人何；其忧也，人亦无如天何。是以达之辞著，而忧之意微。后之善观者，犹可于此而察其衷焉。伯氏讳克己，字复之，人称遁庵先生。在金以进士贡。金亡，余二十年而卒，终身不仕。仲氏讳成己，字诚之，人称菊轩先生，在金登进士第，主宜阳簿，年过八秩，至元间乃卒，虽被提举学校官之命，亦不复仕。遁翁之孙辅由应奉翰林，扬历台阁，今以天官侍郎知选，举邂后于京师出其家藏《二妙集》以示，一览如睹靖节，三复不置已而叹曰："斯人也，而丁斯时也；斯时也，而毓斯人也。"昔之耆彦尝评二翁，谓复之磊落不凡，诚之谨厚，化服摹写盖得其真。予亦云然！翰林学士、资德大夫、知制诰同修国史，临川吴澄序。

《河汾诗集》序
明·阎禹锡

昔人云：文章一小技，于道未为尊。又云：道以文章轻重，文章以道轻重。夫文不载道，轮辕斫而弗庸也，秤无星也，尺无寸也，何以经纬天地，维持彝伦于无穷哉！自汉魏而下，名作诗赋者无虑数千百家，中间闻道者几何人耶？洪惟我朝作养人材百余年间，惟睹我先师河东薛文清公，了明斯道而允迪之。唯所禀者清而粹，粹而长，故所养者完，所得者多。著书二十四卷，自号曰《读书录》，发挥斯道，无余蕴矣。至其支言诗赋，凡若干篇，亦自号曰《河汾诗集》。皆发于情，本于性，一动静，一语默，一行止，一草木，一水石，近而一尘之微，远而天地之大，触景动中，皆沛然形诸比兴而卒归于道，初无雕刻意。观其赋黄河，有曰"庶昼夜之靡亏"；登州观海，有曰"有物无名大莫比"；歌黔阳江，则曰"有物不名复不凋"；观《太极图》，则曰"理在象中原不离"。至于拟古诸篇，尤为冲淡，而于辩异端、辟邪说尤严，诗云乎哉！於戏！此物何物乎？必知物物而不物于物者，然后知之，是即所谓道也，非闻见所及也。回视汉魏以来诸作，水之迢迢，非不足于清；春之盎盎，非不足于和；丹砂空青，非不足于宝；金膏水碧，非不足于奇；云烟绵联，非不足为其态；风樯阵马，非不足为其勇；荒国侈殿，梗莽丘陇，非不足于恨怨悲愁也；牛鬼蛇神，鲸呿鳌掷，非不足于诞幻荒虚也。其视斯道何如？其关世教何如？若我先师吟风弄月之趣，则兼有之，而皆本于道，诚有"吾与点也"之意。大不足为天地也，明不足为日月也，深不足为河海也，高不足为山岳也，是何哉？盖以道不以形，吾以道观物耳，孰有大于道乎？矧景逼桑榆，尚诵《击壤》之歌；山颓梁坏之夕，犹有"此心惟觉性天通"之句。则我先师与道俱终矣。道果有终，我先师迹终矣。使康节见之，必无"删后更无诗"之句；晦庵见之，必无"不精于理"，如评陈子昂也。呜呼！惜哉！孔子曰："为此诗者，其知道乎？"盖谓是欤？

先师有孙名諟，早登甲第，主刑白云之司。平恕明允，绍家学者也。衷拾遗稿，集成属序。余忝游门墙，义不容辞，故掇其大归如此。匪敢阿私所好，览者当自知之。序成，蒲坂谢君庭桂，同知常州府，以公务至京师，见而叹之曰："此吾乡之先达，每蒙与进，九原不可作矣。捐俸锓梓，俾讽咏者有以感发，兴起正学于无穷，是所愿也。"遂录以归之。

先师讳瑄，字德温，阳礼部左侍郎兼翰林学士，谥文清。履历之详具于国史云。

成化四年戊子孟冬之吉，修职郎、国子监丞、掌京卫武学事、门人伊洛阎禹锡书。

《河汾诗集》后题

明·谢庭桂

右《河汾诗》一帙，乡先生薛文清公所作，其孙刑部主事諟之所汇粹，门人国子监丞阎君禹锡雠校之以授予者也。诗凡八卷，一千一百三十首。其篇什既多，缮写者间不能无脱误，予暇日复订正之。方谋锓梓，郡人好义者，致仕通政知事朱维吉适过予，请效资费，曾不逾时而板刻成矣。

庭桂伏念自幼学时，于先生已知向慕。景泰癸酉领乡荐，入京师，始获拜先生于棘木之署，以挹其道德之光。绪言余论，窃闻多矣，今尚于先生之诗讽诵不置。天下之士爱慕先生而未之接识者何限，其于一登其堂以领其言论者，又几何人？此其诗所以不可不传也。

先生学术甚富，大篇短章，下笔千万言立就。初若不经意者，至详味之，卒无一言不根于理。所谓玄圃积玉，无非夜光者也。庭桂乡郡晚杰，不敢妄肆评品，姑因其集之成，缀一言以记岁月，亦庸以托名于不朽云。

成化五年己丑岁十一月戊午，后学蒲坂谢庭桂拜手谨书。

《苍雪轩全集》序一

明·李日宣

河东为文清道地，气所攸萃，而江右则伊洛真派，士率有宗，故豫章丙午之役，既主龙门又奉安邑，士林率弹冠曰："进取诚难，□□师资，胡可失耶！"今不售复何待乎？盖江右文，大率神理居胜，往往沉郁瞿涩之意，多而砑砍圭角之态，时存常令观者气阻，故士以文著而未可以文格，主以文券而亦时以文遗，则识神于天机之际，占气于物色之表，非有道者居之，士几以幸遇耳？愚既得遇于两先生矣，或言两先生者，龙门天下文章，安邑千古道德，而宣未之然也，文章道德原不分之为两，文章不本道德，则画脂镂冰，何裨实用，道德不见文章，亦扣盘扪烛，若人摹拟，皆两先生所不出，而执此以求两先生则隘耳。两先生宣事安邑最久，自是肫肫一大儒，其苍然似松，凝然似山，澄然似冰之在玉，及其扣之则如黄钟大吕，皦然而不乱，其发而为文，又铿然如佩玉鸣珂之行明光殿上也。此可谓以道德枯寂者乎？若先生者，生平笃信濂洛关闽之学，以致知主敬为宗，其干性天微，妙圣神阃，奥原已洞烛无遗。故自读中秘书，溥历玉堂，语妙天下，名震彤管，一代词臣，超今轶古。今观其论说，则析理精微，应衙官六子序记，则条达自遂，有子长遗风。碑碣则典雅不群，出中郎逸，韵至馆阁，鸿裁烨煜，标鲜与报任答苏，埙篪互叶而一派。诗歌直追正始。近体诸作，和平谐畅，不让大历开元。宣卒业之，则磊然如九都之北注，苍然多玉也，泠然如承露仙掌，久而沉瀯，犹存残檐败橡也，浑然如铜崩钟应，饮池见垣，恍而色色灵通也。宣乃作而叹曰："有是哉！一至此耶？"窃尝谓文章灵物不根，心而发如石火电光，安能久照人间？即如邺下诸子皆伟才，词赋表记，家树一帜，三晋文献最盛。异时，柳州、河汾诸君子表表，词林率各有所自负，以鸣于一时，先生非发灵性蕴根极理要，安能弥深弥广，探之莫得其崖，窥之莫穷其际乎？则安在乎文章之不出于道德也。独怪夫！先生以弥天经纶、盖世学术，名与河汉争流，而实不能使天壤俱竟，金瓯已定，玉烛须调而乘云骑箕。曾不少待，今十年来，犹令人抚卷而致憾于石渠天禄间焉，则文清先生所谓"我虽困而道则亨也。"

宣日侍安邑，师于郇而西望龙门，不胜山水之恨。因先生门人、河津令智君铤，万泉令刘君鼎卿，谋其同榜平阳二守胡君腾蛟，赵城令陈君时春，荣河令高君之俊，为搜其家藏遗牒若干卷，属宣为校而汇之，而先生之令子玄将已骎骎能读父书矣，固不必游夏之赞一词也。

是为序。

天启四年甲子孟春吉旦

明进士、文林郎、云南道监察御史奉使河东、门生吉水李日宣顿首撰

薛十洲诗序

清·崔纪

乾隆九年，予守官京师，同里薛生天章裹粮踵门，手其祖十洲先生之诗请之曰："此吾祖之遗稿也。吾祖为先文清公九世孙，登明崇祯间进士，令安邱、镇安，有惠政。其学行，能步趋先文清公。遗文零落，仅存此篇，惟先生赐之序以永其传，此亦吾先子之意也。"言已，再拜而退。予惟昔文清公未尝言诗也。考之传，文清公二十岁随父任荥阳，父以所作诗赋呈监司，监司奇之。既而闻高密魏希文、海宁范汝舟深于理学，令从之游。文清公遂焚所作诗赋，盖自是不为词章之学矣。今文集中所载，非其意之所存也。然予尝读《读书录》又之言曰："薛子尝坐水亭，忽郁然而云兴，瀚然而雨集，泠然而风生，锵然而虫急，羽者飞，秀者植，鳞者适，群物杂然而其各声其声、色其色。薛子窃然深思，独得其所为声与色者，而中心怡悦不堪持赠焉。"予不觉恍然曰："是非文清公之言诗也夫？何文清公之善于言诗也！今夫文待学而长，皆可以人力至，而诗之妙属之天机。天机者，吾性买之所鼓荡，忽与有万之趣相通而因以怦然于心而了然于口，此诗之至者也。三百篇之讽咏与夫周秦两汉之歌谣、乐府，往往皆由田夫、红女不经意之言，而后之学者穷年不能得其一语。苏李之天成，曹刘之自得，六朝之唐以来亦鲜及焉。无他，为人使者易以伪，为天使者难以伪，其不期然而然者，天使之也。是故以鸟鸣春，以雷鸣夏，以虫鸣秋，以风鸣冬，物之不得不然者也，天也。哆兮似春，凄兮似秋，往者似赠，来者似答，是人之不得不然者也，亦天也。以吾之天，游于物之天，而喜怒哀乐之感呈焉，而长短疾徐之节中焉，则诗之趣备矣。甚矣，文清公之善于言诗也！"今观斯集，命意摘词真恳有味，皆达其中之所不得已，绝非世之媲青黄、镂肺腑，强言以求悦于人者，吾知其与文清公有合也。有诗人之怀，而后可以不言诗，文清公是也。有文清公之怀，而后可以言诗，此集是也。

《诗》曰："惟其有之，是以似之。"则十洲先生之能追步文清公也信矣，遂书以归之。

《冬青诗社诗稿》序

李尤白

《冬青诗社诗稿》四卷，社主樊廷檀先生所手书。先生乃余村前辈学人，曾任大宁县长，以书法及诗名世，因喜家君海龙公书法，于一九二三年亲付家君收藏。一九三二年，余方八岁，家君日教学字读诗，出而授余曰："此字此诗将来皆可资汝习摹。"余唯唯受命。一九三七年，卢沟桥事变，倭寇侵华，抗战军兴。次年三月，寇陷河津，余北上吕梁从军抗日。之后数十年，无论负笈关路，远游京津，公出辽沈，定居西安，下放耀县，稽史宁沪，均密藏箧中，伴我行踪。盖爱樊先生之书法秀劲逾垣，亦喜冬青诗社诸公之篇章可读也。不意一九六六年，"文化大革命"爆发，十年浩劫开始。余妻室儿女，尽由西安被驱耀县，遭红卫兵抄家，竟失落一、四两卷。余饮恨难言，亦无处可言。泊"四人帮"粉碎，余于一九八二年重回西安，工作于陕西省地方志编纂委员会。《河津县志》主编高尚友约稿，因撰《冬青诗社主樊廷檀传》记其事。去冬《河津县志》出版，原传甚多删削，全文则由《河津文史资料》责任编辑刘大卫收录于该刊第五期。余本河津人，去家五十载，韶光流逝，沧桑屡变。今此家君寿近九秩，余亦将届古稀，垂垂老矣。所愿河津物仍归还河津。特将此劫余两卷捐赠政协河津文史资料研究委员会，用贻后学，贡献桑梓。

原河津南阳村李尤白一九九〇年八月廿五日倭寇投降四十五周年纪念日后十天于西安不已庐

赵栋遗稿序

李尤白

赵栋（1903—1938），字梁臣，山西河津南阳村人。与余为近邻，乃家严海龙公同窗砚友也。幼颖悟，性沉毅。师从本村冬青诗社社主兼书法家樊廷檀先生（曾任大宁县知县，《河津县志》有传）。家严嗜书法，赵栋喜吟咏，后毕业于河津中学，在本村国民小学任教数年，刻苦自励，诗艺日进，终入冬青诗社。

时，军阀混战，国事日非，赵栋蒿目时艰，有廓清天下志，遂于民国十四年（1925）赴陕投军，在杨虎城军冯钦哉部任连长、参谋等职。卢沟桥事变爆发，开赴娘子关御敌，后部队撤退，遂返里，而报国壮志不已，复与耆绅上井村严慎修先生（毕业于日本早稻田大学，曾任山西省工业专科学校校长、省议会副议长，《河津县志》有传），组建汾南四社八村自卫队，任队长，驻扎里望镇。次年3月26日，日寇来袭，相与激战，赵栋身先士卒，毙敌数人，终因弹尽，为敌所俘。敌酋嘉其勇，许以河津伪军大队长职诱其降，赵厉言正色以拒。敌怒，以刺刀穿其肩胛，牢贯铁丝，系诸马尾，鞭马疾驰，赵虽血污满身，犹詈敌不止，卒遭肢解，时年仅35岁，随其死难者，尚有卫士柴家垛、柴炳彦，闻者莫不壮其志，仰其节，视其为抗日民族英雄也。

赵栋有诗一卷，其52首，末附对联17副，于投笔从戎前，亲交家严保存，及余10岁，家严连同《冬青诗社诗稿》四卷，一并授余，自后60年间，一直携带身边，虽辗转飘流，未敢疏忽懈怠者再。《冬青诗社诗稿》已于1990年由余捐赠河津政协文史资料研究室收藏。赵栋系冬青诗社新秀，该社诗稿中，未见录其诗，而其倜傥英挺之气，都可于所留五十余首中窥出端倪。如其21岁所赋《时世感》曰："从来志气与云俦，家境困贫不自忧，拱手高贤心且愿，折腰小吏我嫌羞。宁为天下清身士，不作世间污体流。

第七章 名著序

序

《考连诗社诗辑》の卷。社主秉运禋先生一所采邮。先生乃余村前辈桊长。幼书法反诸名苍。因秉家君与龙公书法。于一九二三年辛付家君收边藏。一九三七年余方八岁家

居日寇苦乘诗张。出示授余曰。"此字此诗曾习桊"。余唯一爱命。一九三七年节间挑子麦。侵害华。抗战军兴。次年三月寇侵同桊。余此上吕桊。余回抗日之后南于桊

无诠负笈芳外。亡得革本公出选泥。重捉而柔不敢辞。其乡兵宁源均监藏居中。件我行辟。道农来先生之书传我勤追金顷亦春春社诗与之厉唐可读也。衣廴一九六六

茶文化革屏爆发。十载浩劫开始。金毒客。儿女、岛由要赶新强狙猩复嗳逐红卫兵抄家来失渴。亡而展。余实眼惟责茶元处可言。泊加人等散禄。余于一九七二年宣司西安工作于陕

西府地方志编纂委会。"同津善选"主编。告友约助撰"苕考访社诗记"奏必朝者副删制。金文刿由"同津文史资料"责任编辑刿云其文椎传"记载于

刊等五期。今者归津人言家五十载。雄忘诚感。抱歉廉麦。今以家君春运九秩。余不将屈

古辞、茧 老蒙所唐译物份归"同津文史资料"的十五图幕始。
付金用赠唐学吴献荣椿。一辞河津南阳村生九四一九九年八月卅五日。俊健拨绎の十五国年

 昼后十天子零不已序。

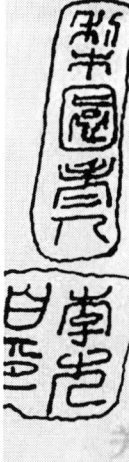

关铝股份有限公司

立功绝夷班定远，他时一任靖神州。"其高操竣节，以天下为己任之抱负，于此可见。

赵栋无子，女名苟女，有贤名，适上井王炳功。其侄庚福，担任乡宁剧团导演多年，艺术造诣精深，在蒲剧界享有盛誉，为中华梨园学研究会会员，退休家居，以孝行闻乡里，其伯父殉国时，庚福尚未降生，现却请人为其伯父母摹绘遗容，与其父母遗照并悬于堂，每值忌、庭，祭祀不缺，洵为可贵。1992年夏，余返里省亲，与庚福语及此事，庚福极愿出资，付印其伯父遗诗，人多嘉其志，庚福除请家严题签封面外，并嘱余为序。然以十年浩劫外，余挈妇将雏，下乡返城，往来迁徙，疲于奔命，虽自知诗稿深藏箱中，终以书笥散乱，一进翻找确实不易。适诗人田奇昨日来舍，向余征集"创造社"前辈作家郑伯奇先生生前寄余之书信。伯奇老遗笺虽犹未觅得，而《赵栋遗诗》却不期见于一大堆纸函中，即命元颖复印两份，一以自留，一则连同手稿寄庚福，真可谓完璧归赵矣。

家严遐寿高龄，今已92，乃一方人瑞，全村唯一长者。《赵栋遗诗》得以存世，实有以赖之，其于友道能全始全终之义诚已难矣！惟憾《河津县志》未为赵栋立传，仅在《人物简介》中略述其事，余于此序中详彰之，以补其缺。

1994年10月1日甲戌8月26日写

第八章　诗词普及教育

第一节　诗社组织机构

一、麟岛诗社

名誉社长：黄　津　赵丽丽

社　　长：付强智

副 社 长：赵林生　任婷珍

秘 书 长：王小伟

成　　员：薛元太　胡安顺　李麦香　张　敢　杨中山
　　　　　何金荣　魏向民　王小伟　师学礼

二、峨眉诗社

名誉社长：魏向民　卢星朝

社　　长：马改玲

副 社 长：冯永华　裴凯红

秘 书 长：王晓玲

成　　员：武培仁　卫红顺　台军义　李玉怀　王文胜
　　　　　胡培珍　台长生　薛春堂　王振华　李庆发

三、西河诗社

名誉社长：申丽娜　柴昌明

社　　长：张惠民

秘 书 长：周可昊

成　　员：许稳珠　许建国　柴红彬　柴创明　柴三伟
　　　　　　张茂森　马俊泽　许连升　柴徐立　吴慎清
　　　　　　师淑巧　孙永生　王水生　郭富荣　原存祥
　　　　　　杨会泽　许来计　任庚义　柴文建

四、清涧诗社

名誉社长：卫金报　王亚峰　张津蓉　侯振发　卫虎家

社　　长：卫天民

副 社 长：郭彦福　原克礼　乔建学　原建敏　卢顺成　杜民昌

秘 书 长：卫辉泽

副秘书长：卢启龙　郭　筱　原云康　薛福颖

五、野望诗社

名誉会长：郭　婷

社　　长：袁民志

副 社 长：郑金文　薛毅斌

秘 书 长：武俊梅

成　　员：柴建丰　李思建　张壮廷　张太雷　吴和平　李英发
　　　　　　柴会庭　魏旭升　马冬冬　史红军　马翠平　赵秀杰

六、听风诗社

名誉社长：任世英　薛德虎

社　　长：张永康

副 社 长：赵吉民　毛江民

秘 书 长：张萍霞

成　　员：赵志高　侯继鸿　侯广安　薛榜印　赵红平
　　　　　　赵俊宏　毋珍芳　侯　波　孙文元　李洪平　张刚民

七、峪岚诗社

名誉社长：闫小芳　任瑾瑶
社　　长：韩民科
副 社 长：史海龙　王瑞珍　邵荣珠
秘 书 长：邵荣珠（兼）
成　　员：张克民　张银科　高百芳　董相元　史争夏　王中振
　　　　　韩新太　王建贞　邵玉霞　董扎金　宁斗法　贺振龙

八、吕梁诗社

名誉社长：杨宏磊　薛世平
社　　长：薛汝堂
副 社 长：师龙江　杜青云
秘 书 长：贺仁雷
成　　员：李伯廷　周万家　张雪琦　王红英
　　　　　高喜堂　师荣草　李世荣　王炳婵

九、汾水诗社

名誉社长：姚　妮　杜红刚
社　　长：杜振堂
副 社 长：杨红科　杜旭堂　李建泽
秘 书 长：高建雄
成　　员：杜效堂　柴廷智　杜贵堂　严忠存　杜永章　杜效国
　　　　　杨银广　杨俊学　杨松槐　杜红斌　高永贵　丁振选

十、花苑诗社

名誉社长：柴红梅
社　　长：杜民昌
副 社 长：李可正　黄映贞　郭喜召　阴武清
秘 书 长：张青菊　毋俊生

十一、翠海诗社

社　　长：赵炳元

副 社 长：薛德虎

成　　员：赵志高　赵丙寅　毛江民　李正阳　李洪平
　　　　　赵天民　赵　亮　原彩莲　赵振杰　赵新昌
　　　　　赵会元　赵越有　赵泽平　赵江泽　赵新有

十二、子长诗社

名誉社长：张正芳

社　　长：师天中

副 社 长：张克元　张惠民

成　　员：柴建生　吴慎清　柴晓民　张耀清　师淑巧　郝红兵

十三、桑榆诗社

名誉社长：武建军　吕俊安

社　　长：卫金报

副 社 长：薛培源

秘 书 长：何金荣

成　　员：路红发　王　智　张兴堂　史佐君　卫文国

十四、春苗诗社

名誉社长：任罗乐　任婷珍

社　　长：薛　华

成　　员：王　云　王明娟　胡芳梅　裴国霞　赵瑞霞　杨润婵
　　　　　赵文英　柏　杨　薛文义　张银科　王怡珍　董建中

十五、水润诗社

名誉社长：刘英杰

社　　长：杨　辉

副 社 长：杨建国

秘 书 长：杨　辉（兼）

成　　员：杨昌华　魏向民　王景生　李麦香　赵会生　袁　方

十六、子安诗社

名誉社长：王景生　王广泽
社　　长：王武民
副 社 长：崔红阳　王俊民
成　　员：武东升　张朝安　闫建伟　段万民　王保才

十七、曙光诗社

社　　长：李　凌
副 社 长：毛秀琴　贺玉红
秘 书 长：张凤琴
副秘书长：吴丽娜　彭淑华
成　　员：毛雪霞　董江涛　刘晓佳　杨宝东　郭艳霞
　　　　　张丽华　贺朋珍　高凤珍　王彩花

十八、朝霞诗社

社　　长：王益田
副 社 长：李秀梅　段伟珍　王红霞　薛海荣
成　　员：薛　娟　王兰芝　韩红军　刘雅梅　卜晓东
　　　　　张晓丽　谢秀丽　吴海彬　王红

十九、蓝雀诗社

名誉社长：吕彦堂　吴会杰
社　　长：吕佳丰
成　　员：吕春生　柴晓丽　吴喜军

第二节　诗教典型

百尺竿头　更进一步
——河津市诗词学会诗教经验纪实

2021年11月18日，山西诗词学会授予河津市"山西诗词之市"的光荣称号，标志着河津向"中华诗词之市"的宏伟目标迈进了一大步。在创建"诗词之市"活动中，河津市诗词学会做了大量工作，特别是诗教工作成绩突出，因此被山西省诗词学会授予"山西诗教先进单位"称号，学会开展传统诗词文化普及教育的经验，在不断创新和升华。

一、以提高认识促进诗教工作

在市委、市政府的坚强领导和市委宣传部、市文联的鼎力支持与精心指导下，市诗词学会一班人首先统一思想，提高认识，认真学习领会市委、市政府关于实施文化兴市的战略决策，使大家充分认识到诗教工作在向大众推广普及传统诗词文化过程中的重要性和必要性。引导大家把创建"山西诗词之市"和"中华诗词之市"与诗教工作紧密结合起来，把"诗词之市"创建工作和传承弘扬诗词文化作为树立文化自信和打造文明强市的重要举措来抓，积极完成市"诗词之市"创建领导组安排的具体任务，把诗教全面渗透到创建工作当中。思想认识的统一和提高极大地促进了全市诗教工作的顺利开展。

二、以队伍建设促进诗教工作

河津市位于河汾之间，历史悠久，自古诗人辈出，文脉昌盛。卜子夏、司马迁、王通、王绩、王勃、薛瑄等诗词大家均曾在此活动，在中华诗词文化史册留下了光辉的篇章。新中国成立及至改革开放后，特别是1995年河津诗词学会成立以来，全市上下撰咏诗词蔚然成风。河津诗词学会在会员人数、创作数量、作品质量等方面在全省县市里处于第一方阵。目前，借创建"中华诗词之市"的东风，全市诗词队伍不断壮大。市诗词学会现有会员420人，其中运城市诗词学会会员50人，山西诗词学会会员42人，中华诗词学会会员21人。为了适应新形势下诗教工作的新需求，学会下大力气狠抓队伍建设。将全体会员集中领导，分片划分为19个诗社进行管理，目前的19个诗社已经覆盖到全市的9个乡镇街道、部分学校和企事业单位。队伍建设的成绩为诗教进乡村、进学校、进企业、进机关、进社区、进景区、进家庭奠定了坚实的基础。同时把学会原有的创作骨干也大致分布到各诗社中，利用各个诗社的诗词大讲堂向辖区的广大诗词爱好者普及诗词写作与鉴赏知识。这种做法收效明显，在山西省诗词学会授予河津"山西诗词之市"的光荣称号的同时，有花苑社区等8家单位获得了"山西诗教先进集体"的光荣称号，有8人荣获"山西诗教先进工作者"的光荣称号。

三、以创作平台促进诗教工作

为了促进诗教工作在全市范围内不断普及，学会搭建了各种形式的创作平台，并借助创作成果的展示来激发诗词爱好者的创作热情，从而对诗教工作又形成推动作用。目前主要有一刊一报一网。一刊是《龙门诗潮》季刊，由市文联主管，并定期出刊。一报是《河津风采·麟岛副刊》，由市作家协会、诗词学会、楹联学会联合主办，定期刊出会员作品。一网是《龙门诗潮》微信公众号平台，由市诗词学会主编，已出20余期。除此之外，多年来学会也瞄紧全国其他省、市的诗词大赛平台，鼓励、组织会员努力创作、积极参与投稿。有多名会员的作品在《中华诗词》《难老泉声》和《河东诗词》等杂志屡有刊载。2018年底以来，市诗词学会会员创作了大量诗词曲赋，21名会员编辑出版了自己的诗词专著。诗词学会编辑出版了《历代诗人咏河津》一书，组织编印了《诗词创作基础知识讲义》3000册，并组织召开了《河津市诗词志》座谈会和研讨会，完成了《河津市诗词志》送审本的编印。麟岛社区、花苑社区等建立诗词创作基地；新华书店、图书馆等建立诗词教育基地，河津籍诗人诗词专辑免费借阅。九龙公园、北城公园、莲池公园、龙门广场、万和广场等打造成为诗词主题公园(广场)。编辑出版《九龙吟声》《北城诗梦》《莲池雅韵》三个专辑，沿黄旅游路设置了诗词碑刻。峨眉诗社、花苑诗社还建立了诗词文化长廊。在不同创作平台的创作成果既是对诗教成果的检验，也是对学会狠抓诗教工作的激励，促进了诗教工作的持续深入开展。

四、以系列活动促进诗教工作

为了使诗教工作全面融入普通大众的日常生活中，学会以各类重大事件、重要节日等系列活动为契机，坚持定期组织主题采风活动，开展诗词基础知识讲座，进行诗词创作体会交流等宣讲普及活动。2020年以来，河津诗词学会先后举办了"黄河流域生态保护及高质量发展""我爱河津""乡村振兴"等主题诗词采风活动后，特别是在开展"缤纷古耿　诗画河津"庆祝中国共产党成立100周年全国名家诗词书画创作交流系列活动，成立中华诗词学会书画界诗词工作委员会之际，配合相关单位结集出版了《诗画河津》《龙门》杂志专刊，配合市委宣传部、市文联、市文旅局，组织开展了多项赛事赛文活动，广大会员积极创作，投稿400余件。此外，学会成员还参加了市水利局、市文联组织的诗联书画摄影展。2021年5月，市诗词学会带领全体会员，踊跃参与"河津市庆祝中国共产党成立100周年赛诗赛文活动"，如此形式多样、异彩纷呈的系列活动对诗教工作起到了巨大的推动作用。

书声琅琅唤春天
——河津市第三小学开展诗词诵读活动纪实

河津市第三小学位于河津市区南端，服务汾雁社区居民及吴家关村民子女就读，生源多为农村学生和外来务工人员随迁子女。近年来，学校立足校情学情，将诵读确定为学校特色发展项目，以诵读促进书香班级、书香校园建设，以诵读凝聚家校共同育人力量，取得了较好的成绩。

一、以课题研究为依托，开启主题诵读

学校开展大单元主题阅读课题研究，该课题紧扣学生语文教材，提倡以单元为单位学习，提倡课外阅读课内抓，得法于课内，得益于课外。围绕单元主题，课题组配套推出了与课本每一篇课文相关的古诗词、名言、现代诗歌，促进学生理解课文，便于积累运用。学校将上述资源整合成诵读校本教材，全体语文教师边研究边实践，按照课堂上"少讲多读"的要求，师生共同诵读语文课本；借鉴课题组提供的读法，学生共同诵读古诗词、名言、现代诗；亲子诵读完成每天的阅读陪伴。由此，学校开辟出三位一体的主题诵读通道，既为课题研究提供了过程性资料，又加大了学生的阅读量。

二、录制视频，激发诵读兴趣

为了使学生保持长久的诵读热情，学校首先从低年级开始尝试录制诵读视频。那些精美的诗歌、儿歌，那些精炼上口的古诗，角色形象突出，画面感强烈，适合置身

情景中诵读。学校时常让诵读者穿上恰当的服装，配备恰当的道具，添加恰当的音乐，给亲子诵读、师生共读带来了广阔的空间，公园、田野、广场、跑道到处都成了诵读场所。老师和家长们坐在一起创作视频录制的脚本，搜寻适合文本的场地、服装、音乐、读法，由读者变成导演，一段段画面精美、品质上乘的诵读视频就诞生了。随着一个个作品在国家课题平台上发表，带动了全校诵读项目蓬勃开展。目前，该校已有400多条诵读视频被"主题阅读"课题组采纳并向全国推广。

三、改进读法，提升诵读品质

低年级教材中的诗歌和诗词，大都篇幅小、难度低、节奏感强，通常采用"韵脚回声读""手语表演读"很快就背过了，但那是浅表诵读。后来学校加上"写法提示读"，引导学生关注作者的行文思路，加上"赏析读"，教给学生潜移默化鉴赏美文的方法，"一咏三叹读""回环复沓读"使学生懂得增强语气、表达强烈的情感，"改变人称读""男女呼应读"使学生深入作者或主人公心境，深度理解文本。目前，学校使用近40种读法，使经典诗词入心入脑。

四、链接时空，让文字落地

小学语文教材的课文都是分单元设置，每个单元一个主题，主题编排的进度与季节吻合，具体到教学中，在什么时间、什么地点、什么情景下诵读才能让文字发挥最大作用，非常值得思考。学校巧用教材，将诵读与节日结合起来，国庆节用诵读祝福祖国，重阳节把问候关怀诵读给祖父母，春节诵读团圆，清明节诵读思念，只要是节日，都因时因地策划诵读。他们在时光轴上悬挂文字，用文字诠释节日，用诵读记忆岁月。学校将诵读与研学结合起来，使读、明、行有机融合。在红色教育基地诵读英雄的故事，在自然景区诵读景物诗词，在先贤祠堂、纪念馆诵读逝者的作品，在远足爬山中诵读壮志豪情的诗歌。从感官上引发共鸣，触碰最深刻的记忆。

五、延伸链条，诵读国学经典

国学经典是国粹，在这些高度凝练的文字背后，祖先谆谆教导我们如何与自然、国家、他人、自我和谐相处，几乎回答了我们现实工作、学习、生活中的所有疑问。学校把诵读诗词同诵读国学经典结合起来，从低年级到高年级依次读《千字文》《笠翁对韵》《增广贤文》《道德经》《孝经》《论语》。诵读主体是全体师生和家长，时间是周末和假期。共同的经典诵读缓解了家校矛盾，在文字的教诲中，学校与家庭走得越来越近。学校适时培训诵读教师，开设诵读课。坚持每周一于国旗下诵读，举办大型诵读活动，为诵读特色提供保障。这一做法先后被教育部网站、山西电视台、运城电视台、河津电视台报道，还被推选登上了"学习强国"APP。在诵读项目的引领下，学校焕发出勃勃生机，先后获得"市教学质量先进奖""诵读特色示范校""书香机关"等称号，2021年11月被山西省诗词学会授予"诗教先进单位"称号。

书香社区诗意浓

——清涧街道花苑诗社诗教经验点滴

在2021年11月18日河津市被山西诗词学会授予"山西诗词之市"的表彰大会上，河津市花苑社区的花苑诗社获得了"诗教先进集体"的光荣称号。其具体做法是：

一、目标明确

花苑诗社所在的清涧街道花苑社区地处山西铝厂中心地带，位置优越，人文积厚。诗社成立伊始，班子成员首先统一认识，把社区群众对传统优秀文化的需求作为努力的目标，把诗教工作和花苑社区倾力打造"书香社区"的活动紧密结合起来，受到了街道办和社区的肯定。无论软件还是硬件，无论是阵地建设还是队伍建设，该社区都对诗社给予了极大的支持，为诗社成员提供了优雅舒适的活动场所和一些必备的办公教学设施，极大地促进了诗教工作的顺利开展。

二、形式多样

在日常活动中，诗社汇集各方英才，采取多种多样的形式进行诗词文化知识的推广普及，形成良好的书香诗韵氛围。目前，该社区书画社和诗社队伍已经发展到48人，其中中华诗词学会会员4人，山西诗词学会会员6人，运城市诗词学会会员6人，河津市诗词学会成员16人。在活动形式上首先是坚持课堂教学，设立了诗社办公室，聘请了诗词授课老师，配备了统一的学习教材，坚持每周二举行一次诗词知识交流讲座。利用社区的诗书画课堂，为大家讲解"诗词歌赋""书画字词""硬笔书法""楹联春联"等传统文化知识。自成立以来，共组织学习11次，参加人员210人次。为了扩展视野，诗社还多次组织采风活动，同时利用诗词服务社会的功能，为红白喜事提供诗词及楹联作品。另外，每逢重大节日或重大事件，诗社都及时组织成员们进行专题创作，使传统诗词文化走进千家万户，丰富了社区居民的文化生活。

三、亮点突出

为了激励大家努力学习、不断创作的热情，诗社把创作成果展示和诗教工作紧密结合。截至目前，已有13人完成了自己的诗词作品集，少则几十首，多则近千首。其中李金龙老师的诗词集《桑榆情》已经付梓成书。诗社还结合社区"文化长廊"的建设，把诗社成员的作品张贴在长廊中，用亮点吸引更多的诗词爱好者融入花苑诗社，为打造具有鲜明特色的书香社区奠定坚实的基础。

传承中华文化　吟诵经典诗词
——河津市铝基地朝霞小学诗教工作巡礼

河津市铝基地朝霞小学创建于1991年，现有教学班级36个，在校学生1750人，教职工总数114人。学校坚持"一切为了学生全面发展"的办学宗旨，践行"德为首、知为先、行为重"的办学理念，构建"五育并举"平台，强化教育内涵发展，努力办人民满意的教育。在形成"阳光教育与你同行，五项技能伴我成长"的基础上，大力传承民族文化，努力打造"传承中华文化，吟诵经典诗词"的特色学校。

一、加强领导，健全诗教工作机制

在市文联及市诗词学会的指导下，学校大力推进诗词进校园工作。一是成立诗教活动领导小组和工作小组，校长王益田担任组长、副校长李秀梅任副组长，全面负责指导诗教工作的开展。下设诗教课题小组，具体负责指导、研究诗教工作，各班级都建立了相应的机构，做到层层有人抓、项项有人管。二是学校设立诗教专项资金，用于诗教活动开展及课题研究工作。

二、诗化校园，夯实诗教文化基础

美化校园，让校园处处充盈书香。学校围墙上的文化版块和教学楼外墙的古诗词，丰富了校园文化内涵。教室的墙壁、橱窗等地方开辟了古诗专栏，陈列学生或老师以诗词为主要内容的书法作品，在每个教室后面放置一定数量的适合学生诵读的诗词书籍；学生在文具盒、书本扉页摘抄一些具有启迪心智功能的诗词警句；板报上的古诗，每周换一至两首，使校园的每一个角落，都能感受到诗词的芳香。

三、分级目标任务，扎实开展吟诵活动

全校一年级至六年级学生人手一本有关古诗词的晨诵册，晨诵册的内容根据学生年级的高低有所不同。每天利用晨诵和语文诵读课，采用教师带读、学生齐读、优生领读、学生自由诵读等多种形式，让学生坚持天天吟诵。学校每学期都要举行古诗词检测活动，并定期在班级内举行古诗词吟诵表演，每学期每个年级都有相应的古诗词诵读内容。

四、成立诗社，编制校本课程

为了在吟诵古诗词的同时激发师生写诗的兴趣，学校成立"朝霞"诗社，定期进行"主题"式诗歌征文活动，如"朝霞""落叶""足球"等，并把优秀诗文汇编成册，编辑校本课程《朝·华》。诗歌征文活动不仅教给学生关于诗歌的基本知识和技能，同时还能激发学生们的创作热情，让他们愿意去尝试，在尝试中初步了解诗歌意象，掌握诗歌鉴赏的基本方法，品味祖国深厚灿烂的文化，感受诗词的魅力，提高他们遣词造句的能力。

五、以诗教为载体，承办各种大型节目

学校寓诗词教育于德育、美育等教学中，利用国庆节、教师节、儿童节等节日，积极开展经典诗词诵读、古诗词软硬笔书法等活动，收到明显效果。诗词节目《崇尚英雄·精忠报国》参加了河津市2017年六一会演，大型诗词歌舞节目《圣贤风》在运城市2018年中学生运动会开幕式上进行表演，2021年4月河津市在该校举行了晨诵写字样板校活动，学校的诗教工作受到社会的一致好评。

普及诗词教育　助力小梁发展
——河津市小梁乡创建"诗词之乡"纪实

小梁乡通过开展系列化、规范化、特色化的创建"诗词之乡"活动，进一步弘扬传统文化，繁荣诗词艺术，促进文化建设，为实现小梁全乡经济社会高质量发展提供了良好的人文支撑。

一、加强领导

书记、乡长亲自抓、督促建，成立工作专班，负责创建活动的组织实施。打造诗词交流教室，加强资料整理工作，为诗词学会开展活动提供方便。

二、建好队伍

小梁乡历史悠久，人文积厚。乡党委、乡政府从在职工作人员、离退休干部、老教师以及本乡本土培育的诗词、书画爱好者中，挑选热爱诗词写作的人员，纳入乡诗社。同时积极倡导诗词界与书画界、音乐界、戏曲界联袂，通过举办各种形式的吟诗会、赛诗会、诗书画联展，培养和发现创作人才，使诗词文化薪火相传，发扬光大。

三、营造氛围

利用机关大院内的有效空间，围绕小梁乡本土特色和发展需求，整理出100余幅作品，打造了40米长的诗词文化墙，同时在文化公开栏、办公走廊等地方，悬挂横幅，张贴名人诗词，营造浓厚的诗词氛围。结合"美丽乡村"建设，在辖村的党建主题广场，建成一批诗碑诗廊、诗亭诗壁、红色诗词展等多种室外学习场地，使全乡诗意宜居气质得到进一步彰显。

四、丰富活动

小梁乡积极在各村党群服务中心、新时代文明实践站开设"诗词培训班"，开展诗词普及活动，邀请诗社社员志愿授课培训，介绍诗词知识，宣传诗词作品，组织群众参与诗词文化活动，同时每年在全乡范围内开展原创诗词征集活动。2021年七一前夕，全乡隆重举办"庆祝中国共产党成立100周年诗词书画展"，共展出诗词书画作品200幅，以百花齐放的文艺作品向中国共产党成立100周年敬献厚礼。

水润诗韵长
——河津市水利局繁荣水利诗词文化纪实

2021年，市委、市政府吹响创建"中华诗词之市"的冲锋号角，市水利局积极适应新形势下的发展要求，不负重任，冲在前列，在市委宣传部、市文联及市诗词学会的全力指导下，全局上下以提升诗词文化精粹为己任，努力打造诗词文化先进单位，为全市创建"中华诗词之市"做出了积极贡献。

一、创建水润诗社，搭建文化平台

水的清秀滋润着水利人的心灵。多年来，河津水利人不仅围绕水利工程搞建设，更是围绕水文化做研究，先后涌现出一大批水利文化人才。局领导因势利导，积极创办水润诗社，领导带头加入市诗词学会，提供专门办公场所，将局机关热爱诗词的有关领导组成诗社领导组，并由一名党组成员兼任诗社社长，共吸收50名会员，为创办一流的诗教单位奠定了坚实的基础。

二、推荐优秀人才，打造诗歌精品

诗社陆续从正式会员中选拔积极参与活动、创作水平较高的优秀会员，分期分批推荐给运城市诗词学会及山西诗词学会。同时将数十首弘扬建党100周年及防洪抢险的诗词精品，以版面形式展现在水利局机关。这些诗作被市诗词学会会刊《龙门诗潮》采用，使水润诗社成为具有较强实力的基层诗词组织，同时扩大了诗词文化的社会影响力，让全市广大干部群众通过欣赏水利诗词文化，爱水，惜水，了解水，熟悉水工程，从而支持水利事业发展。

三、持续开展活动，繁荣诗词文化

为加快诗词文化的延伸发展，展示一流的诗词作品，市水利局积极响应上级号召，及时提供诗联书画展示平台。同时把诗词文化融入水利一线，多次组织社会采风联谊活动，组织诗社会员参加水利重大工程观摩，以诗词形式吟颂水利发展、社会进步。水润诗社成立以来，诗教普及活动高潮迭起。2021年5月，市局与市文联、市诗词学会等单位联合举办了庆祝中国共产党成立100周年"颂党恩、兴水利、惠民生、开新局"诗联书画摄影展；6月，组织骨干人员踊跃参加庆祝建党100周年作品展览，利用诗词形式歌颂建党100周年的风雨历程和美好的中国梦。10月上旬，面对汾河流域遭受67年不遇的洪涝袭击，诗社成员在踊跃参加抗洪抢险斗争中，利用诗歌吟咏抗洪抢险的动人场面和感人事迹，其韵味独具一格，鼓舞人心。

四、开展诗词讲座，提升创作水平

根据市诗词学会意见，局诗社多次邀请市诗词学会资深专家给本单位会员进行诗词基础知识讲授，同时筛选部分佳作予以点评，使全体会员的写作水平明显提高。目前，水润诗社会员之间利用微信群经常进行诗词创作交流，并积极向市诗词学会会刊和党报党刊投稿，有的会员还计划出版个人诗集。

第九章　美文荟萃

游龙门记

明·薛瑄

出河津县西郭门，西北三十里，抵龙门下。东西皆峦危峰，横出天汉。大河自西北山峡中来，至是，山断河出，两壁俨立相望。神禹疏凿之劳，于此为大。

由东南麓穴岩构木，浮虚架水为栈道，盘曲而上。濒河有宽平地，可二三亩，多石少土。中有禹庙，宫曰"明德"，制极宏丽。进谒庭下，悚肃思德者久之。庭多青松奇木，根负土石，突走连结，枝叶疏密交荫，皮干苍劲偃蹇，形状毅然，若壮夫离立，相持不相下。

宫门西南，一石峰危出半流。步石磴，登绝顶。顶有临思阁，以风高不可木，甃甓为之。倚阁门俯视，大河奔湍，三面触激，石峰疑若摇振。北顾巨峡，丹崖翠壁，生云走雾，开阖晦明，倏忽万变。西侧连山宛宛而去。东视大山，巍然与天浮。南望洪涛漫流，石洲沙渚，高原缺岸，烟村雾树，风帆浪舸，渺茫出没，太华、潼关、雍豫诸山，仿佛见之。盖天下之奇观也。

下磴，道石峰东，穿石崖，横竖施木，凭空为楼。楼心穴板，上置井床辘轳，悬绠汲河。凭栏槛，凉风飘洒，若列御寇驭气在空中立也。复自水楼北道，出宫后百余步，至右谷，下视窈然。东距山，西临河，谷南北涯相去寻尺，上横老槎为桥，侪步以渡。谷北二百步，有小祠，扁曰后土。北山陡起，下与河际，遂穷祠东，有石龛窿然若大屋，悬石参差，若人形，若鸟翼，若兽吻，若肝肺，若疣赘，若悬鼎，若编磬，若璞未凿，若矿未炉，其状莫穷。悬泉滴石上，锵然有声。龛下石纵横罗列，偃者、侧者、立者，若床、若几、若屏，可席、可凭、可倚。气阴阴，虽甚暑，不知烦燠；但凄神寒肌，不可久处，复自

245

槎桥道由明德宫左，历石梯上。东南山腹有道院，地势与临思阁相高下，亦可以眺望河山之胜。遂自石梯下栈道，临流观渡，并东山而归。

时宣德元年丙午，夏五月二十五日。同游者，杨景瑞也。

《龙门诗潮》创刊词

主编寄语

禹凿龙门继舜尧，报升刊物荡诗潮。

露凝四海霖花圃，韵漫华章霓彩桥。

《龙门诗潮》期刊在河津市委、市政府和市委宣传部的关怀支持下，历经辛勤的筹备，今天和大家见面了。这是河津诗词学会十二年发展史的结晶，值得纪念，值得庆贺。

河津市诗词学会于1995年5月3日成立，同时创办了《龙门诗报》，并以"河津风貌"为主题，用传统诗词弘扬时代主旋律，面向全国，宣传河津在经济改革大潮中飞速发展的精神风貌。1996年，山西诗词界年会在河津现场召开，大家交流经验、探讨创作，激励我们自筹资金，连续出刊二十五期。中华诗词学会通讯表彰，并将《龙门诗报》选入由中华诗词学会主编的年鉴，颁证祝贺。

随着诗词队伍的发展和创作水平的提高，学会组织成员深入企业，贴近生活，四处采风，并在每期《龙门诗报》出刊前，事先印刷写作提纲，保持与时俱进、题材新鲜，为河津争河东强市，当三晋首富，创全国百强增辉添彩，既展示了作品园地，又扩大了宣传效果，同时活跃了社会文化生活。

河津是诗词的故乡，历代有才子冒尖。碑刻、庙宇、丹青、诗赋随处可见，是一道靓丽的风景，真可谓：西河卜子薛汾湾，故里辛封司马迁。有幸九龙游庙会，如临仙境彩云间。

《龙门诗潮》旨在扩展平台，增加容量，继承和发扬悠久的西河文化，让紫金山间丰富的矿产资源和极具魅力的河津经济再造辉煌。我们将一如既往，始终不渝地坚持"双百"方针和"二为"方向。参与经济，服务政治，进一步把"河津风貌"办出特色，广架长虹、繁荣创作、荟萃精品，把诗词推向更高的艺术境界。为构建和谐河津，推动经济不断发展，做出应有贡献。

平水韵与河津方言

薛毅斌

晋南是中华文明的发祥地，《路史》中记述："柱所都蒲坂"，认为上古传说中的农神，即烈山氏之子柱曾建都于此。尧都平阳，舜都蒲坂，禹都安邑即是此地，是中国文化的核心区域及源头。而语言的进化依据是文字，文字的形成来自语言，因此，晋南方言大多都是有文字依据的，只不过方言在代代相传中有发音的变异，但其文字都是有典可寻的。河津方言属中原官话中的汾河片。汾河片和关中片内部一致性较强，因此，学界将汾河片并入关中片，并且将河津方言归入河东小片。河津位于晋语区向中原官话区渐变的地带上，它应该属于过渡带上的方言。若要探究今山西境内方言发展的脉络，便要着重从晋国（春秋）以来山西和全国的行政区划演变和山西的自然环境这两个方面来讨论，细究文化脉络，还需要知"晋"懂"晋"。春秋晋国的版图包括河西五城（今渭南地区）、河南豫西（陕州一带）的部分地区。今天的黄河金三角地区正好在这一片区域内，在金元明时期，这片沃壤产生了两种文化源头，一是诗韵的"经书"——平水韵，二是四大声腔之一的梆子腔——山陕梆子。梆子腔敲响了大半个中国，平水韵影响了近八个世纪的中华诗坛。梆子腔在周围地区的传播都以"蒲白"为地道，平水韵为历朝历代诗家奉为圭臬。"平水韵"由其刊行者金代平水人刘渊而得名。历经金、元、明的积淀，诗人们的坚持，清政府认定平水韵为诗韵的官书（尽管分韵不合理）。河津地处黄河金三角的腹地，历史上多隶属蒲州（河中），司马迁在《史记》中称这里为"天下之中"，为秦、豫文化的交汇带，河津方言保留了商周（上古音）以来的官方语（参看《尔雅》与《方言》），比如青 qie，角 zhe，怎 ze，命 mie，南 nang，上 she，水 fu，城北 she bu 等声韵，或为唐以前音韵遗存。同时又保留了部分隋唐（中古音）以来的唐音遗韵，即方言与平水韵音同，唐以来的古典诗歌，用今天的普通话来读，不上口且不押韵，用河津方言读，既上口又押韵。（参考常静之《论梆子腔》，墨遗萍《蒲剧史魂》。）

河津方言

1. 说 xue/she〔入声九屑〕
2. 蛇 sha〔下平六麻〕
3. 赊 sha〔下平六麻〕
4. 德 dei〔入声十三职〕
5. 斜 xia〔下平六麻〕
6. 车 cha〔下平六麻〕
7. 被 pei/pi〔上声四纸〕
8. 师 si〔上平四支〕
9. 痴 ci〔上平四支〕
10. 随 si〔上平四支〕
11. 没 mu〔入声六月〕
12. 儿 i〔上平四支〕
13. 姐 jia〔上声二十一马〕
14. 鞋 hai〔上平九佳〕
15. 崖 nai〔上平九佳〕
16. 雷 lui〔上平十灰〕
17. 开 kei〔上平十灰〕
18. 贼 ci〔入声十三职〕

19. 来 li〔上平十灰〕
20. 爹 dia〔下平六麻〕
21. 茄 qia〔下平六麻〕
22. 瞎 ha〔入声八黠〕
23. 大 te〔去声二十一个〕
24. 夜 ya〔去声二十二祃〕
25. 耳 er〔上声四纸〕
26. 借 jia〔去声二十二祃〕
27. 鹊 qiao〔入声十药〕
28. 剌 duo〔入声七曷〕
29. 卜 pu〔入声一屋〕
30. 塞 si〔入声十三职〕
31. 国 gui〔入声十三职〕
32. 卸 xia〔去声二十二祃〕
33. 遮 zha〔下平六麻〕
34. 白 pia〔入声十一陌〕
35. 百 bia〔入声十一陌〕
36. 爷 ya〔下平六麻〕

例诗：

咏史
唐·李商隐

历览前贤国与家，成由勤俭破由奢。
何须琥珀方为枕，岂得真珠始是车。
远去不逢青海马，力穷难拔蜀山蛇。
几人曾预南薰曲，终古苍梧哭翠华。

赴嘉州过城固县，寻永安超禅师房
唐·岑参

满寺枇杷冬着花，老僧相见具袈裟。
汉王城北雪初霁，韩信台西日欲斜。
门外不须催五马，林中且听演三车。
岂料巴川多胜事，为君书此报京华。

次余澹心韵二首其二
明·释函可

摘叶烧泉处士斋，几翻相向写幽怀。
看残今古无天眼，踏破青山有草鞋。
雁去休教虚只字，猿归应已共层崖。

世间定乱非裴度，雪夜何人更度淮。

赴举别所知
唐·李山甫

腰剑囊书出户迟，壮心奇命两相疑。
麻衣尽举一双手，桂树只生三两枝。
黄祖不怜鹦鹉客，志公偏赏麒麟儿。
叔牙忧我应相痛，回首天涯寄所思。

南游富阳江中作
唐·韦庄

南去又南去，此行非自期。
一帆云作伴，千里月相随。
浪迹花应笑，衰容镜每知。
乡园不可问，禾黍正离离。

题清萝翁双泉
唐·耿湋

侧弁向清漪，门中夕照移。

异源生暗石，叠响落秋池。
叶拥沙痕没，流回草蔓随。
泠泠无限意，不独远公知。

闻雷
唐·白居易

瘴地风霜早，温天气候催。
穷冬不见雪，正月已闻雷。
震蛰虫蛇出，惊枯草木开。
空余客方寸，依旧似寒灰。

晦日宴高氏林亭同用华字
唐·王勔

上序披林馆，中京视物华。
竹窗低露叶，梅径起风花。
景落春台雾，池侵旧渚沙。
绮筵歌吹晚，暮雨泛香车。

秋日陪姚万涵登龙门其一
明·赵用光

河上秋光好，重来思转赊。
帆樯千里色，烟火几人家。
水落沙痕峭，云危石磴斜。
乾坤蓬鬓在，离别愧年华。

宿荒院
元·善学

行归山院晚，烟火隔人家。
垣倒自来鹿，草深多聚蛇。
空廊无月照，古殿有云遮。
年代寻碑辨，文章半藓花。

被掠诗
元·徐綵鸾

万水千山去路赊，青鞋踏破几层沙。
登山绝顶重逢岭，渡水尤深又复涯。
雁字只传夫与子，鱼书难寄母和爷。
回头遥望乡关处，云下峰前是我家。

第十章　趣闻轶事

王勃禹庙炼诗的故事

　　唐高宗龙朔年间，王勃接到父亲书信，准备赴京都长安应试。过了中秋节，王勃辞别家人，带着书童，到县城拜别邑令王公，风尘仆仆来到家乡龙门渡，拜谒闻名遐迩的大禹庙，并计划在庙里就宿一夜。中午时分，不满十四岁的王勃进了禹庙山门，在童颜鹤发的庙官导引下，缓缓步入正殿，理冠整衣，恭恭敬敬地给禹王神像上香叩拜。而后庙官自去，王勃慢步走出大殿，坐在松荫下歇息赏景。这时，他忽然听见对面廊檐下，三位老者正在饶有兴味地谈论诗赋。一位药农打扮的老者手拄药铲慷慨激昂地说："六朝诗风浮艳淫靡，读了叫人浑身直起鸡皮疙瘩。"手持竹笠的老者像是渔翁，只见他慢条斯理地说："别提了，那些个皇帝老儿的应声虫，专以靡靡之音取宠，他们屙出来的哪里是诗，简直是臭不可闻的狗屎。"药农面对文静的庙官说："庙祝，你是诗赋行家，你说说，可叹不可叹？"只见庙官微笑着说："二位贤达不必动火，咱们都晓得，这吟诗作赋，意境最为重要，那六朝齐梁宫体诗，浮艳婉媚，毫无意境可言，这已成为笑料。可悲的是，当今也有人步其后尘，庸俗颓靡，专事雕饰，哗众取宠。且将国粹圈在皇宫之内，与世隔绝。诗风日下，岌岌可危，老祖宗传下来的精华，只怕要毁在这些蠹虫手里。"药农和渔翁异口同声地说："庙祝所言极是，我等望洋兴叹，恨无回天之力。"王勃在一旁听得入神，觉得这三位老者定非等闲之辈。自己虽然家学深厚，诗赋有成，但三位老者谈吐不凡，语出惊人，于是决定暂不进京，并当即修书长安，请示父亲要求留在大禹庙，拜三位老者为师，专事研习诗赋。

原来，这三位老者都是前朝饱学之士，因不满当局暴政和腐败，长期隐居龙门。王勃拜师后，对三位老者十分敬重，每每以师父相称，深得师父们的器重。师父们白天领着他游览龙门胜景，有时上山采药，识药知本；有时撒网捕鱼，载鲤满归。晚上则讲习诗赋要旨，王勃心领神会，如沐春风。有一天，王勃向师父请教诗赋意境，师父告诉他：意即情，境即景，借景抒情，借境达理，是为意境之真谛。所谓"诗言志，歌永言，意在笔前，寓情于景，画中含诗，诗中涵画"之说者，莫不与意境相关。王勃将这些谆谆教诲铭记于心。

大禹庙南戏台左右有两个龙虎壁，左边雕龙，右边雕虎，雕刻细腻，十分壮观。然而奇特的是，每到晴天正午时分，太阳照在黄河水面上，波光反射到龙雕处，顿时龙如腾飞；每到三五明月夜，月光反射到虎雕处，霎时虎如飞跃，时人称之为"龙腾虎跃"。王勃从小跟着父亲也曾游过龙门，那时，对于巍巍龙门滔滔黄河敬而畏之，不知还有龙虎壁这样奇特的景观。面对壮丽河山，王勃心潮澎湃，爱乡爱国之情油然而生。

龙虎壁奇观使王勃顿开茅塞，他决定按照恩师指点，身临其境，将龙门景观的深邃底蕴细细体味一番。没料想，龙门拜师深造，精炼诗魂，竟成就了这位神童的千古绝唱。那是仲秋傍晚，王勃站在山崖高阁，欣赏龙门秋景。只见日落西山，红霞满天，高空大雁飞翔，与红霞比翼；河面秋水澄波，风帆烟艇出没于水云缥缈之中，"天际识归舟"，"秋霞染飞鸿"，好一派壮阔景色。王勃将这壮丽画面铭刻于心，后来在滕王阁触景生情，吟咏出"落霞与孤鹜齐飞，秋水共长天一色"的千古名句。

转眼间半年有余，三位老者语重心长地对王勃说：你已学有所成，是到长安"跳龙门"的时候了。我等虽然年过花甲，但老骥伏枥，壮心不已，开创国粹新风，寄希望于你。你要激浊扬清，独辟蹊径。王勃邀请三位师父同往京城，师父们婉言辞谢说：我等位卑言高，人微言轻，习惯于清心寡欲，只望你事业有成，我等静候佳音。王勃从三位老者身上悟出，卑贱者实则最聪明，惟劳力者是大英雄。后来在《滕王阁序》中，王勃借景抒情，寓理于境，挥笔高歌"老当益壮，宁移白首之心；穷且益坚，不坠青云之志。"其文笔炉火纯青，其意境出神入化，堪称文学巨匠。

王勃进京后，发愤攻读，于唐高宗麟德初取得高第，授朝散郎，从此开始为改革诗风而奔走呼号。他与杨炯、卢照邻、骆宾王齐名，号称"初唐四杰"。四杰不满于宫廷诗风，一齐把诗笔转向市井和边寨，扩大了诗歌题材，对唐诗的发展，起到了革新作用。特别是四杰之首的王勃，坚决反对当时以上官仪为代表的浮艳诗风，同时，对于汉赋、两晋六朝的颓靡文风，也进行了尖锐批评。他毅然突破宫体诗狭小的内容限制，洗涤前人的淫靡和庸俗，赋予诗歌以新的生命，对盛唐的诗歌文学影响很大。王勃为规范律诗，起了重要的前导作用。后人评价他为五言律诗的对仗、平仄规范化奠定了基础，并使七言古诗发展成熟。他的著名诗句"海内存知己，天涯若比邻"，脍炙人口，广为传诵。尤其是他的《滕王阁序》，更是千古绝唱，充满了传奇色彩。可惜的是，这样一位才华横溢的文学巨星，竟于交趾探亲返回途中溺水而亡，年仅27岁。他没有来得及报答龙门恩师的教诲，也未能续写生动的龙门故事，既为后人所遗憾，也为后人所景仰。

作者：张桂录　任罗乐

2012年5月

（载于2012年8月17日《河津风采》）

王勃与《滕王阁序》

　　王勃，字子安，绛州龙门人。勃六岁解属文，构思无滞，词情英迈，与兄勔、勮，才藻相类。父友杜易简常称之曰："此王氏三珠树也。"沛王贤闻其名，召为沛府修撰，甚爱重之。诸王斗鸡，互有胜负，勃戏为《檄英王鸡文》。高宗览之，怒曰："据此，是交构之渐！"即日斥勃，不令入府。久之，补虢州参军。

　　勃恃才傲物，为同僚所嫉。有官奴曹达犯罪，勃匿之，又惧事泄，乃杀达以塞口。事发，当诛，会赦除名。时勃父福畤为雍州司户参军，坐勃左迁交趾令。上元二年，勃往交趾省父。渡南海，堕水而卒，时年二十八。

　　初，吏部侍郎裴行俭有知人之鉴。李敬玄尤重杨炯、卢照邻、骆宾王与勃等四人，必当显贵。行俭曰："士之致远，先器识而后文艺。勃等虽有文才，而浮躁浅露，岂享爵禄之器耶！杨子沉静，应至令长，余得令终为幸。"果如其言。

　　父福畤坐是左迁交趾令。勃往省觐，途过南昌，时都督阎公新修滕王阁成，九月九日大会宾客，宿命其婿作序以夸客。因出纸笔遍请客，莫敢当，至勃，欣然不辞。都督怒，起更衣，遣吏伺其文辄报。一再报，语益奇，乃矍然曰："天才也！"请遂成文，极欢罢。勃属文，初不精思，先磨墨数升，则酣饮，引被覆面卧，及寤，援笔成篇，不易一字，时人谓勃为腹稿。

　　勃与杨炯、卢照邻、骆宾王皆以文章齐名，天下称王、杨、卢、骆"四杰"……

（元·辛文房《唐才子传·王勃传》）

初，道出钟陵，九月九日都督大宴滕王阁，宿命其婿作序以夸客。因出纸笔遍请客，莫敢当。至勃，沉然不辞，都督怒，起更衣，遣吏伺其文辄报。一再报，语益奇，乃矍然曰："天才也！"请遂成文，极欢罢。

（宋·宋祁等《新唐书·王勃传》）

王勃著《滕王阁序》，时年十四。都督阎公不之信，勃虽在座，而阎公意属子婿孟学士者为之，已宿构矣。及以纸笔巡让宾客，勃不辞让。公大怒，拂衣而起，专令人伺其下笔。第一报云："南昌故郡，洪都新府。"公曰："亦是老生常谈！"又报云："星分翼轸，地接衡庐。"公闻之，沉吟不语。又云："落霞与孤鹜齐飞，秋水共长天一色。"公矍然而起，曰："此真天才，当垂不朽矣！"遂亟请宴所，极欢而罢。

（五代·王定保《唐摭言》卷五《切磋》）

唐王勃方十三，随舅游江左，尝独至一处，见一叟，容服纯古，异之，因就揖焉。叟曰："非王勃乎？"勃曰："与老丈昔非亲旧，何知勃之姓名？"叟曰："知之。"勃知其异人，再拜问曰："仙也，神也？以开未悟。"叟曰："中元水府，吾所主也。来日滕王阁作记，子有清才，何不为之？子登舟，吾助汝青风一席。子回，幸复过此。"勃登舟，舟去如飞，乃弹冠诣府下。府帅阎公已召江左名贤毕集，命吏以笔砚授之，递相推逊。及勃，则留而不拒。阎公大怒，曰："吾新帝子之旧阁，乃洪都之绝景，悉集英俊，俾为记以垂万古，何小子辄当之？"命吏得句即诵来。勃引纸，方书两句，一吏入报曰："南昌故郡，洪都新府。"公曰："老儒常谈。"一吏又报曰："星分翼轸，地接衡庐。"公曰："故事也。"一吏又报曰："襟三江而带五湖，控蛮荆而引瓯越。"公即不语。自此往复吏报，但颔颐而已。至报"落霞与孤鹜齐飞，秋水共长天一色"，公不觉以手鸣几曰："此天才也。"文成，阎公阅之，曰："子落笔似有神助，令帝子声流千古。吾之名闻后世，洪都风月，江山无价，子之力也。"乃厚赠之。勃旋再过向遇神地，登岸，叟已坐前石上。勃再拜曰："神既助以好风，又教以不敏，当修牢酒以报神赐。"勃因曰："某之寿夭穷达，可得而知否？"叟曰："寿夭系阴司，言之是泄阴机而有阴祸。子之穷通，言亦无患。子之躯，神强而骨弱，气清而体羸，脑骨亏陷，目睛不全，虽有不羁之才，高世之后，终不贵矣。况富贵自有神主之乎？请与子别。"勃闻之不悦。后果如言。

（唐·罗隐《中元传》，宋代《新编分门古今类事》卷三《异兆门·王勃不贵》）

王勃，字子安，六岁能属文，清才浚发，构思无滞。年十三，省其父至江西。会府帅宴于滕王阁。时帅府有婿善为文章，帅欲夸之宾友，乃宿构滕王阁序，俟宾合而出之，为若即席而就者。既会，帅果授笺诸客，诸客辞。次至勃，勃辄受。帅既拂其意，怒其不让,乃使人伺其下笔。初报曰:"南昌故郡,洪都新府。"帅曰:"此亦老生常谈耳。"次曰:"星分翼轸,地接衡庐。"帅沉吟移晷。又曰:"落霞与孤鹜齐飞,秋水共长天一色。"帅曰:"斯不朽矣。"

(北宋·李昉《太平广记·幼敏门·王勃》)

《滕王阁序》"落霞孤鹜"之语,至今称之,其诗甚多,如:"画栋朝飞南浦云,珠帘暮卷西山雨。"……最有余味,真天才也。

(南宋·计有功《唐诗纪事》)

萧明与王僧辩书:"凡诸部曲,并使招携,赴投戎行,前后云集。霜戈电戟,无非武库之兵,龙甲犀渠,皆是灵台之仗。"王勃《滕王阁序》:"紫电青霜,王将军之武库。"正用此事。以十四岁之童子,胸中万卷,千载之下,宿儒犹不能知其出处,岂非世间奇才。杜子美、韩退之极其推服,良有以也,使勃与杜、韩并世对毫,恐地上老骥,不能追云中俊鹘。

(明·杨慎《丹铅总录》)

薛瑄的故事

薛瑄,字德温,号敬轩,于明洪武二十二年(1389)农历八月初十出生在河津县南薛里平原村的一户书香门第。他自幼天资聪颖,饱读诗书,人称"小神童"。明永乐十九年(1421),家风传承,刻苦攻读,青年乡试中解元,后登甲榜进士及第,历任监察御史、提学佥事、大理寺少卿、大理寺丞、大理寺卿、礼部右侍郎、左侍郎兼翰林院学士、入阁预机务(宰相之职)。他陆续居官24年,清正廉洁,勤政爱民,刚直不阿,执法如山,被誉为高洁刚烈的"清官廉吏"。他博学多才,德高望重,享誉"薛夫子、薛青天、铁汉公、南京好官、实践之儒"等殊荣。其著述《读书录》,被列为明代最高学府国子监的诵习教材,并入选《四库全书》,纪晓岚评价说"明代淳儒,瑄为第一。有德有言,瑄足当之。"

薛瑄在河津老城创立"文清书院",缔造河东学派,两度在家乡设教讲学15个春秋,为发展河汾文化教育事业做出卓越贡献。他一生光明俊伟,廉为世范,2015年入选《山西历史上的13位清官廉吏》。

薛瑄的成就和德行,史书有记载,社会有评价,有不少传说故事,在家乡广为流传,为这位龙门骄子的光辉形象增添了绚丽的光环。

黄河清，圣人出

传说薛瑄出生时，肌肤如水晶一样透明，可以看见五脏六腑。其母怀疑是怪胎，不予包裹。其时，父亲薛贞在河南荥阳任儒学教谕，祖父薛仲义精通经史，在家乡教书。当祖父听到婴儿啼哭时，急忙制止说："这小子体肤晶莹，哭声洪亮，是个前途无量的奇才。"其母这才抱起婴儿，打开襁褓包好。第二天清晨，家人禀报薛仲义：黄河连续三日风平浪静，清澈如镜，龙门南面的宽阔河面一碧万顷，禹门口观者如潮，争相吟咏王勃"秋水共长天一色"的名句。薛仲义听了喜出望外，他想起《三国演义》作者罗贯中曾经写的诗："普天有道圣人生，大地山川尽效灵。尘浊想应淘汰尽，黄河万里一时清。"联想到家乡龙门黄河清澈之日，正是孙儿出生之时，于是"黄河清，圣人出"的吉卦之语在脑海里闪烁：莫非我孙儿就是未来的圣人？想到那光辉的前景，薛仲义将喜悦深藏心底，当即给孙儿起名"瑄"，期望他成为"国之大璧，一代圣人"，并决计由自己从小严格培育。果然，苍天不负有心人，薛瑄不负祖望，终成"国之股肱，一代廉吏"。难怪明代中期著名诗文大家、书画翘楚、"山中宰相"陈继儒评价薛瑄："文清抗阉振，死生不回，初产时黄河清三日，真圣人也！"

知县把门生薛瑄

明洪武年间，进士张济任河津知县，初到任，亲入乡村，体恤民情，兴农减税，深得民心。洪武二十二年农历八月初十上午，张知县带领衙役到南薛里体察农税收缴情况，中午时分，刚进入平原村，一声炸雷震耳，大雨瓢泼而下，就急立在一家院门檐下避雨。此时薛瑄呱呱坠地，家人听到门外有人，急急忙忙朝门口走来。开门一看，原来是官员驾到，便施礼言道："不知父母官驾到，有失远迎。"张知县询问："府上贵姓？"家人答道："这里是薛仲义府第，刚才薛府喜生贵子，请大人到家里避雨，歇息饮茶。"张知县言道："我在门口已守候多时，现在雨过天晴，我还要走访别村，请代我给薛师长问个好，贵府喜生贵子，母子平安，可喜可贺！"从此，就有了"宰相家人七品官，知县把门生薛瑄"的传说。

府学台屈尊绕城

薛瑄聪明伶俐，小时候在祖父的精心培育下，熟读四书五经，孩提之年就才华出众。有一天，他与邻居小伙伴在巷里做拢土垒城的游戏，他们仿照河津老城，在巷中央垒起东西南北四个土城楼，周围环绕土城墙。一天午后，州府学台坐轿路过，准备从土城墙踏碾过去,薛瑄和小伙伴站立巷中央不相让,令学台绕城墙而过。学台很诧异,就问缘故,薛瑄理直气壮地答道:"你是当官的,没听说过'孔夫子入晋路遇孩童项橐挡路筑土城,孔子被拦下辩论,最后绕城而回'的故事吗?城是官府所在,车是活的坐具,车到城下,不应该城躲车,应该车躲城。世间只有人避城,哪有城避人的道理?孔夫子懂这个道理,你是孔夫子的信徒,不懂这个道理吗?"学台听了赞扬说:"童子言之有理!小子出言不凡,必成大器。"就命轿夫不得踏碾土城,自己下轿步行绕城而过,小伙伴们齐声夸奖薛瑄"腹有诗书气自华",堪为龙门小神童。此后,"小神童出言不凡,大学台屈尊绕城"的故事便在河津一带广为传颂。

薛学士成人之美

薛瑄才华横溢,家学精粹,于永乐庚子省试考中头名解元。薛瑄学识渊博、研理深厚,因而声名远播,传布全国。翌年,薛瑄遵从父命,赴京应试。明代每当会考之年,全国应试举子都会提前到京,熟悉情况,寻友拜官,互相砥砺,摸探考情。有几个江南应试举子正在交流情况,议论命运。忽然听说龙门薛瑄也来京参加本科大考。有个江南解元自命不凡,闻此无限感慨地说:"寒窗苦读十年,公车献智帝苑,不来龙门薛瑄,我保连中三元。"并写成偈诗,贴于旅店门口。薛瑄听此传闻后,大为惊叹,也步韵回应一帖:"俊才集聚紫垣,大比激扬争前,高才惮佩薛瑄,我当回避让贤。"江南考生听到此诗帖,对薛瑄成人之美的高尚品德肃然起敬,纷纷前来拜别,执手相送。此事在群臣和举子中引起强烈轰动,在大江南北传为佳话。之后,薛瑄又参加全国会试,荣登甲榜,赐进士及第。

为官清正,光明俊伟

明英宗朱祁镇于宣德十年(1435)登基即位,年仅九岁,由太皇太后委政内阁。宦官和朝臣明争暗斗、争权夺利,年幼的明英宗信赖宦官。大太监王振统管司礼监,小权不放,大权包揽,代批奏章,专横跋扈。朝臣的忠正之言,皇帝听不懂,不爱理,许多官员趋炎附势,对王振送礼跪拜。而薛瑄时任大理寺少卿,算是王振的同乡。有一次王振来东阁,众官员皆俯首揖拜,唯薛瑄昂然直立,王振对薛瑄从此怀恨在心。后来王振侄子王山,倚仗权势,夺人妻女,致死人命,引起公愤。薛瑄作为少卿主持公道,查办此事,再次触犯王振。于是王振指使亲信,罗织罪名,纠劾薛受贿,由锦衣卫押入牢狱,问成死罪。有一天王振吃饭,感到饭食寡淡无味,推桌摔碗,问罪厨师。厨师跪地哭诉,悲伤昏迷。清醒后说:"心情悲痛,饭菜做得不好,请大人恕罪。"

王振问厨师："何致悲伤？"厨师对答："听说薛少卿将被处死，心痛如此好官，杀死冤枉，外面的人都说，杀死好官，伤天害理，人人悲痛！大人与薛少卿是同乡，何不救之，人人感谢不尽大人恩德。"王振听了厨师的讲述和请求，陷入沉思，他想，我假借同乡之情，爱才之心，不杀薛瑄，既可深得众人好评，又可拉拢薛瑄，何乐不为？故而不杀薛瑄，释放出狱。但薛瑄既没有登门拜谢，也没有改变态度，依然如故，因为薛瑄早知王振的本质。王振于是以朝廷名义，把薛瑄罢官遣籍，薛瑄就回到家乡办学育人，深研学问，这就是薛瑄第一次回乡办学。

薛瑄秉义救于谦

正统十年（1449），明朝内外交困，北方瓦剌大肆入侵，王振胁迫英宗与他统兵亲征，在土木堡被围。突围无望，禁军将领樊忠用铁锤砸死王振，英宗被瓦剌俘虏北去，此为"土木之变"。次年十月，在于谦等建议下，报请太后批准，宣布英宗弟弟朱祁钰为帝，此为明代宗。在兵部尚书于谦带领下，守城拒敌，瓦剌无奈，讲条件放英宗归京，明代宗软禁英宗于南宫，称太上皇。景泰八年（1457）正月，代宗病了。王振余党和一些军人，发动政变，英宗从南宫进皇宫，登上宝座，改年号天顺，代宗降为郕王，不久就死了。英宗夺门复辟后，第一件事就是报复拥立其弟代宗的大臣，首当其冲的就是以于谦为首的二十几位大臣，全部押入诏狱，以"谋反"罪杀死或重判。薛瑄因拥立代宗时被贬在老家，未参与此事，后来复官，此时正任大理寺卿，与于谦公交私谊俱厚，与其他正直官员关系亦好，一心要救于谦等二十几位大臣。向英宗写奏书，陈原因，讲道理，说利害，但英宗执意不听，最终杀害了明之栋梁于谦。作为大理寺卿，薛瑄深感愧疚，而又无可奈何。但他决心要救出押在诏狱的其他高官。于是与皇太后商讨计策，讲究方式，终于促使其他在押官员被释，或官复原职，或调作他用，或遣返回籍。以此结局，对薛瑄的自责略有缓解。薛瑄此举，深得全国官民的赞扬，当时全国街谈巷议，皆称薛公功于国家，惠于清官，利于朝廷，顺于民心。

此后，薛瑄以年逾古稀，辞官归里，第二次回河津办起了教学育人的书院。

寿终正寝，流芳千古

明天顺八年（1464）农历六月十五日，薛瑄在平原村故居正襟危坐，提笔写下"土炕羊褥纸屏风，睡觉东窗日影红。七十六年无一事，此心惟觉性天通"的诗句，"通"字最后一笔未写完，寿终正寝，享年76岁。薛瑄逝世后，朝廷追赠其资善大夫、礼部尚书，谥号"文清"，赐建"文清正学祠"，从祀孔庙。他的丰功伟绩和高风亮节被后世编为戏剧、影视、书籍和板话，在中华文苑长盛不衰，他的传奇故事则永远铭刻在人们的心底，千古流芳！

作者：张桂录　任罗乐
2020 年 12 月
（入编《传说故事撷萃》一书）

康熙题诗大黄村

据黄斌、张春萍合著的《薛礼征东的史实与传说》一书载：

黄村西北，有一块两亩大的荒地，常年光秃秃的，相传是薛礼的故居，称薛家庄园。有位侯保明老先生曾保有薛礼故居的画图，后遭战乱被毁。清朝康熙皇帝巡察陕西山西一带，路经薛礼故居，想起薛礼，不禁在粉墙上题诗一首：

巡游陕西过龙门，驻辇歇马大黄村。

仁贵故居今犹在，久等不见将军归？

任绍燨扇面诗墨宝

清代长沙知府任绍燨，河津樊村人，才华横溢，经纶满腹，著有《仕楚纪略》《犹存诗草》等书。他创作的格律诗《石谷》《筛崖飞泉歌》《二泉亭杂咏二首》载于清代《河津县志》。他亲笔草书的七律扇面诗作为传世之作，由西泠印社拍卖有限公司在 2019 年秋季拍卖会面世，专家评价说："其草而不滞，自有一段洒落"。

附：任绍爌扇面诗

任绍爌所书扇面释文

国士桥头蹔解鞍，人生义节此中看。

报恩一剑原非烈，知己千秋信所难。

啼鸟似传当日事，夕阳犹照旧时丹。

英雄定未随流水，欲话同心共谱兰。

（任罗乐供稿）

附录

"缤纷古耿　诗画河津"
庆祝中国共产党成立100周年全国名家诗词书画展
前　言

今年是中国共产党建党100周年，也是"十四五"规划开局之年。为进一步弘扬中华优秀传统文化，中华诗词学会以"搭建文化桥梁、打造文化品牌、做靓惠民形象"为出发点，以积极推动山西省河津市、海南省文昌市两个友好城市的经济发展和文化交流为目的，通过在河津成立中华诗词书画专业委员会的契机，联合两市举办"缤纷古耿　诗画河津"庆祝中国共产党成立100周年全国名家诗词书画展，组织广大艺术家以艺术的形式向党的百年华诞献礼。

山西省河津市和海南省文昌市均有着深厚的文化底蕴。这次诗书画作品展，即是以颂扬两市自然风光、人文历史和在党的领导下取得的光辉成就为主要内容，特邀国内著名诗人书画家参与创作。通过作品展示、座谈交流、朗诵表演等系列活动，进一步坚定中华民族的文化自信，增强"感党恩、跟党走"的信心与决心，为两市社会文明、经济发展提供强大的精神动力，凝聚起推动中华民族伟大复兴的磅礴力量。

没有中国共产党就没有新中国，就没有中国特色社会主义，就没有我们今天的美好生活！我们生逢伟大时代，让艺术家横溢才华与家国共振，正是中华诗词学会倡导的"诗词当为党和政府中心工作助力，诗词当为时代和人民大众发声，诗词当为全社会政治、经济和文化服务"三大理念的出发点和归宿点，这次组织策划的"缤纷古

耿　诗画河津"庆祝中国共产党成立100周年全国名家诗词书画展正是中华诗词学会一次发挥优势、服务社会、主动担当的积极尝试，得到了山西省河津市和海南省文昌市两市的积极响应。

这次"缤纷古耿　诗画河津"庆祝中国共产党成立100周年全国名家诗词书画展以及座谈交流、朗诵表演等系列活动，将全面展示繁荣发展的河津的人文之美、山水之美、生态之美与和谐之美。之后还将在海南省文昌市举办相应的系列活动，以实现更大的合作、提升、共赢和新的期待。

中华诗词学会
2021年6月

山西诗词学会文件

晋诗字[2021]6号

关于授予河津市"山西诗词之市"称号的通知

河津市人民政府：

在全党全国深入学习贯彻党的十九大、十九届六中全会精神，促进社会主义文化大发展大繁荣的大好形势下，你市以高度的文化自觉，带领全市人民群众，弘扬中华诗词传统文化，充分发挥地方优势，在"缤纷古耿　诗画河津"诗词"六进"诗创实践中，努力创建"中华诗词之市"，诗创和诗教工作方兴未艾，呈现出上下联动、整体推进、扎实有序、成效明显的良好发展态势，有力地促进了地方经济社会发展和社会主义精神文明建设，取得了可喜成绩。经考察，符合山西诗词学会关于诗词之市的评定标准。山西诗词学会决定：授予你市"山西诗词之市"称号。

同时授予河津市小梁乡政府、河津市教育局、河津市水利局、河津市第三小学、河津市铝基地朝霞小学、河津市清涧街道花苑社区、河津市城区街道麟岛社区、河津市诗词学会等"诗教先进单位"称号，授予杨永杰（河津市文联主席）、王景生（河津市诗词学会会长）、吴会杰（河津市诗词学会副会长）、赵林生（河津市诗词学会副会长）、薛毅斌（河津市诗词学会副会长）、薛华（河津市第三小学春苗诗社社长）、魏向民（河津市小梁乡峨眉诗社社长）、原金丁（河津市清涧街道花苑诗社社长）、韩民科（河津市樊村镇峪岚诗社社长)、杨宏磊(河津市下化乡吕梁诗社名誉社长)、张惠民(河津市阳村街道西河诗社社长)等"诗教先进工作者"称号。

希望你们珍惜荣誉,不断创新,认真贯彻落实党的十九大精神、十九届六中全会精神和《中共中央关于繁荣发展社会主义文艺的意见》、中共中央办公厅、国务院办公厅《关于实施中华优秀传统文化传承发展工程的意见》,进一步团结引领广大诗人词家和人民群众,建立长效机制,巩固创建成果,更好地传承发展中华诗词事业,为推进社会主义文化大发展、大繁荣,早日实现创建"中华诗词之市"目标,为把我国建设成为社会主义文化强国做出新的贡献。

山西诗词学会
2021 年 11 月 18 日

中共河津市委宣传部　河津市文化和旅游局文件

河宣发〔2021〕6号

河津市庆祝中国共产党成立100周年"缤纷古耿　诗画河津"全国名家诗词书画创作交流系列活动策划方案

为隆重庆祝中国共产党成立100周年,热情讴歌颂扬我市人文历史、自然风光和发展成果,激发全市人民爱党爱国、干事创业的热情,按照市委、市政府安排部署,通过与中华诗词学会商议确定,决定在山西省河津市和海南省文昌市联合举办庆祝中国共产党成立100周年诗词创作、书画展览等系列活动,河津市开展活动策划方案如下:

一、活动主题

以庆祝中国共产党成立100周年为主题,以诗词诗歌创作、书画展览、中华诗词学会书画工作委员会成立等系列活动为主要内容。邀请国内诗词创作家、著名书画家、知名朗诵表演艺术家及歌唱家在山西省河津市与海南省文昌市两地进行采风创作。通过作品展示、座谈交流、朗诵表演等系列活动,颂扬两市自然风光、人文历史和在党的领导下取得的光辉成就。进一步坚定文化自信,增强"感党恩、跟党走"的信心与决心,为两市经济社会高质量发展提供强大的精神动力,凝聚起推动中华民族伟大复兴的磅礴力量。

二、组织机构

主办单位：中华诗词学会
承办单位：中共河津市委、市政府，中共文昌市委、市政府，中华诗词杂志社
协办单位：中国数字电视书画频道、晋唐（北京）书画院

三、活动具体安排

（一）面向全市干部群众开展作品征集与评审（5月31日至6月22日）

1. 作品征集（5月31日至6月15日）。面向全市干部群众征集赞美歌颂我市人文历史、自然景观、发展成就的诗歌、散文、楹联作品，通过群众视角全方位描绘党领导河津人民创造的丰功伟绩与美好生活。

2. 作品评审（6月20日至6月22日）。组织专家对征集的作品进行评审和奖励，遴选优秀作品60首，其中诗歌、散文、楹联作品各20首。

此项活动旨在通过全民参与创作，掀起全市人民"爱河津、咏家乡"的热潮，为整个活动的开展做好铺垫和预热。

（二）举办庆祝中国共产党成立100周年全国书画作品展（6月25日至7月10日）

由晋唐书画院征集全国知名书法、绘画作品100幅，统一装裱，进行展览。

（三）邀请国内名家来河津采风交流（6月24日至6月26日）

届时将由中华诗词学会组织全国诗词创作家、著名书画家、知名朗诵表演艺术家及歌唱家来河津市进行采风创作。将建党以来国内及河津市的人文历史、政治生活领域发生的重大变化作为题材进行创作；召开座谈交流会；举办书画展；观看文艺演出，邀请国内有影响力的媒体团队对本次活动进行全程跟踪报道，进一步宣传推介河津。

具体操作如下：

1. 发出邀请。以中共河津市委、市政府和中共文昌市委、市政府两家的名义向各位专家、学者、媒体等发出邀请函，并随函发出两市宣传手册。

2. 欢迎晚宴（6月24日下午报到，晚上在金港龙湾生态园二楼设欢迎宴）。市领导致欢迎辞；播放河津宣传片；介绍河津基本情况；嘉宾代表致答谢辞。

3. 观光采风（6月25日—6月26日）。安排旅游大巴车，设定采风路线，每车配专业讲解员，由本地各协会代表陪同进行观光采风创作。各相关景点采用版面形式展示与该景点相关的名诗名篇，部分景点邀请名家进行现场创作。届时文昌市安排人员一同来我市进行创作交流。

具体行程安排如下：

（1）6月24日

16：30—18：00　金港龙湾生态园报到

18：30—20：00　欢迎晚宴（金港龙湾生态园）

20：00—22：30　观看红色革命现代戏（蒲剧）《凤城英烈》（红光集团）

（2）6月25日

7：00—8：00　早餐（金港龙湾生态园）

8：30—10：00　参加"河津市庆祝中国共产党成立100周年全国书画展"开幕仪式（市体育馆）

10：30—11：40　参观宋金瓷窑展、灰陶琉璃园

12：00—13：00　午餐（金港龙湾生态园）

15：00—17：30　乘车游览龙门景区、沿黄旅游路、龙门村

18：00—19：30　晚餐（金港龙湾生态园）

20：00—22：00　观看"河津市庆祝中国共产党成立100周年大型文艺晚会"（龙门广场）

（3）6月26日

7：00—8：00　早餐（金港龙湾生态园）

8：30—11：30　参加全国名家书画现场创作交流会（市宾馆会议室）

12：00—13：00　午餐（市宾馆）

下午活动结束，返京。

（四）媒体宣传团队

中华诗词学会届时将邀请国内各大知名媒体组成宣传组对活动开展跟踪报道。主要媒体有：人民网、新华网、中国文化观察网、中华文化旅游网、国智网、中国新视野网、发展观察网、今日头条、网易客户端、搜狐客户端、凤凰大风号、看点快报、凤凰一点资讯和百度百家号。

（五）成果展示与宣传推广

1.创作者对个人的作品有署名权，河津市人民政府对所有作品拥有使用及宣传权，名家作品及部分优秀作品可在以上媒体刊物、平台进行刊登及发布，扩大河津的知名度和影响力。

2.将名家作品及本市征集的优秀作品结集成册，以《龙门》杂志特刊的形式进行出版。

3.视作品质量，在相关景点或公共文化场所以刻石题壁、版面展览等形式刊布，

以广流传，以志盛事，以传佳话。

4. 为我市庆祝中国共产党成立100周年书画展等其他系列活动提供素材。

5. 适合作为歌词的优秀作品可邀请名家进行谱曲，在相关活动中进行演出，或拍摄MV用于城市形象宣传。

中共河津市委宣传部　河津市文化和旅游局

2021年6月15日

河津市创建"山西诗词之市"的实施方案

诗词是中华民族文化的瑰宝，是民族精神和时代精神的重要载体。为积极响应市委、市政府在全市大力开展创建"诗词之市"活动的号召，弘扬优秀传统诗词文化，打造特色文化品牌，提升城市文化品位，丰富群众文化生活，服务社会政治经济文化建设，推进文化兴市战略实施，创建"山西诗词之市"，特制定本方案。

一、指导思想

以习近平新时代中国特色社会主义思想为指导，深入贯彻落实党的十九大和十九届二中、三中、四中、五中全会及习近平总书记在文艺座谈会上的重要讲话精神，以推动全市文化大发展、大繁荣为目的，紧紧围绕文化兴市战略，以"弘扬国粹，振兴诗词"为主题，进一步普及诗词知识，提高诗词理论、创作、教育、撰写水平，建立健全诗词组织，通过开展系列化、规范化、特色化的创建工作，扩大诗词应用领域，繁荣诗词艺术，促进文化强市建设，为基本实现现代化提供良好的人文支持。

二、创建目标

（一）普及诗词知识。采取多种形式广泛宣传普及诗词知识，使诗词文化渗透到各行各业；大力培育诗词人才，夯实诗词教育基础。

（二）创作精品诗词。积极参与全国诗词活动，不断提高诗词创作水平。组织开展诗词活动，研究精品诗词，宣传精品诗词，努力使诗词创作精品化。加强理论研究和精品创作，使我市的诗词作品走出山西、走向全国。

（三）发挥诗词作用。通过多种有效形式，使诗词走进社会各阶层、各领域，用诗词这一高雅便捷的艺术形式，装点生活，美化环境，营造健康、文明、和谐的社会氛围。

三、主要内容和要求

（一）加强诗词组织建设。建设"创新型、学习型、服务型、和谐型"诗词组织，尚未建立基层诗词分会组织的乡镇（街道办）要尽快建成。已建立的分会组织要积极投入创建工作。市直部门要建立诗词小组；社区要组建诗文社或诗词创作基地；企业要组建职工诗社或诗词爱好者组织。完善组织体系，健全各项制度，建立会员定期活动、学习、培训等制度，规范诗词组织日常运行。要围绕党委、政府的中心工作及大型庆典纪念活动、重大节日等有计划、有步骤地组织诗歌演唱、演出、吟诗、赛诗等活动。

（二）做好诗词知识宣传普及。诗词学会要与新闻媒体联合举办形式多样的创建宣传活动，要加强与外部的合作交流，交换内部刊物，组织主题征诗活动，广泛开展诗艺、诗画、诗联交流；新闻媒体要开辟诗词专题、专栏，宣传普及诗词知识；文旅部门要协助扩大诗词海内外交流，推动我市诗词作品走向全国，走向世界。

（三）加强学校诗词教育工作。市教育部门要认真部署学校诗词教育工作，将诗词知识教育与楹联知识教育结合起来，引导学生读诗、赏诗、写诗，营造良好的校园诗词文化氛围，培育诗词新人。利用假期对教师进行诗词知识培训，抓好小梁中学、赵家庄中学、市三小、墨缘书画社、老年大学、新华书店等诗词教育基地建设，并以此为示范在全市有条件的学校、企业推广培育诗词教育基地。

（四）打造诗词文化工程。宣传、文旅、文联、融媒体等部门要开展诗词宣传活动，在全市营造诗词文化氛围。相关单位要抓好龙门广场、北城公园、九龙公园、莲池公园、沿黄旅游路及麟岛社区、新兴社区、花苑社区等社区诗词工程建设。

四、保障措施

（一）加强领导，明确责任。全市的创建工作要在市创建领导组的统一领导下进行，撰写悬挂诗词原则上谁的辖区谁负责、谁的设施谁出钱。各单位要选用组织能力强、开拓创新精神足、工作认真负责的同志主抓此项工作。

（二）抓好典型，带动全局。要借鉴外地诗词文化城市的先进经验，总结河津实施工作好的做法，充分发挥我市诗词人士的积极作用，培养先进典型，带动全面发展。

（三）广泛动员，协同创建。创建山西省诗词之市是创建文明和谐城市的重要组成部分，也是一项系统工程，需要引导社会各界人士积极参与创建活动，营造良好的诗词文化氛围，形成关注创建、支持创建、参与创建的社会共识。

五、活动步骤

我市创建"山西诗词之市"共分三个阶段进行，争取两到三年内创建成功：

第一阶段：宣传发动阶段。主要任务是宣传、发动和学习，把创建工作纳入议事日程，动员全社会共同关注创建工作，积极参与到创建工作中来。

第二阶段：具体落实阶段。主要任务是全面铺开各项工作，有关单位要各负其责、各司其职，认真落实创建工作的各项任务和目标。

第三阶段：巩固提高阶段。主要任务是巩固和强化创建内容，市创建活动领导组对创建工作进行初检，并迎接上级检查验收。

河津市创建"山西诗词之市"领导小组办公室

2021 年 7 月 18 日

附件 1

河津市创建"山西诗词之市"领导小组

组　长：董亚强　市委常委、宣传部长
副组长：闫军学　市委宣传部常务副部长
　　　　吴俊章　市委宣传部副部长
成　员：杨永杰　市文联主席
　　　　韩振廷　市财政局局长
　　　　张建强　市民政局局长
　　　　刘英杰　市水利局局长
　　　　卫启国　市教育局局长
　　　　毋刚石　市交通运输局局长
　　　　张育龙　市文旅局局长
　　　　李昌强　市融媒体中心主任
　　　　任建国　市新华书店总经理
　　　　原伟青　市城市建设服务中心主任

孙明霞　市老年大学副局长
王景生　市诗词学会会长
王世斌　市图书馆馆长
黄津城　区街道党工委宣传委员
张津蓉　清涧街道党工委宣传委员
任世英　赵家街道党工委宣传委员
申丽娜　阳村街道党工委宣传委员
闫小芳　樊村镇党委宣传委员
郭　婷　僧楼镇党委宣传委员
姚　妮　柴家镇党委宣传委员
杨宏磊　下化乡党委宣传委员
马改玲　小梁乡党委宣传委员

领导小组下设办公室，办公室设在市文联，办公室主任由杨永杰同志兼任。

附件2

河津市创建"山西诗词之市"相关部门的职责和目标任务

按照创建"中华诗词之市"领导组的工作要求，各部门职责分工和目标任务如下：

市委办公室、市政府办公室

负责协调解决创建工作中的各种矛盾和问题。

市委宣传部

1. 将创建工作纳入建设文化强市规划之中，并抓好落实工作。
2. 搞好创建工作中的综合协调和督促检查。
3. 指导诗词文化理论研讨工作。

融媒体中心

在《河津风采》、河津电视台开设专栏专题，普及诗词知识，宣传创建工作的动态和典型。

市城市建设服务中心主任

负责诗词文化标志性建筑的规划、建设和管理工作。

1. 在龙门广场、北城公园、九龙公园、莲池公园等公共场所悬挂大型标志性诗词。

2. 编撰、制作、悬挂各具特色的古今名诗词，彰显河津人文景观。

文旅局

负责全市名胜古迹和文物景点诗词的整顿、规范和设置工作。

1. 对全市文物景点诗词现状进行全面普查，提出整顿、规范和设置规划。

2. 对于悬挂诗词质量较好的，予以保留；质量较差的，予以撤换；对无诗词的景点，应进行搜集或征集后择优制作悬挂。

3. 对文物景点的工作人员进行诗词知识培训，提高诗词文化素养。

教育局

负责全市各学校的诗词普及教育工作。

1. 对全市各类学校的诗词文化教育工作做出规划。

2. 开展形式多样的校园诗词文化活动。

3. 对教师进行诗词知识培训，培养诗词师资。

4. 组织人员编写适合本地的诗词文化教材。

新华书店

负责充分发挥诗词教育基地的作用。

老年大学

负责做好诗词爱好者的定期培训。

墨缘书画社

负责做好诗词与书画的交流研讨。

文联

负责诗词组织管理和繁荣创作工作。

1. 抓好创建办公室工作。

2. 对全市诗词组织进行管理和协调。

3. 对诗词创作和专著给予指导。

4. 抓好反映诗词文化的文学作品创作工作。负责诗词教育基地、诗词进校园示范点、诗词创作基地、诗词教育先进单位的检查验收工作。

市诗词学会

负责全市诗词编撰和创建办公室日常工作及信息收集工作。

1. 对需要设置诗词的街道、市场、景点等，组织诗词界名家编撰或向社会公开征稿。

2. 负责向需求单位提供诗词教材和师资力量。

3. 做好《龙门诗潮》和《河津市诗词志》的资料整理和编撰工作。

4. 做好诗词教育基地、诗词进校园示范点、诗词创作基地、诗词教育先进单位的申报推荐工作。

开启诗词之旅
——河津市融媒体中心《奋进的力量》栏目

2021年10月29日播出

（主持人：薛晓敏　主讲：杨永杰）

开场：中国是诗词的国度，从古到今，无数优秀诗人为我们留下了数以万计脍炙人口的经典诗篇。习近平总书记多次提到，我们要继承和弘扬中华优秀传统文化。诗词作为优秀传统文化的重要组成部分，展现了一种文化穿越古今的力量。"韵漫古耿，诗醉龙门"，近日，我市"山西诗词之市"授牌仪式举行，标志着我市向"中华诗词之市"又迈进了一大步。就诗词之市创建工作，今天我们邀请到河津市文联主席杨永杰，为大家讲述创建工作背后蕴含了哪些深意。

您好，杨主席。

【主持人】：提到诗词，总是有一些古典的韵味，当下好像不太接近于日常，那么，创建诗词之市，我们现在具备哪些基础条件？

【杨永杰】：11月18日，山西诗词学会授予我市"山西诗词之市"牌匾，这标志着我市向"中华诗词之市"迈进了一大步。诗词属于中华优秀传统文化，她其实是一门雅俗共赏的艺术，也不要把她看得太神秘。日常生活中，广大市民朋友们能够即兴吟诵两句的不在少数。

这次我市的创建工作，主要基于两方面的基础条件：

一是我市历史悠久、人文积厚，自古诗人辈出、文脉昌盛。河津位于河汾之间，是人类文明的发祥地之一。是中国最早的诗歌总集《诗经》的重要发源地，卜子夏、司马迁、王通、王绩、王勃、薛瑄等诗词大家都曾在此活动，中华诗仙李白、诗圣杜甫以及著名文人学士欧阳修、苏轼等都曾来龙门观光，在中华诗词文化史册留下了光辉的篇章。明、清、民国、新中国成立及至改革开放后，诗词领域也是人才辈出，薪火相传；特别是1995年河津诗词学会成立以来，全市上下撰咏诗词，蔚然成风。河津诗词学会从会员人数、创作数量、作品质量等方面在全省县市里应当是处于第一方阵的。

二是市委、市政府十分重视"诗词之市"创建工作，把传承和弘扬诗词文化作为树立文化自信、打造文化强市、转型蹚路发展的重要举措来抓。在庆祝建党100周年"缤纷古耿　诗画河津"系列活动中，李书记、何市长和中华诗词学会周文彰会长共同启动了我市的创建工作，这在全国都是少有的。同时成立了创建工作领导小组，市委常委、宣传部长任组长，董部长多次听取工作汇报，解决创建过程中遇到的问题。各职能部门各司其职、积极配合，全市创建工作可以说上下联动、整体推进、扎实有序、成效明显。特别是李书记亲自填词《沁园春·河津》，起到了强大的引领作用。

【主持人】：1995年我们就成立了"河津市诗词学会"，诗词文化领域，基本情况是怎样的？

【杨永杰】：市诗词学会是文联下属16个文艺家协会和文艺社团之一。目前全市共有会员352人，其中中华诗词学会会员20人，山西诗词学会会员35人，运城诗词学会会员40人，搭建了三个平台：一是《龙门诗潮》季刊，二是《河津风采》开设了《麟岛》副刊，三是开设了《龙门诗潮》公众号，为会员创作、交流提供了平台。

【主持人】：这些年我们在诗词的创作、传承和发展方面，做了哪些努力？

【杨永杰】：活动是学会的生命，诗词的创作、传承、发展同样需要活动，需要载体。所以，我们一是开展采风活动，抓住市委、市政府中心、重点工作，确定主题，开展了一系列活动，像建党100周年、防疫、抗洪、乡村振兴、脱贫攻坚、河津非遗琉璃等，形成了"我爱河津"采风活动品牌。二是树立示范标杆：我们建立了诗词进校园示范点、诗词教育先进单位、诗词创作基地、诗词教育基地，树立典型，以点带面。比如，九龙公园、北城公园、莲池公园、万和广场等诗词主题公园和广场，对诗词的宣传效果就比较好，我们编辑出版了《九龙吟声》《北城诗梦》《莲池雅韵》三个专辑，特别是九龙公园，展示的诗词作品定期更换，谁的作品好就挂上谁的作品，激励大家都来创作。三是开展诗词教育。学校是重头戏，比如说三小、铝基地教育中心朝霞小学等，以诗词诵读为特色，从小培养孩子们对诗词的兴趣，得到了山西诗词学会验收组的高度肯定。很多诗社定期开展诗词赏析、培训、交流等活动，已经成为诗社的一项制度，长期坚持。

【主持人】：首先我们有深厚的文化积淀，同时开展这些活动为我们创作诗词营造了一个非常浓厚的氛围，那么这次验收的标准是什么呢？您觉得我们的优势是什么？

【杨永杰】：验收的标准主要有八个方面，领导到位；群众参与，走向社会；健全组织，理顺机制；经济保证；扩展宣传阵地；加强诗教，培养人才；珍视传统，创作精品；协调发展，造福地方。对照这八个方面的标准，结合河津实际，我们进行了认真分析。我们的优势在于领导重视，在于参与群众多，在于经济有保证，在于诗教工作扎实，在于创作作品多。所以，市委、市政府针对文化与经济发展的不匹配，确定了创建中华诗词之市的目标，对增强我市的文化软实力，对培养德才兼备的优秀人才，对形成和谐良好的社会风尚和健康多彩的人文环境，起到积极的助推作用。

针对劣势和不足，我们确立了工作方案，进行了精准的整改提升。比如在理顺机制方面，我们改变过去市诗词学会直接领导全市所有会员的体制，按照诗词"六进"要求，考虑地域覆盖、骨干会员分布等情况，成立了涉及乡村、学校、企业、机关、社区、景区的19个诗社。各诗社做到办公场所、牌子、机构、制度、活动、会员作品"六有"，部分诗社像小梁乡峨眉诗社，创设了诗词墙，营造了浓厚的诗词氛围。我们打通山西诗词学会宣传平台的通道，将我市创建情况在省级层面进行宣传，下一步还将加强与中华诗词学会的沟通，在更高平台进行宣传，讲好河津故事。

【主持人】：诗词的熏陶对于广大创作者来说是一种精神文化生活的提升，怎么能让这样的一种文化渗透到更多人的生活当中，增强大家的精神力量？

【杨永杰】：按照创建工作的要求，诗词文化要做到"六进"。在这次验收中，山西诗词学会验收组评价我市达到了"七进"，这第"七进"就是进家庭。近年来，诗词文化已经走进了普通百姓的生活、家庭中。现在有很多市民过红白事，都会邀请楹联、诗词学会的会员根据家庭情况进行创作，布置现场，营造浓厚的文化氛围，事后还印个画册，这对于移风易俗、家风家教传承等很有意义。

【主持人】：依托诗词之市，未来还会有哪些期望，助推实现文化强市建设？

【杨永杰】：诗词之市的创建不是终点，只是一个起点。广大文艺工作者要积极传承诗词文化，提升全民文明素质，增强河津文化软实力。要深入挖掘河津文化的时代内涵，把"争强好胜、勇为人先"的河津精神，作为文艺创作的思想资源、价值支撑和表达内容，更好地满足河津人民的精神需求，丰富河津人民的精神世界，增强河津人民的精神力量，让龙门文化薪火相传，古耿文脉生生不息，为建设文化强市贡献文艺力量。

结束：近年来，市委、市政府高度重视文化产业发展，以文兴产、以产促文，推动全市文化产业繁荣发展。我们希望广大文艺爱好者以此为契机，创作更好的诗词作品，广泛宣传带动和影响更多人感受文化魅力，为全市做强经济硬实力，凸显文化软实力，助推县域经济高质量发展做出新的贡献！

参考文献

1. 河津县志编纂委员会编：《河津县志》，山西人民出版社，1989年。
2. 河津市志办编：《河津县志（光绪五年版）》，三晋出版社，2010年。
3. 《全唐诗》，河北人民出版社，1997年。
4. （唐）王勃著，杨晓彩点校：《王勃集》，三晋出版社，2017年。
5. 《当代诗人传略（三）》，四川文艺出版社，1992年。
6. 贠创生、宋万忠、杨朝军、宁雪瑞编著：《河东名胜诗抄》，山西人民出版社，1989年。
7. 薛振江编著：《黄帝世家薛氏家族志》，远方出版社，2003年。
8. 黄斌、张春萍：《薛礼征东的史实与传说》，远方出版社，2008年。
9. （汉）司马迁撰：《史记》，上海古籍出版社，2011年。
10. 王佳佳：《薛瑄诗歌研究》，山西师范大学2018年硕士学位论文。
11. 杨继凤：《段克己段成己文学研究》，黑龙江大学2014年硕士学位论文。
12. 《二妙集》，影印本。
13. 孙玄常、李元庆、周敬义、李安纲点校：《薛瑄全集》，三晋出版社，2015年。
14. 任罗乐、毛建民：《历代名人咏河津》，中国楹联出版社，2008年。
15. 任罗乐、薛德虎、吕俊安：《历代诗人咏河津》，黑龙江美术出版社，2018年。
16. 《龙门志（明·嘉靖版）》，影印本。
17. 《李尤白诗文选》，中华梨园学研究会编辑出版，2000年。
18. 阎凤梧、刘达科：《河汾诸老研究》，山西人民出版社，1993年。
19. 陈小辉：《唐代诗社考论》，《江西社会科学》，2010（6）。

20.《古今图书集成》第三十八卷。

21. 周敬飞：《人文河津》，山西人民出版社，2008年。

22. 周敬飞：《河津地域文化通览》，中国文联出版社，2014年。

23.《乡宁县志（民国六年版）》，影印本。

24. 陈小辉：《宋代诗社研究》，江西人民出版社，2014年。

25. 欧阳光：《诗社与书会——元代两类知识分子群体及其价值取向的分野》，《中山大学学报（社会科学版）》，1996（3）。

26. 张娴：《明代诗社与文人心态研究》，西南大学2012年硕士学位论文。

27. 胡媚媚：《清代诗社研究：以六诗社为中心》，浙江大学2013年硕士学位论文。

28. 袁志成：《晚清民国文人结社的组织类型及其特点》，《湖南社会科学》，2015（1）。

29.《韩城县志（民国版）》，影印本。

30.《龙门风情》之《韩城龙门诗选》。

31. 吉春编：《司马迁年谱》，三秦出版社，1989年。

32.（清）傅应奎纂编：《韩城县志（乾隆版）》，西北大学出版社，2014年。

33.《古今图书集成》第三十四卷。

34.（宋）乐史撰，王艺楚等点校：《太平寰宇记》，中华书局，2007年。

35. 赵诚：《中国古代韵书》，中华书局，1978年。

36.《中华通韵》，语文出版社，2020年。

37. 赵用光：《苍雪轩全集》，上海古籍出版社，2017年。

38. 政协河津市委员会编：《民国河津》，中国文史出版社，2020年。

39.（唐）王绩著，夏连保校注：《王绩文集》，三晋出版社，2016年。

40.《东皋子集》（三卷），影印本。

41.《贤达妇龙门隐秀》，影印本。

42.《"缤纷古耿 诗画河津"建党100周年优秀作品集》。

43.《中华诗词》，2021（8）。

44. 任罗乐：《河津经典人文》，中国电影出版社，2012年。

跋

　　正当全市上下全面贯彻党的十九大和十九届历次全会精神，以优异成绩迎接党的二十大胜利召开之际，《河津市诗词志》沐浴新时代的灿烂光辉脱颖而出，昂然面世，这是创建"中华诗词之市"的丰硕成果，也是给党的二十大的诚挚献礼。此时此刻，市诗词学会全体同仁心潮奔涌，欢欣鼓舞，喜悦之情，溢于言表。

　　河津历史悠久，人文积厚，诗词文化源远流长，博大精深。古今河津人在生产生活中创造了绚丽多彩的诗词文化，其源头便是《诗经·魏风》。《诗经》是中国最早的一部诗歌总集，是中国古代诗歌的开端，是中华诗史的起点，在中国文学发展史上占有突出的地位。《魏风》是《诗经》中的重要篇章，《魏风》中的《伐檀》《硕鼠》，都是脍炙人口的名篇。河津在先秦时期属魏国辖地，《诗经·魏风》中的"汾沮洳"和《诗经》中的《韩奕》，就是讲述我们身边的故事。中国是诗的国度，山西是诗的故乡，河津是诗的源头之一，实至名归。

　　明万历元年创修的《河津县志》，明嘉靖版《龙门志》和后来续修的《河津县志》《河津市志》，以及《历代名人咏河津》《历代诗人咏河津》等书，都收录了不少古今经典诗词，但不足以反映河津古今诗词文化全貌和诗词文化发展历史。

　　有鉴于此，市诗词学会副会长薛毅斌同志在学会领导的大力支持下，从2020年4月起，参考《蒲州梆子志》，细心收集资料，参阅二十多部有关书籍，经过辛勤劳作，于2020年9月编辑了《河津诗歌志》草稿。其后，在市委、市政府关于创建"山西诗词之市""中华诗词之市"部署指引下，特别是在全市蓬勃开展的"缤纷古耿　诗画河津"庆祝中国共产党成立100周年全国名家诗词书画创作交流系列活动鼓舞下，市诗词学会于2021年11月及时召开《河津诗歌志》草稿研讨会，根据大家的意见和建议，经商定将《河津诗歌志》更名为《河津市诗词志》，由市诗词学会专门编纂古典诗词志。会后，成立了编辑组，由任罗乐、王景生、薛毅斌、吴会杰、马黄河、薛德虎、吕俊安、魏向民、赵林生、李可正等同仁，分头进行充实、修改、完善，于2022年1月形成《河津市诗词志》送审本，呈送领导和相关部门审核。2022年3月，学会再次组织召开研讨会，马黄河、毛建民等同志在研讨发言中提出中肯建议，编辑组综合大家的意见和建议，进行了通盘修改和完善。在大家的共同努力下，历经两年，三易其稿，《河津市诗词志》终于交付出版，为党的二十大胜利召开敬献了一份至臻厚礼。

在编纂《河津市诗词志》过程中，我们将"实事求是"的思想路线贯穿始终；将"尊重历史、尊重事实、尊重证据"的述史原则贯穿始终；将公平公正、秉笔直书的清风正气贯穿始终；将提高政治站位，坚定文化自信，打造精品的理念贯穿始终。在诗篇选录上，反映河津人文的古典诗歌照单全收，古代部分以"量"为主；当代部分原则上每个体裁每人一首力作，反映当代诗家的精神面貌，以"质"为主；当代诗家赛事与重大活动诗词选辑，以"优"取胜。在古代诗歌部分，收录了元明以来的一本杂剧，填补了河津诗歌无曲的历史。

根据志书"详今略古"的要求，《河津市诗词志》立足河津本土，如实记述源远流长、博大精深的河津诗词文化发展历史，收录古今河津人所创作的赞美河津风物和名胜古迹的古典诗歌与格律诗词曲赋，记载古今河津诗词组织、刊物与重要活动，介绍诗人及其著作与趣闻轶事，时间跨度3000多年。按照志书体例要求，正文前依次配置图片、序言、凡例、概述、大事记；正文按十章编排，章下设节，节下编目；正文后设附录、参考书目及跋言。全书计约40万字，其中诗词作品872首（篇），古今诗家121人。

在《诗词文化发展史略》中，我们刻意把《创建"中华诗词之市"》单列一节，因为市委、市政府把这一工作提到重要议事日程，成功举办了河津有史以来最为辉煌的"缤纷古耿　诗画河津"庆祝中国共产党成立100周年全国名家诗词书画创作交流系列活动，为河津诗词文化树立了历史丰碑。

《诗词选》是本志的重要篇章，分别收录古代诗作557首（篇），近代诗人诗作30首（篇），现代诗人诗作285首（篇）。其中，既有古代诗坛巨擘的名篇，也有全国名家的佳作；既有庆祝改革开放40周年诗词选录，也有庆祝新中国成立70周年的诗词华章；特别是庆祝中国共产党成立100周年以及抗击疫情、抗洪救灾等重大节点的诗词，更是折射出绚丽的时代之光。

纵观《河津市诗词志》，洋洋40万言，字里行间洋溢着古今诗人的赤子情怀，蕴含着深邃的精神内涵：

一是蕴含着由"坚韧不拔、无私奉献"的大禹精神和"团结拼搏、奋勇争先"的鱼跃龙门精神孕育的"争强好胜，勇为人先"的河津精神，千百年来这种精神一直是河津人发展进步的强大精神支柱和动力。

二是蕴含着丰富的优秀传统文化基因和深刻的哲学道理，诸多内涵深邃的诗词珍品，承载着河津人根植在灵魂和血脉深处的文化基因，成为中华文化绵延相传的重要载体。

三是蕴含着诗人对人生、对社会、对文化的思索和感悟，800余首（篇）诗词曲赋和悠久历史，传承着河津人自古以来向上向善的价值观念，展现着河津人坚韧不拔、自强不息的奋斗精神，展卷品读，会得到感情的慰藉和精神的升华。

《河津市诗词志》绽放的亮点璀璨夺目：亮点之一，古代河津先贤的瑰丽诗作，在中华诗词文化发展史和已有记载的30余万首古代诗词中处于领先地位。《诗经·魏风》是中国古代诗歌的开端之一；卜子夏给《诗经》作序，是中国诗论第一人；司马迁的《悲士不遇赋》被誉为赋体中极为成功的作品；王绩的《野望》，被后世公认为是中国第一首成熟的五言律诗；王勃的《滕王阁序》更是千古绝唱，其《滕王阁》诗，对七律的形成影响深远。亮点之二，河津创建"中华诗词之市"工作，在三晋大地处于领先地位。2021年11月18日，山西诗词学会授予河津市"山西诗词之市"称号，授予河津市诗词学会"山西诗教先进单位"称号，河津创建"中华诗词之市"工作蓬勃开展，在全省一路领先。亮点之三，编纂县级《诗词志》在全国处于第一方阵。亮点之四，市委、市政府将传承和发展传统诗词文化提到重要议事日程，市委书记、市长率先垂范，引领创建"中华诗词之市"工作，书记亲笔撰写诗词，并在《中华诗词》杂志刊登，这在河津解放后历届市委、市政府领导中，尚属首次。

《河津市诗词志》填补了河津有诗无志的空白，既充实了《河津市志》的内容，可以资政、教化、存史，又为今后续修河津诗词志提供了系统的资料，同时也为河津创建"山西诗词之市""中华诗词之市"增添了正能量。

在创建"山西诗词之市""中华诗词之市"和编纂《河津市诗词志》工作中，我们得到中华诗词学会、晋唐（北京）书画院、山西省书协、山西诗词学会、运城市委宣传部、运城市诗词学会的鼎力支持与精心指导。中华诗词学会会长周文彰亲率全国诗词书画名家来河津传经送宝、共襄盛举；山西诗词学会常务副会长郑福太、副会长张梅琴，运城市诗词学会会长秦晓舟、副会长冯雪芹和高恒山，多次来河津指导工作，传诗讲课；山西省财政税务专科学校财税学院党总支书记庄东军、本书责任编辑王新斐以及张桂录、米有录、马三喜、王淑敏、马降喜、吴晓征等河津籍贤达，热情为本志提供珍贵的古代诗篇和生动的趣闻轶事。河津市委、市政府运筹帷幄、统领全局，市委宣传部、市文联具体部署、引导落实，相关单位雷厉风行、各司其职，全市上下诗潮腾涌、文风蔚起。运城市委常委、河津市委书记李晓武统揽全局，并亲笔为本志题序；市委副书记、市长王云深入景区调研诗词主题公园建设，指导诗教工作；市委常委、宣传部长董亚强和市文联主席杨永杰深入基层，具体指导，面对面出新招、抓落实。中华诗词学会顾问晨崧先生，河津市诗词学会顾问武建军、柴昌明、侯振发、原艺文、李再廷、毛建民、周有斌、李金龙、韩民科、任瑾瑶、卫金报等同志，热情建言献策，提出诸多宝贵建议和意见。编委会同仁，引经据典，精心编校，付出了辛勤的劳动。同时，我们还得到山西人民出版社、山西精睿印务股份有限公司、河津市德鑫广告有限公司等单位的热情鼓励与全力支持，在此，我们一并表示衷心的感谢！

　　事业已归前辈录，典型留予后人模。《河津市诗词志》荟萃了古今河津诗人激情奔放的精品力作和热爱祖国、热爱家乡、热爱大好河山的赤子情怀，她的出版面世，将激励河津诗坛精英赓续历史文脉，坚定文化自信，沿着党的二十大指引的金光大道，奋力书写更加绚丽的时代华章。

　　由于水平所限，错误和纰漏之处在所难免，恳请读者和方家不吝赐教。

编　者

二〇二二年六月